PAVILLON

SAMANTHA JAMES

Zwiesprache der Gefühle

Roman

Aus dem Amerikanischen von Beate Darius

PAVILLON VERLAG
MÜNCHEN

PAVILLON TASCHENBUCH
Nr. 02/371

Titel der Originalausgabe:
HIS WICKED PROMISE

Umwelthinweis:
Dieses Buch wurde auf chlor- und säurefreiem Papier gedruckt.

Taschenbuchausgabe 02/2004
2000 by Sandra Kleinschmidt
First published by Aven Books an imprint of HarperCollinsPublishers

Der Pavillon Verlag ist ein Verlag der
Ullstein Heyne List GmbH & Co. KG
Printed in Germany 2004
Umschlagillustration: Jean Monti/Agentur Schlück
Umschlaggestaltung: Nele Schütz Design, München
Gesetzt aus der Cochin
Satz: Buch-Werkstatt GmbH, Bad Aibling
Druck und Bindung: GGP Media, Pößneck
http://www.heyne.de

ISBN: 3-453-87505-2

Erstes Kapitel

Dunthorpe Keep, Schottland
Anfang des 12. Jahrhunderts

»Sie verlässt uns«, flüsterte der Junge.

»Aber nein, Drummond.« Der zehnjährige Gordon, ein schmächtiger Bursche mit struppigem Haar, schüttelte entschieden den Kopf. »Meine Mama hat gesagt, dass sie hier bleiben wird. Sie reist nicht zurück nach ... nach ...«

»Blackstone Tower«, sprang Drummond, der ältere der beiden, für ihn ein. Die Kinder kauerten hoch über der Kapelle im Schutz der gewaltigen Burgzinnen. Eine schmutzige kleine Faust deutete auf den Wald. »Das ist weit weg, irgendwo im Grenzgebiet. So hat es mir mein Papa erzählt.«

»Im Grenzgebiet«, wiederholte Gordon und machte große Augen. »Aber da gibt es Räuber. Räuber und« – seine Stimme senkte sich zu einem Flüstern – »und Engländer.«

Drummond blieb vor Schreck der Mund offen stehen. »Herrje, du hast Recht, Räuber und Diebesgesindel«, knirschte er angewidert.

Der süße Duft von Wildblumen und Kräutern erfüllte die Luft. In der Ferne kläffte ein Hund, dem drei Reiter im wilden Galopp folgten. Die muntere Hetzjagd vermochte die beiden Kinder jedoch nicht abzulenken. Ohne Unterlass spähten sie über das hohe, von Efeu umrankte Mauerwerk zu den beiden Frauen, die dort unten auf einer Decke saßen, und lauschten mit gespitzten Ohren.

»Meine Tante meint, die Burgherrin wird Glenda entsetzlich vermissen, wenn sie abreist. Glenda hat mein Zahnweh kuriert, weißt du. Aber was ist, wenn es wieder kommt?«, stöhnte Gordon. »Wird das ein Trauertag, wenn Glenda uns verlässt!«

Wahrhaftig, und das nicht nur für den kleinen Gordon, nein, sondern für viele von ihnen … darunter auch für Glenda selbst. Sie durchbohrte ein stechender Schmerz bei dem Gedanken, Dunthorpe verlassen zu müssen, das ihr in den letzten acht Jahren eine zweite Heimat geworden war. Dennoch stand ihr Entschluss fest.

Sie musste sich ihrer Verantwortung stellen – diese Entscheidung würde ihr niemand abnehmen können.

»Hmmm. Dann wirst du also nach Blackstone Tower zurückkehren.«

Meredith, die Gemahlin von Cameron, dem Clanführer der MacKays, wiederholte soeben Glendas Worte.

»Das werde ich«, bekräftigte Glenda schlicht.

Die vorwitzigen Strahlen der wärmenden Frühlingssonne spielten auf Merediths Haar und verwandelten es in eine kupfergoldene Aureole. Mit schief gelegtem Kopf maß sie Glenda. »Und du lässt dich durch nichts und niemanden davon abbringen, uns zu verlassen?«

Glenda schüttelte den Kopf. »Ich fürchte, nein, Meredith. Mein Vater und mein Onkel sind tot. Ich bezweifle, dass mein Schwager sich bereit erklären würde, mit Eleanora und den Kindern von Irland herzukommen. Schließlich kann ich meine Schwester doch nicht bitten, ihre Familie zu verlassen!«

»Und wir sind jetzt deine Familie, Glenda«, wies Meredith sie sanft zurecht.

Glenda bedachte die rothaarige Schönheit mit einem kleinen Lächeln. Gewiss, sie *war* eine MacKay, denn sie hatte vor mehr als acht Jahren Niall geheiratet, den ältesten Sohn von Ronald, ihrem Stammesführer. Viel Freude hatte sie mit ihrer neuen Familie geteilt, aber auch das entsetzliche Leid, als Ronald und sechs seiner Söhne vom Munro-Clan niedergemetzelt worden waren.

Unter ihnen auch Niall.

Jener Tag würde sie stets wie ein grässlicher Albtraum verfolgen, hatte er es doch nicht bei einem Schicksalsschlag bewenden lassen …

Tief Atem schöpfend, verdrängte Glenda die trostlose Leere jener Tage … aller Tage seither. »Sicher, ich bin eine MacKay, genau wie du, Meredith. Aber ich habe in Blackstone meine Kindheit verbracht. Und in den Lowlands verhält es sich anders als hier bei den Highland-Clans. Meine Schwester und mein Schwager leben viel zu weit entfernt, mein Vater und mein Onkel sind tot, folglich bleibe nur ich. Ich glaube, wenn ich nichts unternehmen würde und Blackstone Tower verfallen ließe, würde sich mein armer Papa im Grabe herumdrehen.«

Ein schrilles Kreischen im Innenhof unterbrach Glenda in ihren Ausführungen. Als die beiden Frauen forschend ihre Köpfe reckten, bemerkten sie Brodie Alexander MacKay, wie dieser unter den Röcken von Myrna, der Wäscherin, hervorgekrochen kam. Flink rappelte sich der Knabe auf und stolperte davon, worauf sämtliches Federvieh Flügel schlagend und laut zeternd auseinander stob.

»Wahrhaftig, das ist mir ein reizender Bengel! Kaum drei Jahre alt und schon hinter Weiberröcken her!«, brüllte jemand.

Die scherzhafte Bemerkung machte Cameron, den Vater des Kleinen, hellhörig. Der junge Clanführer hatte in der Nähe der Stallungen gestanden und sich mit einem der Knechte unterhalten. Seufzend wand er den Kopf.

»Brodie! Brodie Alexander! Komm her, du Lausebengel!«

Er heftete sich an die Fersen seines Sohnes. Brodie indes schien genau zu wissen, wie er seinem Vater entwischen konnte, denn er duckte sich unter den niedrigen Heukarren.

Cameron warf sich auf den Bauch und spähte unter das Gefährt.

»Brodie! Komm her, Bürschchen.«

Kichernd streckte Brodie sein pummliges Kinderhändchen aus. »Spiel mit mir Verstecken, Papa!«, forderte er.

Abermals seufzte Cameron. »Ich passe nicht mehr unter den Karren, mein Kleiner.«

»Du sollst es versuchen, Papa!«

»Ein anderes Mal. Und jetzt sei ein braver Junge und komm da raus.«

Unter viel gutem Zureden robbte der kleine Racker endlich wieder hervor. Sobald Cameron ihn in seine starken Arme schloss, drückte Brodie ihm geräuschvoll einen feuchten Schmatzer auf die stopplige Wange.

Schließlich entdeckte Cameron seine Gemahlin. Er schritt mit wehenden Haaren aus und setzte ihr behutsam das Kind auf den Schoß.

»Kannst du deinem Sohn nicht ein paar Manieren beibringen, Mylady?«, scherzte er und hauchte seiner besseren Hälfte einen Kuss auf die Nasenspitze.

»*Meinem* Sohn?« Mit schief gelegtem Kopf maß ihn Meredith. »Ich habe dir lediglich den Sohn geboren, den du von mir gefordert hast, Sir, und jetzt beklagst du dich auch noch!«

»Und ich habe dir die Tochter gezeugt, die du von *mir* wolltest, Eheweib – unbedingt wolltest, wenn ich mich recht entsinne. Dabei fällt mir ein … wo *ist* eigentlich unsere Tochter, Liebes?«

»Sie schlummert tief und fest, Mylord.« Vorsichtig hob Meredith einen Zipfel der Decke hoch, die zwischen den beiden Frauen lag, und enthüllte ein winziges Gesichtsoval, umrahmt von weichem blondem Babyflaum.

Camerons Züge wurden sanft. Er spähte zu seiner Frau, deren Lippen von einem leisen Lächeln umspielt wurden. Beider Blicke verschmolzen miteinander. Und in jenem verschwindend kurzen Moment erkannte Glenda ihren immensen Stolz – jene tiefe Verbundenheit, wie sie nur die liebenden Eltern eines Wunschkindes empfinden.

Sie verspürte einen seltsam stechenden Schmerz in der Brust. Womöglich war dieser Anflug von Neid nicht rechtens, doch sie konnte nichts dagegen tun. Obschon sie Cameron und Meredith von Herzen liebte, tat es gelegentlich weh, wenn sie die beiden so wie jetzt erlebte – glücklich mit ihren Kindern. Ihr selbst war eine solche Freude nie vergönnt gewesen ... und doch konnte sie diese nur zu gut nachempfinden.

Abwesend lauschte sie dem scherzhaften Geplänkel der beiden. »Ach ja«, stöhnte Cameron scherzhaft, »ich hätte es besser wissen müssen. Obwohl sie noch so klein ist, raubt mir diese Tochter schon jetzt den letzten Nerv. Tagsüber schläft sie den Schlaf der Gerechten, was ihrem Vater nachts nicht vergönnt ist.«

»›Was ihrem Vater nachts nicht vergönnt ist ...‹ Sag, willst du dich etwa beschweren? Gestern Nacht hat sie dich gewiss nicht aufgeweckt. Wann immer ich sie in den letzten drei Nächten gefüttert habe, hast du geschnarcht wie ein Waldeber!«

»Das kann nicht ich gewesen sein«, protestierte Cameron schwach.

»Doch, das warst du, Sir.«

»Vielleicht haben die Soldaten im Hof geschnarcht, weil sie einen Becher zu viel getrunken haben.«

»Ich habe es genau gehört, und ich kenne dein Schnarchen zur Genüge!«

Glenda ertappte sich bei einem wehmütigen Lächeln. Wahrlich, die Wege des Schicksals sind unergründlich, sinnierte sie im Stillen, denn wer hätte gedacht, dass Cameron sich in Meredith aus dem Munro-Clan verlieben würde? Die MacKays hatten über Generationen hinweg in kriegerischen Auseinandersetzungen mit den Munros gestanden. Es lag noch nicht lange zurück, dass der Fehdehandschuh begraben worden war – und inzwischen hatten Meredith und Cameron einen Sohn und eine Tochter. In der Tat war die kleine Aileen erst vor zwei Wochen geboren worden!

Die Hände gebieterisch in die Hüften gestützt, hatte Cameron sich vor seiner Gemahlin aufgebaut. »Wir werden das später klären, mein Schatz. Bevor unser Sohn seinen üblichen Schabernack vollführte, schienst du mir nämlich überaus bedrückt.«

Sämtliche Fröhlichkeit wich aus Merediths Blick. »Das war ich gewiss.« Ihr Blick schweifte zu Glenda, die schuldbewusst an ihrer Unterlippe nagte.

Cameron blinzelte verständnislos. »Was hat das zu bedeuten? Für gewöhnlich ist Glenda doch deine Verbündete und nicht deine Peinigerin!«, meinte er halb scherzhaft. »Ehrlich gesagt, wenn sie nicht gewesen wäre, hätte ich vielleicht niemals die Einsicht gewonnen, dich zu heiraten!«

Ein Windstoß zauste Merediths rote Locken, und Cameron beugte sich zu seiner Frau hinunter, um ihr eine vorwitzige Strähne hinters Ohr zu schieben.

Stirnrunzelnd spähte er nach Westen. »Die Sonne sinkt bereits, es wird kühl hier, Liebste. Warum ziehen wir uns nicht auf den Söller zurück und plaudern dort weiter?«, schlug er vor. »Glenda, würdest du bitte Aileen hochnehmen?«

Fürsorglich half Cameron seiner Gemahlin beim Aufstehen. Wie ihr geheißen, nahm Glenda Aileen behutsam auf, legte das Baby in ihre Armbeuge und erhob sich ebenfalls. Oh, es war herrlich, ein so winziges Wesen an ihren Busen zu schmiegen! Als hätte die Kleine Glendas Gedanken erraten, regte sie sich in deren Armen. Ihre Wangen waren rund und rosig vom Schlaf, der kleine Körper wohlig warm. Im Schlaf gähnte sie, und der winzige Mund machte Sauggeräusche.

Ein ungeahnter Schmerz ergriff die junge Frau, zerriss ihr fast das Herz. Tausende Male hatte sie dagegen angekämpft, wenn sie Brodie in ihren Armen gewiegt hatte – und jetzt Aileen. Glenda hätte schreien mögen wegen der Pein, die in ihrem Innern wütete, Folterqualen, die nach außen hin keine sichtbaren Narben hinterließen. Ein Kind in den Armen zu halten, und besonders ein Neugeborenes, stürzte sie jedes Mal aufs Neue in einen Tumult der Gefühle. Jenes tiefe Sehnen, das sie meist geschickt zu beherrschen vermochte, überwältigte sie jetzt mit Macht.

»Glenda?«

Merediths sanfte, melodische Stimme riss sie aus ihrem Grübeln. Schlagartig wurde Glenda bewusst, dass die junge Frau das Kind entgegennehmen wollte. Für Bruchteile von Sekunden focht Glenda einen inneren Kampf mit sich aus. Einerseits mochte sie das schlummernde Wesen nicht hergeben, andererseits wollte sie es natürlich wieder in der Obhut seiner Mutter wissen. Erinnerungen stürmten auf sie ein, Erinnerungen an Niall und den Sohn, den sie geboren hatte …

Mit einem tiefen Seufzer legte sie Meredith das Kind in den Arm.

»Brav wie ein Lämmchen«, murmelte Meredith.

»Hmmm.« Glenda nickte. »Genau wie ihr Bruder.« Das stimmte tatsächlich. Brodie war ein ausgesprochen friedfertiges Baby gewesen, geweint oder gar protestiert hatte er nur, wenn er hungrig gewesen war oder nass.

In ebendiesem Augenblick glitt Brodies pummelige Kinderhand in die Glendas. Die junge Frau lächelte zu dem Knaben hinunter, während sie hinter seinen Eltern den Burghof überquerten. Sobald sie den Rittersaal erreichten, verkrampfte sich ihr Herz schmerzvoll. Glenda zwang sich, gegen die Empfindungen anzukämpfen, die in ihrer Brust tobten. Das Schicksal meint es eben nicht immer gut mit uns, redete sie sich zu, während sie die Eingangstreppe nahmen. Viele Kinder starben an Krankheiten, Mangelernährung oder infolge der Härten des Lebens, noch ehe sie das Erwachsenenalter erreichten. Dennoch fiel es Glenda seit jeher schwer, dies zu akzeptieren.

Sie setzte sich auf die Holzbank längs der Wand und hob Brodie auf ihren Schoß. Während sie das Gesicht in das weiche dunkle Lockenhaar des Jungen presste, stellte sie sich heimlich die Frage ... wie wohl ihr eigener Sohn ausgesehen hätte? Ob sein Haar so kupferrot wie das seines Vaters gewesen wäre? Seine Augen goldbraun wie die ihren oder grün wie die nebelverhangenen Anhöhen im Grenzland ... so grün wie die seines Vaters? Wäre er von zarter oder kräftiger Statur? Groß und stattlich wie Niall? Wäre er voller Schabernack und Übermut gewesen? Ach, wenn er noch lebte, würde er jetzt vielleicht auf dem Burghof spielen oder mit seinem Cousin Brodie um die Wette rennen.

Es war bitter für sie zu wissen, dass sie ihr eigenes Kind nie wieder in den Armen halten würde.

Sie schluckte, um den würgenden Schmerz in ihrer Kehle zu lindern, während Meredith das Kind in die Wiege bettete. Mit einem leisen Rascheln ihrer Röcke wandte die junge Frau sich zu ihrem Gatten, der sich vor dem Kaminfeuer niedergelassen hatte.

»Und jetzt«, forschte Cameron, »würde mir bitte einmal jemand verraten, was anliegt?«

Glenda hob den Kopf. »Es liegt nichts an«, erwiderte sie leise. »Es ist schlicht und einfach so, dass ich mich entschieden habe, nach Blackstone Tower zurückzukehren.«

Lange Zeit sagte Cameron gar nichts. Glenda beschlich das ungute Gefühl, ihn mit ihrem Entschluss völlig überrumpelt zu haben. Brodie war von ihrem Schoß geglitten und spielte mit einigen kleinen Tonkugeln unter dem mit Holzblenden geschützten Fenster. Camerons Blick blieb auf sie geheftet. Die dunklen Brauen beinahe bedrohlich zusammengezogen, rieb er sich gedankenvoll das markante Kinn, eine Geste, die sie unwillkürlich an Niall erinnerte, der dieselbe Angewohnheit gehabt hatte.

Sie konnte nicht dagegen ankommen, konnte es nicht ausblenden. Nialls Gesicht tauchte vor ihrem geistigen Auge auf, und wieder wühlte der Schmerz wie eine Raubtierpranke in ihren Eingeweiden.

»Verstehe«, meinte Cameron gedehnt, seine Augen unverwandt auf ihr Gesicht gerichtet. »Dennoch frage ich mich, Glenda ... gehst du aus freiem Willen« – er stockte – »oder aus Pflichtgefühl?«

Glenda seufzte tief. »Ist das von Bedeutung?«

»Nein.« In diesem einen Wort schwang seine unumstößliche Entschiedenheit. »Nicht, wenn es dein fester Wille ist.«

Wieder spürte sie den Kloß in ihrer Kehle. »Das ist es«, murmelte sie, entsetzt, dass ihre Stimme zitterte. Doch dann sprudelten die Worte nur so aus ihr hervor.

»Seit ich vor drei Tagen erfahren musste, dass mein Onkel gestorben ist, habe ich an kaum etwas anderes gedacht. Mein Vater wäre außer sich, wenn Blackstone Tower einem Fremden in die Hände fiele. »Ich ... ich darf das nicht zulassen. Verstehst du, es ist meine Pflicht … und mein freier Wille.«

Wieder schwieg Cameron.

Glenda nahm einen tiefen Atemzug. »Ich versichere dir, Cameron, du wirst mich nicht davon abbringen können. Denn ich muss es tun, begreifst du das … ich *muss!*«

Der prüfende Blick, mit dem er sie bedachte, sprach Bände. Verflixt, anscheinend kannte er sie einfach zu gut und zu lange! »Es ist nicht allein der Tod deines Onkels, oder, Glenda?«

Sie senkte ertappt den Kopf, musste sich zwingen zu antworten. »Nein«, stammelte sie, »nein! Oh, Cameron … Meredith, ich weiß nicht, wie ich es erklären soll! Hier auf Dunthorpe habe ich die glücklichsten Tage meines Lebens verbracht.«

»Und auch die schmerzvollsten.«

Ein wehmütiges Lächeln huschte über Glendas Züge. »Wie wahr. Und jetzt verspüre ich auf einmal diese innere Unrast. Oh, ich flehe euch an, ihr müsst mich verstehen! Dunthorpe war all die Jahre über mein Zuhause. Doch jetzt ist es an der Zeit, dass ich wieder nach Blackstone Tower heimkehre.« Sie seufzte tief.

Diesmal ergriff Meredith das Wort. »Soll das etwa heißen, dass du nie mehr zu uns zurückkommst?«, fragte sie leise.

Glenda sagte nichts.

Meredith musste ihr Schweigen als Antwort gedeutet haben. »Dein Entschluss steht fest?«

»Ich fürchte ja, Meredith.« Glendas Stimme klang sanft und mitfühlend, hatte sie doch den verräterisch feuchten Glanz in Merediths Augen bemerkt. Plötzlich war sie selbst den Tränen nahe.

Cameron seufzte. Er erhob sich, drückte zärtlich die Schultern seiner Frau und trat zu Glenda. Sacht küsste er ihre Stirn. »Wahrlich, wenn ich noch länger hier bleibe, heule ich mit«, versuchte er die beiden aufzuheitern. Dann wurde er ernst. »Du möchtest sicher schon sehr bald aufbrechen, nicht wahr?«

Glenda nickte zustimmend. »Es ist eine weite Reise bis ins Grenzgebiet«, sagte sie rasch. »Wenn es eben möglich ist, würde ich gern morgen abreisen.«

Für Augenblicke schwieg Cameron. »Ich bin sicher, das lässt sich machen«, murmelte er schließlich. »Aber da ist noch eine Sache, die mir Kopfzerbrechen bereitet. Du bist Nialls Witwe, folglich bin ich für deinen Schutz und deine Sicherheit verantwortlich. Wie du bereits erwähntest, handelt es sich um eine lange Reise.« Er zögerte. »Glenda, ich will dir dein Vorhaben gewiss nicht ausreden, aber ich lasse Meredith nur ungern allein, zumal mit dem Neugeborenen …«

Glenda schüttelte entschieden den Kopf. »Und ich würde nicht im Traum daran denken, dich um Derartiges zu bitten. Das kommt überhaupt nicht in Frage!«

Cameron nickte. »Ich wünschte, ich könnte dich persönlich begleiten«, murmelte er mehr zu sich selbst. »Aber das ist unmöglich. Ich kenne indes nur einen Mann, dessen Obhut ich meine Schwägerin anvertrauen würde.«

Glendas Herzschlag drohte auszusetzen. Irgendwie schwante ihr bereits, was jetzt kommen würde …

»Egan«, entschied er selbstzufrieden grinsend. »Ganz recht, Egan wird dich begleiten.«

* * *

Eingehüllt in mitternächtliche Finsternis, huschte Glenda aus ihrer Kammer. Geschwind ließ sie die Mauern und Türme von Dunthorpe hinter sich, um zielstrebig einen grasbewachsenen Hügel zu erklettern. Ein einsamer Baum hielt seine immerwährende Totenwache über den sieben Gräbern, die davor einen Halbkreis bildeten.

Glenda kniete sich in den Schmutz. Hinter ihr eröffnete sich der atemberaubende Anblick der Burg, unter ihr die steil abfallende Felsschlucht, doch Glenda kümmerte sich nicht um die Aussicht, hatten hier doch Niall, sein Vater Ronald und fünf seiner sechs Brüder ihre letzte Ruhestätte gefunden … gemeinsam mit seinem Sohn.

Er war mit seinem Sohn in den Armen bestattet worden … der Sohn, von dessen Existenz er nie erfahren hatte.

Wie lange sie dort blieb, hätte Glenda nicht zu sagen vermocht. Irgendwann erinnerten sie die ersten wärmenden Sonnenstrahlen auf ihrem Schopf daran, dass sie umkehren sollte.

Sie erhob sich. Sie vergoss keine Tränen, obschon sie nicht wusste, wann und ob sie je wieder an diesen Ort zurückkehren würde. Wenn sie ehrlich mit sich selbst wäre, raunte ihr eine innere Stimme zu, dann wüsste sie, dass sie vermutlich nie mehr herkommen würde. Sie presste einen letzten, sanften Kuss auf ihre Fingerspitzen … und hauchte ihn zu dem Grabstein von Gemahl und Sohn.

»Lebt wohl«, sagte sie leise.

Ohne sich noch einmal umzudrehen, lief sie zurück nach Dunthorpe. Als sie den Innenhof betrat, gewahrte sie, dass alles vorbereitet war für ihre Abreise – und dass sie noch mehrfach würde Lebwohl sagen müssen, denn kaum war sie aufgetaucht, rannten auch schon zwei Frauen, Meghan und Adele, auf sie zu.

Adele umarmte sie stürmisch. »Ach, wir werden Euch schrecklich vermissen«, schniefte sie unter Tränen.

»Ja, es ist schlimm, aber wir hoffen, dass Ihr nicht im Grenzgebiet bleibt«, fiel Meghan ein. »Dort soll es grauenvoll sein, nichts als lichtscheues Gesindel, Räuber- und Halunkenpack!«

Glenda musste lachen. »Bevor ich herkam, wurde mir von den Highlands Ähnliches berichtet. Und seht nur, wie lange ich es hier ausgehalten habe – fast acht Jahre.«

»Aber Ihr konntet auch nicht fort«, rief jemand. »Schließlich lebte Euer Gemahl hier.«

Es war lange vorbei, dass die Erwähnung von Niall in Glendas Gegenwart betretenes Schweigen hervorgerufen hätte. Und doch war es heute irgendwie anders. Die Gespräche verstummten. Glendas Herz krampfte sich zusammen, doch sie lächelte tapfer.

Jemand zupfte an ihrem Rock. Es war Brodie; strahlend und schalkhaft wie stets streckte er seine Ärmchen nach ihr aus.

Instinktiv reagierte Glenda. Sie hob ihn hoch, drückte ihn an sich, herzte seine weichen Kinderwangen. Aus dem Augenwinkel bemerkte sie Meredith.

Behutsam ließ Glenda den Kleinen zu Boden und wandte sich seiner Mutter zu.

»Soso, dann willst du uns also wirklich verlassen.« Meredith machte keinen Hehl aus ihrer gedrückten Stimmung. »Bleibt mir nur zu hoffen, dass du im Grenzland vielleicht einen anderen Mann findest, den du lieben kannst.«

Glenda schüttelte heftig den Kopf. »Nein, schlag dir das aus dem Kopf, denn ich werde nie wieder heiraten.«

»Nie wieder?«, zog Meredith sie auf. »Sei dir da nicht so sicher. Du bist viel zu hübsch, um nicht dem einen oder anderen Mann den Kopf zu verdrehen.«

»Ich und hübsch! Meredith, ich bitte dich!«

»Doch, das bist du«, beharrte Meredith. Sie wickelte eine von Glendas schimmernden Locken um ihren Zeigefinger und fuhr sich mit der Zunge über die Lippen. »Ich habe dich immer um deine seidige, kastanienfarbene Lockenpracht beneidet«, gestand sie, »und alle anderen Frauen auch.«

Glenda zog eine Grimasse. »Unfug«, sagte sie schroff. »Was gibt es da zu beneiden? Ich bin eine alte Schachtel.«

»Alt? Mit fünfundzwanzig? Du bist nicht viel älter als ich!« Meredith schmunzelte. Doch dann wurde sie wieder ernst.

»Ich werde dich vermissen, Glenda. Du wirst mir entsetzlich fehlen!« Darauf fielen sich die beiden Frauen in die Arme.

»Und du mir«, wisperte Glenda und war schlagartig davon überzeugt, völlig von Sinnen zu sein.

Großer Gott, dachte sie entsetzt, wie konnte sie das nur tun? Wie konnte sie Dunthorpe und die Menschen verlassen, die ihr in den vergangenen Jahren lieb geworden waren? Während der letzten Tage hatten ihr Herz und Vernunft eingeredet, dass sie das Richtige tat. Doch jetzt, so kurz vor dem Aufbruch, war sie sich auf einmal gar nicht mehr so sicher – alles andere als das!

Trotzdem, es war, wie sie es Cameron gegenüber geschildert hatte: Sie musste es tun. *Sie musste.*

»Komm bald wieder«, drängte Meredith mit tränenerstickter Stimme. »Wenn nicht, werden wir dich schon aufspüren.«

»Ich werde dich beim Wort nehmen«, schluchzte Glenda. Nur widerwillig lösten sich die beiden aus ihrer Umarmung.

Inzwischen war Cameron zu ihnen getreten. Glenda drehte sich zu ihm, und er umarmte sie rasch. »Wann immer du nach Norden blickst, denk an uns«, beschwor er die junge Frau. »Und solltest du unsere Hilfe benötigen, dann brauchst du uns nur einen Boten zu schicken.«

»Ich weiß.« Ihre Kehle schmerzte so stark, dass ihr die Worte Mühe bereiteten. Als er sie losließ, wirbelte sie blindlings zu ihrer Stute Druscilla herum. Ihr graute vor dem Augenblick des Aufbruchs, gleichwohl wollte sie dieses schmerzliche Abschiednehmen endlich hinter sich bringen, denn sonst würde sie noch vor aller Augen in Tränen zerfließen.

Starke, wettergegerbte Hände umschlossen ihre Taille, hoben sie scheinbar ohne jede Anstrengung auf Druscillas Rücken …

Es war Egan. Er war da, wie stets dienstbeflissen, dabei nie aufdringlich, sondern immer zurückhaltend, und in seiner Gesinnung ritterlich.

Augenblicklich durchzuckte Glenda ein leichtes Prickeln, das sie nicht zu deuten wusste … es war verwirrend und überaus ärgerlich. Sie kannte ihn seit Jahren, beschwor sie sich im Stillen, fast so lange wie Niall. Doch was nutzte ihr diese Einsicht, wenn sie in seiner Gegenwart plötzlich so überreagierte? Sie wusste nicht, warum das so war … und erst recht nicht, wie sie sich dagegen schützen sollte.

Ratlos mied Glenda Egans Blick und verfolgte stattdessen jede Bewegung Camerons. Dieser trat zu seinem Freund, der sich soeben auf seinen Hengst schwang, schwarz glänzend wie der Schopf seines Herrn.

»Gib gut auf sie Acht und bring sie wohlbehalten an ihr Ziel«, meinte Cameron in sachlichem Ton, »denn sie ist eine von uns.«

Egans Antwort entging Glenda. Schlagartig schoss ihr durch den Kopf, dass sie Finn als Begleiter allemal vorgezogen hätte: Finn mit seiner rauchigen Whiskystimme und dem dröhnenden Lachen, das seinen gewaltigen Bauch erzittern ließ.

Stattdessen war es Egan. Egan mit seinen stahlblauen Augen, Egan, der nur selten lachte. Egan … mit einer so tiefen, sonoren Stimme wie kaum ein anderer Mann.

Er versetzte Druscillas Rumpf einen energischen Klaps, worauf die Stute tänzelte, um dann durch die Tore zu preschen. Das war's dann, grübelte Glenda düster. Noch ehe sie die eisenverstärkte Zugbrücke passiert hatten, beschlich sie ein grässliches Gefühl der Ohnmacht. Aufkeimendes Entsetzen schnürte ihr den Atem ab. Sie fühlte sich einer gefahrvollen Reise in ein fernes, unbekanntes Land ausgesetzt, einer Reise ins Ungewisse.

Wie sollte sie es auch anders sehen? Diese Reise würde sie schließlich all dem entreißen, was ihr in den vergangenen acht Jahren lieb und teuer geworden war ... und sie schonungslos der Unbill der Zukunft ausliefern.

Allerdings war sie nicht allein. Nein, sie war nicht allein, gleichwohl war sie sich nicht sicher, ob sie diese Gewissheit trösten oder beängstigen sollte. Es war eine Reise, die ihren Anfang nahm mit ... gute Güte, sie konnte es noch immer nicht fassen!

Mit Egan.

Zweites Kapitel

Cameron war am Abend vor der Abreise im Rittersaal an ihn herangetreten.

»Glenda will zurück nach Blackstone Tower.«

Glenda. Unwillkürlich schlug Egans Herz höher, wie stets, wenn ihr Name fiel … oder wann immer er einen Blick auf sie erhaschte. Sogleich sah er sie vor sich – mit ihren riesigen, blitzenden braunen Augen und den kastanienfarbenen Locken, die ihr bis zu den Hüften reichten.

Zögernd hob Egan den Kopf und fixierte Cameron, seinen Stammesführer und langjährigen Freund. »Tatsächlich?«, erkundigte er sich. »Um dort nach dem Rechten zu sehen?«

Cameron nickte. »Sie möchte morgen früh aufbrechen.«

Egan nickte. »Und wie lange will sie dort bleiben?« In seiner Stimme schwang keine Regung.

Für Augenblicke schwieg Cameron. »Sehr, sehr lange, fürchte ich.«

Betreten starrte Egan ihn an. »Was? Du meinst, sie kommt nicht mehr zurück?«

»Genau das. Sie will sich dort häuslich niederlassen.« Cameron schmunzelte. »Du brauchst nicht so erstaunt zu tun, mein Bester. Blackstone ist die Wiege ihrer Kindheit – offen gestanden war es länger ihre Heimat als Dunthorpe.«

Egan spürte eine verdächtige Röte, die ihm in die Wangen stieg. Er hoffte nur, dass er sich nicht selbst verraten hatte; aber zum Glück schien Cameron nichts zu merken. Eine leise Wehmut legte sich wie ein beklemmendes Band um sein Herz. Glenda nie wieder zu sehen, nie mehr ihre schöne, melodische Stimme zu hören …

Wie von weit her vernahm er Camerons nachdenkliche Worte. »Vielleicht ist es letzten Endes doch das Beste.

Meredith wird Glenda zwar schrecklich vermissen, aber ... sie trauert nach wie vor um Niall. Gut möglich, dass sich daran nie etwas ändern wird, wenn sie hier auf Dunthorpe bleibt.« Eine kleine Pause trat ein, während der Cameron ihn fixierte. »Unser zweites Kind wurde erst vor kurzem geboren, folglich kann ich sie derzeit unmöglich begleiten. Von daher wirst du gewiss verstehen, dass ich jemand finden muss, der mit ihr nach Blackstone Tower reitet ...«

Nein, sinnierte Egan. *Ich bitte dich, Cameron, verlang das nicht von mir. Ich tu alles, was du willst – nur das nicht ...*

»Willst du es für mich tun, Egan?« Ein feines Lächeln umspielte Camerons Lippen. »Wirst du meine Schwägerin an meiner Statt nach Blackstone begleiten?«

Sekundenlang fehlten Egan die Worte. Das ganze Ausmaß von Camerons Anliegen spukte ihm im Kopf herum. Allein mit Glenda zu reisen ... Herr im Himmel, er durfte gar nicht darüber nachdenken!

Jede Faser seines Körpers forderte ihn auf zu rebellieren. *Ich kann nicht. Lieber Gott, ich kann es einfach nicht tun!* Die Worte lagen ihm schon auf der Zunge, und wenn er vernünftig gewesen wäre, hätte er sie frank und frei geäußert. Denn dies war das Letzte, was er wollte ... das *Einzige,* was er wollte.

Ihm gefror das Blut in den Adern. Es war nicht klug. Beim Henker, es war gewiss nicht klug. Er sollte Cameron offen darlegen, warum er sie keinesfalls begleiten durfte.

Doch die Worte wollten ihm einfach nicht über die Lippen gehen.

Wie hätten sie das auch? Niall war Camerons Bruder gewesen, und jener war sein bester Freund. Er scheute das Risiko, dass eine derartige Enthüllung einen Keil zwischen sie treiben könnte.

Nein, Cameron durfte nie erfahren, dass er – Egan –

schon seit langem tiefe Gefühle für Glenda hegte. Als Niall seine Braut heimgeführt hatte, hatte Egan ihn beneidet, war Glenda doch von einer Schönheit, wie er sie bis dahin nicht gekannt hatte. Nachdem sie in den Clan aufgenommen worden war, hatte er ihr feinsinniges Naturell und ihre Ausgeglichenheit schätzen gelernt; fürwahr, sie hatte ihn von Anfang an fasziniert. Ihre Brauen waren dunkler als ihr Haar, mit einem feinen Schwung über den lachenden Augen ... doch ihr Lachen war nach dem Tod von Niall wie ausgelöscht gewesen, gestand Egan sich voller Bedauern ein. Allerdings hätte er sich niemandem anvertrauen können, nicht einmal Cameron, seinem besten Freund; schließlich war Glenda dessen Schwägerin. Und deshalb hatte er seine Empfindungen in die Tiefen seines Unterbewusstseins verbannt, um nur ja nicht daran zu rühren. Manchmal war es ihm sogar gelungen, sich selbst einzureden, dass sie gar nicht existierten.

Jetzt wusste er es besser.

Seine Stimme klang ihm seltsam fremd in den Ohren, als er antwortete: »Du weißt doch genau, dass ich dir nichts abschlagen kann, Cameron.«

Damit war die Angelegenheit besiegelt. Er hatte zugestimmt. Er hatte sein Wort gegeben, und er würde es halten.

Eine leichte Bitterkeit stieg in Egan hoch. Er hatte gesehen, wie Glenda noch vor Sonnenaufgang durch das vom Tau benetzte Gras gehuscht war, ihr Atem dampfend von der Kühle der Nacht. Zweifellos war sie an Nialls Grab gewesen. Er hatte sie bei der Rückkehr beobachtet und wusste, dass er sich die tiefe Verzweiflung in ihrem Blick nicht etwa eingebildet hatte.

Und er konnte sich des Eindrucks nicht erwehren, dass es nie anders sein würde.

Aufs Heftigste wies er sich selbst zurecht. Sie hatten die

Reise angetreten, und es gab kein Zurück mehr. Er hatte sein Wort gegeben, und bei allem, was ihm heilig war, er würde es halten.

* * *

Hätte Egan gewusst, was in Glenda vorging, so hätte er sich gewundert; vermutlich wäre er sogar über die Maßen erschüttert gewesen.

Denn Glenda war bei weitem nicht so ahnungslos, wie er meinte.

Sie ließ Egan das Reisetempo vorgeben, welches hart war, aber nicht mörderisch. Gegen Mittag tränkten sie die Pferde an einem kleinen See, dessen Wasser Smaragden gleich im Sonnenlicht funkelte.

Sie verharrte hinter Egan, die Augen unablässig auf ihn geheftet. Er stand neben seinem Hengst, breitbeinig, eine Hand locker um die Zügel gelegt, während die Reittiere geräuschvoll das kristallklare Wasser soffen. Als er den Kopf nach Süden, in Richtung ihres Reiseziels, wandte, erhaschte sie einen Blick auf sein Profil.

Unbewusst maß sie ihn genauer. Hätte sie ihn nicht gekannt, hätte er sie gehörig eingeschüchtert. Er war größer als alle MacKay-Brüder, ein Hüne, der sie um zwei Fäuste überragte – Männerfäuste wohlgemerkt, und gewiss keine kleinen. Seine Haut war zu einem dunklen Bronzeton verwittert, der selbst im tiefsten Winter nicht verblasste.

Er war anziehend, das musste sie ehrlich zugeben. Schon seit sie als Braut nach Dunthorpe gekommen war und freilich nur Augen für Niall gehabt hatte, fand sie ihn attraktiv. Sein einziger Makel war eine schmale weiße Narbe auf dem Wangenknochen direkt unter seinem linken Auge.

Glenda schluckte. Wie könnte sie Egan mit einem einzigen Wort charakterisieren? *Beeindruckend* war die Eigenschaft, die ihr spontan einfiel.

Unwillkürlich erinnerte sie sich an einen Abend, der noch gar nicht so lange zurücklag: Im Rittersaal von Dunthorpe herrschte ausgelassene Fröhlichkeit – Daniel, einer von Camerons Gefolgsleuten, hatte an jenem Tag Alinda geheiratet. Obschon es nicht die erste Hochzeit nach Nialls Tod war, verspürte sie einen bohrenden Schmerz in ihrem Herzen. Beschwingte Musik erfüllte die Luft, Tänzer drehten sich inmitten der Halle. Glenda verfolgte das Fest in Erinnerungen versunken, als jemand sie hochzog und in den Kreis der Tanzpaare entführte. Kurz darauf wurde sie atemlos lachend herumgewirbelt.

Dann stand sie plötzlich vor Egan. Beide schauten einander nur ratlos an, als wüsste keiner von ihnen, was zu tun sei … wie gelähmt vom Anblick des anderen. Augenblicke darauf schwebte sie auch schon in den Armen eines anderen Partners vorüber.

Später dann entdeckte sie ihn nahe beim Kamin mit Patsy, der Tochter des Braumeisters. Patsy lächelte kokett zu ihm auf, schlang die Arme Besitz ergreifend um seinen Nacken …

Als sie das nächste Mal zum Kamin spähte, war er fort … und Patsy ebenfalls.

An jenem Abend sah sie die beiden nicht mehr.

An Schlaf war darauf nicht zu denken. Stattdessen fühlte sie sich so einsam, dass es beinahe unerträglich wurde. Sie dachte an Daniel und Alinda … an Egan und Patsy …

Und an ihren geliebten Niall.

Schließlich weinte sie sich in den Schlaf, weinte wie schon seit vielen, vielen Monaten nicht mehr ...

Die Erinnerung daran rief sonderbare Empfindungen

in Glenda wach. Wieder und wieder spähte sie heimlich zu Egan – genau wie an besagtem Abend.

Ihr früherer Wunsch schwirrte ihr einmal mehr durch den Kopf: *Warum, um alles in der Welt, konnte Finn nicht ihr Begleiter sein?*

Glenda gähnte, und ihr Magen knurrte vor Hunger. Ach, sie hätte sich doch denken müssen, dass Cameron Egan zu ihrem Begleiter auswählen würde!

Wenn sie sich recht besann, kannte sie Egan fast so lange wie Niall. Er und Cameron hatten Egan immer sehr nahe gestanden. In der Tat war Egan für Ronald beinahe wie ein eigener Sohn gewesen. Glenda wusste, dass Niall Egan immer als einen seiner Brüder betrachtet hatte. *Sie* dagegen nicht – nein, nie im Leben! Zumindest verband sie mit ihm kein so inniges Verhältnis wie mit ihrem Schwager Cameron. Mit Egan konnte man nur selten lachen oder scherzen. Hatte sie überhaupt jemals so ausgelassen mit ihm herumgeflachst wie mit Cameron und seinen Brüdern? Nein, überlegte sie düster. Irgendwie war sie sich seiner maskulinen Ausstrahlung stets viel zu gewärtig gewesen. Aber das war es nicht allein – Egan war zwar kein Heimlichtuer, doch er redete nie offen über seine Gefühle und Empfindungen. Nein, er war gewiss kein einfacher Zeitgenosse. Anfangs hatte sie sogar gewisse Skrupel vor ihm gehabt, fest davon überzeugt, dass er sie nicht mochte. Als sie sich Niall anvertraut hatte, hatte er nur lachend gemeint, dass Egan nun mal ein zurückhaltender Mensch sei.

»Bist du bereit?«

Egan … Tief versunken war ihr völlig entgangen, dass er sich zu ihr umgedreht hatte. Seine Züge waren ernst, seine Lippen zu einer schmalen Linie verkniffen. Sie maßen sich mit unterkühlten Blicken.

»Gewiss«, stammelte sie. Warum war sie eigentlich dermaßen verunsichert? »Lass uns weiter reiten.«

Die Stunden vergingen. Glenda ritt ein gutes Stück hinter ihm, denn ihr Damenpferd war längst nicht so schnell und sprunggewaltig wie sein Hengst. Egans stolze, stattliche Silhouette zeigte nicht die Spur von Erschöpfung, überdies war er ein hervorragender Reiter. Gleichwohl verharrte er in brütendem Schweigen.

Gegen Abend, als die Sonne hinter den westlichen Gebirgsrücken verschwand, zog leichter Nebel auf. Egan sagte nichts, sondern lenkte sein Pferd in den Schutz einiger hoher Pappeln und Föhren.

Auch Druscilla verlangsamte ihren Schritt. Sobald der Hengst stehen blieb, saß Egan schwungvoll ab. Innerhalb von Augenblicken umschlossen starke Hände ihre Taille; mühelos hob er sie aus dem Sattel und zu Boden. Bei der Berührung seiner Hände wurde Glenda heiß und kalt. Bei allen Heiligen, warum fühlte sie sich in seiner Gegenwart nur so unbehaglich? Kaum dass ihr die Frage durch den Kopf schwirrte, gaben auch schon die Knie unter ihr nach, ein verräterischer Hinweis auf die Strapazen der letzten Stunden.

Sie konnte sich einen leise gezischten Fluch nicht verkneifen; der Griff um ihre Taille blieb unerbittlich fest.

»Geht es wieder?«

Gereizt schoss ihr Blick nach oben. »Aber gewiss doch. Mir ist es nie besser gegangen.« Sie klang nur etwas außer Atem, fand Glenda. Rasch entwand sie sich ihm, floh jedem Körperkontakt.

Seine Hände sanken nach unten. Seine Züge verdunkelten sich … oder schien ihr das nur, weil die Schatten bereits länger wurden?

Nun, was kümmert's mich, dachte Glenda im Stillen und stakste zu einer riesigen Eiche. Sie ließ sich auf dem weichen Moosteppich nieder, lehnte den Rücken an den gewaltigen Stamm und streckte die Beine aus. Das muntere Plätschern einer nahen Quelle erfüllte ihre Ohren. Sie schloss die Augen, wollte nur einen Moment ausruhen.

Glenda hätte nicht zu sagen vermocht, was sie aus ihrem Schlummer hochschrecken ließ. Sie wusste nur, dass sie schlagartig die Augen aufriss. Die Lichtung lag in Dunkelheit getaucht; indessen erhellte der Lichtschein eines züngelnden Feuers Egans Silhouette, der mit verschränkten Armen direkt vor ihr stand. Eine dunkle Braue schoss missgestimmt in die Höhe.

»Wenn du so müde warst, warum hast du mich dann nicht gebeten, schon früher Rast zu machen?«

Glenda war nicht gewillt, seine aufbrausende Art stillschweigend hinzunehmen. Bis sie angehalten hatten, hatte sie nämlich gar nicht gemerkt, wie erschöpft sie war. »Und wenn es dir widerstrebt, mich zu begleiten, hättest du es nicht tun müssen. Cameron hätte schon jemand anderen gefunden … Finn zum Beispiel!«

»Wie kommst du jetzt darauf?«

»Weil du wütend bist.«

»Bin ich nicht.«

Typisch Egan. Immer geradeheraus. Immer kurz angebunden. Immer sachlich, nie hintergründig oder beschönigend. Vielleicht war sie letztlich diejenige, die überreagiert hatte. Womöglich war sie doch erschöpfter, als sie glaubte.

»Es tut mir Leid«, murmelte sie.

»Das muss dir nicht Leid tun, Glenda.« Er maß sie forschend. »Hast du Hunger?«

Sie nickte zaghaft. »Ja.«

Darauf machte er sich an den Satteltaschen zu schaffen und kehrte mit einem zusammengeschnürten Bündel zurück. Er hockte sich auf den Boden, durchsuchte den Beutel und gab ihr einen Kanten Käse und Brot. Glenda aß hungrig, sie hatte ihre Portion Käse noch vor ihm vertilgt. Wortlos reichte er ihr ein mit Bier gefülltes Trinkhorn. Die junge Frau trank durstig, dann wischte sie sich mit dem Handrücken sittsam den Mund ab und gab es ihm zurück.

Mit angehaltenem Atem verfolgte sie, wie er das Trinkhorn an seine Lippen führte. Sein Kehlkopf wippte auf und nieder, während er das kühle Nass hinunterspülte. Dass er mit ihr aus einem Behältnis trank, schien ihn nicht im Mindesten zu stören. Ach, wenn Glenda doch das Gleiche von sich hätte behaupten können!

Seine Lippen berührten dieselbe Stelle wie die ihren. Und wenn sie wieder an die Reihe käme, würde es umgekehrt sein. Eine solche Vertrautheit hatte sie bislang nur mit einem Mann geteilt … Niall. Und binnen kürzester Zeit mit Egan, denn ihr Durst war längst nicht gestillt. Die Erkenntnis trieb ihr die Schamesröte in die Wangen.

Geschmeidig erhob sich Egan, um einen Armvoll Reisig ins Feuer zu werfen. Als er abermals seinen Platz neben ihr einnahm, maß sie ihn verstohlen.

Dichtes schwarzes Haar umrahmte ein markantes Gesicht. Seine kurzen Wimpern waren kräftig und leicht gebogen. Ein überaus attraktiver Mann, dem besagte Narbe etwas seltsam Draufgängerisches verlieh – dachte sie im Stillen.

Auf einmal beschlich sie eine innere Unruhe. Es war nicht etwa so, dass sie sich bedroht fühlte. Sie schätzte Egan als einen vollkommen loyalen, charakterfesten Menschen. Nie im Leben hätte sie sich vor ihm gefürchtet. Wenn einer sie im Ernstfall verteidigt hätte, dann Egan. Sie vertraute ihm wie nur wenigen anderen Männern … so wie Cameron ihm vertraute.

»Hässlich, nicht wahr?«

Seine Äußerung klang betont sachlich. Glenda brauchte einen Augenblick, bis ihr dämmerte, dass er seine Narbe meinte. Sie errötete, fühlte sich ertappt, weil sie ihn wieder einmal angestarrt hatte!

»Nein«, versetzte Glenda rasch, »das ist sie nicht.« Ihr war nicht entgangen, dass eine gewisse Bitterkeit in Egans Stimme mitschwang. Gewiss, sie hatten sich auch schon früher unterhalten, sogar oft in all den Jahren, schließlich hatten sie fast jeden Abend gemeinsam das Nachtmahl eingenommen. Aber sie hatten über andere geredet und nicht über sich selbst. Noch nie hatte sie ihm ihre Gedanken, ihre Gefühle oder Empfindungen enthüllt. Warum sollte sie auch, schaltete sich ihre Vernunft ein, wo sie doch mit einem anderen vermählt war? Nein, schwante ihr dunkel, und er hatte auch nie von sich erzählt …

Zu ihrer Verblüffung lachte er rau. »Ich kann froh sein, dass man mich nicht Egan, den Einohrigen nennt. Wäre Ronald MacKay nicht gewesen, säße ich jetzt nicht hier.«

Glenda legte den Kopf schief. »Ich habe keine Ahnung. Erzählst du mir davon?«

»Als ich noch ein kleiner Junge war, habe ich auf dem Jahrmarkt in Inverness eine Wurst stibitzt. Der Wurstverkäufer wollte sich natürlich nicht bestehlen lassen und entschied, dass ich dafür bezahlen sollte. Er setzte mir nach und packte mich am Kragen meiner Tunika. Dann riss er mich nach hinten und ging mit einem Messer auf mich los. Dabei streifte er meine Wange.«

Glenda war entsetzt. »Wie brutal! Und das für ein so läppisches Vergehen – für eine lächerliche Wurst!«

Egan grinste schief. »Du musst eins wissen, Glenda, es war nicht das erste Mal, dass ich diesen Händler bestohlen hatte. Ich hatte nämlich eine Schwäche für seine Wurstwaren – und für gewöhnlich bin ich ihm schnell genug entwischt.« Er stockte. »Zufällig war Ronald in der Nähe. Er hat Schlimmeres verhindert.«

»Ein Glück für dich. Deine Eltern müssen ihm sehr dankbar gewesen sein.«

»Ich war noch ein Säugling, als meine Mutter starb. Ich kann mich nicht mehr an sie erinnern. Und mein Vater, Marcus MacBain, wusste fast nie, wo ich war. Er war öfter betrunken als nüchtern, weißt du.« Er zuckte mit den Schultern. »Als ich zehn war, hatte ich es satt, ständig mit knurrendem Magen herumlaufen zu müssen. Ich bin ausgerissen und habe mich in Inverness durchgeschlagen. Das war wesentlich besser, als immer nur darauf warten zu müssen, dass mein Vater etwas Essbares auf den Tisch brachte.«

Glendas Augen weiteten sich. »Soll das heißen, du hast dir dein Essen stibitzt?«

»Ja, meistens. Wenn es nicht klappte, musste ich Kohldampf schieben.« Wieder dieser sachlich-nüchterne Tonfall.

Soso. Egan war ein Dieb gewesen. Auch das war etwas, das sie nicht gewusst hatte. »Und was war mit deinem Vater? Hat er denn nicht nach dir gesucht?«

»Ach, der hat sicher nicht einmal gemerkt, dass ich fort war.«

»Aber ... wo hast du geschlafen?«

»Überall. Wenn ich Glück hatte, im Schutz eines Torportals. Wenn nicht, unter freiem Himmel. Auf jeden Fall so weit wie möglich von der Meeresbucht entfernt. Dort war es nämlich bitterkalt!«

»Und was war mit Ronald? Hat er dich nach Dunthorpe geholt?«

»Ja. Er hat dafür gesorgt, dass ich mein Essen bekam und ein warmes Plätzchen zum Schlafen, und er hat mich gemeinsam mit seinen eigenen Söhnen in der Kunst der Waffenführung unterwiesen.«

Glenda lauschte aufmerksam. So war Egan also zu den

MacKays gekommen. Bislang hatte sie nie den Mut aufgebracht, ihn gezielt danach zu fragen. Nach längerem Schweigen meinte sie leise: »Du hast Glück gehabt, dass du dabei nicht dein Auge verloren hast.« Sie stockte. »Und was ist mit deinem Vater? Was ist aus ihm geworden?«

»Einmal, als ich älter war, bin ich in das Dorf zurückgekehrt, um ihn zu besuchen. Aber da war er längst tot.«

»Es tut mir aufrichtig Leid.« Glenda wusste nicht recht, was sie sagen sollte.

Egan aber schüttelte nur den Kopf. »Das muss es nicht. Ich war froh, dass Ronald mich fand, sonst hätte damals vielleicht mein letztes Stündlein geschlagen. Ronald ist mir ein weitaus besserer Vater gewesen als mein leiblicher.« Für Augenblicke schwieg er, dann spähte er prüfend zum Himmel. Seine Stirn wölbte sich skeptisch, da bedrohlich dunkle Wolken aufzogen. »Es ist spät geworden. Wir sollten uns schlafen legen. Wir haben noch eine lange Reise vor uns.«

Wenig später kroch Glenda in das von ihm aufgestellte Zelt. Obwohl sie völlig erschlagen war, wollte sich der Schlaf nicht recht einstellen. Fortwährend kreisten ihre Gedanken um einen kleinen Jungen namens Egan.

Und um den Mann, der inzwischen aus ihm geworden war.

Drittes Kapitel

Tag um Tag brachte sie weiter nach Süden in Richtung des Grenzgebietes. Es war eine anstrengende Reise für Ross und Reiter – nichts als hohe Berge und tiefe Schluchten, wohin das Auge blickte. Egan hatte sich an jenem ersten Abend schwere Vorwürfe gemacht, dass er Glenda so viel zugemutet hatte, obwohl sie solche Strapazen nicht gewöhnt war.

Sie hatte richtig vermutet. Egan hatte es zwar abgestritten, aber er war wütend gewesen, wenn auch nicht auf sie. Gott bewahre, doch nicht auf sie! Nein, er war wütend auf sich selbst gewesen.

Denn jetzt, da er allein mit ihr war ... Egan schwirrte der Kopf. Er verehrte sie schon seit vielen Jahren. Er begehrte sie. Er begehrte sie wie nie zuvor. Denn jetzt war sie frei.

Und doch wieder nicht. Vielleicht würde sie nie frei sein.

Ich werde nie wieder heiraten.

Das war nicht scherzhaft gemeint, sondern ihr bitterer Ernst gewesen, sinnierte er finster.

Es war ihm immer zuwider gewesen, wenn Meredith Glenda damit aufgezogen hatte, dass sie wieder heiraten müsse. Gelegentlich war auch der eine oder andere Ehekandidat in Dunthorpe aufgetaucht; und jedes Mal, wenn Glenda einen Bewerber abgewiesen hatte, war ihm ein Stein vom Herzen gefallen. Tatsächlich hatte Meredith Glenda noch am Morgen ihrer Abreise damit gefoppt.

Aber jetzt ... seine Mundwinkel zuckten. Gütiger Himmel, was war er für ein Narr! *Sie trauert noch immer um Niall,* hatte Cameron bedauernd geseufzt. Kein Wunder, dass sie fortwährend beteuerte, sie werde nie wieder heiraten!

Wahrlich, er war ein Narr – und ein unverbesserlicher noch dazu!

Am dritten Nachmittag hielten sie an, um Rast zu machen. Als Egan ihr vom Pferd half, musste er dem Drang widerstehen, seine Hände auf ihrem Körper verweilen zu lassen. Dennoch geisterte ihm die Frage durch den Kopf, wie sie wohl reagiert hätte, wenn er es gewagt hätte? Glenda aber entwand sich ihm so flink, als hätte sie es eilig, ihn loszuwerden.

Er sah ihr nach, als sie davonschlenderte, um unter einem Schatten spendenden Baum auszuruhen. Anmutig legte sie sich auf den weichen, moosigen Boden und schlief ein. Egan konnte nicht anders, als sich neben ihr auszustrecken. Auf einen Ellbogen gestützt, verzehrte er mit Blicken ihre schlanke Gestalt. Obwohl sie sich nicht berührten, spürte er ihren warmen Körper. Seine Fantasie war schlagartig beflügelt. Wenn er sie jetzt streichelte, was würde er ertasten? Weiche, erhitzte Haut. Von alledem nichts ahnend, atmete Glenda ruhig und gleichmäßig. Ihr Brustkorb füllte sich mit der würzigen Waldluft, straffte das Mieder, das ihren wohlgeformten Busen umschloss …

Von dem er so manche Nacht geträumt hatte.

Immer wieder wurde sein Blick auf diese üppigen Rundungen gelenkt. Als Glenda schließlich aufwachte und sie erneut aufbrachen, betrachtete er sie verstohlen. Was fesselte ihn bloß so an ihr?, rätselte er. Ihr Busen war züchtig verhüllt. Ihre Beine … er hatte ihre Beine noch nie gesehen, trotzdem war er sich gewiss, dass sie so schlank und wohlgeraten waren wie alles an ihr. War es ihr Lächeln? Ein geradezu bezauberndes Lächeln, gestand er sich beinahe unwirsch ein, und nicht etwa, weil sie häufig und herzerfrischend lachte – nein, im Gegenteil. Eigentlich war ihr Lächeln sanft und sittsam … ähnlich wie sie.

Was dich fasziniert, ist nicht ihr Lächeln, sondern die Sinnlichkeit ihrer vollen Lippen, raunte eine innere Stimme.

Ihre Lippen. *Wie wahr!*, musste er sich widerwillig eingestehen.

Als sie an jenem Abend zusammen aßen, wusste er den Blick kaum von ihren Lippen zu reißen, feucht glänzend von dem Bratensaft eines Hasen, den er für sie zubereitet hatte. Ihr Mund war klein, die Unterlippe ein wenig voller, und er hatte das satte Rot blühender Rosen. Egan beobachtete, wie sie sich mit der Zungenspitze über die Lippen fuhr und den letzten Rest des köstlichen Suds fortleckte. Eine unsichtbare Faust bohrte sich in seine Magengrube. Wie wäre es wohl, wenn er diesen süßen Mund küssen, mit seiner Zunge zärtlich den Schwung ihrer Lippen nachzeichnen würde?

Heiliger Strohsack! Sogleich verachtete er sich für seine Gedanken. Schließlich war er ein Mann mit Prinzipien, der seine Begehrlichkeiten durchaus zu kontrollieren wusste. Was, zum Teufel, war bloß in ihn gefahren? Wäre er abergläubisch gewesen, hätte er wohl angenommen, er sei besessen. Dass sie oder jemand anders ihn mit irgendeinem faulen Zauber verhext habe.

Am fünften Tag ihrer Reise bemerkte Glenda, dass ihre Stute lahmte. Zunächst schob sie dies auf das unwegsame, von Geröll gesäumte Gelände, das sie soeben passierten. Sie spähte zu Egan, der ein Stück vorausritt.

»Egan«, rief sie sanft.

»Ja?«

Glenda deutete auf die kleine Stute. »Sie verlagert ihr Gewicht zunehmend auf den linken Vorderhuf.«

»Ja, das ist mir vorhin schon aufgefallen. Wir machen besser Rast und sehen uns das einmal genauer an.« Er straffte die Zügel, und die junge Frau folgte seinem Beispiel. Geschmeidig saß er ab und eilte ihr zu Hilfe. Eine verschämte Röte flog über Glendas Wangen, als ihre Fingerspitzen seine Schultern berührten. Egan verlor keine Zeit; sobald sie festen Boden unter den Füßen hatte, kümmerte er sich um Druscilla.

Glendas Augenmerk dagegen galt nicht dem Pferd, sondern ihm ... *Egan*. Er beugte sich über Druscillas Huf. Als er diesen an den Rumpf zog, warf die Stute nervös schnaubend den Kopf zurück. Besänftigend streckte Egan seine Hand aus. Lange, schlanke Finger glitten über Druscillas geschecktes Fell; das Pferd zuckte, dann beruhigte es sich. Er redete ihm so leise zu, dass Glenda die Worte nicht verstand.

Schließlich widmete er sich abermals seiner Aufgabe. Diesmal blieb Druscilla friedlich, als er sich über ihren Huf beugte.

Glendas Kehle war wie ausgedörrt. Der Stoff seiner Tunika spannte sich über dem Rücken, ließ das Muskelspiel seiner Schultern erahnen. Die junge Frau konnte sich nicht erinnern, jemals zuvor einen Mann mit einer so kraftstrotzenden Schulterpartie gesehen zu haben.

Er richtete sich auf. Glendas Blick flog zurück zu seinem Gesicht. Bei der Heiligen Jungfrau, hoffentlich hatte er nicht gemerkt, wie sie ihn angestarrt hatte! In ihrer Bestürzung nahm sie zunächst gar nicht wahr, dass er mit ihr sprach.

»Ich vermute, dass sie sich etwas in den Huf getreten hat, aber sicher bin ich mir da nicht.« Er tätschelte Druscillas Hals. »Sie sollte noch einmal untersucht werden.«

Glenda nickte zustimmend. »Ja, aber wo?« Das letzte Dorf, das sie passiert hatten, lag einen Tagesritt zurück.

Egan drehte sich leicht und überschattete mit einer Hand die Augen. »Ich glaube, da unten im Tal liegt ein kleines Anwesen. Vielleicht gibt es dort einen Hufschmied, der uns weiterhelfen kann.«

Ein scharfer Pfiff, und sein Pferd trottete gehorsam zu ihm. Und ehe Glenda sich versah, thronte sie auf dem Rücken seines Hengstes.

Glenda blinzelte benommen. »Aber Egan! Ich kann doch laufen ...«

Ihren Protest hätte sie sich sparen können. Egan hatte bereits die Zügel gepackt und schritt entschlossen aus. Glenda schmollte, versagte sich aber dennoch jeden weiteren Kommentar. Druscilla trabte brav hinterdrein.

Erst mit Einbruch der Dunkelheit erreichten sie die von Egan erwähnte Feste. Flackerndes, fahlgelbes Licht erhellte einen hohen Wohnturm. Ein Wachposten begrüßte sie aus dem erhöht gelegenen Torhaus.

»Gott zum Gruße! Wer seid Ihr, und warum seid Ihr hier?«

Egan rief zu ihm hinauf: »Ich bin Egan MacBain, und ich reise mit Glenda, einer Schwägerin von Cameron, dem Clanführer der MacKays. Wir ersuchen Euch lediglich um einen Gefallen – wir brauchen Euren Schmied für das Pferd von Mylady – und dann machen wir uns schleunigst wieder auf den Weg.«

»Wartet hier!«

Kurz darauf vernahmen sie das Echo eilender Schritte aus dem Wohnturm. Glenda nahm an, der Wachposten habe jemanden losgeschickt, um die entsprechende Erlaubnis einzuholen. Die Minuten schienen sich schier endlos dahinzuziehen, bis der Wächter schließlich abermals zu ihnen hinunterbrüllte.

»Tretet ein!«

Das Tor krachte auf. Glenda fiel ein Stein vom Herzen, denn wäre ihnen der Einlass verwehrt geblieben, wer weiß, wie lange sie dann nach der nächsten Schmiede hätten suchen müssen.

Egan führte seinen Hengst durch den Torbogen.

Glenda sah sich forschend um und stellte fest, dass sie sich in einem weitläufigen Innenhof befanden. Hier und da wuchs ein Büschel Gras. Egan verharrte. Starke Hände umspannten ihre Taille und hoben sie zu Boden.

Mittlerweile hatten sich mehrere Gestalten um sie geschart. Im Fackelschein sah sie, wie ein Mann auf sie zustrebte. Einige Burschen rannten ihm voraus. Gewiss war er ihr Dienstherr, erteilte er doch unverzüglich Befehle.

»Tragt dafür Sorge, dass die Pferde gefüttert werden und dass man sich um das Pferd der Dame kümmert!«

Glenda lächelte zu den beiden Knaben, die die Zügel nahmen. »Sie heißt Druscilla«, sagte sie leise.

Inzwischen hatte der Mann sie erreicht. Er war um einiges älter als Egan; graue Fäden durchzogen Haupthaar und Bart.

»Willkommen, Egan MacBain!«, begrüßte er diesen. »Ich glaube, ich habe schon von Euch gehört.«

»In der Tat, Sir?«, erwiderte Egan mit unbeirrt festem Blick.

»Aber gewiss doch! Ich bin Dugan.« Er machte eine ausladende Handbewegung. »Und dies ist mein Heim. Ihr aber, meine schöne Dame, müsst Lady Glenda sein.«

Er fasste die Hand, die Glenda ihm hinhielt, und verneigte sich tief. Als er sich wieder aufrichtete, sah er von einem zum anderen. »Verzeiht mir meine Neugier, aber mein Wachposten sagte, Ihr wäret die Schwägerin von Cameron aus dem MacKay-Clan. Es ist ein Jammer« – er wiegte den Kopf –, »dass sein Vater und seine Brüder den Tod gefunden haben.«

Glendas Lächeln gefror. »Ich bin Nialls Witwe«, erwiderte sie matt.

Ein unangenehmes Schweigen trat ein. Innerlich fluchend, sagte Egan rasch: »Ich schulde Euch meinen Dank, dass Ihr uns Einlass gewährt.«

»Das ist doch Ehrensache.« Dugan strich sich über den Bart. »Und nun kommt. Ihr seid noch rechtzeitig zum Nachtessen eingetroffen. Wenn Ihr ein warmes Mahl und ein weiches Bett schätzt, so kann ich Euch beides anbieten.«

Glenda hatte den Atem angehalten. Dugans Einladung entlockte ihr ein wohliges Seufzen, denn allein die Vorstellung, auf etwas anderem als dem harten, feuchten Erdboden zu schlafen, war in der Tat verlockend. Egan schien nie erschöpft, sondern zu jeder Tageszeit frisch und munter. Dies konnte sie von sich nicht behaupten.

Egan hatte weder Gutes noch Schlechtes von Dugan of Ragmoor gehört. Offen gestanden kannte er ihn überhaupt nicht. Sein erster Gedanke war abzulehnen, weil es nicht seine Art war, die Gastfreundschaft eines ihm völlig Fremden anzunehmen; andererseits merkte er, wie erbaut Glenda von dem Vorschlag war.

Höflich erkundigte er sich bei ihr: »Was hältst du davon? Möchtest du hier bleiben?«

»Das möchte ich nur zu gern.« Ihm stockte der Atem, denn ihr Lächeln war so strahlend wie ein Sommersonnentag.

»Großartig!« Dugan rieb sich die Hände. »Folgt mir in den Rittersaal, und ich werde sehen, was ich für Euch tun kann.«

»Nun, dann lass uns gehen.«

Egan legte seine Hand sanft zwischen ihre Schulterblätter, und Glendas Herz schlug höher. Es war beileibe nicht das erste Mal, dass er sie berührte, schalt sie sich. Er hatte ihr schon zigmal vom Pferd geholfen. Doch als sie Dugan die Treppe hinauf und in den großen Saal folgten, glitt seine Hand zu ihrer Taille. Seine Handfläche schien an ihr festzukleben; sie fühlte die Wärme seines Körpers, und ihr jäh einsetzendes Herzrasen drohte ihren Brustkorb zu sprengen. Warum das so war, hätte Glenda nicht zu sagen vermocht. Allerdings fand sie, dass seine Berührung anders war als sonst, irgendwie …

Besitz ergreifend.

Nichts für ungut, sagte sie sich, aber eine andere Umschreibung fiel ihr wirklich nicht ein.

In der großen Halle angelangt, wies Dugan umgehend einige Bedienstete an, ihnen ihre jeweiligen Gemächer zu zeigen. Die Glenda zugewiesene Kammer war zwar klein, aber gemütlich eingerichtet. Obwohl die junge Frau am liebsten gleich in das wohlig weiche Bett gekrabbelt wäre, war sie sich durchaus darüber im Klaren, dass sie ihrem Gastgeber zuvor die nötige Reverenz erweisen musste. Und sobald sie sich gewaschen und erfrischt hatte, knurrte ihr auch schon der Magen.

Bei ihrer Rückkehr saß Egan bereits an der Tafel. Dugan erhob sich und wies ihr einen Platz etwas weiter entfernt zu seiner Rechten zu, Egan direkt gegenüber. Und sie blieben nicht die Einzigen bei Tisch. Glenda nickte und murmelte Grußworte, während Dugan die unterschiedlichen Gäste vorstellte – seine Cousine Clarice und ihren Gatten Alpin, einen Engländer – Robin of Chadwick – sowie seine Ritter David, Michael und Edward.

Kurz darauf bog sich die Tafel unter den aufgetragenen Speisen. Es gab Platten mit Fisch, Kapaun und Hase am Spieß, Spanferkel, Obstkompott und eine reiche Weinauswahl.

Neben Egan saß Robin of Chadwick. Er hatte dunkles Haar und dunkle Augen; der Kragen und die Ärmel seiner Tunika waren mit Pelz verbrämt. Mit Fortschreiten des Festessens fixierte er die junge Frau zunehmend unverfrorener; es war beinahe unerträglich. Als er schließlich sein Kinn aufstützte und sie unverhohlen anstierte, platzte Glenda der Kragen.

Hochmütig maß sie ihn von Kopf bis Fuß.

»Müsst Ihr mich so anstarren, Sir?«

Seine Zähne blitzten in dem dunklen Bart auf. »Wie könnte ein Mann sich anders verhalten bei einer solchen Schönheit?«

»Nun, mich dünkt, an Schönheiten mangelt es hier heute Abend gewiss nicht«, warf Egan wortgewandt ein und deutete auf das lange Ende der Tafel, wo sich mehrere Damen angeregt unterhielten. »Insbesondere die in der roten Samtrobe.«

Drei Augenpaare schwenkten zum Ende der Tafel. Als schwante ihr, dass sie im Mittelpunkt der Aufmerksamkeit stand, bog die fragliche Dame kokett den Kopf zurück und lachte, den Blick auf ihren schlanken, schwanengleichen Hals freigebend. Im nächsten Augenblick spähte sie zu ihnen … und ihr Blick verweilte am längsten auf Egan.

Ohne den Blickkontakt zu beenden, neigte sie mit einem Lächeln um ihre purpurroten Lippen das Antlitz und nickte ihm in schweigendem Einvernehmen zu.

Glenda versetzte es einen sonderbaren Stich ins Herz, und sie schlug die Augen nieder. Dennoch blieben ihr Robins Ausführungen nicht erspart.

»Das ist Elfrida.« Er grinste süffisant. »Sie verteilt ihre Gunst recht großzügig, fürchte ich. Keine Eigenschaft, die man an der eigenen Gemahlin schätzen würde, was? Aber als Zerstreuung für eine Nacht ist sie genau das, was ein Mann braucht.«

Entsetzt über diese Unverschämtheit, schoss Glenda eine flammende Röte in die Wangen. Egans Antwort entging ihr, da Dugan das Wort an sie richtete.

Bald darauf wurde der letzte Gang aufgetragen. Glenda war heilfroh, denn sie sehnte sich nur noch nach ihrer Schlafstatt. Nachdem sie sich erhoben hatte, bedankte sie sich bei Dugan für das köstliche Mahl und seine Gastfreundschaft.

Mit einemmal merkte sie, dass Egans Blick auf ihr ruhte. Er war ebenfalls aufgestanden.

»Glenda, warte. Ich begleite dich.«

Sie rang sich ein zuckersüßes Lächeln ab. »Das ist nicht nötig. Ich finde den Weg zu meiner Kammer auch ganz gut allein.« Ihr Ton klang gleichmütig, aber sie sah ihn dabei nicht an – sie *konnte* es einfach nicht –, weil sie gar nicht genauer wissen wollte, was Egan von Lady Elfrida hielt.

Kurz bevor sie die Tafel verließ, nahm sie aus dem Augenwinkel einen rotsamtenen Schatten wahr und bemerkte, wie Elfrida neben ihn trat und sich bei ihm unterhakte. Anscheinend erwiderte die Dame sein Interesse voll und ganz.

»Wir hatten noch gar keine Gelegenheit, miteinander zu plaudern. Das möchte ich ändern, Sir. Wollt Ihr mir nicht von den eindrucksvollen Highlands berichten?« Sie lachte glockenhell, ihre Fingerspitze strich über seinen Ärmel. »Ich wette, sie sind so beeindruckend wie Ihr, oder?«

Glenda verspürte ein eigentümliches Engegefühl in der Brust. Sie suchte sich damit zu beschwichtigen, dass jeder von ihnen ein Recht auf sein Vergnügen hatte, aber wenn sie ehrlich mit sich selbst war, schätzte sie solche Zudringlichkeiten im Beisein Dritter wahrlich nicht.

Sie wartete Egans Reaktion gar nicht erst ab, sondern strebte hoch erhobenen Hauptes zum Treppenaufgang. Sie wollte nur noch in ihre Kammer, welche im zweiten Geschoss lag. Sobald sie den Flur erreichte, hörte sie Schritte hinter sich. Sie hastete weiter durch den dämmrigen Korridor, den lediglich einige wenige Talgstumpen erhellten. Ihr Licht warf gespenstische Schatten auf die kahlen Steinwände.

»Glenda, Glenda, nun wartet doch!«

Glenda verharrte. Ihre Hand flog an ihre Kehle, ihr

Herzschlag setzte beinahe aus, doch als sie sich umdrehte, erspähte sie einzig Robin of Chadwick auf dem Treppenabsatz.

»Robin, dem Himmel sei Dank, Ihr seid es! Ich habt mich fast zu Tode erschreckt!«

»Kein Grund zur Besorgnis, Mylady.« Er machte eine übertrieben tiefe Verbeugung vor ihr. »Ganz im Gegenteil«, er straffte sich, »über kurz oder lang werdet Ihr mich als Euren Retter betrachten.«

Glenda überlief ein unangenehmes Prickeln. »Ich verstehe nicht, was Ihr damit meint, Sir.«

»Oh, ich glaube, Ihr versteht mich recht gut.«

Sein glutvoller Blick diente ihr als Warnung. Ihr Argwohn war also berechtigt gewesen! Klammheimlich spähte sie von ihm zur Treppe; hoffentlich war es noch nicht zu spät und er zu berauscht vom Wein, um flink zu reagieren. Doch bevor sie sich auch nur rühren konnte, umklammerte er ihren Arm wie eine Schraubzwinge.

Stöhnend suchte Glenda sich zu befreien. »Lasst mich los!«

Sein höhnisches Lachen jagte ihr einen neuerlichen Schauer über den Rücken. »Nein, Schätzchen, noch nicht!« Er zerrte sie in eine unbeleuchtete Kammer. Die Finger brutal in ihren Oberarm gekrallt, trat er die Tür hinter sich zu. Glenda wollte sich ihm entwinden, aber er war ihr an Kraft weit überlegen.

Hart umschloss er ihr Handgelenk und zog sie an sich. »Wahrlich, ich hab's auf Anhieb gewusst, als ich Euch sah. Eine Witwe, was? Wie lang ist es denn her, hmm?« Er grinste hämisch. »Zu lange, schätze ich. Zweifellos braucht Ihr einen richtigen Mann. Nun, ich bin Euch zu Diensten, Gnädigste. Immer zu Diensten.«

»Lasst mich los!« Verzweifelt wehrte sie sich, dennoch vermochte sie seinen widerlich feuchten Lippen nicht auszuweichen. Ungerührt rammte er seine Zunge zwischen ihre Lippen. Glenda würgte und bog den Kopf zurück.

Er stieß sie vor das Mauerwerk und stemmte seinen Körper unerbittlich gegen den ihren. Sein heißer Atem schlug ihr unablässig ins Gesicht. »Wir können es auf meine Weise tun oder auf Eure. Wie auch immer, ich warne Euch, ich bekomme, was ich will.«

Während er sprach, packte er ihr Gewand und zerrte es ihr bis zur Taille hinunter. Und Glenda schrie aus Leibeskräften: »Egan! *Egan!*«

Dunkle Augen maßen sie spöttisch. »Euer Highlander kann Euch jetzt nicht helfen«, feixte er. »Wie ich Lady Elfrida kenne – und ich darf betonen, ich kenne sie recht intim –, steckt der Lustspeer Eures werten Highlanders soeben tief in ihr drin.«

Er schob ein Bein zwischen ihre Schenkel, darauf versessen, diese zu spreizen. Verzweifelt presste Glenda sie zusammen, aber gegen seine Kraft vermochte sie kaum etwas auszurichten. Verflixt, dachte sie. Gute Güte! Das Trinkgelage hatte ihn kein bisschen berauscht …

Doch dann erstarrte Robin schlagartig.

»Wenn Ihr das nächste Mal mit einer Lady allein sein wollt, dann verriegelt gefälligst die Tür.«

Es war Egan, und der Klang seiner Stimme war Musik in Glendas Ohren. Ihr hüpfte das Herz vor Erleichterung.

»Hebt die Hände und tretet langsam zurück.«

Zähneknirschend gehorchte Robin.

Mondlicht strömte durch die Fensteröffnung. Unvermittelt entdeckte Glenda, was zu Robins Einlenken geführt hatte: Egan bohrte ihm die Spitze eines Dolchs in den Nacken. Fröstelnd richtete sie ihr Kleid.

»Hervorragend. Seht Ihr den Stuhl dort in der Ecke? So holt ihn mir doch bitte, wenn es Euch nichts ausmacht.«

»Und wenn es mir etwas ausmacht?« Robins Miene war so finster wie sein Ton.

Egan zuckte die Schultern. »Nun, ich denke, Ihr habt es eben trefflich umschrieben. Es ist unwesentlich. Ich bekomme, was ich will … so oder so.«

Seine Stimme klang weiterhin freundlich, bedrohlich freundlich. Robin musste das ebenfalls gemerkt haben, denn er befolgte die Anweisung, allerdings nicht kommentarlos.

»Ihr seid ein Bastard.«

»Meine Herkunft steht nicht zur Debatte.« Für Augenblicke grinste Egan frostig. Schließlich wandte er sich zum ersten Mal an Glenda. »Glenda?«

»Ja?« Zu ihrer Verblüffung brachte sie nur einen heiseren Krächzlaut heraus.

»Alles in Ordnung mit dir?«

»Ja«, erwiderte sie, diesmal etwas entschiedener.

»Tapferes Mädchen! Jetzt hör mir einmal gut zu. In meinem rechten Stiefel steckt ein Messer. Kannst du mir das geben?«

Glenda blinzelte verwirrt, bückte sich dann aber und tastete danach. Ihre Finger glitten in das weiche Leder, fühlten den kalten Metallgriff. Sie zog das Messer aus seinem Versteck, wog es in ihrer Handfläche und wollte es ihm reichen, doch er schüttelte den Kopf. »Es ist nicht für mich, es ist für dich.«

Glenda wurde blass. Was sollte das nun wieder heißen? Wollte er, dass *sie* Robin damit bedrohte? Bei der Heiligen Jungfrau, alles, nur das nicht! »Egan«, sagte sie matt. »Bitte! Ich kann es nicht.«

Robin of Chadwick fielen fast die Augen aus dem Kopf.

Egan grinste schief. Sein Blick wich nicht von Robins Gesicht. »Aber nein, Mädchen. Ich möchte, dass du das Laken vom Bett holst. Nimm das Messer zu Hilfe und schneide es für mich in Streifen.« Mit einem Kopfnicken deutete er auf den Stuhl. »Ihr, Sir, mögt Euch niedersetzen.«

Hastig klaubte Glenda das Laken zusammen und warf es auf den Boden. Robin setzte sich. Während Glenda sich dem Laken widmete, schoss Robins Blick mehrfach zur Tür, doch Egan versperrte den Fluchtweg.

Schließlich war sie fertig. Fragend schaute sie zu Egan auf. »Geht das so?«

»Aber gewiss. Leg die Stoffstreifen vor ihn.«

Glenda tat, wie ihr geheißen, dann trat sie zurück.

Rasch hatte Egan Robins Hände hinter dessen Rücken gebunden. »Wenn er auch nur eine Bewegung macht«, befahl er grimmig, »dann durchtrenn ihm die Gurgel.« Da erst merkte sie, dass sie noch immer das Messer umklammert hielt.

Ein Griff, und Robins Tunika sank zu Boden. Glenda riss vor Schreck den Mund auf. Was, in aller Welt …?

Kurz darauf folgten seine Beinkleider. Seine Stiefel wurden aus dem Fenster katapultiert.

So saß er da – im Adamskostüm.

Zu verblüfft, um den Blick abzuwenden, verfolgte Glenda, wie Egan einen völlig nackten Robin mit Stoffstreifen fesselte, bis dieser sich nicht mehr rühren konnte. Seine Beine waren an den Holzbeinen des Stuhls festgezurrt, seine Arme hinter dem Rücken, sein Körper an der hohen, starren Stuhllehne und an der Sitzfläche.

Robin fluchte inbrünstig. »Damit kommt Ihr nicht ungeschoren davon! Bei allem, was heilig ist, ich werde …«

Welche Drohung er auch hatte ausstoßen wollen, sie blieb ihm im wahrsten Sinn des Wortes im Halse stecken. Egan verpasste ihm einen Stoffknebel und band ihm dann den Mund zu.

»Ich frage mich nur, ob Ihr trunken seid vom Bier oder

vor Lust. Vielleicht von beidem. Wie dem auch sei, Ihr könnt froh sein, dass Ihr noch lebt. Und Ihr solltet Euch glücklich schätzen, dass Ihr noch Kinder zeugen könnt« – Egans Dolchspitze fuhr von Robins Brustkorb zu dessen Schritt. »Lasst Euch dies eine Lehre sein, Robin of Chadwick. Wenn Ihr das nächste Mal eine Dame beglücken wollt, dann vergewissert Euch vorher ihres Einverständnisses.«

Robins Augen funkelten vor Zorn, Gurgellaute drangen aus seiner Kehle. Glenda zweifelte keine Sekunde lang daran, dass er Egan an den Hals gegangen wäre, hätte dieser ihn nicht dressiert wie eine Weihnachtsgans.

Egan kümmerte das nicht weiter, stattdessen führte er Glenda aus der Kammer. Energisch die Tür hinter ihnen schließend, legte er einen Finger an seine Lippen.

»Wir müssen uns beeilen, sonst fallen wir noch den Burgbewohnern in die Hände. Ich kann mir gut vorstellen, was sie tun werden, wenn sie ihn aufspüren – aber vielleicht haben wir Glück, und sie finden ihn erst morgen. Ich denke, es wird das Beste sein, wenn wir so rasch wie möglich das Weite suchen. Für den Fall, dass sie unsere Verfolgung aufnehmen.«

Aus seiner Stimme sprach der Ernst der Lage, und Glenda nickte stumm.

Glücklicherweise gab es einen weiteren Zugang zum Innenhof, sodass sie nicht die große Halle durchqueren mussten. Geräuschlos und in geduckter Haltung schlichen sie sich am Mauerwerk entlang. Der unverminderte Geräuschpegel im Rittersaal bewies ihnen, dass niemand ihr Verschwinden bemerkt hatte.

Vor den Stallungen richtete Egan sich zu seiner vollen Länge auf. »Wir haben uns entschlossen, noch diese Nacht weiter zu reiten«, erklärte er einem verschlafenen Stallburschen und bat ihn, ihre Pferde zu satteln.

Glenda bewunderte seine Gelassenheit. Ihr Herz schien gegen ihren Brustkorb zu schlagen; ihr Magen rebellierte, dass sie schon fürchtete, sie könne das Nachtmahl nicht bei sich behalten.

Dem Torwächter nannte er denselben Vorwand.

Sobald die Türme hinter ihnen lagen, gaben sie ihren Pferden die Sporen und suchten schleunigst das Weite. Vollmondlicht schimmerte vom dunklen Firmament, als wollte es ihnen den Weg weisen.

Sie ritten die ganze Nacht, immer in Richtung Süden. Glücklicherweise hatte der Hufschmied die Stute kuriert. Der Morgen kam und ging. Die Nachmittagssonne brannte gnadenlos auf sie herab. Sie hielten lediglich an, um die Pferde zu tränken. Als das strahlende Rund des Mondes erneut am Himmel schwebte, forderten die schlaflose Nacht und der anstrengende Tag allmählich ihren Tribut. Glendas Lider wurden schwerer und schwerer, ihr Haupt sank auf ihre Brust. Eine starke Hand an ihrem Arm rüttelte sie wach – und verhinderte gerade noch, dass sie kopfüber aus dem Sattel purzelte.

Sie hob den Kopf. »Ach bitte, Egan. Können wir nicht eine kurze Rast einlegen?« Die Worte rutschten ihr ungewollt heraus.

Seine Miene war wie versteinert. Einen Herzschlag lang sah es so aus, als wollte er ihr den Wunsch abschlagen. Schließlich entspannten seine zusammengebissenen Kiefer ein wenig. Er nickte knapp. »In Ordnung«, knurrte er und brachte den Hengst zum Stehen. Glenda folgte seinem Beispiel.

Glenda war müde und völlig ermattet. Sobald ihre Füße festen Boden berührten, zitterten ihr die Knie, und die Beine gaben unter ihr nach. Egan fasste sie unter den Achseln und richtete sie auf. Glenda murmelte ein gehauchtes Dankeschön und stakste zu einer kleinen Pappelschonung. Sie legte sich unter einen der Bäume, zog die Knie an die Brust und den Umhang fester um ihre Schultern. Ihr knurrte der Magen, aber vor lauter Erschöpfung kümmerte sie das nicht weiter.

Wann genau Egan sich neben ihr ausstreckte, sollte sie wohl niemals erfahren.

Irgendwann nahm sie unbewusst wahr, dass das Mondlicht bereits der Morgenröte gewichen war, denn vor ihren geschlossenen Lidern schimmerte es hell.

Sie streckte sich, doch es war so warm und anheimelnd, dass sie gar keine Lust hatte, die Augen aufzuschlagen. Hin und her gerissen zwischen Wachen und Träumen, graute ihr vor der Aussicht, einen weiteren Tag im Sattel verbringen zu müssen. Seufzend rückte sie näher an die angenehme Wärmequelle heran und rieb ihre Wange an der trainierten Muskulatur einer Männerschulter. Dass es nur die Schulter eines Mannes sein konnte, schwante ihr auf Anhieb. Wie in Trance überlegte sie: Welche Männerschulter …?

Ach, schloss sie schläfrig, es war doch nur Egan, an den sie sich schmiegte.

Nur Egan …

Viertes Kapitel

Die Erkenntnis durchfuhr sie wie ein Blitzstrahl.

Glenda riss die Augen auf und war schlagartig hellwach. Doch ihr Körper schien wie gelähmt. Sie konnte sich nicht bewegen. Konnte keinen klaren Gedanken fassen.

Inzwischen hatte Egan den Kopf zu ihr gedreht.

Unweigerlich trafen sich ihre Blicke. In ihrer Verwirrung war sie nicht einmal in der Lage, sich zu rühren, während seine Augen forschend ihr Gesicht betrachteten. Glenda hatte plötzlich eine ausgedörrte Kehle, denn er schien sie mit Blicken zu verzehren …

Ach, und sie waren sich so nah, so verteufelt nah, dass ihre Lippen sich berührt hätten, wenn Glenda nur den Kopf angehoben hätte. Und genau dort, auf ihrem Mund, verweilte sein Blick.

Eine eigentümlich pulsierende Glut wallte zwischen ihnen auf, und es war ganz gewiss nicht die Körperwärme, die sie miteinander geteilt hatten. Nein, eine völlig andere Glut war zwischen ihnen entfacht.

Die Zeit schien still zu stehen. Glenda stockte der Atem. Sie glaubte zu sterben, wenn sie noch länger warten müsste, warten auf das, was als Nächstes geschehen mochte …

Mit einer geschmeidigen Bewegung sprang Egan auf.

»Es ist schon spät. Wir können es uns nicht leisten herumzutrödeln.«

Er hielt ihr eine Hand hin, um ihr beim Aufstehen behilflich zu sein, und im Nu war der Zauber des Augenblicks verflogen. Wann immer sie im weiteren Verlauf des Tages zu Egan hinüberspähte, war es doch tatsächlich so, als sei nichts geschehen. Seine Miene blieb ernst und verschlossen, sein Verhalten erschreckend reserviert.

Er hatte sie küssen wollen. Sie wusste es und konnte an kaum etwas anderes mehr denken. Schließlich war sie keine unberührte Jungfrau, die nichts von den feurig verlangenden Blicken der Männer verstand. Sie war verheiratet gewesen, und sie war nicht prüde. Fast konnte sie diesen Kuss schmecken ... Ihre Gedanken schweiften ab. Ob sein Kuss wie alles an ihm wäre? Energisch und fordernd ... und unterkühlt? Nein, überlegte sie. Nicht unterkühlt. Ganz gewiss nicht. Irgendwie spürte sie das mit jeder Faser ihres Körpers.

Er hatte sie küssen wollen.

Die Vorstellung war anmaßend. Unmöglich. Da täuschte sie sich. Warum sollte er auf solch eine Idee kommen? Ausgerechnet Egan – Egan, den sie seit vielen Jahren kannte.

Sie wurde den Gedanken nicht los. Ihr Verstand drehte sich im Kreis. Schließlich war er derjenige gewesen, der sich zurückgezogen hatte. Er – und nicht sie.

Allein die Vorstellung wühlte sie innerlich auf. Gute Güte, wie hätte sie sich verhalten, wenn er es getan hätte? Hätte sie sich zur Wehr gesetzt?

Am Nachmittag hielten sie an, um die Pferde zu tränken. Währenddessen kletterte Egan auf einen Felsgrat. Dort stand er für eine Weile breitbeinig in den hohen Reitstiefeln und blickte in die Richtung, aus der sie gekommen waren. Glenda war klar, dass er nach möglichen Verfolgern Ausschau hielt.

Kurz darauf kehrte er zu ihr zurück. Geröll knirschte unter seinen Stiefeln, als er neben sie trat.

Forschend maß sie ihn aus riesigen, goldbraunen Augen. »Glaubst du, dass wir in Sicherheit sind?«

»Das kann ich nicht mit Bestimmtheit sagen. Sie wissen zwar nicht, in welche Richtung wir geritten sind, trotzdem werde ich jede Vorsicht walten lassen, bis du wohlbehalten in Blackstone eingetroffen bist.« Seine Antwort war wie üblich kurz und bündig.

Glenda schauderte, als sie an Robins Mund auf dem ihren dachte und wie er sein Bein zwischen ihre Schenkel gestemmt hatte. Wäre Egan nicht eingeschritten, wäre ihm sein schändliches Vorhaben vermutlich geglückt.

»Es tut mir Leid, Egan. Ich wollte dir wirklich nicht das … das Vergnügen mit … mit deiner Lady nehmen.«

Glenda hörte, wie er geräuschvoll den Atem einzog, und glaubte, sie habe ihn schockiert. In Wahrheit war sie selbst erschrocken, denn die Worte waren ihr ungewollt entschlüpft.

»Meine Lady«, wiederholte er verständnislos. Und dann: »Ach so, du meinst Elfrida.«

»Ja, genau die.« Sie schluckte. »Ich muss dir danken«, murmelte sie gepresst. »Wenn du mich nicht gehört hättest …«

»Ich hatte mich bereits von ihr verabschiedet.«

Ihr Herz schlug schneller. Wie er sie ansah … In seinem Blick lag etwas Verlangendes, etwas, das ihr schon am Morgen aufgefallen war. Etwas, das sie innerlich erbeben ließ, das sie kaum in Worte zu kleiden vermochte. Das sie die Augen niederschlagen ließ, um sie Sekundenbruchteile später wieder zu heben.

»Wie meinst du das?«

»Ich hatte mich in der Eingangshalle bereits von ihr getrennt.«

»Aber … wieso? Warum hast du das getan? Robin sagte doch, dass sie … dass sie recht großzügig ihre Gunst verteilt.«

»Das mag stimmen. Dennoch habe ich keine derartigen Neigungen.«

Sein freimütiges Geständnis erstaunte Glenda. Sie senkte den Blick. »Aber sie ist doch eine richtige Schönheit.«

Egan stimmte weder zu, noch widersprach er ihr. Stattdessen sagte er leise: »Das entzieht sich meiner Kenntnis. Es tut mir nur Leid, dass ich nicht eher bei dir war. Ich versichere dir, das passiert mir nie wieder.«

Ihre Augen blitzten auf. »Dich trifft keine Schuld, Egan.«

»Und wenn ich anderer Meinung bin?«

»Dann irrst du. Ich bin … dir zu tiefem Dank verpflichtet.«

Es kostete sie einige Überwindung, dennoch wich sie seinem Blick nicht aus. Er fixierte sie. Diesmal … nein, diesmal bildete sie sich wahrlich nicht ein, dass seine Augen lange und intensiv an ihren Lippen hingen.

Glenda war heillos verwirrt. Sie war ihm ganz nah gewesen, Tatsache! Aber jetzt war es anders. Anders und … befremdlich.

Egan murmelte nur: »Wir reiten besser weiter.«

Nein, sie täuschte sich nicht.

Während der darauffolgenden Tage spürte Glenda seine Nähe in einer Weise, wie sie es nie für möglich gehalten hätte. Sobald ihre Kleider sich nur streiften, schien sie innerlich zu entbrennen. Bei ihrem überstürzten Aufbruch von Ragmoor hatte Egan das Zelt vergessen. Und obwohl er nun peinlich genau darauf achtete, in der Nacht einen gewissen Sicherheitsabstand zu ihr zu halten, war sie sich seiner männlichen Ausstrahlung erschreckend gewärtig.

Wann es begonnen hatte, hätte sie nicht zu sagen vermocht. Sie wusste nur, dass es so war und dass sie nichts daran ändern konnte.

Eines frühen Morgens schlich sie sich auf Zehenspitzen von ihrem nächtlichen Lagerplatz fort. Sie waren am Ufer eines kleinen Sees, und Glenda lockte die Aussicht auf ein Bad, wie kurz auch immer es sein mochte. Jetzt, unmittelbar nach Sonnenaufgang, krauste kein Lüftchen die Wasseroberfläche, die von goldenen Fäden durchwoben schien. Sie legte ihre Kleidung ab und watete in den Weiher.

Rasch merkte Glenda, dass das Wasser in Ufernähe gar nicht so unerträglich kalt war. Die Fluten umspülten eben ihre Taille, als sie ein Geräusch vernahm. Die junge Frau duckte sich, ihr Kopf schnellte herum, doch es war nur das leise Rascheln der belaubten Zweige im Wind. Einfach himmlisch, sich den Staub von der Reise abzuwaschen! Sie tauchte ihren Schopf in das kühle Nass, um die Haare auszuspülen.

Eher widerwillig stieg sie aus dem Wasser, doch sie wollte fertig sein, bevor Egan aufwachte. Die kühle Morgenluft erzeugte eine Gänsehaut auf ihrem nackten, nassen Körper. Fröstelnd lief sie vom Wasser zu der Stelle, wo sie ihre Kleidung an einen ausladenden Ast gehängt hatte.

Das blaue Augenpaar, das aufmerksam jeden ihrer Schritte verfolgte, entging ihr dabei völlig. Ihre schlanken weißen Arme griffen nach dem Leinenunterkleid. Wie hätte sie auch ahnen sollen, dass Egan sich hinter einer der Weiden verbarg, die den Weg zum See säumten?

Er stöhnte innerlich auf, bot sie doch einen überaus verführerischen Anblick. Gleich nach dem Aufwachen war er fluchend aufgesprungen, weil er sie nirgends hatte entdecken können. Dann hatte er ein leises Plätschern vom See her vernommen. Geräuschlos war er näher herangegangen, weil er vermutet hatte, sie sei dort. Und er hatte gerade noch mitbekommen, wie ihr Schopf in die glitzernde Wasseroberfläche eingetaucht war. Da er sie nicht hatte stören wollen, hatte er sich in das feuchte, weiche Gras gesetzt und gewartet, während sie ihr Bad fortsetzte.

Es war ein wunderschöner Morgen, die Sonne erhob sich an einem wolkenlosen Himmel, und der See funkelte wie ein lupenreiner Saphir, eingebettet in eine smaragdgrüne Hügellandschaft.

Doch das war nichts, verglichen mit dem Anblick, der sich ihm jetzt bot.

Sie hatte kein Tuch, um sich trocken zu reiben, und so klebte das eben übergestreifte Leinenunterkleid an ihrem noch feuchten Körper. Im Sonnenlicht wirkte der Stoff fast durchsichtig; ganz deutlich sah er ihre vollen Brüste mit den fröstelnden Spitzen, von einem dunklen Roséton wie der Sonnenaufgang. Ihre Beine waren lang und schlank und ihre Kehrseite wohl gerundet, als sie sich bückte und ihm eine aufreizende Ansicht bescherte, die ihn fast um den Verstand brachte.

Es war reine Willenskraft, die ihn wie festgewurzelt verharren ließ. Sonst wäre er gewiss zu ihr gelaufen, hätte sie in seine Arme geschlossen und die Lippen geküsst, die sich ihm überrascht öffnen und mit den seinen verschmelzen würden. Um sie für immer zu der seinen zu machen, denn er sehnte sich danach …

Würde es aber nie tun.

Er sollte den Blick abwenden. Gütiger Himmel, wenn er das doch nur könnte! Er sollte ihr diesen Augenblick des Alleinseins zubilligen. Vielleicht war es eine Prüfung Gottes, sann er düster, weil er die Gemahlin seines Freundes begehrte. Aber trotz seiner Gewissensbisse vermochte er nicht wegzusehen.

Sie drehte sich um und erstarrte.

»Egan.« Aus ihrer Stimme sprachen Verwirrung und Scham. »Was machst du denn hier?«

Es lag ihm auf der Zunge, ihr zu erklären, dass er sie nur beschützen könne, wenn er sie stets im Auge behielt. Stattdessen sagte er: »Ich bin aufgewacht, und du warst fort. Du hättest mich in deine Pläne einweihen sollen.« Irgendwie klang die Ermahnung fadenscheinig.

Mit ihren Fingerspitzen glättete sie ihr Gewand. Von dort, wo er stand, bemerkte er die leichte Zerknirschtheit in ihren lichtbraunen Augen.

»Wie lange bist du schon hier?«

»Noch nicht lange«, beschwichtigte er sie. »Eigentlich bin ich eben erst gekommen.«

Das war eine Lüge.

Die infamste Lüge, die ihm je über die Lippen gegangen war. Genau genommen war er schon lange genug da, um zu erkennen, dass ihn seine kühnsten Träume nicht getrogen hatten. Bevor sie ihr Gewand übergestreift hatte, hatte er sie betrachtet … jeden Zoll von ihr. Sie war schlank und wohl proportioniert, mit der sinnlichen Ausstrahlung einer erfahrenen Frau, nicht der eines jungen Mädchens. Für Egan war sie das bezauberndste Geschöpf, das er sich vorstellen konnte. Wenn er ihren flachen Bauch und die schmalen Hüften so anschaute, schien es ihm undenkbar, dass sie schon einmal ein Kind geboren hatte.

Dennoch verhielt es sich völlig anders, als sie meinte. Er hätte es sich nie verziehen, wenn ihr etwas zugestoßen wäre. Obgleich er sich den Anblick ihrer liebreizenden Schönheit nicht versagt hatte, hatte er ihr doch keineswegs nachspionieren wollen, und genau das legte er ihr dar.

Er hörte, wie sie tief seufzend einatmete. »Du bist also … eben erst gekommen?«

»Ganz recht.«

Unter seinem durchdringenden Blick senkte sie die Lider. »Warum schaust du mich dann so an?«, erkundigte sie sich sehr leise.

Sein Herz setzte aus, weil Glenda seinem Blick schamhaft auswich. Da wusste er, dass sie die gegenseitige Anziehungskraft ebenfalls spürte. Anscheinend wusste sie diese Gefühle genauso wenig zu kontrollieren wie er.

Egan blieb ihr die Antwort schuldig. Stattdessen deutete er mit einem Kopfnicken zu den Pferden. »Komm. Jetzt ist es nicht mehr weit.«

* * *

Glenda hoffte, dass er Recht behielte, denn ihr schien es die längste Reise ihres Lebens.

Sie war sich ganz sicher, dass er sie hatte küssen wollen, und leider auch ziemlich sicher, dass er sie nackt … vollkommen nackt … gesehen hatte.

Gegen Mittag des folgenden Tages erreichten sie flacheres Gebiet, das Grenzland. Vereinzelte Sonnenstrahlen stahlen sich durch die Wolkendecke und erhellten eine lieblich grüne Landschaft mit Gräsern, die sich im Rhythmus des Windes wiegten.

Auf einem Hügelkamm brachte Glenda Druscilla zum Stehen. »Warte.« Sie hob eine Hand und gestikulierte. »Da vorn liegt Blackstone Tower. Siehst du es, dort hinter der Biegung des Flusses?«

Für Augenblicke betrachtete Egan den Fluss, der sich durch das breite Tal schlängelte. Eine Steinbrücke überspannte ihn, und sein Blick folgte dem Verlauf, bis dieser sich aus den Augen verlor und Egan in der Ferne einen runden Steinturm wahrnahm.

»Was meinst du? Hast du schon jemals solche sattgrünen Wiesen gesehen?«, ereiferte sie sich.

Ihre Stimme klang plötzlich aufgeräumt, ganz anders als zuvor. Egan spähte zu ihr. »Du bist froh, dass du wieder hier bist, oder?«

»Hm, ich glaube schon. Es wird mir nur jetzt erst bewusst.« Sie konnte sich ein Lächeln nicht verkneifen. Im nächsten Augenblick aber versetzte es ihr einen Stich ins Herz. Es lag schon einige Jahre zurück, dass sie ihren Vater hier besucht hatte – Niall hatte sie damals nicht begleiten können, und sie hatte ihn entsetzlich vermisst. Lebhaft erinnerte sie sich, wie sie sich damals geschworen hatte, das nächste Mal in Begleitung von Niall nach Blackstone zu reisen.

Stattdessen war sie mit Egan gekommen.

Ein Pfad wand sich durch die sanften Anhöhen. Egan lenkte seinen Hengst auf ihm entlang, Glenda folgte dicht dahinter. Irgendwann stießen sie auf eine kleine Lehmhütte. Die Tür war aus den Angeln gerissen, die Überreste des Flechtdachs verkohlt. Glenda legte nachdenklich die Stirn in Falten, sagte aber nichts.

Im Verlauf der nächsten Stunde fanden sie eine weitere verkohlte Hütte und dann noch eine. Darauf hielt Glenda an und saß ab. Egan folgte ihr in die mittlerweile von Unkraut überwucherte Hütte.

Draußen, im Licht der Sonne, schüttelte Glenda den Kopf. »Irgendetwas stimmt nicht, Egan. Hier hat ein Mann namens Peter mit seiner Frau und seiner Familie gelebt, ach ja, und mit seiner Schwester. Sie konnte nicht laufen, und oft saß sie hier.« Glenda deutete auf die Türöffnung. »Papa und ich haben ihr immer Honig gebracht.« Sie maß ihn mit besorgter Miene. »Was ist mit ihm geschehen? Mit seiner Familie? Wo sind sie bloß hin?«

»Vielleicht ist er tot, und seine Familie ist weiter gezogen.«

»Gewiss, so muss es sein«, meinte Glenda gedehnt. In ihrem Kopf dagegen häuften sich Fragen über Fragen. Er hatte vier kraftstrotzende Söhne und eine Tochter gehabt, Jeannine, sie war um einiges jünger gewesen als sie. Wo steckten sie? Zumindest eines von diesen Kindern hätte doch bleiben müssen, um das Ackerland zu bestellen, oder?

Als sie weiter ritten, beschleunigten sie ihr Tempo. Glenda wehrte sich gegen die aufsteigende Panik, lag hier doch irgendetwas entsetzlich im Argen. Sie spürte es beinahe körperlich. Das hier war nicht das Land, wie sie es gekannt hatte. Etliche Felder lagen brach, viele Gärten waren voller Unkraut, die Hütten leer oder niedergebrannt – oder beides. Und nirgends ein Wachposten – weder vor dem Donjon noch im Torhaus.

Schweigend, den Mund zu einer dünnen Linie zusammengepresst, folgte Egan ihr durch die Burgtore. Glenda bemerkte einen leeren Karren mit einem gebrochenen Rad, der verlassen im Innenhof stand. Ihr stockte der Atem, denn Blackstone Tower sprühte nicht mehr vor Leben wie in ihrer Erinnerung … und wie es eigentlich hätte sein müssen.

Nach einer Weile entdeckten sie einen Mann, versteckt im Schatten der Burgmauern. Er saß auf einem Schemel, den Kopf an die Steinwand gelehnt. Dünne, fettige Locken fielen ihm in die Stirn. Aus dem offen stehenden Mund drang lautes Schnarchen.

Egan saß ab. »Du da!« Er baute sich beeindruckend vor dem Wachposten auf und stieß ihn mit dem Finger an.

Der Mann schnarchte ungerührt weiter. Glenda hätte laut aufgelacht, wäre da nicht dieses schmerzhafte Engegefühl in ihrer Brust gewesen. Und auch Egan schien keineswegs belustigt.

Nach zwei weiteren Stupsern öffnete der Mann schlaftrunken ein Auge, dann das zweite. Er schien benommen, riss sich dann aber mit einem letzten Schnarchlaut aus dem Schlaf. Seine blutunterlaufenen Augen weiteten sich erschrocken, als er die hünenhafte Silhouette vor sich gewahrte.

»Wer seid Ihr?«, krächzte er.

Angewidert trat Egan zurück. Selbst auf dem Rücken

von Druscilla roch Glenda noch seinen säuerlichen Atem.

»Dein Name!«, versetzte Egan barsch.

»Ich … ich bin Milburn. Und wer, zum Teufel, seid Ihr?«

»Ich bin Egan. Und das ist deine Herrin Glenda.«

»Glenda«, wiederholte der Mann verständnislos. »Aber Glenda ist die Tochter von Royce.« Sein Blick tastete sich forschend zu Glenda. »Dann seid Ihr also Glenda?«

»Ganz recht«, bestätigte ihm die junge Frau freundlich.

»Aber … was wollt Ihr dann hier? Ihr lebt doch jetzt in den Highlands!«

»Sie ist hier, weil sie die Herrin von Blackstone Tower ist!« Egan platzte fast der Kragen. »Gibt es denn hier keinen Verwalter?«

Milburn kratzte sich den Schädel. »Schätze, das ist wohl Bernard.«

»Dann hol ihn her.«

Milburn wollte aufstehen, taumelte und packte Egans Arm. Gefährlich schwankend erhob er sich.

Egans Miene war so düster wie eine Gewitterwolke. »Sobald du Bernard hergeholt hast, gehst du dir den Biergestank vom Leib waschen. Und wenn du noch einmal sturztrunken Wache schiebt, bekommst du es mit mir zu tun, mein Wort darauf!«

Milburn schob seine geifernde Unterlippe vor. »Schon gut, schon gut«, brummte er. »Soll nich wieder vorkommen, Sir.« Darauf torkelte er in Richtung Wohnturm.

Egans Geduld neigte sich allmählich dem Ende zu. Er hob Glenda von Druscillas Rücken. Gemeinsam traten sie in den Innenhof.

Ein vom Alter gebeugter Mann schlurfte die Eingangstreppe hinunter; sein Haupt war bis auf einige wenige graue Stoppeln kahl.

»Das ist Bernard«, erklärte Glenda, »einer von Vaters Gefolgsleuten. Ich wusste gar nicht, dass er noch lebt.«

Als er schließlich vor ihnen stand, maß er Glenda von Kopf bis Fuß. »Bei allen Heiligen!«, entfuhr es ihm. »Aber Ihr seht ja genau so aus wie Glenda!«

»Sie *ist* Glenda!«

Der alte Mann wandte sich zu Egan. »Was habt Ihr da gesagt, Bürschchen?«

Bürschchen. Keinem wäre je in den Sinn gekommen, Egan als *Bürschchen* zu bezeichnen. Glenda legte ihm beschwichtigend eine Hand auf den Arm und raunte ihm zu: »Sei nachsichtig mit ihm, Egan. Ich glaube, er kann schlecht hören.« Sie trat näher zu Bernard und legte trichterförmig die Hände um sein Ohr.

»Du täuschst dich nicht, Bernard. Ich bin's, Glenda!

»Glenda!« Seine Augen füllten sich mit Tränen. »Ach Glenda, Euer Vater ist inzwischen tot«, murmelte er tief bestürzt. »Und Euer Onkel Rowan auch. Jetzt ist niemand mehr da.«

»O doch, Bernard. Ich bin jetzt hier.« Aufmunternd lächelte sie dem Greis zu, dessen Miene weiterhin Verwirrung spiegelte. »Ist Nessa noch da?«

»Aber ja, die ist noch hier. Sie ist oben im Saal.« Ein knochiger Finger wies zum Turm.

Glenda drückte ihm die Hände. »Hab Dank, Bernard.« Sie nickte zu Egan. Während sie den Hof überquerten und die Treppe zum Haupthaus hinaufstiegen, erklärte Glenda ihm, dass Nessa sie und ihre Schwester als Kinderfrau betreut habe.

Durch die hohen, schmalen Fenster in dem trutzigen Mauerwerk drang kaum Licht ins Innere des Saales. Die am Boden ausgestreuten Binsen rochen streng und modrig. Trotzdem trat Glenda unbeirrt ein.

»Nessa?«, rief sie.

Eine Gestalt, die eben eine Hand voll Zweige ins Kaminfeuer geben wollte, hielt mitten in der Bewegung inne. Zögernd drehte die Frau den Kopf in Richtung der Ankömmlinge. Sie straffte sich, und doch waren ihre Schultern ebenso gebeugt und eingesunken wie die Bernards.

Gestützt auf einen hölzernen Gehstock, humpelte sie heran. Da tauchte ein Sonnenstrahl den Saal in gleißendes Licht, und sie ließ jählings die Zweige fallen. »Heilige Mutter Gottes«, wisperte sie gepresst, »sag jetzt nicht, dass du es bist!«

Lachend streckte Glenda die Hände aus. »Doch, ich bin es, Nessa. Ich bin hier und ... und diesmal bleibe ich!«

Und schon lagen sich die beiden in den Armen. Egan stand ein wenig abseits, er fühlte sich seltsam fehl am Platz. Die alte Frau wischte sich Tränen der Rührung aus den Augen und löste sich schließlich von ihrer Herrin.

»Und wen haben wir hier?« Trotz ihres hohen Alters fand Egan, dass ihre Augen und ihre Stimme erstaunlich klar waren.

»Das ist Egan MacBain, Nessa. Er hat mich von Dunthorpe begleitet.«

War es seine Einbildung, oder hatte Glendas Verhalten sich tatsächlich innerhalb von Augenblicken gewandelt? Die betagte Nessa heftete den Blick auf ihn. Ihr Haar, früher zweifellos einmal leuchtend rot, war jetzt ergraut und schütter und unter einer Haube verborgen. Sie war hager; pergamentdünne Haut spannte sich über den knochigen Zügen. Doch trotz ihrer Gebrechlichkeit klang ihre Stimme peitschenscharf.

»Wohlbehalten, nehme ich an?«

Glenda lächelte schwach. »Wir sind heil hier angekommen, oder etwa nicht?«

Egan konnte sich des Eindrucks nicht erwehren, dass man ihn taxierte und beurteilte – und entscheidende Mängel feststellte. Das beruht auf Gegenseitigkeit, sann er finster. Bislang hatte ihn Blackstone Tower auch nicht sonderlich vom Hocker gerissen.

Nessa wandte sich erneut an Glenda. »Ich habe von Nialls Tod erfahren. Und von eurem Sohn. Ich habe mit dir geweint, mein Kind. Wie bitter, dass du auf so tragische Weise Gemahl und Sohn verlieren musstest.«

»Hab Dank, Nessa.« Glendas Lächeln wurde seltsam starr.

»Komm, setz dich«, bat Nessa. Sie zog Glenda zu einer Holzbank an der Wand. Während sie weiterhin ihre Hand umklammert hielt, lehnte sie den Stock an ihre Hüfte. »Ich weiß, wir sind ein jammervolles Begrüßungskomitee. Bernard ist halb blind und fast taub. Ich bin ein halber Krüppel, und ein Großteil der Dienerschaft hat das Weite gesucht.« Sie hielt die Hände mit den gichtgekrümmten Fingern in die Höhe. »Ich fürchte, diese greisen Hände können auch nicht mehr so, wie sie sollten.«

»Mach dir deshalb keinen Kummer«, beschwichtigte Glenda ihre frühere Kinderfrau. »Erzähl mir lieber von Blackstone, Nessa. So vieles hat sich verändert, seit ich das letzte Mal hier war! Etliche Hütten stehen leer oder sind abgebrannt.«

Nessa nickte matt. »Wahrlich, es hat sich vieles verändert«, meinte sie betrübt. »Das Blackstone, wie du es kennst, gibt es nicht mehr. Nein, das ist nicht mehr der Ort, wo du zur Frau herangereift bist, mein Kind. Der Frohsinn ist von uns gegangen und mit ihm die Bewohner.«

»Erzähl mir, was geschehen ist, Nessa.« Glenda hatte nicht die geringste Ahnung, was hier vorgefallen sein mochte.

»Es fing damit an, dass dein Vater verstarb. Eine Weile ging alles gut, aber dann wurde auch dein Onkel Rowan schwer krank, mit ähnlichen Symptomen wie dein Vater.

Mit der Zeit ist das Anwesen immer baufälliger geworden. Die Soldaten sind desertiert und viele Familien nach Norden geflüchtet.«

Glenda konnte ihren Unmut nicht verbergen. »Warum hat mich denn keiner benachrichtigt? Wenn ich das gewusst hätte ...«

»Rowan hätte das nie geduldet. Um dir weiteren Kummer zu ersparen, wollte er dich nicht einweihen. Er hat getan, was er nur konnte, aber er war ein todkranker Mann.« Nessa faltete die Hände im Schoß. »Das ist noch nicht alles«, seufzte sie schließlich.

»Was? Nun rede schon, Nessa.« Glenda war fest entschlossen, alles zu erfahren.

»Dieses Jahr ... Herrgott! Es ist wie eine Seuchenplage. Eine Bande von Männern verwüstet das Land – und keiner weiß, wann sie das nächste Mal zuschlagen. Sie haben das Getreide niedergetrampelt, Vieh und Ochsen gestohlen und die Leute aus ihren Hütten vertrieben. Manchmal vergehen Wochen, und alles bleibt ruhig. Und sobald man sich in Sicherheit wiegt – und glaubt, dass es vorbei ist –, fängt es von neuem an.«

Glenda war fassungslos. »Wer sollte dergleichen tun? Hast du eine Vorstellung, Nessa?«

Nessa zögerte. »Keiner weiß es genau, denn sie ziehen meist des Nachts los, wenn es zu dunkel ist, um sie zu erkennen. Außerdem vermummen sie ihre Gesichter mit Tüchern.«

Egan kniff die Augen zusammen. Er hatte Nessas Ausführungen aufmerksam gelauscht. »Jemand muss doch *irgendeine* Vorstellung haben«, warf er ein.

Nessa presste die Lippen aufeinander. Zunächst glaubte er, sie weigere sich, ihm zu antworten. »Es geht das Gerücht«, räumte sie schließlich ein, »dass Simon dafür verantwortlich ist.«

Glendas Brauen zogen sich zusammen. »Simon Ruthven?«

»Ganz recht«, bekräftigte die Alte. »Manche nennen ihn hinter seinem Rücken auch Simon den Ruchlosen. Selbst als sein Vater noch am Leben war, hat er stets seinen eigenen Kopf durchgesetzt, ohne Rücksicht auf andere. Allerdings kenne ich keinen, der ihm das offen ins Gesicht sagen würde! Nein, niemand wagt es, etwas Nachteiliges über ihn zu äußern, aus Angst vor Vergeltung.«

Egans Augen waren bedrohlich schmal geworden. »Wer ist dieser Simon Ruthven?«

Glenda beeilte sich, ihm zu antworten. »Ein englischer Baron mit Besitztümern am anderen Flussufer.«

»In England?«

»Ja. Die Ländereien von Blackstone liegen nördlich des Flusses, Simons schließen sich südlich davon an.«

Egan entging nicht, dass Glenda den fraglichen Mann mit Vornamen nannte. »Du kennst ihn gut?«

»Nein, nicht so gut. Wir sind im selben Alter, und wir kannten uns als Kinder, aber … das ist auch schon alles.«

»Hältst du ihn solcher Grausamkeiten für fähig, wie Nessa sie beschrieben hat?«

»Offen gestanden vermag ich das weder mit Ja noch mit Nein zu beantworten! Ich habe ihn seit vielen Jahren nicht mehr gesehen. Er war am englischen Hof, als ich Niall heiratete.«

Nachdenklich rieb Egan sich das Kinn. »Möglich wäre, dass er seinen Besitz vergrößern will.«

»Pah«, schnaubte Nessa abfällig. »Der hat Land und Geld im Überfluss. Weitaus mehr als wir hier in Blackstone, schätze ich. Ich kann mir nicht vorstellen, warum er noch mehr haben wollte. Ich weiß nur eins: Wer Wind sät, wird Sturm ernten.«

»Dann ist es womöglich böser Wille. Vielleicht hegt er einen Groll gegen deinen Vater oder deinen Onkel.«

Nessa schnaubte höchst undamenhaft. »Niemand hegt einen Groll gegen Royce oder Rowan«, entschied sie im Brustton der Überzeugung. »Einerlei, ob es nun Simon der Ruchlose oder irgendein anderer ist, der es auf die Bewohner von Blackstone abgesehen hat: Männer wollen immer nur schachern und fremdes Gut an sich bringen! So sind sie nun einmal, diese Kerle, grausam und hinterhältig gegen alles und jeden!«

Egan hob fragend eine Braue. »Habt Ihr einen Gemahl, Nessa?«, erkundigte er sich höflich.

»Nein!« Dieses eine Wort knirschte aus ihrem Mund wie Sand auf Glas.

»Das habe ich mir gedacht.«

Nessas dunkle Augen sprühten Blitze. »Also wirklich, so ein hochnäsiger Flegel … ein Highlander, wie er im Buche steht …«

Sie unterbrach ihre Schimpftirade, da Glenda neugierig an Egans breiten Schultern vorbeispähte und sich erhob. Nessa reckte den Kopf, um zu sehen, was ihren früheren Zögling abgelenkt hatte.

Die Alte hob ihre faltige Hand und winkte der Eintretenden. »Komm, Jeannine. Komm, mein Mädchen.«

»Jeannine! Oh, ich wusste es!«, entfuhr es Glenda. »Der Mann, an dessen Hütte wir vorbeigeritten sind – Peter«, erklärte sie Egan. »Die Tochter, von der ich gesprochen habe. Das ist sie. Das ist Jeannine.«

Jeannine war in geduckter Haltung über die ausgestreuten Binsen gehuscht und stand jetzt vor ihnen. Sie war kleiner als Glenda, aber auch kräftiger, mit breiten Schultern und ausladenden Hüften. Ihr hellbraunes Haar war unter einer Haube versteckt. In einem Arm trug sie ein winziges Bündel.

Glenda hätte das junge Mädchen gern umarmt, aber irgendetwas hielt sie zurück. Da fiel ihr auf, dass in den großen dunklen Augen Jeannines nicht ein Funke der Wiedersehensfreude aufglomm. Sie erkannte sie gar nicht mehr.

»Hallo, Jeannine«, sagte sie leise. »Ich bin Glenda, die Tochter von Royce. Erinnerst du dich an mich? Mein Vater und ich haben eure Hütte oft besucht, als du noch jünger warst.«

Jeannine schüttelte den Kopf, ihre Miene blieb abweisend.

Glenda trat einen Schritt näher. Ihr Blick fiel auf das Bündel in Jeannines Arm. Sie unterdrückte ihr aufkeimendes Unbehagen. »Wie ich sehe, hast du ein Kind.«

»Ja.« Jeannine strahlte. »Möchtet Ihr ihn sehen? Er heißt Thomas. Er sieht seinem Vater sehr ähnlich.« Mit ihrer freien Hand schob sie die Decke zur Seite. Glenda trat noch näher heran, um das Kind zu bewundern.

Aber da war kein Kind.

Verständnislos hob sie den Blick zu Jeannine, die gespannt auf ihre Reaktion zu warten schien. Glenda zuckte unmerklich die Schultern. »Jeannine«, hob sie an, um sogleich wieder zu verstummen. Eher zufällig wanderten ihre Augen zu Nessa, die warnend den Kopf schüttelte und einen Finger an die Lippen legte.

Glenda verstand zwar nicht, warum, trotzdem hielt sie vorsichtshalber den Mund.

»Ein hübscher Junge, nicht wahr? Ganz der Vater.«

Glenda lächelte gequält. »Ganz der Vater«, wiederholte sie.

Jeannine strahlte.

Als Jeannine sich kurz darauf zurückzog, hob Nessa an zu erzählen. »Als die Unruhen anfingen, gehörten Peter und seine Jungen zu den Ersten, die geflüchtet sind. Jeannine ist geblieben, weil sie und Colin gerade erst geheiratet hatten.« Nessa seufzte. »Colin und das Kind kamen bei einem der Überfälle im letzten Herbst ums Leben. Seitdem ist Jeannine … anders. Sie will einfach nicht wahrhaben, dass die beiden tot sind. Einmal habe ich versucht, mit ihr darüber zu reden, sie zu fragen, warum sie sich so verhält. Andere haben es auch schon probiert.« Ratlos hob Nessa die eingesunkenen Schultern. »Da hat sie so lange und heftig geweint, dass ich schon Angst hatte, sie könne vor Kummer sterben! Und jetzt, wenn jemand auch nur davon anfängt, stellt sie sich taub … sie *will* nichts davon hören. Sie schleppt das Bündel ständig mit sich herum, spricht mit ihm, nimmt es zu sich ins Bett, als wäre darin ihr leibhaftiges Kind. Etliche verhöhnen sie und halten sie für verrückt, aber so herzlos könnte ich nie sein.«

Glendas Augen waren auf die Zimmerecke geheftet, in der Jeannine jetzt saß und ihr Bündel in den Armen wiegte. Sie begriff einfach nicht, warum Jeannine die Wahrheit nicht akzeptieren wollte … Machte es den Verlust denn erträglicher, wenn man weiterhin glaubte, dass Gemahl und Kind noch lebten? Tief beklommen erinnerte sie sich an den seelischen Schmerz, den sie empfunden hatte, als sie ihr totes Neugeborenes hatte hergeben müssen.

Ihr Nachtmahl war kärglich – gekochte Rübchen, altbackenes Brot, Käse und verwässertes Bier. Die Tafel wurde von einigen wenigen Talgstumpen erhellt, und Glenda nahm sich im Stillen vor, tags darauf die Vorratskammern zu inspizieren.

Mit Glendas tatkräftiger Unterstützung waren zwei Schlafkammern im Ostflügel hergerichtet worden. Eine war Glendas früheres Zimmer; die andere lag ein paar Türen weiter und war dem Dienstherrn vorbehalten gewesen. Das darin stehende Bett war bequem und breit, genau das Richtige für einen Hünen wie Egan. Außerdem, so sagte Glenda sich, war es ja nur für eine Nacht.

Als Egan anerkennend nickte, strebte Glenda zur Tür. Dort drehte sie sich noch einmal um.

Forschend wölbte Egan die buschigen schwarzen Brauen. »Gibt es noch irgendwas, das du mit mir besprechen möchtest?«

»So ist es.« Auf diese Aufforderung hatte sie nur gewartet, dennoch wollten ihr die Worte nicht recht über die Lippen gehen.

»Na, dann heraus damit. Wir kennen uns nun schon so lange und sollten keine Geheimnisse vor einander haben.«

»Nein, gewiss nicht«, meinte sie gedehnt. Schließlich nahm sie ihren ganzen Mut zusammen. »Egan, ich muss es wissen. Jener Morgen am See. Du … du hast mich gesehen, oder?«

»Welcher See? Ich weiß nicht, was du meinst.« Er spielte den Ahnungslosen. Und während er ihr triumphierend zuzwinkerte, funkelte sie ihn bitterböse an.

»Ich denke, du weißt genau, was ich meine. Du hast mich gesehen« – ihre Stimme flatterte –, »du hast mich …«

»Nackt gesehen?«

»O Gott!« Sie senkte die Lider, atmete tief und gequält ein. »Es stimmt, nicht wahr?«

Ihre Bestürzung entlockte ihm ein unverhohlenes Grinsen. »Und wenn schon? Was ist daran so schlimm?«

»Du hast beteuert, es sei nicht so gewesen!«

»Nein«, erwiderte er sanft. »Ich habe nur gesagt, dass ich gerade erst gekommen sei.« Seine Augen versanken in den ihren. »Ich wünschte, ich könnte dich noch einmal so sehen«, sagte er leise.

Glenda spürte, wie eine tiefe Röte über ihre Wangen flog. »Sag so etwas nicht!«

»Und warum nicht?«

»Weil es nicht recht ist.«

»Was ist daran falsch?« Sein Grinsen verschwand. »Du bist frei und unabhängig«, betonte er. »Genau wie ich.«

»Ich bin nicht frei. Ich bin …« Sie stockte.

»Eine Witwe«, schloss er für sie. »Du bist nicht mehr verheiratet, Glenda.«

»O doch, das bin ich. Tief im Herzen fühle ich mich vermählt wie am ersten Tag. Und das allein zählt.« Wenn sie auch bewusst grob zu ihm war, es ging nicht anders. Was immer hier zwischen ihnen geschah, es musste so rasch wie möglich aufhören!

Stattdessen drehte er den Spieß um. »Tatsächlich? Darf ich einmal neugierig sein, Glenda?«, erwiderte er scharf. »Du und Niall, ihr wart viele Jahre verheiratet, und jetzt, nach seinem Tod, müssen dir die Nächte doch schier endlos scheinen. Fühlst du dich denn nicht schrecklich einsam?«

Glenda zuckte zusammen. Was war das? Wie konnte er um die Qualen wissen, die sie ohne Niall ausstand? Dass sich die Nächte endlos lang und einsam dahinschleppten – vor allem nach Daniels Heirat. Einen Herzschlag lang dünkte es sie, dass er ihr aus der Seele sprach.

Sie straffte sich. »Was weißt du schon davon? Du bist nicht verheiratet.«

»Nein, aber das kann ja noch werden. Und das heißt noch lange nicht, dass ich nicht das Gleiche begehre wie andere Männer auch.«

Glendas Mundwinkel zuckten ärgerlich. »Das kann ich mir vorstellen«, sagte sie steif. »Ich weiß, was *du* begehrst, schließlich kennen wir uns schon eine halbe Ewigkeit. Und in all den Jahren hast du wohl kaum ein enthaltsames Leben geführt, oder?« Nachdenklich tippte sie mit dem Zeigefinger an ihre Lippen. »Lass mich mal überlegen. Ich glaube, Anna war die Erste, wo ich es genau weiß. Dann kam Mary und dann Louise – sie war fürchterlich verliebt in dich, musst du wissen. Ach ja, und dann neulich erst ... Patsy. Du warst am Abend von Daniels Hochzeit mit ihr zusammen, erinnerst du dich?«

Egan biss die Zähne knirschend zusammen. Er starrte sie an, sinnierte, wie, zum Teufel, er darauf reagieren solle. Es behagte ihm wahrhaftig nicht, dass sie um seine Eskapaden wusste. Aber Kruzifix, es war doch müßig, dass er deswegen Gewissensbisse hatte! Er war ihr keinerlei Rechenschaft schuldig. Er schuldete ihr gar nichts, denn sie hatte einen anderen geheiratet.

Nicht ihn.

Nein, er war bestimmt nicht enthaltsam gewesen. Und warum nicht? Weil er *sie* hatte vergessen wollen – und sei es auch nur für kurze Zeit. Aber das durfte er Glenda nie enthüllen! Folglich sagte er nur: »Ich bin kein Mönch, das gebe ich offen zu.«

Wie zur Bestätigung seiner Worte entwich Glendas Kehle ein leises, unwilliges Seufzen. Darauf schnellte sie mit raschelnden Röcken herum und rauschte zu der Eichentür.

Egan aber war als Erster dort und baute sich vor ihr auf. »Nicht so hastig, Jungfer. Ich finde, wir sollten diese Angelegenheit endgültig klären.«

Glenda blickte von ihm zur Tür. »Was hast du vor, Egan?«

»Nun, ich dachte, du kennst mich so gut, Glenda.« Sanft, aber entschieden fuhr er fort: »Zwischen uns beiden ist mehr, als du denkst. Vielleicht sollten wir uns das ab und an vergegenwärtigen.«

Eiskaltes Entsetzen peitschte in ihr hoch.

»Zwischen uns ist nichts.« Ihr Blick schweifte gehetzt hin und her. Ihre Stimme klang ihr selbst fremd in den Ohren. Sie musste die Worte durch ihre staubtrockene

Kehle pressen. »Ich empfinde nichts für dich, Egan, einmal abgesehen von dem, was ich dir die ganzen Jahre entgegengebracht habe.«

»Und das wäre? Ich gestehe, das interessiert mich brennend.«

Seine Direktheit verblüffte sie. Todesmutig hielt sie seinem Blick stand. »Bewunderung ... ich ... ich habe dich bewundert«, sagte sie, ohne nachzudenken.

In seine Augen trat ein Strahlen. »Ah. Du hast mich also bewundert.«

Oh, wie konnte er nur so begriffsstutzig sein! »Nein, nicht so, wie du denkst!«

»Wie denn dann?« Er blieb hartnäckig.

Glenda platzte beinahe der Kragen. »Du ... du bist ein Ehrenmann. Eine Respektsperson. Du besitzt Charakterstärke und Charisma. Ich ... ich habe das bewundert«, gestand sie atemlos. »Und bewundere das noch.«

»Und das ist alles?«

Ihr Puls flatterte. Eigentlich hatte sie schon mehr preisgegeben, als ihr lieb war. »Ja«, erwiderte sie unsicher, und ihre Stimme klang eher verzweifelt denn überzeugend. »Was hast du anderes erwartet?«

Er antwortete nicht, jedenfalls nicht direkt. »Diese Reise«, hob er leise an. »Wir beide allein« – er schüttelte den Kopf –, »es ist nicht dasselbe wie früher, Glenda.«

Etwas in seiner Stimme ließ ihr Herz schneller schlagen, das ... und auch die Art, wie er sie betrachtete.

»Ich weiß nicht, was du meinst.« Ihr Mund war so trocken, dass sie nur mühsam einen Ton herausbrachte.

»Ich denke, du weißt es genau. Du kämpfst dagegen an, kleine Lady. Ehrlich gesagt habe ich das auch versucht.«

Zum Teufel mit ihm, dachte sie bei sich. Er war sich seiner so sicher! Sie dagegen fühlte sich wie ein Häufchen Elend. Sie vermochte ihm nicht in die Augen zu sehen.

Die Luft war plötzlich schwer und schwül und berauschend. *Er* war berauschend. Ihr Blick schweifte zu seinem Mund ... herrje, eine überaus gefährliche Körperzone! Schließlich heftete sie den Blick starr auf seine gebräunte Halsbeuge.

»Du irrst, Egan. Zwischen uns ist gar nichts.« Das klang so unglaubwürdig aus ihrem Mund, dass sie sich beinahe schämte.

Er trat näher, so nahe, dass ihr Busen den Stoff seiner Tunika streifte. »Auf einmal weichst du meinem Blick geflissentlich aus«, stellte er fest. »Wenn das wirklich stimmt, dann sieh mich an und wiederhole deine Worte.«

Egan sah, dass sie schluckte, einen inneren Kampf mit sich ausfocht, ehe sie den Blick hob. Als sich beider Augen trafen, las er in den ihren die wachsende Beklommenheit, er bemerkte ihre gepressten Atemzüge, das verhaltene Heben und Senken des Brustkorbs ... und wusste um ihre panische Angst.

Beim Allmächtigen, war er von Sinnen? Oder genauso bestürzt wie sie?

Denn Egan hatte soeben erkannt, dass sie es ihm nicht sagen konnte und *würde* ... das wäre zu viel verlangt. Er hatte sich heimlich gefragt, ob sie seine Gefühle erwiderte, und jetzt war ihm alles klar. O gewiss, sie konnte von Ehre, von Respekt und Bewunderung reden, aber er ließ sich nicht täuschen. Sie würde sich nicht so verhalten, wenn da nichts wäre, wie sie eigensinnig beteuerte.

Es war nur einfach zu früh. Tief im Innern wusste er das. Aber wenn er sie schon nicht küssen durfte, dann wollte er wenigstens einen kleinen Vorgeschmack. Er hob eine Hand, wollte die sanften Konturen ihres Mundes berühren, nur für den Hauch des Augenblicks.

Sie senkte die Lider, drehte abrupt den Kopf weg und verwehrte ihm, wonach ihn mit Macht verlangte.

»Nicht, Egan. Ich bitte dich, tu's nicht.«

Sie sprach so leise, dass er sie kaum verstand. Ihr Flehen hing zwischen ihnen, wie kalter Rauch in der Luft.

Egans Hand sank schlaff hinunter. Er betrachtete sie, wie sie krampfhaft in eine ungewisse Ferne blickte. Die Zeit schien sich endlos hinzuziehen. Keiner von ihnen rührte sich.

Es war Glenda, die schließlich das Schweigen brach. »Ich will mich darum kümmern, dass dein Reiseproviant bereit steht, wenn du morgen aufbrichst.«

Seine Miene gefror. »Ich werde nicht abreisen.«

Verdutzt flog ihr Blick zu ihm. »Was sagst du da?«

»Ich reise morgen nicht ab«, wiederholte er kühl.

Eine Pause trat ein. Häme war Egan fremd, und doch genoss er ihre Verunsicherung.

»Ach so«, entfuhr es ihr matt. »Dann aber übermorgen?«

»Nein. Und auch nicht in drei oder vier Tagen.«

Seine Selbstsicherheit brachte sie zur Weißglut. »Könntest du mir das bitte erklären?«

»Aber gewiss. Cameron hat mich beauftragt, für deine persönliche Sicherheit Sorge zu tragen – und daran halte ich mich.«

»Das ist nicht nötig.«

»O doch, schließlich bin ich ...«

»Ich weiß, ich weiß! Für mich verantwortlich! Hiermit enthebe ich dich dieser Verantwortung.«

»Ich unterstehe Cameron, nicht dir, Glenda. Und selbst wenn dem nicht so wäre, ist es mir ein inneres Anliegen, mich um deine Sicherheit zu kümmern.«

»Ich *bin* in Sicherheit, und ich bin nicht allein. Ich habe doch Bernard und Milburn – und Nessa und Jeannine.«

»Trotzdem bleibe ich.«

Ihre Lippen öffneten und schlossen sich wieder. Vielleicht schwante ihr bereits, dass Egan nicht willens war nachzugeben. Dennoch schien sie entschlossen, in dieser Sache das letzte Wort zu behalten.

»Eine Nacht, Egan. Du kannst noch diese eine Nacht bleiben, das ist mein letztes Angebot.«

Während sie ihn keines weiteren Blickes würdigte, rauschte sie an ihm vorbei, die schmalen Schultern hochmütig gestrafft. Egan wartete, bis der Nachhall ihrer Schritte verebbte, dann schloss er die Kammertür.

Glaubte sie tatsächlich, dass er sie hier allein zurücklassen würde, auf diesem Anwesen, das sich in einem Grauen erregenden Zustand befand? Allein die Vorstellung war grotesk!

Ich habe doch Bernard und Milburn – und Nessa und Jeannine.

Egan zuckte ratlos die Schultern. Dachte sie ernsthaft, diese vier könnten für ihre Sicherheit garantieren? Eine halb verkrüppelte Alte und eine Junge, die nicht ganz richtig im Oberstübchen war! Ein fast blinder und tauber Greis, der es nicht einmal mitbekäme, wenn ein ganzes Heer grölend durch die Burgtore preschte – und ein Wachposten, der sich mit Bier volllaufen ließ!

Und meinte sie denn wahrhaftig, zwischen ihnen sei nichts?

Da konnte er nur ungläubig den Kopf schütteln. *Wir werden sehen, meine bezaubernde Lady,* dachte er im Stillen. *Wir werden es sehen.*

Fünftes Kapitel

Wie es die Geschicke des Zufalls wollten, war Egan einer der Ersten, auf die Glenda traf, als sie am nächsten Morgen durch den Innenhof strebte. Er stand vor den Stallungen und unterhielt sich mit Milburn, der auf einem Grauschimmel thronte. Glenda fiel auf, dass er weitaus rüstiger wirkte als bei ihrer Ankunft tags zuvor.

Mehrere prall gefüllte Taschen waren an seinem Sattel befestigt. Sogleich dachte sie an den gestrigen Abend, als sie Egan erläutert hatte, dass sie den Proviant für seine Rückreise bereitstellen wolle … Jetzt aber hatte sie den Eindruck, Milburn sei derjenige, der sich auf einen Ritt vorbereitete, und nicht etwa Egan …

Heimlich verfolgte sie, wie Egan sich mit Milburn austauschte. Milburn straffte die Schultern, worauf sich sein eingefallener Brustkorb blähte. Nach einem knappen Nicken gab er dem Schimmel die Sporen und galoppierte über den Hof zum Tor.

Stirnrunzelnd sah Glenda ihm nach. Eine Staubwolke hinter sich aufwirbelnd, verschwand er im Schatten des Torhauses. Wohin er bloß ritt, fragte sie sich, und worüber mochten er und Egan sich nur so angeregt unterhalten haben?

Ihr Blick schweifte zurück zu Egan. Liebend gern wäre sie umgekehrt und ins Haus zurückgeeilt, doch er hatte sie bereits entdeckt und kam auf sie zu. Glenda blieb wie angewurzelt stehen. Unversehens flatterte ihr Puls.

»Guten Morgen, Glenda«, begrüßte er sie seelenruhig, den Blick unbeirrt auf sie geheftet.

Sie fand es ausgesprochen ärgerlich, dass er so frisch und ausgeruht wirkte. Sie dagegen hatte kaum ein Auge zugetan! Ihre Gedanken waren ein einziges Durcheinander … und das nur seinetwegen!

Entschlossen grub sie die Finger in die Handballen. Irgendwie gelang es ihr, Haltung zu bewahren und ihm gleichmütig entgegenzutreten. »Einen schönen guten Morgen, Egan.« Sie nickte zum Torhaus. »Das war Milburn, nicht wahr?«

»Ganz recht.«

»Aha. Und wohin reitet er?«

»Nach Dunthorpe.«

»Nach Dunthorpe!« Glendas Augen verengten sich argwöhnisch. »Weshalb denn das?«

»Um eine Nachricht zu überbringen.«

»Darf ich fragen, wie deren Inhalt lautet?«

Ihr spitzer Ton entging ihm nicht. Er senkte den Kopf, doch seine Miene blieb unbeteiligt. »Selbstverständlich. Ich habe Cameron davon in Kenntnis gesetzt, dass ich gedenke, auf unbestimmte Zeit hier in Blackstone zu bleiben.«

Glendas kochte innerlich. »Ich dachte, das hätten wir gestern Abend geklärt, Egan.«

»Das haben wir nicht.«

Sie funkelte ihn an. »Dein Verhalten ist ungebührlich.«

»Das ist es zweifellos« – er verblüffte sie mit seiner unverblümten Offenheit –, »doch ich habe gute Gründe. Unter den derzeitigen Gegebenheiten würde ich keine Frau hier allein lassen.«

»Und ich stehe zu dem, was ich gestern Abend gesagt habe. Es ist nicht erforderlich, dass du bleibst.«

»Ist es Stolz oder Eigensinn, was sich hinter deiner ablehnenden Haltung verbirgt? Nun, vermutlich beides. Aber ich wette, da ist noch etwas.« Er maß sie durchdringend. »Warum fürchtest du dich vor mir, Glenda?«

»Tu ich nicht!« Und doch schlug ihr Herz nun beinahe hektisch. Sie fürchtete sich nicht vor ihm, redete sie sich ein. Sie hatte Angst vor sich selbst. Dieses Gefühl der

Ohnmacht, das sie in seiner Gegenwart beschlich, kannte sie nämlich nicht an sich.

»Warum bist du dann so dagegen? Gegen mich? Hat es mit dem gestrigen Abend zu tun?« Eine seiner Brauen schoss fragend nach oben. Ein Lächeln umspielte seine Mundwinkel.

Vermutlich macht er sich insgeheim auch noch lustig über mich, sann Glenda verdrossen.

»Muss ich dich daran erinnern, dass nichts vorgefallen ist?«

Glenda wurde schlagartig glutheiß, und das lag beileibe nicht an der wärmenden Frühlingssonne, die vom Himmel strahlte.

»Natürlich nicht«, schnaubte sie, »also spar dir deine Spitzfindigkeiten, Egan MacBain. Mein Vater ist tot. Mein Onkel ist tot. Dies ist jetzt mein Volk, und ich muss hier nach dem Rechten sehen.«

Sein Grinsen war wie weggewischt. »Das solltest du in der Tat«, bekräftigte er grimmig. »Trotzdem gibt es hier einige Dinge, die du allein niemals bewältigen kannst. Ich rate dir dringend, deine Gefühle nicht über deinen Verstand zu stellen.«

»Du scheinst ohnehin überzeugt, dass ich den nicht habe!«

»Sollte ich dir diesen Eindruck vermittelt haben, dann tut es mir aufrichtig Leid – ich kenne nämlich keine Frau, die so vernunftgeprägt zu handeln vermag wie du. Aber du kannst nicht einfach darüber hinwegsehen, dass jemand deine Untergebenen aus ihren Häusern verjagt, indem er brandschatzt und plündert. Ich habe das nicht vergessen. Was ist mit den Verteidigungsanlagen der Burg? Was, wenn jemand den Wohnturm angreifen sollte? Deine Soldaten kann ich an den Fingern einer Hand abzählen! Und wenn es stimmt, dass Simon Ruthven ein ruchloser Geselle ist, dann bedarf es eines ebenbürtigen Gegners, ihn zur Strecke zu bringen.«

»Und du meinst, dass du ein ebenso ruchloser Mensch bist?«

»Schon möglich.« Seine Miene verfinsterte sich zusehends.

»Ich wollte dich nicht in deiner männlichen Ehre verletzen«, sagte Glenda steif. Gütiger Himmel, niemals. Sie maß seine sehnige, kraftstrotzende Statur, die breiten, trainierten Schultern, die muskulösen Schenkel in den hohen Reitstiefeln. Das Sonnenlicht verlieh seiner Iris ein metallisches Blau, dass es Glenda beinahe den Atem verschlug. Sein markantes Gesicht war tief gebräunt, und die sanfte Brise blies ihm eine schwarze Locke aus der Stirn. Wahrhaftig, Glenda hatte ihn noch nie so anziehend gefunden wie in diesem Augenblick.

Sie war innerlich aufgewühlt. Ihr schwirrte der Kopf. Sie *fürchtete* sich geradezu vor ihm. Fast verzweifelt überlegte sie, was sie tun sollte.

Genau das, was er vorgeschlagen hat, drängte eine innere Stimme. Sie musste vernünftig sein. Sie durfte nicht den Kopf verlieren, nicht das Leben anderer aufs Spiel setzen. Sie musste ihre Gefühle für ihn ausblenden … Erschrocken fuhr sie zusammen.

Welch ein Wahnwitz war das schon wieder? Ihre Gefühle für ihn … Sie empfand doch lediglich Bewunderung, und das hatte sie ihm am gestrigen Abend auch gesagt! Es war Egan. Das musste sie sich immer wieder vergegenwärtigen …

Es war Egan.

Gute Güte, wie konnte sie das vergessen? Und warum fiel ihr die Entscheidung schwer, die ihr doch eigentlich leicht hätte sein müssen?

Nervös knetete sie die Finger in den Rocktaschen.

»Das hier ist mein Heim und nicht deines«, murmelte sie mit kaum hörbarer Stimme. »Folglich trägst du auch nicht die Verantwortung.«

Seine Miene wirkte noch angespannter als vorher. »Das ist mir durchaus bewusst, Glenda. Glaube mir, ich habe nicht die Absicht, dir die Kontrolle zu entreißen.«

Eine lange Weile schwieg sie, wohl wissend, dass er sie beobachtete. Dann: »Wie lange wirst du bleiben?«

»So lange wie nötig. Und keinen Tag länger«, erwiderte er ungerührt.

Glenda nickte. Als er sich abwandte und ging, entfuhr ihr ein tiefer, aufgewühlter Seufzer. Sie hatte abgestritten, dass auch nur irgendetwas zwischen ihnen sei. Und wenn schon, beschwichtigte sie sich, sie würde dem Gefühl jedenfalls nicht nachgeben …

Dennoch war sie in tiefer Sorge, dass es bereits zu spät sein könnte.

* * *

Gegen Abend hatte Glenda scheußliches Kopfweh. Sie hatte den Tag damit zugebracht, jeden Winkel der Burg zu inspizieren. Und obschon sie es niemandem eingestanden hätte, war sie entsetzt über das, was sie vorfand. Die Vorratskammern waren wie leer gefegt – ob durch verschwenderische Haushaltung oder schlichte Nachlässigkeit, hätte sie nicht zu sagen gewusst, wenngleich sie Letzteres vermutete. Im Grunde war es auch einerlei. Sie hoffte nur, dass die nächste Ernte gut ausfallen würde und dass sie Vorräte für den kommenden Winter einlagern könnten.

Doch das war nicht ihre einzige Sorge. Unzählige Reparaturen mussten vorgenommen werden. Egan hatte etliche Stellen in den Burgmauern entdeckt, wo Mörtel und Gestein herausgebrochen waren und gewaltige Löcher klafften. Die Dachschindeln auf dem nördlichen Turm waren zerborsten und gehörten dringend ersetzt. Egan hatte völlig Recht. Die Wehranlagen von Blackstone boten ein Bild des Jammers.

Egan war es auch, der einen Steinmetz für die Instandsetzungsarbeiten fand. Während der nächsten Tage waren ihre Mahlzeiten bedeutend besser als die erste. Glenda vermutete, dass Egan auf Jagd gewesen war, aber er erzählte nichts dergleichen, und sie forschte nicht weiter nach. Sie schien sich fest vorgenommen zu haben, ihn geflissentlich zu übersehen und seine Existenz schlichtweg zu ignorieren.

Als wenn das so einfach gewesen wäre!

Nach einigen Tagen tauchte Simon Ruthven kurz vor dem Nachtmahl in Blackstone auf. Egan hatte zwar keine genaue Vorstellung von dem, was ihn erwartete, aber ganz gewiss rechnete er nicht mit dem blonden Recken, der eben den Saal betrat. Selbstbewusst und gebieterisch, ein Mann, der sich seiner überaus sicher war. Das tiefe Burgunderrot seiner Kleidung betonte sein golden schimmerndes Haar. Seine Augen waren jadegrün. Volle Lippen lächelten unter einer langen, wohlgeformten Nase, die sicherlich noch nie mit einer schlagkräftigen Männerfaust Bekanntschaft gemacht hatte. Er war, so sann Egan, der Typ Mann, über den Frauen aufgeregt tuschelten, allesamt darauf versessen, seine Auserwählte zu werden ... der Typ Mann, den er – Egan – wahrlich nicht verkörperte.

Er biss die Kiefer aufeinander. Glenda war zu dem Ankömmling getreten. Ihr Scheitel reichte Simon kaum bis ans Kinn. Auf ihren rosigen Lippen lag ein allerliebstes Lächeln, wie Egan es in den letzten Jahren nur selten an ihr gesehen hatte. Seine einzige Genugtuung bestand darin, dass Nessa abfällig die Lippen schürzte und kundtat, dass sie ihr Mahl anderswo einnehmen wolle. Der Highlander nickte höflich, als Glenda ihn vorstellte. Simon würdigte ihn keines weiteren Blickes, sondern wandte sich erneut zu Glenda.

»Darf ich Euch einladen, das Nachtessen mit uns einzunehmen?«, schlug die junge Frau vor.

»Meine überaus geschätzte Dame, es ist mir eine Ehre.«

Seit ihrer Ankunft hatte Egan viel über Simon Ruthven erfahren – allerdings nichts Schmeichelhaftes. Er war erpicht darauf gewesen, den Engländer persönlich kennen zu lernen. Aber jetzt, da Simon hier in Blackstone weilte, wünschte Egan sich brennend, Glenda möge diesen ausgemachten Halunken an den Ohren aus dem Saal schleifen lassen! Gleichwohl wusste er, dass er Haltung zu bewahren hatte. Er musste seine Empfindungen ausblenden, seinen Zorn niederkämpfen und die Gelegenheit nutzen, sein Gegenüber zu beobachten und dessen Schwächen auszuloten.

»Ihr müsst mir verzeihen, dass ich Euch verspätet in Blackstone Tower begrüße«, sagte Simon eben. »Ich war in London und bin erst kürzlich zurückgekehrt. Seid Ihr schon einmal dort gewesen?« Er streckte die Hand aus und fischte sich eine dicke Gänsekeule von einer Platte.

»In London? Nein.« Glenda schüttelte den Kopf, ihre Stimme klang versonnen. »Ist das weit entfernt von den Highlands?«

»Großer Gott, die Highlands! Aber eins muss ich Euch sagen, Glenda – Ihr seht noch genau so aus wie vor all den Jahren, als Ihr Euren Highlander geheiratet habt … wie hieß er noch gleich?«

»Niall. Sein Name war Niall«, antwortete sie nach kurzem Zögern.

»Niall! Ach ja, ganz recht. Ich habe von Eurem tragischen Verlust gehört, aber ich möchte es genauer wissen. Habt Ihr Kinder?«

Ihr Blick umwölkte sich, das Lächeln auf ihren Lippen gefror. Sie beließ es dabei, wortlos den Kopf zu schütteln.

Egan verstand sie auch ohne Worte. Nach all der Zeit fiel es ihr immer noch schwer, über den Sohn zu sprechen, den sie verloren hatte. Genau genommen hatte er nie gehört, dass sie davon geredet hätte – zumindest nicht in seinem Beisein. Sein ganzes Leben lang würde ihn jener grauenvolle Tag verfolgen, an dem sie die abgetrennten Köpfe von Niall und seinem Vater Ronald nach Dunthorpe gebracht hatten. Der Anblick hatte so manchen Mann in die Knie gezwungen. Und bei der hochschwangeren Glenda hatten aufgrund des Schocks vorzeitig die Wehen eingesetzt.

Zu früh geboren, hatte ihr Sohn nur einige wenige, qualvolle Augenblicke gelebt.

Das war vor nahezu drei Jahren gewesen. Vielleicht konnte ein Mann wie Egan, der noch nie ein Kind gezeugt hatte – jedenfalls wusste er von keinem –, ihr Verhalten nicht recht nachvollziehen. War es denn immer noch so schmerzlich für sie?

Schlagartig wurde er aus seinen brütenden Überlegungen gerissen, als Simons Hand die Glendas tätschelte. »Auch ich habe den Verlust eines über alles geliebten Menschen verschmerzen müssen.«

Egan ballte die Fäuste und entspannte sie wieder. Es fehlte nicht viel, und er hätte einen Satz über den Tisch gemacht und Simon eigenhändig den Hals umgedreht.

»Ach ja. Eure Gemahlin. Das ist mir zu Ohren gekommen. Im ersten Jahr Eurer Ehe, wie schrecklich für Euch!« Glenda zog ihre Hand unter seiner fort und griff nach dem Weinkrug. »Noch etwas Wein, Simon?«

»Ja, gern.«

Um seinen Kelch zu füllen, musste Glenda sich leicht vorbeugen. Egan blieb keineswegs verborgen, wie verwegen Simons Blick über ihr Dekolleté glitt, um dann begehrlich auf der üppigen Rundung ihres Busens zu verweilen.

Als sie ihm nachgeschenkt hatte, murmelte er seinen Dank und richtete den Blick auf Egan. »Und was ist mit Euch? Besitzt Ihr ein Rittergut in den Highlands?«

»Nein.«

»Dann vielleicht ein kleines Bauerngehöft?«

Machte Simon ihn absichtlich zum Hanswurst? Egan hätte alles darum gegeben, ihn an Ort und Stelle zu meucheln. »Ich kenne nichts von der Landwirtschaft«, sagte er ohne Umschweife. Etwas Gescheiteres fiel ihm nicht ein, und er kam sich wie ein ausgemachter Trottel vor.

Schließlich ergriff Glenda das Wort für ihn. »Egan schwingt sein Schwert für den Clan der MacKays. Er ist mein Schwager und Camerons bester Freund und Krieger.«

»Dann ist es wahrlich ein Jammer, dass er das Leben Eures Gatten und seiner Familie nicht retten konnte.«

Egan erstarrte. Hatte diese Missgeburt eine Ahnung, welche Schuldgefühle ihn in jenen Tagen nach dem Massaker der Munroes an den MacKays gequält hatten? Bis heute litt er unter den ständigen Selbstvorwürfen! Immer wieder stellte er sich die Frage, ob das Schicksal einen anderen Lauf genommen hätte, wenn er bei seinen Leuten gewesen wäre. Hätte er Niall und die anderen retten können?

Er musste sich zwingen, ruhig zu bleiben. »Ich hoffe doch, das war nicht verletzend gemeint.«

Für Augenblicke schien die Luft geschwängert von einer plötzlichen Spannung. Dann schossen Simons verwegene, goldblonde Brauen nach oben, und er fing an zu lachen. »Großer Gott!«, prustete er los. »Seid doch nicht gleich so hitzig, guter Mann, sonst muss ich noch annehmen, dass die Highlander tatsächlich ein aufbrausendes Temperament ihr Eigen nennen. Es war doch nur so eine Bemerkung, und weder Beleidigung noch Vorwurf, das versichere ich Euch.«

Noch nie hatte sich ein Mahl so unsäglich hingezogen. War Glenda von dem Engländer angetan? Simon wirkte ausgesprochen anziehend, und das nicht allein wegen seiner engelgleichen goldenen Locken. Er verfügte über Schlagfertigkeit und sprachliche Gewandtheit, ausgezeichnete Manieren und einen hervorragenden Geschmack bei der Wahl seiner Kleidung. Neben Simon Ruthven fühlte Egan sich wie ein Bauerntölpel.

»Ich habe eine Frage an Euch, Simon. Nach meiner Ankunft habe ich erfahren, dass Blackstone seit dem Tod meines Vaters und meines Onkels bewegte Zeiten durchstehen musste.«

Egan zog geräuschvoll den Atem ein, völlig verblüfft über Glendas Äußerung. Herr im Himmel, was beabsichtigte sie damit? Sie wollte Simon doch wohl nicht mit den Gerüchten konfrontieren? Gute Güte, er hätte ihr am liebsten den Mund zugehalten! Er wollte sie mit einem mahnenden Blick warnen, indes hatte sie nur Augen für Simon.

»In der Tat« – seelenruhig verschränkte sie die Arme auf der Tischplatte – »sind einige Bewohner von Blackstone Opfer nächtlicher Überfälle geworden.«

Simon nickte. »Das ist mir auch zu Ohren gekommen. Was für Schurken, die diese bedauernswerten Menschen aus ihrem Heim vertreiben!«

Sowohl Egan als auch Glenda beobachteten aufmerksam Simons Reaktion, doch der Engländer blieb völlig gefasst.

Glendas Lippen verzogen sich zu einem Lächeln. »Könnt Ihr Euch das vorstellen?«, sagte sie leichthin.

»Nun, wie ich gehört habe, sollt Ihr das zu verantworten haben.«

»Zweifellos, weil meine Ländereien und meine Pächter nicht betroffen waren.« Simon verzog keine Miene. »Mir scheint, ich hatte großes Glück.« Er warf Glenda einen bedeutungsschweren Blick zu. »Blackstone ist ein wertvoller Landbesitz. Ihr müsst gut darauf aufpassen.«

Egans Augen wurden schmal. Er konnte sich des Eindrucks nicht erwehren, dass kein anderer als Simon Blackstone begehrte … *und* dessen Herrin.

»Es ist spät geworden«, sagte Simon soeben und erhob sich. »Ich habe meinen Willkommensbesuch ziemlich ausgedehnt.«

Um der Wahrheit die Ehre zu geben: Er war keinesfalls willkommen, sann Egan finster, erhob sich ebenfalls und folgte dem Paar mit einigem Abstand zu dem gewaltigen, holzgeschnitzten Portal.

Er wollte seine Gegenwart zwar nicht allzu deutlich demonstrieren, andererseits ließ er Glenda nur ungern allein mit diesem Mann.

Simon hob eine Hand. »Egan, ich wünsche Euch eine sichere Heimreise in die Highlands.«

Zum ersten Mal, seit Simon Ruthven den Saal betreten hatte, grinste Egan sichtlich befreit. »Ich fürchte, die werde ich so bald nicht antreten. Glenda hat mich gebeten, noch eine Weile zu bleiben und hier nach dem Rechten zu sehen.«

Bildete er sich das etwa ein – oder entgleisten die wohlgestalteten Züge seines Gegenübers tatsächlich zu einer unwilligen Grimasse? Rasch fing Ruthven sich wieder, doch Glenda hatte es auch bemerkt – was Egan diebisch freute.

»Auch gut, wenn Ihr hier seid«, meinte Simon stattdessen. Und an Glenda gerichtet: »Da dieser Egan in der

Landwirtschaft allerdings wenig Geschick besitzt, würde ich mich glücklich schätzen, Euch meine Hilfe anzubieten, sofern vonnöten.«

Egan verging das Grinsen. Nur mit Mühe gelang es ihm, seinen Zorn zu bändigen.

Simon hielt Glendas Hand umfasst. »Ich hoffe, wir sehen uns bald wieder.«

»Das werden wir gewiss.«

»Schon jetzt freue ich mich auf diesen Tag. Und nun wünsche ich Euch eine gute Nacht.« Er führte Glendas Hand an seine Lippen, dann strebte er aus der Halle. Egan fluchte im Stillen. Zweifellos genoss dieser Halunke seinen Triumph!

Glenda sah ihm nach, bis er im nächtlichen Dunkel verschwand, dann drehte sie sich um. Sie schrak zusammen, als sie Egan dicht neben sich gewahrte. Wie, zum Teufel, hatte er sich so lautlos und geschmeidig anschleichen können?

»Du solltest nicht allein sein mit diesem Mann.«

Seine Stimme war sachlich-ruhig, doch der gebieterische Unterton ärgerte Glenda über die Maßen. Folglich antwortete sie ihm überaus schnippisch.

»Ich bin kein Kind, dem man sagen kann, was es zu tun und zu lassen hat!«

Er blinzelte überrascht. Betont beiläufig erwähnte er: »Als du dich vorgebeugt hast, um ihm Wein nachzuschenken, hat er dir auf den Busen gestarrt.«

»Was sagst du da?« Glenda mochte ihren Ohren nicht trauen.

»Ganz recht, er hat auf deinen Busen gestarrt. Ziemlich lüstern, wenn du mich fragst.«

»Und du hast meinen Busen *gesehen!*« Sobald Glenda die Worte entschlüpft waren, schalt sie sich für ihre unüberlegte Reaktion.

»Ja«, meinte er gedehnt, »deinen Busen und noch einiges mehr.«

Eine solche Unverblümtheit verschlug ihr fast die Sprache. »Egan, hör auf damit! Warum sagst du fortwährend Dinge, die du nicht sagen solltest?«

»Dinge, die ich nicht sagen sollte? Das müsstest du doch gewöhnt sein, schließlich bin ich nur ein ungehobelter Klotz aus den Highlands.«

Die junge Frau zog nachdenklich die Stirn in Falten. Seine Antwort war ungeahnt heftig gewesen; für Sekundenbruchteile hatten seine Augen wütend aufgeblitzt. War er etwa eifersüchtig? Nein. Bestimmt nicht.

»Trotzdem muss ich dich bitten, diesmal meinen Rat zu beherzigen, denn du bist meiner Obhut anvertraut.«

»Deiner Obhut anvertraut! Egan, ich bin eine erwachsene Frau ...«

»Was Simon dir gewiss bestätigen wird. Aber ich habe dich splitternackt gesehen und dich nicht angerührt. Mag sein, dass er nicht so zurückhaltend ist, also vertrau ihm nicht. Obschon ich deinen Mut bewundere, muss ich dich warnen. Besser, du hältst deine Zunge im Zaum, wenn du mit solchen Halunken redest. Es ist immer unklug, einen Menschen zu provozieren, es sei denn, man ist auf die Folgen vorbereitet. Kurz gesagt, du darfst dir keine Feinde machen.«

Glenda blies verärgert den Atem aus. Von einem Augenblick auf den nächsten beteuerte er, dass er sie bewunderte, um sie dann abermals zurechtzuweisen? »Egan, du sprichst in Rätseln! Du erklärst mir, dass ich ihm nicht vertrauen soll, und dann sagst du, dass ich ihn mir nicht zum Feind machen darf!«

»Was ich damit meine, Glenda, ist, dass du ihn nicht reizen sollst. Er begehrt dich. Gut möglich, dass er auch ein Auge auf Blackstone geworfen hat, und Blackstone hat weder genügend Soldaten noch die erforderlichen Schutzvorrichtungen, um einen feindlichen Übergriff abzuwehren.«

Damit war ihm bitter ernst. Glendas Erzürnung legte sich ein wenig, als sie ihre schwierige Situation begriff. Egan hatte Recht, wenn er sie zu äußerster Vorsicht mahnte. Ohne Beweise konnte sie niemanden öffentlich anprangern.

Trotz Egans kritischer Beobachtung fand sie an Simons Verhalten oder seiner Ausdrucksweise nichts Verwerfliches. Nur als Simon ihre Hand geküsst hatte, hätte sie diese am liebsten weggezogen und an ihrem Rock abgewischt.

Ihre Gedanken wanderten zurück zu den Tagen ihrer Jugend. Sie hatte Simon nie besonders gut gekannt; offen gestanden hatte sie ihn auch nicht besser kennen lernen wollen, denn wann immer sie sich begegnet waren, hatte sie ihn abstoßend gefunden.

Ein unangenehmer Schauer lief ihr über die Wirbelsäule.

»Du hast Recht«, gestand sie leise. »Demnächst werde ich besser Acht geben. Und – vorsichtiger sein.«

Sechstes Kapitel

Die Begegnung mit Simon schien Glenda in ihrem Vorhaben noch bestärkt zu haben, und sie war umso entschlossener, Blackstone wieder in seinen früheren, herrschaftlichen Zustand zu versetzen. Eine schwierige Aufgabe, gewiss, doch Glenda gehörte gewiss nicht zu den Frauen, die vorschnell die Flinte ins Korn warfen.

Tags darauf ging sie noch einmal die Rechnungsbücher durch und blätterte hektisch in den Pergamentbögen, als könnte das irgendetwas an den fein säuberlich notierten Zahlenkolonnen ändern. Irgendwann ließ sie verzweifelt den Federkiel sinken. In der kleinen Truhe hatten ihr Vater und ihr Onkel eine bescheidene Barschaft verwahrt; die Vorräte in den Lagerkammern waren dürftig. Der Oberherr in diesem Teil des Grenzlandes war der Earl of Whitley; er besaß Ländereien in Schottland und in England, darunter auch die entlang des Flusses. Durch den Earl war ihrer Familie Blackstone zuerkannt worden, und das bereits mit Beginn des 11. Jahrhunderts. Simon hatte seinen Besitz ebenfalls von jenem Landgrafen zugesprochen bekommen.

Und in ziemlich genau zwei Wochen war der Zins fällig. Die Männer des Earls würden sie aufsuchen und Bargeld und Naturalien einfordern, und von beidem hatte Glenda herzlich wenig.

Sie würde einen Ausweg finden müssen, grübelte sie, aber wie? An jenem Tag flehte sie zu Gott, er möge ihr einen Wink geben. Egan aber verschwieg sie die drohende Zinsforderung. Dies war ihr Problem und nicht seines.

Irgendwann klopfte es an der Tür zum Söller. Jeannine öffnete sie einen Spalt. »Mylady«, raunte sie, »hier ist jemand, der Euch sehen will.«

Noch ehe Glenda nach dem Namen des Besuchers fragen konnte, drückte eine Hand energisch die Tür auf. »Ist sie da drin?«, ertönte eine ungeduldige Männerstimme. Eine hoch gewachsene Gestalt drängte an dem Mädchen vorbei und trat unaufgefordert ein. »Aha, da seid Ihr ja, Glenda.«

Es war Simon.

»Guten Tag, Simon.« Glenda blieb, wo sie war, nämlich hinter ihrem Arbeitstisch. Sie lächelte Jeannine betont freundlich zu. »Hab Dank, Jeannine.«

Jeannine nickte kaum merklich. Glenda sah, wie sie den Blick senkte und sich mit dem Rücken gegen die Tür presste, worauf Simon beiseite trat, um eine Berührung mit ihr zu vermeiden.

Sobald die Tür hinter ihr ins Schloss fiel, verzogen sich seine Lippen angeekelt. »In dem Bündel ist gar kein Neugeborenes.«

Glenda versteifte sich. »Nein«, räumte sie ein.

»Warum trägt sie es dann fortwährend mit sich herum?«

Glenda hätte nicht übel Lust gehabt, ihn unhöflich abzuwimmeln, jedoch ging ihr Egans Warnung, ihn nicht zu provozieren, durch den Kopf.

»Sie hat ihr Baby verloren, und das schmerzt sie nach wie vor tief.«

»Im Dorf nennt man sie ›die Irre‹.«

Und dich ›Simon den Ruchlosen‹, lag es ihr auf der Zunge.

»Sie tut keinem etwas zu Leide.«

»Ich vermag mir zwar nicht vorzustellen, wie Ihr sie in Eurer Nähe ertragen könnt, aber das geht mich auch nichts an. Ich bin hier, um Euch Kenntnis zu geben, dass ich einem Stoßtrupp meiner Männer befohlen habe, Euren Besitz jede Nacht auszuspähen. Wenn Ihr mich fragt, so werden wir die Ganoven schon finden, die das schwere Los Eurer Untergebenen zu verantworten haben.«

Glenda wählte ihre Worte mit Bedacht. »Simon, das ist nicht notwendig.«

»O doch. Ich bestehe darauf! Wir sind Nachbarn, nicht wahr? Wir müssen einander helfen, so gut wir können.« Er grinste. »Ich hoffe inständig, Ihr werdet Euch bald sicherer fühlen.«

Glenda schienen die Hände gebunden. Wie sollte sie auch ablehnen, ohne undankbar auf ihn zu wirken? »Nun, dann danke ich Euch, Simon.« Hoffentlich fiel ihm ihr Widerwille nicht auf!

Glenda war erleichtert, dass er diesen Besuch nicht so lange ausdehnte wie den ersten. Jeannine sah sie erst beim Nachtmahl wieder, als diese ihre Becher mit Bier füllte.

Egan schlug die Beine übereinander und lehnte sich zurück. »Und, wie geht es deinem Kleinen heute, Jeannine?«, erkundigte er sich freundlich.

Jeannines dunkle Augen strahlten wie jedes Mal, wenn man danach fragte. Sie presste einen Finger auf ihre Lippen. »Das Baby schläft tief und fest, Mylord«, flüsterte sie.

Egan senkte die Stimme. »Und wir wollen es um diese späte Stunde wahrlich nicht aufwecken, was?«

Unvermittelt dachte Glenda an Simon und an die Häme, die er am Nachmittag versprüht hatte. Egan hingegen war immer höflich und zuvorkommend. Wenn sie die beiden Männer miteinander verglich, wurde das ganz offensichtlich.

Als hätte er ihre Gedanken erraten, wandte Egan sich zu ihr. »Wie ich hörte, war Simon heute hier.« Falls er eifersüchtig war, wusste er dies geschickt zu überspielen.

Glenda nickte. »Er hat mich davon in Kenntnis gesetzt, dass er einige seiner Männer ausschickt, damit sie diejenigen finden, die die Plünderungen und Brandschatzungen in Blackstone angezettelt haben.«

Egans Miene verdüsterte sich. »Ich hätte es wissen müssen. Wie geschickt von ihm! Jetzt haben seine Leute einen Grund, sich nachts hier herumzutreiben.« Missbilligend verzogen sich seine Mundwinkel. »Verflucht, wenn wir genügend Männer hätten, hätte ich mich längst selbst darum gekümmert!«

Im Grunde genommen dachte Glenda wie er. Dennoch bestürzte es sie, wie leicht ihm das ›wir‹ über die Lippen ging. Sollte sie beleidigt sein? Wütend? Eigentlich war sie weder das eine noch das andere.

»Du warst doch nicht etwa allein mit ihm, oder?«

Glenda wand sich auf ihrem Stuhl. »Nein«, schwindelte sie und fragte sich im Stillen, warum sie so reagierte. Wie dem auch sei, sie hatte Egan noch am Abend zuvor erklärt, dass sie kein Kind mehr sei, dem man Vorschriften machen könne.

Zum Glück bohrte er nicht weiter.

Gequält von ihren Kümmernissen, fand Glenda in dieser Nacht kaum Schlaf. Hätte sie Egan von dem Pachtzins erzählen sollen, den sie an den Grafen entrichten musste? Nein, entschied sie. Als sie sich entschlossen hatte, zurück nach Blackstone zu gehen, war ihr klar gewesen, dass ihr schwierige Zeiten drohten. Sie musste stark sein. Bedachtsam. Irgendwie würde es ihr schon gelingen, die fällige Pacht zu zahlen.

Am nächsten Morgen wachte Glenda bei Sonnenaufgang auf. Während die Anhöhen noch in bleichen Morgennebel gehüllt waren, ließ sie Druscilla satteln. Sie fühlte sich zerschlagen und brauchte Zeit und Muße zum Nachdenken.

Als sie schließlich nach Blackstone zurückritt, machten sich dessen Bewohner soeben an ihr Tagwerk. Von den Feldern drang lebhaftes Stimmengewirr. Ochsen brüllten.

Die ersten Strahlen der Morgensonne tasteten sich

durch die diesige Wolkendecke, als sie eine kleine Hütte passierte, die im Schutz des Tales in einem Obstgarten stand. Davor scharten sich ein ärmlich wirkender Mann, eine Frau und drei kleine Kinder um einen winzigen Karren; ihre Mienen schienen unendlich bedrückt. Glenda beschlich ein eigentümliches Gefühl, als der Mann einen Sack auf den Karren hob und unter den Beinen eines Schemels verstaute. War dies eine weitere Familie, die ihre Habe packte und flüchtete? Geschwind lenkte sie Druscilla zu der Hütte.

Der laute Hufschlag ließ sämtliche Familienmitglieder aufblicken. Glenda bemerkte die aufsteigende Furcht in ihren Mienen, bis sie erkannten, dass eine Frau heranritt. Dennoch zerrte die Mutter ihre Kinder dicht an ihre Röcke. Sie musterten Glenda aus schreckgeweiteten Augen.

»Seid gegrüßt«, rief sie, während sie Druscilla zum Halten brachte. »Ich bin Glenda von Blackstone Tower.«

Der Mann nahm seine Kappe ab und presste sie vor die Brust. »Mistress. Ich bin Buford. Das sind meine Gemahlin Analise und unsere Kinder.«

Glenda bedachte die Familie mit einem bezaubernden Lächeln. »Ihr seid früh auf den Beinen heute Morgen.«

Nach kurzem Zögern antwortete er: »Gewiss. Wir haben eine lange Reise vor uns.«

»Verstehe. Und wohin wollt Ihr?«

»Nach Perth, Mistress.«

»Verstehe. Und wann werdet Ihr mit Eurer Familie zurückkehren?«

Eine verlegene Röte schoss in Bufords ausgemergelte Wangen. »Gar nicht mehr, Mistress. Ich bin ein freier Mann, folglich könnt Ihr uns nicht aufhalten.«

»Fürwahr«, sagte Glenda matt. »Darf ich fragen, wieso Ihr fortgeht?«

Buford und seine Gattin tauschten viel sagende Blicke.

»Ihr könnt ganz offen mit mir reden, Buford. Ich bin zwar erst vor kurzem aus den Highlands zurückgekehrt, aber ich habe Gerüchte von den Banden gehört, die unsere Pächter drangsalieren. Ist das der Grund?«

»Ganz recht«, murmelte er. »Ich fürchte, uns bleibt keine Wahl.« Er deutete auf das von Pfählen umzäunte Fleckchen Land. »Mistress, wir haben gepflügt und gesät. Unsere Saat begann zu sprießen, und wir dachten, es würde ein gutes Jahr. Dann, eines Nachts, kamen Männer und verwüsteten unsere Felder. Also haben wir abermals gepflügt und gesät. Und wieder wuchs die Saat.« Seine Züge verdunkelten sich. »Doch die Männer sind wiedergekommen und haben alles niedergetrampelt. Sie haben unsere Schafe und Ziegen getötet.«

Glenda beugte sich im Sattel vor. »Wer, Buford? Wer hat das getan? Habt Ihr sie erkannt?«

»Nein, Mylady. Sie kamen in tiefer Nacht. Beide Male.« Er stockte. »Etliche verdächtigen Simon Ruthven«, presste er hervor, »Simon den Ruchlosen. Ich für meinen Teil vermag es nicht zu sagen. Aber selbst wenn ich es wüsste, würde es nichts ändern! Wir brauchen Nahrung. Wenn wir nichts zu essen haben, überleben wir den Winter nicht.«

Seufzend sah Glenda von Buford zu seiner Frau Analise. »Buford, ich will Euch wahrlich nicht von Eurem Entschluss abbringen. Aber ich verspreche Euch, ich werde Euch helfen!«

»Das sagt sich so leicht, Mylady, aber wie wollt Ihr das letztlich tun? Wir haben von Egan, dem Highlander, gehört. Einem solchen Mann könnten wir vertrauen. Aber was wird sein, wenn er wieder abreist? Ihr seid eine Frau. Wie wollt Ihr uns verteidigen? Wie könntet Ihr uns beschützen? Und was, wenn wir hinter Euch stehen und Ihr scheitert? Was ist dann? Simon der Ruchlose wird an *uns* Vergeltung üben!« Er schüttelte den Kopf. »Nein, nein und nochmals nein. Wir werden zu meinem Bruder ziehen.«

Seine Offenheit war bitter. Glenda war sich schmerzlich bewusst, dass sie ihn nicht würde umstimmen können. Und was sollte sie auch tun? Das Schwert selbst in die Hand nehmen?

Im Dorf drang das Klappern der Windmühlen an ihre Ohren. Manche Leute winkten ihr zu, und sie lächelte zerstreut. Im Innenhof, vor der Hütte des Schmieds, balgten sich zwei Jagdhunde um einen abgenagten Knochen. Glenda nahm keine Notiz davon. Stattdessen betrat sie aufgelöst den Rittersaal, fühlte sie sich doch entsetzlich hilflos. Bufords Worte hatten sich in ihr Gedächtnis eingebrannt.

Ihr seid eine Frau? Wie wollt Ihr uns verteidigen? Wie könntet Ihr uns beschützen?

Wenn Blackstone seine volle Truppenstärke hätte, gäbe es kein Problem. War sie wirklich nicht in der Lage, die Verteidigung der Burg zu gewährleisten? Wenn sie doch nur ein kleines Heer hätte! Ihr blieb keine Wahl, sie musste darauf vertrauen, dass Egan Krieger fand und ausbildete und dass er die Befestigungsanlagen wieder herstellte, bis sie und ihre Untergebenen sich selbst verteidigen konnten.

Völlig versunken wäre sie um ein Haar mit Jeannine zusammengestoßen. Das Mädchen maß sie verwundert.

»Mistress, seid Ihr Egan heute Morgen schon begegnet? Bernard fragt nach ihm, aber keiner hat ihn bislang gesehen.«

Glendas Herz setzte einen Schlag aus. Ein entsetzlicher Gedanke schoss ihr durch den Kopf. Sie hatte aufs Heftigste protestiert, als Egan seine Absicht geäußert hatte, bleiben zu wollen. Hatte er letztlich doch noch beschlossen abzureisen? Heilige Mutter Maria, flehte sie, nein, das darf nicht sein! Denn dann wäre sie – mitsamt Blackstone Tower – verloren!

Sie tätschelte dem Mädchen die Schulter. »Geh an deine Arbeit, Jeannine. Ich werde ihn schon finden.«

Einer plötzlichen Eingebung folgend, beschloss Glenda, in seiner Kammer nachzusehen. Vielleicht hatte er heute Morgen nur verschlafen.

Als sie näher kam, sah sie, dass die Tür nur angelehnt war. Sie zauderte und hob eine Hand, um anzuklopfen. Dabei spähte sie ins Innere.

Egan stand mit dem Rücken zu ihr. Offenbar hatte er gerade sein Bad beendet. Sein schwarzes Haar glänzte feucht. Er trug noch keinen Kilt, nur seine Beinkleider, und war bis zur Taille entblößt. In all den Jahren, die Glenda ihn inzwischen kannte, hatte sie ihn noch nie mit nacktem Oberkörper gesehen. Ein seltsames Prickeln durchströmte ihre Magengrube, denn er bot einen verwirrend verwegenen ... maskulinen Anblick. Gewiss, sie hatte schon immer gewusst, dass er ein schneidiger Mann war – und doch war es ihr noch nie so deutlich geworden wie in diesem Augenblick! Er war schlank und gebräunt, seine Schultern und Arme kampfgestählt. Sein Torso bestand einzig aus Muskeln und Sehnen und wies kein Gramm Fett auf.

Als er sich halb umdrehte, bemerkte Glenda, dass er nicht allein war. Belinda, eine junge, hübsche Dienstmagd mit drallen Hüften und Brüsten, stand vor ihm. In ihren Händen hielt sie ein Leinentuch. Belinda sah sie noch vor Egan. Das Mädchen erstarrte in seiner Bewegung und riss abrupt das Tuch zurück, mit dem es eigentlich Egans Brust abfrottieren wollte. Nach einem kleinen Knicks stürmte es an Glenda vorbei und hinaus auf den Flur.

Glenda beachtete die Magd nicht weiter und presste

ihre wohlgeformten Lippen zusammen. Allein der Gedanke, dass sie in diesem Mann eine tatkräftige Unterstützung und Blackstones Retter gesehen hatte! Sie sorgte sich fast zu Tode um das Wohlergehen ihrer Leute, während Egan sich mit einer der Mägde vergnügte!

Sie war außerordentlich verärgert, und das durfte er ruhig wissen! Als er den Blick auf sie richtete, funkelte sie ihn böse an. »Sieh mal einer an, du bist wirklich allzeit bereit, oder?«

Er zog eine Braue hoch. »Was meinst du damit?«

»Ich denke, du weißt ziemlich genau, was ich damit meine.«

Ihr entrüsteter Blick ließ ihn völlig ungerührt. Er grinste verschmitzt. »Glenda, sprichst du etwa von meinen männlichen Gelüsten?«

»Das waren deine Worte und nicht meine«, schnaubte sie. Seine Erheiterung ärgerte sie nur umso mehr. »Obschon ich sagen muss, dass deine Gelüste schier unstillbar scheinen!«

»Und was ist mit den deinen, Glenda?«

»Was soll das heißen?«

»Du bist eine Frau ohne Gemahl. Eine Witwe. Ich bin doch nicht blind. Frauen … nun, Frauen haben auch ihre Bedürfnisse. Vor allem, wenn sie um die Freuden der körperlichen Liebe wissen.«

Und ob sie das wusste. Sie hatte ihre Unschuld in der Hochzeitsnacht verloren, aber den Liebesakt nie als Mühsal oder Pflicht empfunden, wie sie es häufig von anderen Frauen hörte. Im Gegenteil, für sie war es eine überaus befriedigende Erfahrung gewesen … Jähes Entsetzen durchfuhr sie. Einfach unfassbar, worüber sie hier redeten! Von den Intimitäten, die Mann und Frau austauschten … gute Güte!

Egan ließ nicht locker. »Komm schon, Glenda, was hast

du? Ich habe dich schon einmal gefragt, und du wolltest mir nicht antworten. Fühlst du dich etwa nicht einsam? Vermisst du nicht die berauschende Nähe eines Männerkörpers, die Glut seiner Lippen heiß auf deinen?«

»Nein«, schnaubte sie, wie um sich zu verteidigen.

»Nein?« Er heuchelte Erstaunen. »Aber Glenda! Hast du Niall denn nicht geliebt?«

Glenda verschlug es den Atem; er war ihr plötzlich so nah. *Zu nah.* So nah, dass sie die winzigen Wassertropfen in seinem dichten Brusthaar schimmern sah. Nialls Brustkorb war glatt und fast unbehaart gewesen, und sie musste sich krampfhaft dazu anhalten, Egans Oberkörper nicht fasziniert und gleichzeitig entsetzt anzustarren.

Bestimmt war ihr Gesicht inzwischen flammend rot angelaufen. »Natürlich habe ich das! Das weißt du genau! Aber ich« – sie suchte nach Worten – »ich habe derartige Gefühlsregungen verdrängt.«

Er ließ den Blick nicht von ihren Lippen. »Hast du?«, murmelte er sanft. »Hast du das wirklich?«

Eine sehnige Hand legte sich um ihre Taille. Im Nu folgte die andere. Und trotz der vielen Stofflagen ihrer Röcke schien diese Berührung auf ihrer Haut zu brennen.

»Egan.« Ihr schwindelte. »Egan, bitte!«

»Was ist, Glenda? Was hast du?«

Unwirsch schüttelte sie den Lockenschopf, und ihre dunklen Augen weiteten sich. Sie hob den Kopf. Ihre Lippen verharrten nur einen Atemhauch von den seinen entfernt. Die Versuchung, nachzugeben, sie zu küssen, ihre Lippen mit den seinen zu besiegeln und die Süße ihres Mundes zu kosten, überwältigte ihn. Schien ihm fast unbezähmbar.

Sie wollte es auch. Er fühlte es mit jeder Faser seines Körpers, aber sie kämpfte dagegen an, verflucht! Dennoch wollte er es von ihr hören. Er *musste* es wissen.

»Sag mir, Glenda: Was willst du?«

Wieder schüttelte sie den Kopf. Ihre Hände tasteten sich zwischen ihnen vor, und ihre Finger öffneten und schlossen sich auf seiner Brust ... seiner *nackten* Brust. Dunkles Kraushaar kitzelte ihre Handflächen; eine schockierend intime Erfahrung für sie. Gleichwohl zog sie ihre Hände nicht zurück – sie schob ihn nicht fort, wie sie es hätte tun sollen.

Wie sie es hätte tun müssen.

»Egan? Seid Ihr hier, mein Junge?«

Es war Bernard. Sie schraken zusammen. Egan reagierte als Erster und wich zurück. Fluchte er insgeheim? Glenda stand nicht der Sinn danach, dies herauszufinden. Sie flüchtete. Ihr Herz raste, ihre Lungen arbeiteten, als wäre ihr der leibhaftige Teufel auf den Fersen. Erst als sie wohlbehalten ihre Kammer erreicht und die Tür geschlossen hatte, atmete sie auf. Darauf verließen sie sämtliche Kräfte. Wie ein Häufchen Elend sackte sie zu Boden.

Es war jetzt das dritte Mal, dass Egan sie um ein Haar geküsst hätte. *Das dritte Mal!* War er denn von allen guten Geistern verlassen? Und sie selbst? Gütiger Himmel, welches Teufelchen hatte von *ihr* Besitz ergriffen?

Glenda vermochte nicht zu leugnen, dass tief in ihrem Herzen eine Sehnsucht schwelte. Nur einmal wollte sie die Liebkosung seines Mundes auf ihren Lippen spüren. *Nur ein einziges Mal ...*

* * *

In den folgenden Tagen brauchte Glenda Egan nur anzusehen, und schon erbebte sie innerlich. Was empfand sie? Eine kaum merkliche Regung. Unerklärlich. Aber nein. Sie durfte sich nicht selbst belügen. Sie war nicht mehr unschuldig oder unerfahren. Sie wusste es genau. *Sie wusste es.*

Zum ersten Mal seit ihrer Heirat vor vielen Jahren fragte sich Glenda, wie es wohl wäre, mit einem anderen Mann das Bett zu teilen. Mit Egan.

Der Gedanke bestürzte sie, beschämte sie zutiefst. Sie verachtete sich dafür, dass sie die Erinnerung an Niall so schnöde verdrängte.

Trotzdem kreisten ihre Überlegungen immerfort um Egan, und sie war der Verzweiflung nahe.

Er beobachtete sie auf Schritt und Tritt. Er war stets zur Stelle, seine Miene undeutbar, sein Blick entrückt.

Sollte sie darauf bestehen, dass er abreiste? Nein. Nein, das konnte sie nicht tun! Lieber hätte sie sich eigenhändig die Kehle aufgeschlitzt. Sie gab es zwar nur ungern zu, aber Blackstones Sicherheit ruhte in seinen Händen. Erst gestern hatte Jeannine ihr heimlich anvertraut, dass sie seit Egans Eintreffen viel besser schlafen könne. Ratlos ließ Glenda die Schultern sinken. Es stand viel auf dem Spiel, das Risiko, alles zu verlieren. Es war einfach *zu viel* für sie allein!

Simons Gegenwart trug ein Übriges dazu bei. Ihre Wege kreuzten sich des Öfteren in den nun folgenden Tagen. Sie war auf der Hut und hörte ihm genau zu, wenn er von ihren Untergebenen sprach. Dennoch entdeckte sie nichts, was sie ihm hätte ankreiden können. Sie hatte sich angewöhnt, allmorgendlich einen Ausritt zu unternehmen, und dabei traf sie ihn gelegentlich. Zuletzt waren sie vor den Toren des Dorfes auf einen Kleinbauern mit Namen Ellis gestoßen. In der Nacht zuvor hatte es heftig geregnet, und das Gelände war schlammig und unwegsam gewesen. Ellis' Heukarren war im Morast stecken geblieben. Simon hatte abgesessen und ihm eigenhändig geholfen, das Gefährt herauszuziehen; danach hatte er vor Schmutz gestarrt. Ellis hatte ihm für seine Hilfsbereitschaft gedankt, doch seine Stimme hatte ziemlich unterwürfig geklungen. Er hatte den Kopf gesenkt und Simon kein einziges Mal direkt angesehen.

Glenda wusste nicht recht, was sie von Simon halten sollte. Gewiss, er war stets höflich, zuvorkommend und galant. Mehr noch, er nahm so interessiert und mitfühlend Anteil an ihren Problemen, dass sie fast glaubte, die anderen müssten sich irren und Simon habe nichts mit den Übergriffen zu tun. Dennoch blieb sie weiterhin auf der Hut, hatte sie doch ein merkwürdiges Gefühl, das sie nicht in Worte kleiden konnte.

Gegenüber Egan erwähnte sie nichts von diesen Begegnungen. Sie erzählte Egan ohnehin nur das Nötigste, ständig darauf bedacht, ihm aus dem Weg zu gehen. Wenn er in ihrer Nähe war, setzte ihr Verstand aus.

Am Nachmittag darauf, auf dem Söller, nahm sie wieder das in dickes Leder eingebundene Rechnungsbuch zur Hand. Seufzend griff sie zu Feder und Tinte und notierte diejenigen Bauern, die Blackstone bereits verlassen hatten.

Sie hatte noch nicht lange gearbeitet, als es an der Tür klopfte. Sie blickte auf und sah Simon soeben selbstbewusst über die Schwelle treten. Er blieb abrupt stehen, sobald er bemerkte, dass sie über ihre Aufzeichnungen gebeugt saß. Seinen blonden Schopf schüttelnd, stemmte er die Hände in die Hüften.

»Was ist denn das?«, fragte er scherzhaft. »Glenda, Ihr arbeitet zu viel. Heute ist ein schöner, sonniger Tag. Kommt, lasst uns ausreiten.«

»Ich fürchte, ich kann nicht, Simon. Ihr müsst verstehen, ich habe gerade erst angefangen, und es gibt eine Menge zu tun. Nachdem Onkel Rowan erkrankt war, wurde vieles vernachlässigt. Darum muss ich mich jetzt kümmern.«

»Dann leiste ich Euch Gesellschaft.« Simon schickte sich an, die Tür zu schließen, doch sie ließ ihn innehalten.

»Bitte, Simon, lasst sie offen stehen. Es ist sehr warm hier drinnen.«

»Genau das ist der Grund, warum Ihr hinausgehen solltet!« Beschwingten Schrittes trat er näher. »Ich weiß einen Ort, wo wir den Nachmittag im Schatten eines alten Eichenhains verbringen können, unten am Fluss.«

»So verlockend es klingt, ich muss leider ablehnen.« Wenn sie ehrlich war, hatte sie sich schon tags zuvor entsetzlich unwohl gefühlt, so ganz allein mit ihm. Es lechzte sie wahrlich nicht nach einer Wiederholung, dennoch milderte sie die ihm erteilte Abfuhr mit einem schwachen Lächeln und erhob sich.

Simon fixierte die feine Linie, die sich zwischen ihren haselnussbraunen Brauen furchte. Er spähte zu dem Rechnungsbuch und wieder zu ihr.

»Ihr seid in Sorge, nicht wahr?«

Glenda war nicht willens, ihn ins Vertrauen zu ziehen. »Nein«, stritt sie unumwunden ab.

»Mich könnt Ihr nicht für dumm verkaufen, Glenda. Ihr arbeitet zu viel. Ihr grämt Euch zu viel.«

»Es ist nichts. Bestimmt nicht.«

Simon nahm ihre Hand in die seine. Eingezwängt zwischen Tisch und Stuhl, der ihr in die Kniekehlen stieß, konnte sie ihm nicht ausweichen. Eine plötzliche Panik ergriff Glenda, doch dann fiel ihr ein, dass die Tür ja offen war. Gewiss würde er ihr nicht zu nahe treten, denn jeder, der vorbeikäme, müsste sie auf Anhieb sehen.

Die Hände, die ihre umfangen hielten, waren sanft und weich, fast so weich wie Glendas. Ganz offensichtlich war Simon kein Mann, der hart arbeiten musste. Jählings schwirrte ihr ein Gedanke durch den Kopf. Zweifellos fühlten sich Egans Hände ganz anders an. Sie hatte die Schwielen auf seinen Fingerspitzen selbst gesehen und wusste auch, warum das so war. Erst gestern hatte Egan auf den Feldern mitgeholfen. Sie hatte ihn vom Turmfenster aus beobachtet. Und heute Morgen in der Früh war er den Zimmerleuten zur Hand gegangen, als diese die scharfkantigen, schweren Ziegelsteine zu der baufälligen Mauer geschleppt hatten. Egans Hände fühlten sich vermutlich völlig anders an als Simons.

Simons Augen wurden schmal. »Sagt mir eins«, meinte er unvermittelt. »Dieser Highlander, Egan. Wann reist er eigentlich nach Dunthorpe zurück?«

Glenda blinzelte ertappt. War es so offensichtlich, woran sie dachte? »Ich habe keine Ahnung.«

»Ihr braucht ihn hier nicht, Glenda.«

»O doch«, sagte sie leichthin. »Egan hat sich von unschätzbarem Wert erwiesen. Bernard ist alt und nicht mehr so belastbar wie früher. Aber Egan hat bereits angefangen, die Soldaten zu ersetzen, die nach Onkel Rowans Tod desertiert sind.«

»Ich könnte Euch genauso zur Seite stehen.«

Warum war er bloß so hartnäckig? Sacht schüttelte sie den Kopf. »Simon, ich weiß Euer Angebot wahrlich zu schätzen. Gleichwohl versichere ich Euch, es ist nicht vonnöten …«

»Glenda … Glenda! Wir kennen uns doch schon so lange, nicht wahr?«

»Aber ja.« Glenda fühlte sich zunehmend unbehaglicher.

»Dann wisst Ihr auch, dass Ihr mir vertrauen könnt. Und das tut Ihr doch, oder?«

»Ich … aber selbstverständlich tue ich das.« Innerlich wand sie sich. Wie hielt sie es nur mit der Wahrheit? Sie hoffte nur, dass der Herrgott im Augenblick mit jemand anderem beschäftigt war und er sie nicht hier und jetzt dahinraffte für eine dermaßen infame Lüge!

»Dann hört mir zu. Ich habe meine Gemahlin verloren,

Ihr Euren Gemahl. Wir haben viel gemein. Ihr und ich, wir teilen ein gemeinsames Los!« Er umschloss ihre Hand fester. »Es ist noch zu früh. Ich weiß das. Aber in den letzten Tagen habe ich nur an Euch gedacht.« Er kam ihr gefährlich nahe.

Und ich an Euch, aber nicht so, wie Ihr es gern hättet! Sie gemahnte sich, nicht nervös zur Tür zu spähen. Würde er jetzt die Frage stellen, vor der ihr insgeheim graute? O je, sie hätte es doch ahnen müssen! Wo war Nessa? Jeannine? Ganz egal wer, entschied sie völlig aufgelöst. Durfte sie riskieren, ihn zu kränken?

Sie zwang sich zu einem Lächeln und schlug einen launigen Plauderton an. »Simon«, hob sie an.

»Ich muss mit dir reden, Glenda.«

Es war Egan. Er stand auf der Schwelle, seine Schultern füllten den Türrahmen nahezu aus.

Simon gab sie frei. »Könnt Ihr nicht später wiederkommen?«

»Kann ich nicht.« Egan war so kurz angebunden wie Simon. »Ich fürchte, es handelt sich um eine höchst dringliche Angelegenheit.« Als Simon sich nicht rührte, schossen Egans schwarze Brauen in die Höhe. »Es ist nur für ihre Ohren bestimmt, Sir.«

Ein Anflug von Verärgerung huschte über Simons Züge, doch er fasste sich schnell wieder. »Also gut. Glenda, ich werde Euch bald wieder beehren, mein Wort darauf.« Mit einer steifen Verbeugung verabschiedete er sich.

Egans Miene war grimmig, sogar über die Maßen grimmig. Ihr Puls pochte dumpf. Was mochte er bloß haben?, überlegte sie verwirrt. Was war denn passiert? Zuvor hatte sie von einem einsamen Reiter erfahren. Vielleicht war es Milburn, der zurückgekehrt war aus Dunthorpe. Hoffentlich war Cameron oder Meredith nichts zugestoßen.

Sobald Simon den Raum verlassen hatte, trat sie zu Egan. »Sag mir, was los ist, Egan. Bitte!«

Er antwortete ihr nicht. Stattdessen fragte er seelenruhig: »Plant ihr beiden, euch erneut zu treffen?«

Ihr Herzschlag geriet ins Stolpern. Dumpf begriff sie, dass es gar keinen Anlass für ein Gespräch gab. Es war nur ein Vorwand gewesen, und das erzürnte sie mit Macht, so als hätte ihr jemand eine Faust in den Rücken gestoßen.

»Wie kannst du es wagen, mir einen solchen Schrecken einzujagen!«

»Wie kannst du es wagen, mit ihm allein zu sein.« Sein Blick war frostig, die Miene abweisend. Nur mit äußerster Willenskraft gelang es Egan, seinen Zorn im Zaum zu halten. Der Anblick Glendas und Simons, ihre Hand vertraulich in der seinen vergraben … wie sie ihn angelächelt hatte …

Irgendetwas regte ihn fürchterlich auf. Dass Simon sie so berühren durfte … dass sie es zuließ!

Glenda versteifte sich. »Die Tür war offen«, erklärte sie ihm kühl.

»Und das war nur gut so, denn sonst würdest du jetzt hier auf diesem Tisch liegen, unter ihm, dein Gewand bis zur Taille hoch gerafft und deine Schenkel für ihn gespreizt.«

Das verschlug ihr den Atem. Warum drückte er sich dermaßen brutal aus? Niall hätte dergleichen nie zu ihr gesagt. Und auch kein anderer Mann, der Respekt vor einer adligen Dame hatte … Eine neuerliche Woge des Zorns brandete über sie hinweg.

»Sieh mich nicht so an! Du bist keine Jungfrau mehr, Glenda. Du weißt sehr wohl, was ich meine. Oder habe ich die Situation missverstanden?«

»Habe ich die Situation mit dir und Belinda missverstanden?«

»Das hast du in der Tat, aber das tut hier nichts zur Sache. Die Frage ist, was du mit Simon gemacht hast … zum wiederholten Male allein.«

Also wusste er Bescheid. Sie hätte keine Schuldgefühle empfinden müssen, aber genau das tat sie. Zumindest sollte er nichts davon bemerken. Honigsüß erwiderte sie: »Verzeih mir, wenn mich meine Erinnerung trügt, aber warst du nicht derjenige, der mir geraten hat, ich solle mir Simon nicht zum Feind machen?«

Er schnaubte missbilligend. »Ich habe dir nie gesagt, dass du ihm das Bett anwärmen sollst!«

Während er sprach, glitten seine Augen prüfend über ihre Gestalt. Sein Blick war genau so anmaßend wie seine Äußerungen, entschied Glenda erbost. Er kritisierte Simon, weil dieser es gewagt hatte, sie anzüglich zu mustern, und war selbst kein Deut besser! Egans Blick verharrte schamlos lange auf der Rundung ihres Busens, um sich dann weiter zu ihren Schenkeln vorzutasten. Sie fühlte sich, als zöge er sie mit Blicken aus! Eine verräterische Röte stieg ihr in die Wangen, und sie straffte sich ungehalten.

Blaue Augen begegneten lichtbraunen. Die Luft zwischen ihnen schien glutheiß zu vibrieren, während die Stille beinahe unerträglich wurde.

Glenda brach schließlich das Schweigen. »Simon hat mich gefragt, wann du abreist! Herrgott, ich wünschte, du würdest es tun!«, giftete sie.

»Soso, du nimmst kein Blatt vor den Mund«, spöttelte er sanft. »Mir will scheinen, dass Simon der Grund ist, warum du so erpicht darauf bist, dass ich verschwinde. Sag mal, hat Niall von ihm gewusst – von euch beiden?«

Glenda überlegte nicht lange, sondern reagierte spontan. Ihre Hand schoss vor. Noch nie hatte sie einen Mann geschlagen – oder überhaupt je Hand an jemanden gelegt!

Und doch wusste sie intuitiv, dass es ihr eine riesige Genugtuung bereiten würde, ihre Handfläche auf seiner markanten Wange zu spüren.

Jedoch war ihr diese Genugtuung nicht vergönnt, denn der Schlag sollte nie ausgeführt werden. Mit den kampfgestählten Sinnen eines Kriegers packte Egan ihren Arm, starke Finger umspannten ihre Haut.

Glenda riss den Kopf hoch. Mildes Entsetzen durchzuckte sie. Seine aufblitzenden Augen hätten sie warnen müssen. Er war nicht gleichmütig, sondern hatte die Zähne fest zusammengebissen und das Kinn energisch vorgeschoben. Er war wütend, und sie erkannte verwirrt, dass sie ihn noch niemals so erlebt hatte. Entschlossen, gewiss. Bestimmend, das auch. Aber wütend? Nein. Denn Egan war ein Mann, er sich immer und überall unter Kontrolle hatte.

Und jetzt schienen die Feuer der Hölle in seinen dunklen Augen zu glühen. Glenda hatte das Gefühl, bei lebendigem Leibe verbrannt zu werden.

Sein Mund war zu einer gefährlich schmalen Linie zusammengepresst. »Hast du ihn ermutigt?«, fragte er tonlos. Sein Blick suchte den ihren, starr und stechend.

»Und wenn schon? Das geht dich nichts an.« Sie war nicht minder erzürnt als er. Er war weder ihr Bewacher noch ihr Gemahl oder Vater, er war nicht einmal ihr Bruder. Welches Recht nahm er sich heraus, ihr gegenüber einen solchen Ton anzuschlagen?

»Hast du dich von ihm küssen lassen?«, stieß Egan zwischen zusammengebissenen Zähnen hervor. »Hast du?«

»Du glaubst doch ohnehin, dass ich mich von ihm verführen ließe! Warum sollte er mich da nicht küssen? Also, wieso denkst du, dass ich es nicht getan habe? Und jetzt lass mich los, Egan.«

Er hörte ihr gar nicht zu. Er reagierte nicht auf ihre Bitte. Stattdessen umschloss ein stählerner Arm ihre Taille und zog sie an sich.

Verschreckt sah Glenda zu ihm auf. Sie waren sich so nah, dass ihr Busen vor seinen breiten Brustkorb prallte und ihre Füße fest zwischen seine Stiefel gestemmt wurden.

Er maß ihr Gesicht, und seine Miene war dunkel wie nie zuvor. »Zum Teufel«, murmelte er, und in seiner Stimme lag etwas, das Glenda völlig fremd war. »Zum Teufel! Warum verweigerst du mir, was du ihm freiwillig gibst?«

Dieses Mal würde es kein Zurück geben. Tief in ihrem Herzen wusste Glenda das …

Und dann wusste sie nichts mehr, denn seine Lippen drängten sich auf die ihren.

Siebtes Kapitel

In ihrem ganzen Leben hatte Glenda nur Niall geküsst. Sie hatte mit keinem anderen Mann jemals das Bett geteilt. Und so war dies hier wie jener erste Kuss – diese erste, wundersame, sehnsüchtige Berührung der Lippen eines Mannes …

Indes war er ganz anders als in ihrer Vorstellung, dieser Kuss … *Egans* Kuss. Gute Güte, sie konnte es kaum glauben!

Er war immer noch erzürnt, das fühlte sie an seiner eisernen Umklammerung. Seine Hände auf ihrer Taille waren wie ein Schraubstock und verhinderten jede Bewegung – nicht dass Glenda versucht hätte, sich ihm zu entwinden – war sie doch wie versteinert.

Seine Lippen waren nicht hart und drängend, wie sie vermutet hatte. Ach, wären sie es nur gewesen, dann hätte sie sich nach Kräften gewehrt … Stattdessen war sein Mund feurig, verzehrend und sehnsüchtig. Er küsste sie mit tiefer Hingabe. Als ihre Lippen unter seinem sanften Druck nachgaben, verschaffte seine Zunge sich Einlass und tanzte in einem wilden, lustvollen Rhythmus, der Glenda schwindeln ließ. Als er sie fester an sich zog, fühlte sie seine muskulösen, weit gespreizten Schenkel. Fühlte seine Mannhaftigkeit, die sich hart und verlangend an sie presste.

Ihr Herzschlag beschleunigte sich. Tief in ihrem Innern war Glenda entsetzt, dass sie solche Freizügigkeit duldete. Aber nachdem sie ihm einmal nachgegeben hatte, war seine Berührung wie eine Droge, die jede Faser ihres Körpers beherrschte. Sucht auslösend. So überwältigend stimulierend, dass sie sich fortgetragen fühlte – und es sie nicht kümmerte, wohin! Vielleicht hatte sie ja gewusst, dass es so sein würde. Vielleicht hatte sie sich deshalb gesträubt. Vielleicht kämpfte sie deshalb so heftig dagegen an …

Doch Egan hatte es satt zu kämpfen. Gegen sie zu kämpfen. Gegen sich selbst anzukämpfen. Schon damals, vor all den Jahren, als sie an der Seite von Niall in Dunthorpe eingeritten war, hatte er sie heimlich begehrt. Und er vermochte die Leidenschaft nicht mehr zu zügeln, die so lange ungehört und ungestillt geblieben war.

Bis jetzt.

Innerlich frohlockte er. Dies war der schönste Augenblick in seinem Leben. Noch nie hatte er die Nähe einer Frau so intensiv gespürt. Sie war klein und zierlich, eine biegsame Gerte in seinen Armen, und doch von einer überaus erregenden Üppigkeit. Ihr betörender Duft berauschte ihn. Sie roch nach Lavendel. Sie schmeckte so himmlisch, wie er es sich erträumt hatte …

Aber er hätte nie gedacht, dass sein Traum Wahrheit werden könnte.

Jetzt war es geschehen. Er hatte sich erfüllt. Sie verströmte eine erdhafte Sinnlichkeit, die das Wilde in ihm, seine Urinstinkte, zum Leben erweckte. Mit geradezu schmerzvoller Deutlichkeit erinnerte er sich wieder ihres nackten Körpers. Und jetzt, da er sie in den Armen hielt, raste sein Herz. Sein Speer pulsierte vor Wollust nach ihr. Er fühlte die weichen Rundungen ihres Busens an seiner Brust, und es drängte ihn, diese Fülle mit seinen Händen zu umschließen, ihre knospenden Spitzen wie reife Früchte zu pflücken.

Sie bog den Kopf zurück, eine einladende Geste, der Egan nicht widerstehen konnte. Seine Lippen zeichneten einen glutheißen Pfad entlang ihres schwanengleichen Halses bis hin zu dem runden Ausschnitt ihres Kleids. Er hörte nicht auf, bis er das Tal zwischen ihren Brüsten erreichte, dort, wo sich die üppige Fülle mit jedem Atemzug unter seiner Berührung hob und senkte. Sie spürte, was er tat – o ja, denn ihr aufgewühlter Atem verriet sie. Aber würde er es wagen, noch weiter zu gehen? Bei allen Heiligen, würde er es wagen?

Seufzend legte sie die Hände auf seine Schultern. Behutsam hob Egan den Kopf.

Sie betrachtete ihn, die golden schimmernden Augen entrückt, ungläubig. Als er ihren Blick erwiderte, schoss eine heiße Röte in ihre Wangen.

Ihre Hände gruben sich in sein Wams. »Lass mich los«, flüsterte sie stockend. »Bitte, gib mich frei.«

Die Sekunden dehnten sich, während er sie aus dunklen Tiefen betrachtete. Einen schrecklichen Augenblick lang fürchtete Glenda, er würde nicht reagieren. Doch dann sanken seine Hände schlaff herab. Seine Züge waren überaus kontrolliert.

»Warum tust du das? Warum?« Ein leiser, verwirrter Aufschrei entwich ihrer Kehle. »Du hast gesagt, dass du mich beschützen musst, aber du vergisst dich, Egan. Du vergisst dich!«

Er verdrängte den Anflug von Schuld, der sich seiner bemächtigte. Seine Mundwinkel zuckten. »Ich vergesse nichts. Aber ich bin nicht dein Diener, Glenda.«

»Und erst recht nicht mein Gemahl!«

Die Spannung zwischen ihnen war beinahe körperlich spürbar, mit jedem Atemzug, jedem Herzschlag.

Blaue Augen blitzten auf. »Es sollte so sein, Glenda. Das weißt du genau wie ich.«

»Ich weiß nichts dergleichen. Du … du hättest mich nicht anrühren dürfen! Du hättest mich nicht küssen dürfen, denn … denn was ist mit Niall?« Ihre Stimme überschlug sich. »Was ist mit Niall?«

Jähes Schweigen. »Was soll mit ihm sein?«, meinte er schließlich.

»Er hat dich geliebt wie einen eigenen Bruder, Egan! Wahrhaftig! Und du hast nichts Besseres zu tun, als seiner Gemahlin Avancen zu machen!«

Eine Woge des Zorns wusch über ihn hinweg. Musste sie ihm das immer wieder vorwerfen? Insgeheim stieß er einen inbrünstigen Fluch aus. Glaubte sie, ihr Gewissen damit zu beruhigen, dass sie ihm die Schuld zuschob? Irgendwie hatte er ihr mehr zugetraut.

Ein mattes Lächeln umspielte seine Lippen. »Ach, aber du warst doch gar nicht so abgeneigt, oder?«, meinte er kühl und schonungslos. »Und Niall ist tot, Jungfer. Er ist *tot*.«

Glenda erstarrte zu Stein. Ein unendlicher Schmerz flutete über sie hinweg, gefolgt von eisigem Zorn.

»Meine Güte, bist du vermessen. Du bist grausam und herzlos und widerwärtig!«, schleuderte sie ihm entgegen. »Allein der Gedanke, dass Niall in dir einen Freund gesehen hat!« Sie straffte sich, baute sich hochmütig vor ihm auf. »Mir bleibt keine Wahl, als dich zu bitten – nein, dich aufzufordern –, Blackstone zu verlassen.«

Sein Lächeln gefror. Für Augenblicke schien es, als wollte er explodieren, doch dann trat kalte Entschlossenheit in seine Züge. Er verbeugte sich knapp. Ihre Blicke trafen sich, seiner eisig reserviert. Seine Lippen bewegten sich kaum, als er sprach.

»Keine Sorge. Ich reise noch heute ab.«

* * *

Er hatte Recht.

Sie war beileibe nicht abgeneigt gewesen. Sie hatte ihn provoziert, es war in der Tat ihre Schuld! Warum musste sie auch behaupten, Simon habe sie geküsst? Allein die Vorstellung war Ekel erregend.

Nein, sie hätte ihn nie herausfordern dürfen. Offen gestanden wusste Glenda nicht so recht, welcher Teufel sie da geritten hatte.

Es war doch nur ein Kuss, beschwichtigte sie sich, als er fort war. Nichts war geschehen. Trotzdem empfand sie nagende Schuldgefühle. Es war, als hätte dieser Kuss eine Fremde in ihr zum Leben erweckt. Sie kannte sich selbst nicht mehr.

Gute Güte!, brauste sie im Stillen auf. Warum hatte sie denn überhaupt etwas empfinden müssen!

Niall ist tot, Glenda. Er ist tot.

Seine Worte ließen sie nicht los. Ach, er war unsäglich grausam gewesen! Wusste er denn nicht, dass sie noch immer um ihren Gemahl trauerte? Wie weh es stets tat, wenn sie an Niall dachte, an die Leere, die er in ihrem Leben hinterlassen hatte? Manchmal war es ihr, als legte sich ein Zentnergewicht auf ihre Brust, so wie damals, zu Beginn ihrer Ehe, als sie geglaubt hatte, sie wäre unfruchtbar.

Als Niall gestorben war, war ein Teil von ihr mit ihm gegangen – und ihr Kind.

Ein Sturm der Gefühle wütete in ihr. Sie verstand die Empfindungen nicht mehr, die in ihrer Brust tobten – tief in ihrem Herzen. Sie brauchte Zeit zum Nachdenken, Zeit, um endlich Klarheit zu gewinnen. Doch kaum dass Egan den Raum verlassen hatte, schlurfte Nessa herein.

Glenda war wieder auf den Stuhl hinter ihrem Arbeitstisch gesunken. Nessa betrachtete sie trotz ihrer Jahre mit scharfem Blick. »Ihr beide hattet eine Auseinandersetzung, ist es nicht so?«

Es gestaltete sich schwierig, so zu tun, als wäre alles in bester Ordnung, nachdem Glenda sich inzwischen sicher war, dass nichts in Ordnung war. Zaghaft hob sie den Kopf.

»Nein«, leugnete sie.

Nessa schnaubte unwillig. »Ich bin lange genug auf dieser Welt, um zu erkennen, was dem Herzen einer Frau innewohnt – *und* den Augen eines Mannes.« Sie stützte sich schwer auf ihren Stock und musterte ihre frühere Schutzbefohlene. »Er sah gar nicht glücklich aus – und du auch nicht.«

Als Glenda nicht antwortete, zupfte Nessa unbehaglich an ihrer Haube. Sie hatte nicht lange gebraucht, um zu erkennen, was zwischen diesen beiden vorging, auch wenn sie wie Hund und Katze schienen.

»Was bedrückt dich, Kindchen?«

Mir bleibt keine Wahl, als dich zu bitten – nein, dich aufzufordern! –, Blackstone zu verlassen. Erst als die Worte über ihre Lippen waren, schwante Glenda, was sie angerichtet hatte. Jetzt war es zu spät, um sie zurückzunehmen.

Geh ihm nach, drängte eine innere Stimme. *Halt ihn auf.*

Doch eine andere Stimme hielt dagegen. Wie könnte sie ihm jemals wieder unter die Augen treten, nach allem, was geschehen war? Aus lauter Stolz hatte sie so heftig reagiert, aber das war ihr gewiss kein Trost. Es war derselbe törichte Stolz, der sie daran hinderte, jetzt zu ihm zu gehen. Sie würde weder betteln noch flehen. Es kümmerte sie nicht, ob sie ihn je wieder sah!

Lügnerin, höhnte die Stimme.

Nein. *Nein!* Sie brachte ihm keine Gefühle entgegen, welche Erlösung, wenn er endlich fort wäre und sie nicht weiter behelligte! Nein, sie wollte diese eigentümliche Regung ein für alle Mal ausmerzen, die sie beschlich, wann immer sie ihn sah! Und sie wollte auch gar nicht wissen, was es war …

Vermutlich sollte sie Nessa die Wahrheit beichten. Alsbald würden es ohnehin alle wissen.

Sie schöpfte tief Atem. »Ich habe Egan fortgeschickt.«

»Wann kommt er zurück?«

Glenda senkte den Blick. »Er wird nicht mehr zurückkommen.«

»Was?!« Ihre von der Gicht gezeichneten Finger krümmten sich um den Gehstock. »Glenda! Sag mir, mein Kind, dass das nicht wahr ist! Das kann nicht dein Ernst sein!«

Der tadelnde Ton der Alten verblüffte sie. »Ich dachte, es würde dich freuen. Ich dachte, du magst ihn nicht.«

Mit einem dumpfen Knall prallte der Stock auf dem Boden auf. »Das habe ich nie gesagt! Und selbst wenn – darf eine alte Frau nicht auch einmal ihre Meinung ändern? O nein«, fuhr sie fort. »Ich bin längst nicht so begriffsstutzig, wie alle glauben. Egan sagt nichts. Du sagst nichts. Aber ich habe sehr wohl bemerkt, wie er verstohlen zu deiner Söllerkammer hochschaut.«

Glendas Herz setzte einen Schlag aus.

»Und was dich angeht, mein Kind, du musterst ihn heimlich, wann immer du glaubst, dass es niemand sieht.«

Glenda rang nach Luft. »Niemals!«

»O doch, mein Mädchen! Deine Augen folgen ihm wie ein Lamm der Mutter.«

Glenda schüttelte heftig den Kopf. »Nein, Nessa, du irrst. Das wäre … das wäre doch ein Verrat an meinem Ehegelübde.«

»Dein Gemahl weilt nicht mehr unter uns, Kindchen.«

Da war es wieder. Erst Egan – und jetzt auch noch Nessa! »Darf ich nicht einmal um ihn trauern?, begehrte sie innerlich auf. »Du kannst es zwar nicht wissen, aber ich sage dir jetzt, dass ich Niall von ganzem Herzen geliebt habe! Ich habe auf Geheiß meines Vaters geheiratet, Nessa. Aber ich habe nicht *geliebt*, weil mein Vater es so befohlen hat.«

»Das ist das Wesen der Liebe. Sie kommt, wenn man am wenigsten damit rechnet. Tja«, erklärte Nessa freimütig, »du hast deinen Gemahl geliebt. Aber die Zeit der Trauer ist vorüber. Du musst in die Zukunft blicken.«

»Das habe ich!«, ereiferte sich Glenda. »Deshalb bin ich ja auch nach Blackstone zurückgekehrt!«

»Tatsächlich?« Nessas Ton war finster wie die Nacht. »Und ich dachte, du wolltest vergessen.«

Glendas Augen verschossen Blitze. »Wie kannst du so etwas behaupten? Und was weißt du schon von der Liebe? Du warst nie verheiratet!«

Einen Herzschlag lang ließ Nessa ihr eigenes Leben Revue passieren. »Nicht verheiratet, nein. Aber ich habe einmal einen Mann geliebt. Einmal« – meinte sie gedehnt und stockte –, »vor deiner Geburt.«

Glenda verfiel in brütendes Schweigen. Dieses Geständnis schien Nessa viel Überwindung zu kosten, und ihr blieb nicht verborgen, dass ein schmerzvoller Schatten über das Gesicht der Greisin glitt. Sie hatte Nessa nicht verletzen wollen, und doch verwirrte es sie, dass sie diese Seite an ihrer Kinderfrau gar nicht kannte. So lange sie sich zurückbesinnen konnte, hatte Nessa sich um sie und ihre Schwester Eleanora gekümmert; und nachdem sie erwachsen waren, hatte Glenda angenommen, Nessa sorge für ihren Vater. Sie erinnerte sich noch gut an den Tag, an dem ihre Mutter beerdigt worden war. Sie hatte in Nessas Armen Zuflucht gesucht, die ihr stets Trost gespendet hatte. Ansonsten war ihr das Leben der alten Frau ein Geheimnis geblieben, gestand Glenda sich schuldbewusst ein.

Schuld. Nun, die war wohl zu ihrem ständigen Begleiter geworden.

Nessa verließ die Kammer, und das Klappern ihres Gehstocks hinterließ ein hohles Echo auf den unebenen Holzdielen. Sie strebte in den Rittersaal, wo sie den erstbesten Bediensteten anhielt, der ihr über den Weg lief. »Du da! Hast du Sir Egan gesehen?«

»Nein …«

»Aber ich«, piepste einer der kleinen Schneidersöhne. »Er ist in seiner Kammer.«

Trotz ihres fortgeschrittenen Alters und ihrer Gebrechlichkeit humpelte Nessa erstaunlich schnell zur Turmstiege. Wie der Junge beteuert hatte, war Egan in seiner Kammer.

Sie klopfte an, wartete ungeduldig. Sobald er sie hereingebeten hatte, nahm sie kein Blatt vor den Mund.

»Ihr werdet Glenda kein Wort von diesem Gespräch berichten.«

Egan stopfte die letzten Habseligkeiten in seinen Beutel und richtete sich auf. Er bedachte die Alte mit einem grimmigen Lächeln. »Kein Anlass zur Besorgnis. Ich werde ohnehin nicht mehr hier sein.«

»Bleibt. Ich bitte Euch inständig zu bleiben.«

Nessa wäre die Letzte gewesen, von der Egan diese Worte erwartet hätte. Er schnellte herum und baute sich vor ihr auf. Zu seiner Verblüffung schien sie gefasster, als er angenommen hatte.

Energisch schob er sein Kinn vor. »Ihr versteht das nicht«, hob er an.

»O doch. Ich weiß, dass sie Euch gebeten hat zu gehen – ich weiß nur nicht, wieso. Aber sie wird es schon bald bereuen. Mich dünkt, so wird es uns allen gehen.«

Egan stieß ein kurzes, schroffes Lachen aus. Im Augenblick erfreute er sich nicht eben bester Stimmung. Was würde Nessa sagen, wenn sie wüsste, dass Glenda ihn wie einen widerwärtigen Lump fortgescheucht hatte?

»Wenn ich ihr noch einmal unter die Augen trete, wird sie mich zweifellos von dem höchsten Burgturm werfen lassen.« Das war kein Scherz.

»Dann macht Folgendes. Reitet nicht zu weit fort. Bleibt in der Nähe, aber reist um Himmels willen nicht ab.

Im Wald ist eine Holzfällerhütte. Dort wohnt keiner mehr. Ihr könnt sie benutzen. Ich werde niemandem ein Sterbenswort verraten.«

Seine Augen wurden schmal. »Warum solltet ausgerechnet Ihr mich um Derartiges bitten? Bei unserer Ankunft hätte ich schwören mögen, dass Ihr mir am liebsten an die Gurgel gegangen wäret.«

»Da kannte ich Euch noch nicht. Ich habe genau gesehen, dass Ihr sie anschaut, als wäre sie die Eure.«

»Euer Blick trügt Euch«, versetzte er kühl, »denn Ihr seht Gespenster.«

»Tatsächlich? Und selbst wenn ... Es gibt Dinge, die sieht man nicht, die fühlt man.« Während sie sprach, presste sie die freie Hand auf ihre eingesunkene Brust.

Egan betrachtete sie mit einer Mischung aus Erstaunen und Erzürnung. »Ich kann nicht«, meinte er tonlos.

»Verlasst sie nicht.«

»Sie verlassen! Es ist *ihr* Wunsch, nicht meiner!«

»Kümmert Euch um sie.«

»Das will sie nicht«, erwiderte er in einem Anflug von Bitterkeit.

»Und deshalb wollt Ihr sie aufgeben?«

»Sie aufgeben, pah! Sie verlangt, dass ich gehe!«

»Beschützt sie, denn sie hat niemanden außer Euch. Sie wird ihre Entscheidung bereuen.«

»Woher wollt Ihr das wissen?«, knirschte Egan hitzig.

»Ich *fühle* es.«

Seine Augen verengten sich zu Schlitzen. »Was hat sie Euch erzählt?«

»Sie hat mir gar nichts erzählt. Wie ich Euch bereits gesagt habe – ich *fühle* es, wie es nur eine andere Frau fühlen kann.«

Egans Sinne befanden sich in fieberhaftem Aufruhr. Nessa war ihm zwar keine große Entscheidungshilfe, aber nachdem sich sein Ärger ein klein wenig gelegt hatte, wähnte er sich bereit zum Einlenken.

Herrgott, er wollte doch gar nicht von hier fort! Beim Allmächtigen, das war das Letzte, was er gewollt hätte!

»Warum?« Er legte den Kopf schief. »Warum vertraut Ihr mir?«

Nessa überlegte lange, bevor sie ihm antwortete. »Ich weiß es nicht. Ich weiß nur, dass es sich so verhält. Und es ist weitaus besser, sie bei Euch zu wissen als bei ihm.«

Bei ihm. Auch ohne dass sein Name fiel, wussten beide auf Anhieb, wer gemeint war.

»Er begehrt sie«, meinte er gedehnt.

»Ich weiß. Es gelingt ihm hervorragend, seine wahren Beweggründe zu verbergen. Er ist schleimig wie ein frisch gefangener Aal.«

Egan fluchte inbrünstig. »Wie, zum Teufel, soll ich sie beschützen, wenn sie nichts mit mir zu schaffen haben will?«

»Wie? Muss ich für Euch das Denken übernehmen, Mann?« Bei allen Heiligen, Männer waren manchmal hirnlose Tölpel! »Es muss einen Weg geben. Ihr müsst ihn nur finden!«

Unversehens dachte Egan an Robin. Wenn der Bursche wirklich Vergeltung suchte, hätte er dann nicht längst reagiert? Hätte er doch nur Gewissheit!

Und dann dieser Simon Ruthven. Wieder verdunkelten sich seine Züge. Er biss die Zähne zusammen. Nein, entschied er, er durfte nicht gehen. Wenn Glenda irgendetwas zustoßen sollte, würde er sich das nie verzeihen können.

Genauso wenig wie Nessa vermutlich. Sie würde Glenda stets beschützen wie eine Glucke ihre Küken.

Egan entging, wie aufmerksam Nessa ihn beobachtete. Nervös hielt sie den Atem an. Könnte sie ihn nur überzeugen, dann wäre ihr leichter ums Herz! Dabei ging es ihr gar nicht um das eigene Wohlergehen, sie hatte lange genug gelebt. Wenn der Allmächtige sie zu sich riefe, würde sie kampflos vor ihren Schöpfer treten.

Doch würde sie bis ans Ende aller Tage für ihre geliebte Glenda kämpfen. Jetzt, da Glenda heimgekehrt war, sah Nessa das Leben mit anderen Augen. Der Greisin missfiel es gewaltig, dass man Frauen kaum Respekt und noch weniger Anerkennung für ihr Schaffen zollte. Die Herrin konnte sich noch so gewissenhaft und geschickt um Haus und Hof kümmern, den Dank erhielt – und erwartete! – letztlich der Hausherr. Wenn allerdings Tapferkeit und Tatkraft im Umgang mit der Waffe gefragt waren, dann musste die Alte doch einräumen, dass es ratsam war, hinter einem starken Schwertarm Zuflucht zu suchen.

Im Stillen flehte sie, er möge nachgeben, sonst wäre alles verloren! Die meisten Lowlander hassten die Highlander – und die Engländer. So war das Leben hier im Grenzgebiet. Sie mochte zwar morsche alte Knochen haben, aber ein kampfgestähltes Mannsbild wusste sie ebenso gut auszumachen wie weitaus jüngere Frauen.

Sie beobachtete, wie Egans raue Fingerspitze versunken über die Narbe auf seiner Wange strich. Diese verlieh ihm etwas Verwegenes, Abenteuerliches, aber einerlei … Nessa sandte ein leises Stoßgebet gen Himmel, dass Egan MacBain ein Mann sei, der alles für diejenigen gab, die ihm lieb und teuer waren.

Wenn nicht, dann war ihr Bemühen vergeblich – und diese Vorstellung war ihr unerträglich.

»Bleibt«, drang sie ein letztes Mal in ihn. »Wenn alles gut geht und keine Gefahr mehr droht, dann mögt Ihr meinethalben aufbrechen.«

»Ich werde darüber nachdenken.«

»Lasst Euch nicht zu viel Zeit damit«, warnte sie.

Noch lange nachdem Nessa aus der Kammer gehumpelt war, verharrte Egan wie angewurzelt auf der Stelle.

Beschützt sie, hatte sie ihm ins Gewissen geredet. Ausgerechnet er sollte die Frau beschützen, die seinen bloßen Anblick nicht ertragen konnte und die ihn von ihrem Anwesen verbannt hatte!

Und das alles wegen eines Kusses.

Er war versucht zu lachen und schnaubte stattdessen grimmig. Hätte er diese Reise auch auf sich genommen, wenn er um den ganzen Ärger gewusst hätte?

Nun, er bereute keine Sekunde. Nein, wahrhaftig nicht! Mehr noch, er fragte sich unablässig: Wenn es nur ein flüchtiger Kuss gewesen wäre – wenn seine Lippen die ihren wie zufällig gestreift hätten –, wäre sie dann auch so aufgebracht gewesen?

Seltsam unentschlossen ließ er seinen Beutel auf den Boden sinken. Sein Zorn auf sie war verraucht. Aber wann würde der ihre vergehen?

Er holte tief Luft und straffte sich. Er hatte sein Wort gegeben, sie zu beschützen – ob sie nun wollte oder nicht. Das hatte er zugesichert, und daran würde er sich halten.

Er musste nur einen Weg finden.

Achtes Kapitel

Am nächsten Morgen wurde Glenda von grässlichen Kopfschmerzen geweckt. Sie hatte gehofft, in der Nacht Abstand zu gewinnen von all dem Durcheinander an Gefühlen, aber dem war nicht so. Ihre Gedanken kreisten ständig um … Egan. Ein Teil von ihr mochte nicht recht glauben, dass er fort war. Im Zwielicht der Dämmerung hatte sie beobachtet, wie er durch das Torhaus geritten und hinter der Holzpalisade verschwunden war.

Ein sonderbares Gefühl legte sich auf ihre Brust, schnürte ihr die Luft ab. Sie war sich ziemlich sicher, einen schrecklichen Fehler gemacht zu haben.

Nein. *Nein.* Sie würde es schon schaffen. Sie würde jeden einzelnen Tag meistern, komme, was da wolle.

Nur um Himmels willen kein solcher Tag wie der gestrige!

Sie würde ihre Untergebenen von seiner Abreise unterrichten müssen. Beim gestrigen Nachtmahl hatte Jeannine mehr als einmal verstohlen zu seinem Platz geschaut, sich aber zum Glück nicht nach ihm erkundigt. Seufzend knotete Glenda ein Band um ihren dicken kastanienfarbenen Zopf und warf ihn über die Schulter. Zweifellos würde Bernard sich heute Morgen auf die Suche nach Egan machen.

Sie war so in ihren Tagesplan vertieft, dass sie das laute Fanfarensignal überhörte. Stattdessen spähte Nessa aus dem Fenster und verkündete: »Wir haben Gäste.«

Glenda krauste die Stirn. »Wer ist es denn, Nessa?«

»Sicher bin ich mir nicht«, murmelte Nessa, »aber ich denke, es sind die Männer des Grafen. Sie tragen seine Farben.« Sie sah die junge Frau durchdringend an. »Und wenn ich nicht irre, ist der Graf bei ihnen.«

Jeder Gedanke an Egan war wie ausgelöscht. Glenda

flog beinahe zu dem Bogenfenster und blickte nach unten. Hühner schlugen mit den Flügeln und versuchten gackernd, den Pferdehufen zu entkommen, als ein Trupp von Männern durch das Torhaus trabte.

Mit einem jammervollen Stöhnen wandte sie sich ab. »Der Graf! Oh, ich weiß, warum er hier ist. Er will seine Pacht eintreiben, und ich habe kein Geld. Unsere Truhen sind leer.«

»Kopf hoch, Glenda. So schlimm wird es schon nicht werden. Dein Vater hat den Grafen immer als einen einsichtigen, umgänglichen Menschen geschildert, und als solchen solltest du ihn auch willkommen heißen.«

Nessa hatte leicht reden! Eine Stunde später jedoch schien Glenda wie verwandelt – niemand hätte ihre Verzweiflung auch nur erahnen können. Der Graf saß am Kopf der Tafel im großen Saal. Glenda hatte das Gesinde angewiesen, Speisen und Wein aufzutragen.

Heimlich musterte sie ihn. Er trug eine Tunika in seinen Farben – ein sattes Tannengrün mit Goldbesatz. Seine Statur war mittelgroß und drahtig, und es zeigte sich kein Ansatz von Bauch über seinem Gürtel. Silbergraue Fäden durchzogen sein Schläfenhaar. Ein juwelenbesetzter Ring schmückte den Mittelfinger der linken Hand. Abgesehen von seiner äußeren Erscheinung, wiesen seine Umgangsformen, seine Gesprächsführung und seine Gestik etwas Aristokratisches auf, wie es seiner Stellung und seinem Titel gebührte. Glenda sah sofort, dass seine Männer ihm strikten Gehorsam leisteten.

Nur mit Mühe gelang es ihr, ein paar Bissen Brot und Käse zu essen. Ihr Magen drohte zu rebellieren, und sie wollte sich vor dem Earl wahrlich nicht bloßstellen. Diese Zusammenkunft war ohnehin schwierig genug.

Sie bedeutete Jeannine vorzutreten und den Pokal des Earls erneut zu füllen. Doch er winkte ab und wandte sich zu ihr.

»Ich möchte Euch mein Beileid am Tod Eures Vaters und Eures Onkels bekunden.« Der Graf zögerte. »Und natürlich Eures Gemahls.«

»Habt Dank, Mylord«, murmelte sie tonlos. Sie senkte den Blick auf ihre Finger, die sie nervös in ihrem Schoß knetete; dabei gemahnte sie sich zur Ruhe und hoffte inständig, dass Nessa Recht behielt und der Graf wirklich ein einsichtiger, umgänglicher Mensch war.

Kaum merklich hob sie den Kopf. »Mylord, da ist eine Sache, die ich mit Euch besprechen möchte. Sie betrifft die Pacht.«

»So?«

Zweifellos war er jetzt ganz Ohr. Er fixierte sie wie ein Habicht seine Beute.

Irgendwie gelang es Glenda, das Zittern in ihrer Stimme zu überspielen. »Ich weiß, mein Vater hat Euch jeden Respekt gezollt, genau wie ich, Mylord, und alle anderen hier in Blackstone Tower. Dennoch muss ich um Eure Nachsicht in der Angelegenheit mit dem Pachtzins bitten. Unsere gegenwärtige Situation ist schwierig. Nach meiner Ankunft aus den Highlands musste ich feststellen, dass unsere Truhen nahezu leer sind. Mir scheint, das vergangene Jahr ist kein gutes gewesen.«

»Und wie kommt Ihr darauf? Auf meinen anderen Gütern wurden hervorragende Erträge erzielt«, bemerkte er kühl. »Warum also nicht hier in Blackstone Tower?«

Unwillkürlich seufzte Glenda. »Ich fürchte, einige unserer Pächter – freie wie unfreie – sind weggegangen, Mylord.«

»Weggegangen!«, wiederholte er schroff. »Warum?«

Mit leiser, stockender Stimme berichtete Glenda ihm in kurzen Zügen, was vorgefallen war. Ihr Verstand rotierte, während sie sprach. Sie musste rasch abwägen und überlegen. Sollte sie sich erdreisten, Simon dafür verantwortlich zu machen? Wäre es nur so einfach gewesen! Vermutlich gehörte der Graf nicht zu den Männern, die ihr das rückhaltlos glauben würden – und Beweise hatte sie keine. Vielleicht war es ja auch gar nicht Simon. Womöglich hatte Nessa sogar Recht mit ihrer Behauptung, und es waren Männer gewesen, die lediglich Unheil anzetteln wollten. Nein, entschied sie, sie durfte dergleichen nicht äußern.

Der Graf trommelte ungeduldig mit den Fingerspitzen auf die Sessellehne. »Wer widerrechtlich das ihm anvertraute Land verlässt, ist ein Flüchtiger. Hat man nach ihnen gesucht?«

»Nein, Mylord. Mein Onkel war schwer krank und … und hatte nicht genügend Soldaten.« Innerlich wand sie sich, denn seine Miene hatte sich bedrohlich verdunkelt. »Genau so verhält es sich, Mylord. Das ist auch der Grund, warum unsere Truhen leer sind. Trotzdem hoffe ich, dass bis Jahresende alles anders wird. Mit Gottes Hilfe werden wir reiche Ernte einfahren, und dann zahle ich Euch die Pacht mit Zins zurück.« Glenda hielt den Atem an und wartete.

Das nervöse Trommeln aber hörte nicht auf. In den Edelsteinen des gräflichen Rings brach sich das Licht der Fackeln.

»Ich bewundere Eure Offenheit.« Über der schmalen Adlernase maß der Earl sie mit stechendem Blick. »Allerdings ändert das nichts an der Sachlage. Auch ich habe meine Prinzipien.«

»Das verstehe ich durchaus, Mylord.« Ihre Stimme klang unterwürfig, demütig.

»Ich bin befugt, Euch diese Burg mitsamt ihren Ländereien fortzunehmen, denn Eure Familie hat sie nur verwaltet, weil meine es so wollte.«

Innerlich schrie sie auf. Bitte, nein! Blackstone Tower war immer der ganze Stolz ihres Vaters gewesen. Er wäre tief enttäuscht ... Und sie war zurückgekehrt, um das Heim ihrer Familie zu retten, und nicht, um es zu verlieren!

»Auf meinem Besitz muss Ordnung herrschen«, fuhr der Graf unbeirrt fort.

Ihr Herz schlug schneller. Verflixt, was war das nun wieder? »Gewiss, Mylord. Das ist mein Bestreben.«

»Die Pachtbauern verlassen sich in schweren Zeiten auf ihren Lehnsherrn. Ihr Gebieter darf keine Schwäche zeigen.«

Hochmütig reckte Glenda ihren Schwanenhals. »Ich bin nicht schwach, Mylord.«

»Das vielleicht nicht, aber Ihr seid eine Frau.«

Nur mühsam gelang es Glenda, eine bissige Entgegnung herunterzuschlucken. Sie war erbost und bestürzt zugleich. Trauten denn alle Männer den Frauen so wenig zu? Hielt er so wenig von ihr? Gleichwohl durfte sie dem Grafen keinesfalls widersprechen, wollte sie Blackstone nicht verlieren – und das würde sie tunlichst zu verhindern suchen. Fieberhaft sann sie auf eine Lösung und versagte sich eine schnippische Antwort.

»Wenn Eure Pächter einfach verschwinden, leeren sich zwangsläufig auch meine Truhen. Allerdings räume ich ein, dass das Schicksal es nicht eben gut mit Euch gemeint hat, und deshalb will ich großzügig sein. Ich werde Euch die Zahlung der Pacht noch ein halbes Jahr stunden. Aber Ihr müsst meinen Rat beherzigen, Mylady.«

Jähe Erleichterung durchflutete die junge Frau. »Ich werde alles tun, was in meiner Macht steht.« Nachdem sie ehrerbietig den Kopf gesenkt hatte, blickte sie zu ihm auf. »Was wünscht Ihr von mir, Mylord?«

»Sucht Euch einen Gemahl, und zwar rasch«, versetzte er grimmig, »sonst bestimme ich einen für Euch.«

* * *

Am Morgen hatte Egan den Grafen von fern gesehen, denn die prachtvolle Tracht und der Gefolgstrupp ließen erst gar keinen Zweifel an dessen Identität aufkommen. Egan war sich recht sicher, dass der Earl seinen Besitz inspizieren wollte, und er verfolgte mit Blicken, wie der kleine Tross in Richtung Blackstone Tower ritt. Vermutlich hatte der Graf von Rowans Tod erfahren und daraufhin beschlossen, Glenda seine Aufwartung zu machen.

Der Highlander hatte Nessas Rat befolgt und die Nacht in der Holzfällerhütte verbracht. Sobald die Männer des Grafen außer Sichtweite waren, lenkte er sein Pferd zu der Dorfschänke. Er würde nicht in irgendwelchen Schlupfwinkeln herumlungern wie ein Strauchdieb, der um seine Entdeckung fürchtete. Sollte Glenda doch ruhig wissen, dass er in der Nähe war! Herrgott, er konnte tun und lassen, was er wollte, und wenn ihr das nicht passte, dann sollte sie ihn doch eigenhändig entfernen.

Im Wirtshaus setzte er sich in den hintersten Winkel. Dort war es eng, dunkel und schmuddelig. Ein fahler Lichtstreifen strömte durch das rußige Fenster neben dem Kamin herein.

Das Bier, das Egan bestellte, konnte seine Laune auch nicht heben. Er schaute lediglich auf, als er Pferdegetrappel auf der hölzernen Brücke vor der Schänke vernahm – wieder waren es der Graf und seine Leute. Unversehens folgerte er, dass der Earl auf dem Weg zu Simons Anwesen war.

Egan starrte in seinen Krug, nahm einen tiefen Schluck und verzog das Gesicht. Das Gebräu war so trüb und bitter wie sein Gemüt.

Seit dem gestrigen Nachmittag grübelte er nun schon. Seine Verärgerung war Reumütigkeit gewichen. Er hätte Glenda nicht so bedrängen, sie nicht an Nialls Tod erinnern dürfen. Aber es stimmte doch: Niall war tot. Mochte sie es sich auch anders wünschen, Niall war von ihr gegangen. Er würde niemals zurückkehren.

Meine Güte, bist du vermessen. Du bist grausam und herzlos und widerwärtig! Allein der Gedanke, dass Niall in dir einen Freund gesehen hat!

Ihre Worte spukten ihm im Kopf herum. Vielleicht war er wirklich so vermessen, wie Glenda behauptet hatte. Jedenfalls war ihre Liebe zu Niall ungebrochen. Egan fühlte sich innerlich zerrissen, denn er war nicht blind, und er war auch kein unerfahrener Halbwüchsiger mehr, der nichts von Frauen verstand.

Wieder keimte das Verlangen nach ihr in ihm auf. Er hatte nicht geahnt, wie ihre Lippen unter den seinen erbeben würden. Und unter seinen Fingerspitzen hatte er den wilden Rhythmus ihres Herzens gefühlt! Oh, sie konnte alles abstreiten, aber er würde sich davon nicht ins Bockshorn jagen lassen. Egan verzehrte sich nach ihrem betörenden Liebreiz, doch der schien in weite Ferne gerückt.

Also, was sollte er tun? Bleiben, hatte Nessa ihm geraten. Und sie beschützen. Nun, er hatte ihr so viele Jahre lang zur Seite gestanden. Und das sollte er weiterhin tun, während sie sich immerfort nach Niall sehnte? Bedrückung legte sich um sein Herz wie ein Schatten über die Sonne. Die Vorstellung war ihm unerträglich. Genauso gut könnte er sich ein rot glühendes Messer tief in die Eingeweide bohren. Er war gewiss kein guter Christ, schalt er sich mit einem verächtlichen Lächeln, war er doch beileibe nicht so selbstlos, wie es sich geziemte.

Doch er steckte in einer Zwickmühle: Wie konnte er in dieser Situation gehen … und wie konnte er bleiben?

Seine Gedanken ließen ihm keine Ruhe. Vielleicht lag er mit seiner Vermutung richtig, und sie war wirklich einsam. Würde er ihre Zuneigung gewinnen können? Wenn ihm das doch nur gelänge! Aber er war nicht wie Niall.

Verdrossen besann er sich darauf, dass er – anders als Niall – nicht der Sohn eines Clanführers war. Wie Simon fortwährend betont hatte, besaß er weder Vermögen noch Grundbesitz, nichts, was ihn für sie begehrenswert … *annehmbar* … machte.

Abwesend rieb er sich mit den Fingerspitzen über das Wangenmal. Und er war auch nicht so anziehend wie Niall …

Und Glenda liebte ihren Mann noch immer – das war das größte Problem von allen.

Wie konnte er bleiben? Aber durfte er sie denn allein lassen?

Die Sonne sank bereits. Egan blieb weiterhin sitzen, zumal er noch immer keine Lösung für sein Dilemma wusste. Er sollte wirklich aufbrechen, sagte er sich wohl Dutzende Male. Doch brachte er nicht die Kraft auf, sich zur Tür zu schleppen.

Egan sah kaum auf, als drei Männer hereinpolterten. Auch sie beachteten den Gast in der Ecke nicht weiter.

»Der Earl war wohl nicht sonderlich begeistert, als die Herrin von Blackstone die Pacht nicht entrichten konnte.«

Der Earl … Beinahe wäre Egan hochgefahren. Er bremste sich gerade noch rechtzeitig. Sie sprachen über Glenda! So wie die Dinge derzeit in Blackstone lagen, zweifelte er nicht an der Wahrheit ihrer Aussage. Aber warum, zum Teufel, hatte sie sich ihm nicht anvertraut? *Narr,* krittelte eine innere Stimme, *begreifst du denn gar nichts? Ist doch eindeutig, wie sie zu dir steht! Warum sollte sie dich ins Vertrauen ziehen?*

Aber wen sonst?

Die Antwort, die ihm darauf einfiel, behagte ihm beileibe nicht … Doch hoffentlich nicht Simon!

Einer der Männer lachte schallend. »Ich wüsste schon, wie ich sie bezahlen ließe! Ein Prachtweib, ja, das ist sie!«

Der Glatzkopf ihm gegenüber blies die Nasenflügel auf und zog eine Grimasse. »Du? Eher würde sie es mit einem stinkenden Ziegenbock treiben!«

»Was!«, rief der Erste. »Sie würde ihren Spaß daran haben! Es wird gemunkelt, dass sie seit Jahr und Tag keinen Kerl mehr im Bett gehabt hat.«

»Ach, du wüsstest doch gar nichts mit einer Frau wie ihr anzufangen.«

»Aber du!«

»Bezweifelst du das etwa?« Breit grinsend sprang der Mann auf. Er blies seinen Brustkorb auf, schwankte vorwärts, blieb stehen, legte eine Hand vor seinen Schritt und vollführte obszöne Bewegungen.

Schmutziges Gelächter schloss sich an.

»Vielleicht sollten wir eine Wette abschließen auf den nächsten Kerl, der zu ihr ins Bett kriecht«, schaltete sich der Dritte ein. Einige wenige graue Stoppeln sprossen aus seinem kahlen Schädel.

Es fehlte nicht viel, und Egan wäre aufgesprungen und den dreien an die Gurgel gegangen, doch ihre nächsten Worte ließen ihn erstarren.

»Darauf würde ich keinen Heller verwetten«, sagte der Erste prompt.

»Ich auch nicht«, bekräftigte der Zweite. »Wir wissen doch alle, dass Simon, unser eigener Herr, sie bekommen wird.«

Also waren es Simons Männer. Egan hatte es bereits vermutet.

»Ihr hättet ihn sehen müssen, als er davon erfuhr, dass der Earl verlangt hat, dass sie sich wieder einen Mann sucht.«

»Was? Einen Mann?«

War das ihr Ernst?, überlegte Egan aufgebracht. Er verharrte reglos und lauschte. Jeder Zoll seines Körpers war angespannt, so sehr konzentrierte er sich auf die drei Männer.

Das Trio fuhr genüsslich fort. »Der Earl hat ihr klipp und klar gesagt, dass sie heiraten muss. Wenn sie nicht bald einen Ehemann findet, sucht er ihr einen.«

»Ganz recht, und alle wissen, dass das nur Simon sein kann. Wer sonst – schließlich entrichtet er seine Pacht immer pünktlich!«

»Ja.« Der Glatzkopf nickte und nahm einen tiefen Schluck aus seinem Becher; dann wischte er sich mit dem Handrücken den Mund ab. »Der Earl hat sie ihm geradewegs in die Hände gespielt. Ich hab gehört, wie Simon vor seinem Verwalter geprahlt hat. Er hat damit angegeben, dass er, wenn er diese Lady Glenda rumkriegt, das Unvermeidliche nur beschleunigt, und dass ihr keine Wahl bleibt, als ihn zu heiraten.« Er fuhr fort, den anderen bis ins schmutzigste kleine Detail wiederzugeben, was Simon so alles mit ihr vorhatte. »Vielleicht ist er ja in diesem Augenblick schwer mit ihr beschäftigt!«, grölte er.

»Simon ist in Blackstone?«

»Soweit ich weiß, ist er nach uns losgeritten. Der Stallbursche war dabei, sein Pferd zu satteln.«

»Dann sollten wir uns vielleicht zu ihm gesellen und mit der schottischen Jungfer eine Nummer schieben, die sie nie vergessen wird!«

Egan war bereits aufgesprungen. Sein Blut kochte, und er wollte seinem Ärger Luft machen. Aber das würde warten müssen.

Das Trio nahm keine Notiz von ihm, als er entschlossenen Schrittes zum Ausgang strebte. Seine Miene war zornesumwölkt. Nein, entschied er, er würde erst einmal nicht zurück nach Dunthorpe reiten.

Und er würde auch nicht tatenlos zusehen, wie Glenda diesen Halunken Simon heiratete!

In Blackstone schmetterte der Torwächter ihm ein Willkommen entgegen. Egan hob kurz die Hand zum Gruß. Im Innenhof angelangt, eilte ein Stallknecht hinzu, um sein Pferd wegzuführen. Unversehens fiel dem jungen Ritter die bedrückte Stimmung auf.

Er ließ den Blick schweifen und sprang voller Elan von seinem Ross. Als er Simons Grauschimmel sah, schäumte er innerlich vor Zorn.

In diesem Augenblick entdeckte er Nessa, die zu ihm gehumpelt kam. Die Alte nahm sich nicht einmal die Zeit, ihn zu begrüßen.

Sie stützte beide Hände auf ihren Gehstock und musterte ihn von oben bis unten, die Lippen zu einer schmalen, missfälligen Linie zusammengepresst. »Wo, zum Teufel, seid Ihr gewesen? Ich habe Euch schon vor geraumer Zeit einen Mann hinterher geschickt! Ach, wie konnte ich nur annehmen, dass Ihr mein Mädchen beschützen würdet!«

Egans Züge verhärteten sich. Ihm blieb keine Zeit für Erklärungen oder Vorwürfe. Also fragte er nur: »Wo ist er?«

Wortlos deutete Nessa mit dem Kinn zum Rittersaal.

Immer zwei Stufen auf einmal nehmend, bewältigte Egan die steinerne Treppenflucht.

Stimmen schlugen ihm entgegen, noch bevor er das Paar entdeckte. Aus einer Ecke vernahm er Glendas liebreizend höfliche Frage: »Noch etwas Wein, Simon?«

Zähneknirschend verharrte Egan. Was war das? Sie servierte diesem Halunken Wein, wo ihm doch eigentlich ein Tritt in den Hintern gebührte!

»Ich will keinen Wein, ich will Euch. Ich würde alles für Euch tun, Glenda. Wisst Ihr das denn nicht? Nein, sagt jetzt nichts!«, fuhr Simon fort. »Ich sehe Euch an, dass ich Euch verwirrt habe. Bitte, seid nicht gekränkt. Ich kenne Eure Bedrängnis. Ich weiß um den Earl und um sein … Anliegen, nennen wir es einmal so. Seid versichert, es besteht kein Anlass zur Sorge. Ich bin wie stets Euer getreuer Diener, der nur darauf wartet, Euch einen Gefallen zu tun.«

»Simon. Simon, bitte …«

»Warum denn so zimperlich, Gänschen? Zwischen Gemahl und Gemahlin sollte einträchtige Offenheit herrschen.«

Egan konnte es nicht länger ertragen. Er betrat den Saal. Glenda sah ihn zuerst, über Simons Schulter hinweg. Als Simon den Ankömmling gewahrte, drehte er sich um, und sein anziehendes Gesicht war von Wut verzerrt. Innerlich schäumte der Highlander, als eine ihm wohl vertraute Hand zu Glendas Taille glitt. Egans Finger gruben sich in die Handballen; anders hätte er seine Hände nicht bei sich behalten können, die es mit Macht an Simons Gurgel zog.

»Habt bitte die Güte und nehmt Eure Hand von der Dame.« Er gab sich bewusst höflich.

Simon maß ihn vernichtend, tat aber, wie ihm geheißen. »Wir möchten allein sein«, erwiderte er steif.

Egan verneigte sich höflich. »Soso. Und warum?«

»Warum wohl?«, entgegnete Simon ungehalten. »Weil wir unsere Hochzeitspläne besprechen wollen!«

Egan grinste matt. Während er sprach, tastete er nach Glenda. Er fasste ihre Hand und zog sie neben sich.

»Ach so, deshalb.« Sein Ton klang beinahe spöttisch. »Nun, da irrt Ihr aber gewaltig, Bürschchen. Die Dame hat sich nämlich bereits für einen anderen entschieden.«

»Für einen anderen?«, schnaubte Simon. »Wer, zum Henker, sollte das sein?«

Egans Grinsen wurde eine Spur breiter. »Ich«, antwortete er seelenruhig.

Neuntes Kapitel

In Wahrheit hätte Egan nicht zu sagen vermocht, was ihn zu dieser Antwort bewogen hatte. Bis zu dem Augenblick, da ihm die Worte über die Lippen gegangen waren, hatte er gar nicht gewusst, was er sagen, was er tun sollte.

Er hatte rasendes Herzklopfen.

Über Jahre hinweg hatte er zurückstehen müssen und sie beobachtet, mit seinem Freund ... mit Niall. Sicher, er hatte so getan, als kümmerte ihn das nicht. Er hatte sorgsam Abstand gehalten und seine Gefühle verborgen, während er hatte mit ansehen müssen, wie das junge Paar mehr und mehr dem Zauber der Liebe verfallen war! Keiner hatte um seine wahren Empfindungen gewusst, weder Niall noch Cameron oder gar Glenda! Oh, er hatte sich für die nagende Eifersucht gehasst, die ihm keine Ruhe gelassen hatte. Das Bewusstsein, dass sie niemals zu ihm gehören könnte, war die reinste Seelenfolter gewesen. Zu wissen, dass sie einen anderen Mann begehrte. Dass sie das Bett mit seinem Freund Niall teilte, in inniger Umarmung ... Niall, den er liebte wie einen Bruder! Dass sie einen anderen liebte ... und Egan niemals lieben würde.

Als er jetzt Simon gegenüberstand, wusste er nur eines: dass er es kein weiteres Mal mit ansehen könnte, wenn sie sich einen anderen Mann nähme. Bei allen Heiligen, er *würde* es nicht zulassen!

Und irgendwie – *irgendwie* - hatte er gewusst, was zu tun war.

Was er tun musste.

Angespannt wartete er ab. Gütiger Himmel, es hing so viel von ihr ab. *Alles* hing von ihr ab.

Sein Herz hämmerte so heftig wie nie zuvor, denn eine solche Angst war ihm fremd – sie war anders als alle durchlebten Ängste.

Er merkte, wie Glenda neben ihm zitterte. Vor Entsetzen?, überlegte er. Vor Furcht? Vielleicht auch Abscheu? ... Die schmalen Finger in seiner Umklammerung waren eiskalt. Gleichwohl entgegnete sie nichts auf seine Äußerung ... sie fiel ihm nicht in den Rücken.

Simons Gesicht hatte einen ungesunden Rotton angenommen. »Ihr ... Ihr habt sie mir gestohlen«, spie er aus.

Egan grinste dünnlippig. »Das habe ich nicht.«

»O doch, Ihr ... Ihr hinterhältiger Highlander!«

Egan sandte ein stummes Stoßgebet zum Himmel, dass Simon seine List bloß nicht aufdecken möge. Bei seinem Schöpfer, dieser Ruthven durfte niemals erfahren, dass er, Egan, das Wagnis seines Lebens einging!

»Die Lady trifft ihre eigene Wahl«, sagte er sanft, aber entschieden, »aber vielleicht wollt Ihr es lieber aus ihrem Munde hören als aus meinem.«

Zwei Augenpaare hefteten sich abrupt auf Glenda. Sie hielt den Kopf geneigt, die Lider gesenkt. Ihre Gedanken blieben für beide Männer ein unergründliches Geheimnis.

Egan holte tief Luft und betete. Mit einer Unbeschwertheit, die seinen Seelenaufruhr Lügen strafte, sagte er: »Wen wirst du heiraten, Glenda? Mich? Oder Simon?«

Die Sekunden zogen sich endlos dahin. Als er schon überzeugt war, dass er hoch gespielt und alles verloren hatte, heftete sie den Blick auf ihn.

»Dich«, murmelte sie so leise, dass er sie kaum verstand. »Ich heirate ... dich.«

Egans Herz machte einen freudigen Satz. Unfähig, seinen Triumph zu verbergen, spähte er mit hoch gezogenen Brauen zu Simon.

Simon stieß einen hässlichen Fluch aus. Sodann schnellte er herum und stürmte zur Tür hinaus.

Sie waren allein. Im Kamin prasselte ein wärmendes Feuer. Funken zuckten auf und verglühten.

Glenda hatte sich noch nicht wieder gefasst. Sie schwankte kaum merklich. Wegen seiner Äußerung. Weil dieser Tag einen solchen Verlauf genommen hatte. War es vielleicht nur ein Traum? Beim Blute Christi, das alles konnte nicht wahr sein! Die junge Frau war dermaßen verwirrt über den Gang der Ereignisse, dass sie wie festgewurzelt dastand.

Schließlich sagte sie das Erste, was ihr einfiel. »Ich dachte, du wärest fort. Ich habe doch beobachtet, wie du davongeritten bist.«

Egan vermochte den Blick nicht von ihr zu lösen. »Ich bin nicht weit gekommen«, gestand er schlicht.

Erst da entzog sie ihm ihre Hand. Hochmütig baute sie sich vor ihm auf.

»Ich wünschte, du wärst über alle Berge!«

Egan bemerkte, dass weder Furcht noch Resignation aus ihren Worten sprachen. Sie hatte keine Angst. Sie war wütend – so wütend hatte er sie noch nie erlebt!

Seine Augen wurden schmal. »In dem Fall«, gab er zu bedenken, »würdest du vermutlich in eben diesem Augenblick Simon das Jawort geben. Bin ich etwa zu früh zurückgekehrt? Willst du lieber ihn? Wieso hast du dich dann nicht anders entschieden?«

Wie von ihm erwartet, überging sie seine Frage. Stattdessen konterte sie mit einer Gegenfrage: »Warum?« Ihre Stimme zitterte, wie noch Augenblicke zuvor ihr Körper. »Warum hast du das getan? Warum hast du das gesagt?«

Betreten schwieg er. Was sollte er auch antworten? Dass er sich nach ihr sehnte? Dass sich jeder Zoll seines Körpers nach ihr verzehrte? Nein. Nie im Leben. Denn Egan hatte auch seinen Stolz, und angesichts ihrer offensichtlichen Verärgerung würde er ganz gewiss nicht seine Seele entblößen.

»Was, zum Henker, sollte ich tun? Ich war im Wirtshaus, Glenda, dort habe ich zufällig Simons Männer belauscht.« Ohne Rücksicht auf ihre Empfindsamkeit zu nehmen, berichtete Egan schonungslos offen, was Simons Gefolgsleute besprochen hatten. Im Stillen empfand er eine teuflische Genugtuung darüber, dass Glenda so weiß wurde wie frisch gemolkene Milch. »Er wollte dich für sich gewinnen, Glenda. Das ist mir seit jenem Abend klar, als er das erste Mal hier auf Blackstone war. Du hast selbst zugegeben, dass du auf der Hut sein musst.«

»Und das war und bin ich auch!«, begehrte sie hitzig auf. Ihre Gefühle waren ein hoffnungsloses Wirrwarr. »Ich will Simon nicht. Ich will überhaupt keinen Mann!«

»Das hast du aber nicht gesagt. Aus deinem eigenen Mund weiß ich, dass du mich heiraten willst.«

»Aber nur, weil du mich in die Enge getrieben hast! Weil du wusstest, dass ich dich Simon vorziehen würde. Ich ... ich sehe gar nicht ein, wieso ich überhaupt einen von euch beiden heiraten soll!«

Egan konnte es nicht fassen. »Was denn? Hatten wir etwa Unrecht, Simon und ich? Hat der Earl dir nicht zufällig angeraten, dass du dir einen Gemahl nehmen sollst? Hat er nicht ausdrücklich betont, dass er dir einen aussucht, wenn du nicht schleunigst selbst einen findest?«

Das zornige Funkeln in ihren Augen flackerte auf und erstarb. Sie sagte nichts. Er spielte seinen Vorteil aus, und dazu war ihm jedes Mittel recht.

»Willst du, dass Simon Blackstone bekommt?«

»Nein«, meinte sie gepresst. Betreten senkte sie den Blick.

»Der Earl vielleicht?«

»Nein, nein!«

»Dir bleibt keine Wahl, mir übrigens auch nicht. Selbst wenn ich abgereist wäre – wenn ich jetzt aufbräche –, würde der Graf einen Gemahl für dich bestimmen.« Er sah sie durchdringend an. »Und wir wissen beide, dass er Simon wählen würde.«

Glenda presste die Lippen aufeinander. Natürlich wusste sie das, aber sie war nicht willens, es einzugestehen. Nicht jetzt, sagte sie sich voller Trotz. Dazu war sie einfach zu wütend. Für diese Männer – für Simon, den Grafen und Egan – waren ihr Leben und ihr Heim wie zwei Würfel, die man nach Gutdünken in die Luft warf und die zufällig irgendwo liegen blieben.

»Wenigstens weißt du, dass du mir vertrauen kannst …«

»Vertrauen?«, brach es aus ihr hervor. »Wie kannst du von Vertrauen reden, nach dem, was du mir eben eingebrockt hast?« Ihr Blick war giftig wie ihre Stimme.

Seine Miene gefror. »Du bist seit vielen Jahren in meiner Nähe, Glenda. Hast du mich je als Lügner kennen gelernt?«

Glenda maß ihn frostig. Oh, er war so verflucht selbstherrlich! War er sich seines Triumphs denn so sicher? Bei der Heiligen Jungfrau, sie würde es ihm jedenfalls nicht leicht machen!

Noch ehe sie wusste, wie ihr geschah, schnellte Egan vor. Er legte die Hände auf ihre Schultern, zog sie an sich und hob ihr Gesicht an.

»Hast du?«, drängte er. »Hast du mich jemals bei einer Lüge ertappt? Habe ich schon einmal irgendjemanden, ob Mann oder Frau, übel beleumdet?«

Vor seinen eisig glitzernden Augen gab es kein Entrinnen. Obschon Glenda auf der Zunge lag, mit Ja zu antworten, durfte sie nicht lügen. »Nein«, gestand sie matt. »Aber erklär mir trotzdem eins, Egan. Warum solltest du mich heiraten wollen? Warum willst du deine Unabhängigkeit opfern und dir eine Frau nehmen? Geschieht es wirklich, um mich zu beschützen? Weil du es Cameron versprochen hast?«

Das änderte alles. Jetzt war Egan derjenige, der seine Worte mit Bedacht wählen musste. Versunken gab er sie frei.

»Das auch.« Er stockte. »Aber das ist es nicht allein.«

»Das habe ich mir gedacht«, versetzte sie spitz.

»Meinst du, ich wollte dir jetzt noch etwas vormachen? Ganz gewiss nicht«, räumte er nüchtern ein. »Wenn ich nach Dunthorpe zurückkehre, bleibt mir nichts als ein Platz an Camerons Seite, eine Schlafstatt unter seinem Dach.« Nein, er würde nicht lügen, würde nichts beschönigen. Er hatte lange genug geschwiegen. Gleichwohl empfand er eine innere Leere, eine ihm unbekannte Bedrängnis. »Diese Gelegenheit bietet sich mir vielleicht nie wieder. Und wenn wir vermählt sind …«

»Dann gehört Blackstone dir!«

»Ganz recht. Nach unserer Eheschließung werde ich ein Heim und Grundbesitz haben.«

»Aha! Es geht dir demnach gar nicht um meinen Schutz, sondern um deinen eigenen Vorteil!«

Egan maß sie mit angespannter Miene.

»Einerlei, was ich sage, Glenda, du wirst immer einen Hintergedanken vermuten«, seufzte er. »Wenn wir heiraten, sichere ich dir und den Bewohnern von Blackstone meinen Schutz zu. Ich habe nichts zu verlieren.« Eine verwegene schwarze Braue schnellte hoch. »Kannst du das auch von dir behaupten?«

Ein unangenehm bohrender Schmerz durchzuckte Glenda. Ihr fiel keine passende Antwort ein, wusste sie doch im Grunde ihres Herzens, dass er Recht hatte.

Wenn sie zu lange zögerte, würde der Earl einen Gemahl für sie bestimmen – und was, wenn seine Wahl dann auf Simon fiele? Die Vorstellung, dass Simon sie berühren, dass er ihr weiteres Leben beeinflussen könnte … Einfach unerträglich! Doch war Egan denn besser?

Glenda fühlte sich, als hätte man ihr einen Dolchstoß mitten ins Herz versetzt.

»Du wagst es, von Vertrauen zu reden. Nun, ich habe dir vertraut, Egan. Du hast mir dein Wort gegeben, dass du nur so lange bleibst, bis Blackstone wieder sicher ist. Aber jetzt ist die Wahrheit heraus!«, stieß sie hervor. »Du willst bleiben und mir helfen, o ja ... aber die Ehe ist der Preis, den ich dafür zahlen muss!«

»Dafür kann ich nichts, Glenda.«

»Trotzdem kommt dir diese Lösung außerordentlich gelegen! Blackstone Tower und seine Bewohner waren das Lebenswerk meines Vaters! Ich kann das alles doch jetzt nicht einfach aus der Hand geben.«

»Das ist es also, nicht wahr? Ich habe dir bereits einmal zu verstehen gegeben, dass ich weiß Gott nicht vorhabe, die Herrschaft über Blackstone an mich zu bringen, und das werde ich auch nicht. Sicher, wenn wir vermählt sind, gehört Blackstone mir. Aber auch dir, und so Gott will, wird sich daran nichts ändern.«

»Das sagst du jetzt! Aber was ist, wenn wir verheiratet sind ... *falls* wir heiraten?«

Egan biss die Kiefer aufeinander. Augenscheinlich wollte sie keine Vernunft annehmen!

»Wenn wir verheiratet sind? Du brauchst mich«, bemerkte er entschieden, »weitaus mehr als ich dich. Also haben wir letztlich beide etwas von dieser Eheschließung, nicht wahr?«

Da sie nicht antwortete, blickte er sie weiterhin ungerührt an. »Du hast keine Wahl«, erinnerte er sie schonungslos. »Ich habe nichts zu verlieren. Wie steht es mit dir?«

Die unsägliche Ungerechtigkeit schürte ihren Zorn. Warum, überlegte sie erbittert, müssen Frauen den Männern ständig nachgeben? Sie wurde das Gefühl nicht los, dass ihr die Dinge entglitten.

Glenda hatte sich fest vorgenommen, alles für den Erhalt von Blackstone zu tun. Aber sie hätte nicht einmal im Traum daran gedacht, welchen Preis sie dafür zahlen müsste. Dass es so weit kommen sollte! Das Opfer war weitaus größer, als sie je geahnt hätte. Gleichwohl würde sie tun, was getan werden musste, um Blackstone zu retten, einerlei, wie viel man ihr dafür abverlangte.

Eine Woge der Ohnmacht brandete über sie hinweg. Nichts würde sie jetzt noch retten können. Egan hatte Recht. Wenn sie nicht aus freien Stücken heiratete, würde der Graf schon dafür sorgen, dass sie einen nahm … womöglich Simon, Gott bewahre sie davor!

Egan war der Einzige, der ihr jetzt noch helfen konnte. Gute Güte, *Egan* …

»Also gut, meinetwegen«, murmelte sie tonlos. »Ich werde dich heiraten.« Sie senkte die Lider, mied seinen Blick.

Seine Augen blieben weiterhin forschend auf sie geheftet, doch seine verdrossene Miene entspannte sich. Glenda in ihrer Bestürzung merkte es nicht.

»Glenda«, sagte er sanft. Er streckte eine Hand aus. »Glenda, komm zu mir.«

Wieder wallte Verärgerung in ihr auf. Sie schüttelte heftig den Kopf. »Nein!«, versetzte sie bitter. »Gut, ich werde dich heiraten, aber so lange das Ehegelübde noch nicht abgelegt ist, möchte ich dich bitten, mich nicht anzurühren.«

Egans Züge verhärteten sich abrupt. Er senkte den Kopf. »Wie du willst«, erwiderte er frostig. »Ich werde den Earl benachrichtigen, dass die Hochzeit in einer Woche stattfindet.«

Zehntes Kapitel

In jener Nacht fand Glenda nur wenig Schlaf, sie wand und wälzte sich ruhelos in ihrem Bett umher. Es wollte ihr einfach nicht gelingen, das Vorgefallene zu verdrängen. Sie schwankte zwischen Entsetzen und Erzürnung, Erzürnung, dass Egan sich erkühnt hatte anzunehmen, sie wolle ihn heiraten! Der rosige Schleier der Morgendämmerung legte sich bereits über den östlichen Himmel, als sie völlig erschöpft einschlief.

Das lieblich melodische Zwitschern eines Vogels im Hof weckte sie schließlich auf. Kurz darauf knarrte die Kammertür. Glendas verschlafener Blick fiel auf Jeannine, die ins Zimmer spähte.

»Mylady!«, flüsterte sie. »Seid Ihr wach?«

Glenda strich sich das wirre Haar aus dem Gesicht und setzte sich auf. »Ja. Bitte, Jeannine, komm ruhig rein.« Am Vorabend hatte sie keine Lust auf Gesellschaft verspürt und das Nachtmahl in ihrer Kammer eingenommen. Aber schließlich konnte sie sich nicht ewig verstecken. Mit einem einladenden Lächeln klopfte sie auf die Bettdecke. »Komm, setz dich.«

Jeannine gehorchte und zupfte behutsam die Decke um das Bündel in ihrem Arm.

»Mylady, darf ich Euch etwas verraten?«

»Nur zu.«

Jeannine strahlte sie an. »Wir teilen Euer Glück, Herrin, wir alle hier in Blackstone. Egan … er wird gewiss ein braver Gemahl und ein gütiger Lord.«

»Hab Dank, Jeannine. Schön zu wissen, dass alle zufrieden sind.«

»Vielleicht sollte ich es besser für mich behalten, aber wir sind alle sehr froh, dass Ihr nicht Simon heiratet. Als wir erfuhren, dass der Earl Euch unter die Haube bringen will, hatten wir solche Angst, Simon könne unser neuer Herr werden. Ich … ich rede gewiss zu viel, aber ich … oh, ich kann ihn nicht ausstehen! Er ist kein guter Mensch, so wie Egan. Als Simon neulich fortgeritten ist, hat er Martin, den Stallburschen, geschlagen, weil er die Zügel hat fallen lassen.«

Dieser Lump! Offen gestanden überraschte Glenda das nicht.

»Ich bete, dass Ihr beide einander mit jedem Tag mehr liebt, genau wie Colin und ich.«

Glendas Herz verkrampfte sich schmerzvoll. Sie hatte Niall geliebt. Wie könnte sie jemals einen anderen lieben? Gleichwohl war Jeannine so begeistert, dass sie deren Hochgefühl nicht dämpfen mochte.

Was blieb Glenda auch anderes übrig? Irgendwann in der Nacht hatte sie sich in ihr Schicksal ergeben. Wenn die Bewohner von Blackstone Egan als ihren Gutsherrn befürworteten, dann musste sie sich wohl oder übel fügen. Sie hätte zwar lieber weiterhin so gelebt wie bisher, doch das war ihr wohl nicht vergönnt.

»Er wird Euch ein guter Gemahl sein, das weiß ich. Und Euren Kindern ein liebevoller Vater«, fuhr Jeannine in ernstem Ton fort. Die Finger ihrer freien Hand umklammerten das Bündel. Eine verschämte Röte flog über ihre Wangen. »Vielleicht wiegen wir in einem Jahr schon beide ein Kind in den Armen.«

Glenda wurde blass. Sie fröstelte. Ein Kind. Innerlich schrie sie auf. *Nein*, dachte sie. *Nein!*

Ihr Verstand raste, ihr Magen verkrampfte sich. Die ganze Nacht über hatte sie den Gedanken ausgeblendet, der sich ihr jetzt mit Macht aufdrängte. Würde Egan verlangen, dass sie mit ihm das Bett teilte? Ein Ehemann hatte ein Recht darauf. Und es war die Pflicht einer jeden Ehefrau.

Ein Kind, wiederholte sie entsetzt. Ihre Gedanken verselbständigten sich … Noch ein *totes* Kind?

Nach ihrer Vermählung mit Niall hatten sie beide innerhalb des ersten Ehejahres fest mit einem Baby gerechnet, zumal sie sich fast jede Nacht stürmisch und voller Leidenschaft geliebt hatten. Als sich keinerlei Anzeichen einer Schwangerschaft einstellen wollten, war sie mehr und mehr verzweifelt. Sie hatte es mit Kräuterelixieren und Stärkungsmitteln versucht, überzeugt, dass sie unfruchtbar sei; und obschon Niall ihr oft genug versichert hatte, sie solle sich deshalb nicht grämen, hatte Glenda doch die Enttäuschung in seiner Stimme herausgehört. Über vier Jahre waren vergangen, bis sie endlich schwanger geworden war.

Niall war genauso glücklich gewesen wie sie.

Und jetzt waren Vater und Sohn in die Arme ihres Schöpfers zurückgekehrt.

Ein dumpfer Schmerz legte sich auf ihre Brust. Der Gedanke an ein weiteres Kind war so quälend, dass Glenda das einzig Naheliegende tat. Die Erinnerung war … eine Seelenfolter. Vielleicht war es egoistisch von ihr, aber während der nächsten Tage verdrängte sie diese Überlegungen, verdrängte *ihn* … jedenfalls versuchte sie es.

Einen Tag vor der Hochzeit schickte der Earl Säcke mit feinstem Weißmehl, gewaltige Käselaibe, Fasane und Fisch von seinem Gut – zum Zeichen seines Einverständnisses mit der Verbindung, vermutete Glenda zu Recht. Diese Vermählung würde stattfinden, ob sie nun wollte oder nicht. Schweren Herzens wies sie den vollen Karren den Weg zu den Vorratskellern.

Am Nachmittag darauf kamen Jeannine und ein paar schwatzhafte Mägde, um ihr beim Baden und Ankleiden zu helfen. Glenda öffnete die Lippen. Sie hätte am liebsten alle fortgeschickt und sich allein zurechtgemacht, doch Nessa schüttelte kaum merklich den Kopf.

Glenda verharrte bewegungslos, als sie ihr ein hauchfeines Leinenunterkleid überstreiften. Sie hob die Arme, als man ihr ein scharlachrotes Festgewand über den Kopf zog, mit prächtigen Stickereien rings um den halsfernen Ausschnitt und langen, gebauschten Ärmeln. Ihr Haar wurde gebürstet, bis es glänzte; es floss ihr wie eine dunkel schimmernde Kaskade über den Rücken.

Glendas Herz krampfte sich zusammen, als man ihr einen duftigen, mit Bändern geschmückten Blütenkranz aufs Haupt setzte. Einmal mehr erinnerte sie das an jenen anderen Tag, an dem sie sich, als junge Braut geschmückt, ganz sicher gewesen war, den Rest ihres Lebens an der Seite von Niall zu verbringen. Sein Vater Ronald und der ihre kannten sich schon seit ihrer Jugend und waren enge Freunde gewesen. Sie hatten feierlich beschlossen, dass der jeweils erste Sohn und die erste Tochter miteinander vermählt werden sollten. Niall war Glenda erst eine Woche vor der Hochzeit vorgestellt worden. Er war anziehend, charmant und höflich gewesen; und Glenda, die zunächst entsetzliche Bedenken gehabt hatte, hatte sich auf Anhieb in ihn verliebt.

Endlich ließ man sie mit Nessa allein. Die alte Frau stützte sich mit ihren gichtgekrümmten Finger auf den Gehstock und betrachtete Glenda.

»Du bist eine wunderschöne Braut, mein Kind.«

Glenda legte den Kopf schief. Ein feines Lächeln umspielte ihre Lippen. »Dasselbe hast du an jenem Tag gesagt, als ich Niall …«

Nessa legte einen runzligen Finger auf ihre Lippen. »Pst, Kindchen, sag das nicht. Ich möchte dir nicht zu nahe treten, aber dieser Tag ist Vergangenheit. Dieser Mann ist für immer von uns gegangen.«

Jählings füllten sich Glendas Augen mit Tränen, Tränen, die sie nicht niederzukämpfen vermochte. Ihre Kehle zog sich schmerzhaft zusammen. Nessa umfing die junge Frau sanft und drückte sie an ihren schmächtigen Körper.

Als Glenda kurze Zeit später durch das Portal der Kapelle schritt, waren ihre Tränen getrocknet. Sobald sie über die Schwelle trat, drehten sich die Hochzeitsgäste zu ihr um. Glenda gewahrte den Earl unter ihnen. Sie schwankte zwischen Verärgerung und Bestürzung. Wollte er sich vergewissern, dass sie auch tatsächlich das Jawort gab? Allerdings war der Graf im Nu vergessen, denn ihr Blick wurde magisch zum Altar gelenkt.

Dort stand Egan. Er erwartete sie, eine hoch gewachsene, einnehmende Erscheinung in taubengrauer Tunika und Kilt. Noch nie hatte sie ihn so erlesen gekleidet gesehen! Unter seinen beschwörenden Blicken bahnte sie sich den Weg zu ihm, doch ihre Beine waren wachsweich. Sie konnte ihm jetzt nicht in die Augen schauen – nein, wahrhaftig nicht! Kurz bevor sie zu ihm trat, hob sie unvermittelt die Lider.

Ihre Blicke trafen sich. Seine Züge waren wie in Stein gemeißelt; sie verrieten nichts über seine Empfindungen, weder Freude noch Unmut. Seine einzige Reaktion war ein kaum merkliches Zucken seiner dichten schwarzen Brauen, ein stummer Hinweis für den Geistlichen. Ein letzter, zaghafter Schritt, und sie trat an seine Seite. Glenda war sehr darauf bedacht, ihn nicht zu berühren. Unbewusst glaubte sie, dass sie die kleinste Berührung um ihre Fassung bringen würde. Andererseits konnte sie nicht umhin, seine stattliche Erscheinung zu bemerken. Sie reichte ihm kaum bis zur Schulter.

Während der gesamten Zeremonie verharrte sie hoch

erhobenen Hauptes, ihr Rückgrat starr wie ein zum Himmel gerichteter Pfeil. Pater Anselms Stimme leierte endlos weiter, sodass sie am liebsten geschrien hätte, er solle aufhören. Aber das durfte sie nicht, folglich schweiften ihre Gedanken ab. Abwesend bemerkte sie, wie Egan mit fester, entschiedener Stimme den Eheschwur leistete.

Pater Anselm räusperte sich. Jählings begriff Glenda, dass der Geistliche – und alle Anwesenden – gespannt lauschten. Ein Anflug von Panik überfiel sie. Sie wäre am liebsten aus der Kapelle geflohen – und vor ihm! –, hatte sie doch auf einmal entsetzliche Angst vor dem, was vor ihr lag. Indes wäre jede Flucht vergeblich gewesen … und feige dazu.

Ihre Kehle war staubtrocken. Ihre Stimme drang wie von fern an ihre eigenen Ohren. Undeutlich vernahm sie die eigenen Worte: »Dir Egan, schwöre ich ewige Treue und nehme dich zu meinem rechtmäßigen Gemahl« – hier stockte sie –, »bis dass der Tod uns scheidet.«

Pater Anselm gab ihnen Gottes Segen mit auf den Weg und wünschte ihnen eine lange, glückliche Ehe mit einer großen Kinderschar.

Dann war es vorbei.

Glenda verharrte wie in Trance. Hinter ihr brach jemand in Jubelgeschrei aus, in das alle einfielen, sodass der Boden unter Glendas Füßen zu erzittern schien. Ehe sie noch wusste, was geschah, umfing ein starker Arm ihre Taille und wirbelte sie herum. Sie fuchtelte mit den Armen, versuchte Distanz zwischen ihnen zu schaffen – erfolglos –, denn er zog sie stürmisch an seine Brust.

Sein Gesicht tauchte schemenhaft vor ihr auf. Noch ehe er den Kopf senkte, blitzten seine Augen verräterisch auf, was sie einzig als Triumph deutete.

Und wie sollte Egan auch den Stolz verbergen, der ihn wie eine gewaltige Woge durchflutete? Die Herrin von

Blackstone Tower war nicht glücklich über seine Anwesenheit, ihr Volk dafür aber umso mehr – das erkannte er an dem freudigen Jubel. All dies hier gehörte jetzt ihm, dachte er völlig verblüfft ... dies alles, über die Burgmauern hinaus und den angrenzenden Wald. Bisher hatte Egan selten an die Zukunft gedacht – dazu sah er keine Veranlassung, war er doch stets mit dem zufrieden gewesen, was das Leben ihm bot.

Doch nun war alles anders geworden. Noch gestern hatte er so gut wie nichts besessen – seine Waffen, sein Pferd, ein paar Heller. Nun gehörte ihm Blackstone. Oh, gewiss, er würde für dieses Land und seine Bewohner sorgen, es sollte allen gut gehen ... genau wie ihm. Er wollte die Saat auf den Feldern sprießen sehen und Blackstone reiche Ernte bescheren, das war sein fester Wille. Zum ersten Mal begriff er ernsthaft, was Glenda empfinden musste ... warum sie das Erbe ihres Vaters nicht aufgeben wollte ... wie tief ihr Vater mit Blackstone und seinen Bewohnern verbunden gewesen war. Das Schicksal hatte Egan diesmal zugelächelt, und so Gott wollte, würde er dies alles eines Tages mit seinen Kindern teilen.

Selbst das rebellische Aufflackern in Glendas Augen vermochte sein Hochgefühl nicht zu dämpfen.

Und fürwahr, die junge Frau sollte das Feuer seiner Gefühle alsbald spüren. Der Hochzeitskuss war kein sanfter Hauch seiner Lippen auf den ihren, eine flüchtige Besiegelung des geleisteten Eheschwurs. Nein, es war ein langer, leidenschaftlicher Kuss, der seine Besitzansprüche bewies.

Innerlich schrie Glenda auf. Galt dies den Interessen des Grafen oder seinen eigenen? Sie verabscheute beide, den Grafen und Egan, konnte ihm aber nicht Einhalt gebieten. Das Johlen und Jauchzen ringsum schwoll orkanartig an. Als seine Zunge ihren Lippenrand koste, seufzte sie. Darauf drang seine Zunge in die Tiefen ihres Mundes vor, um dort auf lustvolle Entdeckungsreise zu gehen. Er küsste sie, bis ihr die Sinne schwanden, und das Einzige, was sie aufrecht hielt, war seine stützende Umarmung.

Als er sie endlich freigab, schwankte sie. Egan hatte sich bereits umgedreht; er hob ihre ineinander gelegten Hände hoch. Wieder brach Jubelgeschrei los. Gleichwohl konnte Glenda der Menge nicht böse sein. Sie erhaschte einen Blick auf die strahlende Jeannine. Und auf Bernard, der von einem Ohr zum anderen grinste. Zweifellos hatte es schon lange keinen Anlass mehr zum Feiern gegeben. Und – dem Grafen sei Dank – es gab reichlich zu essen und zu trinken.

Alsbald fanden sie sich im Rittersaal ein. Eine riesige Gratulantenschar versammelte sich um das frisch vermählte Paar. Nessa trat vor die beiden und meinte an Egan gerichtet: »Gebt gut auf sie Acht.«

Eine seiner wohlgeformten Brauen zuckte. »Ich werde es versuchen, Nessa, doch mich dünkt, Mylady würde das lieber selbst übernehmen.«

Trotzig schob Glenda das Kinn vor. Wenn sie es doch nur dürfte! Indes versagte sie sich die bissige Bemerkung, die ihr auf der Zunge lag. Nessa wusste um Glendas Einstellung zu dieser Heirat, doch sie würde keinen der beiden Eheleute jemals brüskieren, indem sie die Wahrheit preisgab.

Vielleicht hatte Egan sie deshalb so stürmisch geküsst!

Entschlossen, sich von ihm nicht gängeln zu lassen, verzogen sich ihre Lippen zu einem krampfhaften Lächeln. Als sie sich umdrehte, stand der Earl vor ihr. Trotz ihrer Verärgerung über seine infame Anweisung sank sie in einen tiefen Hofknicks.

»Mylord«, sagte sie mit angehaltenem Atem. »Ich muss

Euch für Eure Großzügigkeit danken. Das Hochzeitsfest ist in der Tat überwältigend.«

Als sie sich erhob, überraschte der Graf sie damit, dass er sie auf beide Wangen küsste. »Es war mir ein Vergnügen, mein Kind.« Er wandte sich an Egan, der ihn ebenfalls bemerkt hatte.

»Mylord, ich darf Euch meinen« – ein Felsbrocken schien auf Glendas Brust zu lasten – »meinen Gemahl, Egan MacBain, vorstellen.«

»Mylord, es ist uns eine Ehre.« Egan verbeugte sich tief.

»Ich musste mir erst selbst ein Bild von Euch machen.« Er zwinkerte Egan zu. »Nun, ich habe Nachforschungen anstellen lassen. Ich hätte diese liebreizende Dame wahrlich nicht mit jedem vermählt, müsst Ihr wissen.«

»Das will ich auch nicht hoffen.«

Glenda versteifte sich. War da nicht wieder dieser spöttische Unterton in seiner Stimme?

»Allerdings«, fuhr der Earl fort, »seid Ihr in dieser Lage nicht zu beneiden.«

»Nein, Mylord.« Egan wurde schlagartig sehr ernst. »Ich werde alles daransetzen, dass Blackstone zu neuem Wohlstand gelangt. Mein Wort darauf.«

Der Graf nickte knapp. »Das will ich gern glauben.« Sein Blick schweifte zu Glenda. »Ihr habt trefflich gewählt, mein Kind. Er ist ein guter Mensch.«

Glenda war wütend wie noch nie in ihrem Leben. Das lag sicherlich nicht an der Äußerung des Grafen. Im Grunde ihres Herzens wusste sie, dass Egan ein guter Mensch war. Trotzdem ärgerte es sie, dass alle ein Loblied auf ihn sangen. Wenn Blackstone wieder aufblühte, dann auch dank ihrer harten Arbeit! Sollte sich alles zum Guten wenden, hätten sie das gemeinsam erreicht!

Sie biss die Zähne zusammen und fragte betont höflich:

»Werdet Ihr an unserem Hochzeitsfest teilnehmen, Mylord?«

»Nun, ich glaube schon.«

Glenda drückte Hände, nahm Gesichter wahr, bis alles nur mehr schemenhaft an ihr vorüberzog. Unversehens trat eine hoch gewachsene Gestalt vor sie. Blondes Haar schimmerte wie ein reifes Weizenfeld. Glendas Herz schien für Sekundenbruchteile auszusetzen, denn es war Simon. Sie hatte gar nicht gewusst, dass er kommen würde.

»Simon! Was macht Ihr denn hier?«

»Ich habe Eure erste Vermählung versäumt, Glenda. Folglich will ich wenigstens an der zweiten teilhaben.«

Er küsste weder ihre Hand noch ihre Wange, wie so viele andere Gäste. Stattdessen legte er beide Hände auf ihre schlanke Taille und küsste sie mitten auf den Mund.

Seine Lippen waren kühl und spröde. Glenda blieb weder Zeit zum Protest noch zur Gegenwehr. Sie konnte ein angewidertes Schaudern nicht unterdrücken. Unter gar keinen Umständen hätte sie Simon geheiratet, niemals!

Dessen Ungebührlichkeit blieb Egan nicht verborgen. Glenda fühlte die plötzliche Anspannung, die von ihm ausging. Simons Blick schoss zu Egan.

»Ich gehe davon aus, dass es zwischen uns kein böses Blut gibt«, sagte Simon einlenkend.

Glenda hielt den Atem an. Jedoch hätte ihr klar sein müssen, dass Egan gleichermaßen bedachtsam antworten würde, da er stets Herr seiner Gefühle blieb.

»Gewiss nicht. Nein, es hätte nichts Gutes, wenn wir Feinde wären. Ihr seid hier immer willkommen, Simon. Wir sind schließlich Nachbarn, oder? Außerdem kommt Ihr mir gerade recht. Ich möchte Euch nämlich in Kenntnis setzen, dass Eure Männer Blackstone nachts nicht länger auf der Suche nach Plünderern durchkämmen müssen – wir haben Eure Hilfsbereitschaft lange genug in

Anspruch genommen. Ich habe selbst einige Männer angeheuert, die sich darum kümmern werden. Wenn ich Euch im Gegenzug einen Gefallen tun kann, so zögert indes nicht lange und sagt es mir.«

Das war eine Warnung. Ob die Umstehenden etwas merkten, war unwesentlich, die drei jungen Leute begriffen es jedenfalls auf Anhieb. Simons Augen flackerten bedrohlich auf, vermutlich vor Erzürnung. Aber er wusste diese Regung geschickt zu verbergen.

»Das werde ich«, erwiderte er betont höflich. Mit einem Nicken in Richtung der beiden Brautleute verschwand er.

In der nun folgenden Stunde schwirrte Glenda zunehmend der Kopf. Egan hingegen schien sich hervorragend zu amüsieren. Ach, er erfreute sich bester Laune! Ein breites Grinsen lag auf seinen Lippen, Egan, der kaum je lachte! Bisher hatte Glenda nicht einmal geahnt, wie abscheulich ein Lächeln sein konnte! Der Earl trat abermals zu ihnen und stellte sich neben Egan. Kurz darauf waren sie in eine angeregte Unterhaltung vertieft, als kennten sie sich schon Jahre! Der launige Plauderton des Grafen im Gespräch mit Egan bewies Glenda, dass der Earl ihre Wahl guthieß. Glenda war sich nicht sicher, ob sie darüber erleichtert oder erbost sein sollte. Gott sei Dank ließ Simon sich nicht mehr blicken.

Aus dem Küchentrakt strömte eine nicht enden wollende Schar von Bediensteten und trug Speisen auf: gebratenen, mit seinen schillernden Schwanzfedern geschmückten Fasan, Kapaun, Gans, vielfältige Fleischpasteten, Käse- und Brotsorten. Glenda nahm nur ein paar Häppchen.

Egan neigte sich zu ihr. »Warum isst du denn nichts?«, fragte er rundheraus.

»Ich habe heute Morgen gut gefrühstückt«, murmelte sie.

»Das ist nicht wahr. Ich habe Nessa gefragt.«

Ertappt schwieg Glenda. Sein Blick blieb auf sie geheftet, so unnachsichtig durchdringend, dass ihr zunehmend unbehaglicher wurde.

»Ist dir nicht gut?«

»Du weißt genau, dass mich so leicht nichts umhaut.« Wie um dies zu beweisen, biss sie herzhaft in ein Stück Lammkeule. So saftig und zart das Fleisch war, für Glenda hätte es ebenso gut ein Stück Sattelleder sein können.

Er blieb hartnäckig. »Möchtest du dich lieber zurückziehen?«

»Nein, nein.« Obschon sie innerlich verzweifelte, blieb sie äußerlich ruhig. »Mir geht es hervorragend. Wirklich.«

»Nun gut.«

Er lehnte sich zurück, fixierte ihre Lippen. Seine Miene war ernst, aber nicht abweisend. Sein Mund war wohlgeformt, die Unterlippe etwas voller als die Oberlippe. Schlagartig fiel Glenda wieder ein, wie sie sich auf den ihren angefühlt hatten. Warm und sinnlich und verlockend. So fest und unwiderstehlich männlich.

Glenda verspürte einen heftigen Stich in der Magengegend. Obwohl sie liebend gern das Gegenteil beteuert hätte, war Egan ihr nicht einerlei – er weckte Gefühle in ihr, die sie niemals mehr für möglich gehalten hätte. Sein angenehm frischer Duft erfüllte ihre Nase und ließ sie schwindeln. Ein Hand lässig um den Weinpokal gelegt, betrachtete er das muntere Treiben im Saal. Seine Hände waren sehnig und gebräunt, viel größer als ihre eigenen. Entsetzen ergriff sie. Was würde passieren, wenn sie allein wären? Ihre Finger verkrampften sich in ihrem Schoß, ihre Handflächen waren schweißfeucht.

Als Jeannine zufällig vorbeischlenderte, hielt Egan sie an. Er beugte sich dicht zu ihr und flüsterte ihr etwas ins

Ohr. Jeannine nickte, wandte sich zu Glenda und legte ihr eine Hand auf die Schulter. »Kommt«, murmelte sie mit leuchtenden Augen. »Kommt, Mylady.«

Glenda warf ihm einen bitterbösen Blick zu. Jetzt verstand sie, warum er so leise geredet hatte. Der Anflug eines Lächelns umspielte seine Mundwinkel, doch sein Blick war eine wortlose Herausforderung.

Am liebsten wäre Glenda unauffällig verschwunden. Doch sobald sie sich erhoben hatte, lachte jemand. Eine tiefe Röte schoss in ihre Wangen. Bemüht, die schlüpfrigen Bemerkungen und das laute Gelächter zu überhören, huschte sie eilends die Stiegen hinauf.

In ihrer Kammer entkleideten die Mägde sie, streiften ihr ein sündhaft durchschimmerndes Nachtgewand über den Kopf und zupften es zurecht. Das hauchfeine Gewebe ließ sie noch tiefer erröten. Kichernd und mit wissenden Blicken zogen sich die Frauen zurück. Gleichwohl blieb Glenda keine Zeit zum Ausspannen oder Aufatmen, denn Egan stolzierte durch die Tür, als wäre dies völlig normal … als hätte er jedes Recht dazu!

Und das hatte er in der Tat.

Die Tür fiel leise ächzend ins Schloss. Für Augenblicke stand er nur da, hoch gewachsen und kampfgestählt, mit Schultern, die beinahe den Türrahmen ausfüllten.

Beide schwiegen. Ihre Blicke fanden sich. Glenda senkte als Erste die Lider. Kerzenlicht erstrahlte hinter ihr, und sie wähnte sich sicher, dass ihm die Umrisse ihres Körpers nicht verborgen blieben. Verzweifelt suchte sie dem wilden Pulsieren ihres Herzens Einhalt zu gebieten.

Sein Blick glitt zu dem Tischchen neben dem Kamin, auf dem ein Tablett mit Wein und zwei Pokalen stand, und wieder zu ihr.

»Möchtest du Wein?«

Sie schüttelte den Kopf.

»Würdest du mir dann etwas einschenken?«

Widerstrebend kam Glenda seinem Wunsch nach. Als sie ihm den Kelch reichte, zog sie rasch die Finger weg, aus Angst, die seinen zu berühren. Egan tat so, als hätte er nichts bemerkt. Er schien gelassen und guter Dinge, sie hingegen hätte schreien mögen ob der Anspannung, die ihren Körper narrte.

»Es war ein langer Tag«, bemerkte er.

»Nicht länger als alle anderen«, versetzte sie.

Nicht anders als alle anderen. Sie sagte es zwar nicht, doch ihr Tonfall belehrte Egan eines Besseren. So befand sie also über ihren Hochzeitstag, an dem sie ihn kaum eines Blickes gewürdigt hatte! Der Highlander hatte ihren kränklich blassen Teint bemerkt; trotzdem verhielt sie sich beileibe nicht wie ein Lamm, das zur Schlachtbank geführt wurde. Ihr trotzig vorgeschobenes Kinn und der missmutig verkniffene Mund sprachen Bände.

Und jetzt, da sie allein waren, begehrte sie innerlich auf. Sie war noch nicht bereit, mit einem anderen Mann – mit Egan – das Bett zu teilen! Das schien ihr der allergrößte Verrat an ihrer Liebe zu Niall.

Dennoch war ihr eines deutlich geworden. Sie musste ihre Pflichten als Frau und Gemahlin erfüllen.

Nein, sie würde nicht zurückschrecken vor dieser Nacht ... vor jenem heiklen Augenblick. Am besten gab man sich keinen Illusionen hin und brachte die Sache ein für alle Mal hinter sich.

Während sie noch darüber nachsann, nestelten ihre Hände an dem Nachtgewand und streiften es über die Schultern. Ein kurzes Zerren, und es glitt zu Boden.

Sein Atem beschleunigte sich. Kühle Luft umfing ihre nackte Haut, als sie aus dem Stoffgewirr trat. Insgeheim schalt sie sich für diese Kühnheit. War sie von Sinnen, ihn derart herauszufordern? Wie dem auch sein mochte, sie konnte sich ihre überstürzte Handlung nicht erklären, und für Reue war es jetzt zu spät.

Egans Stimme klang angespannt. »Was, zum Teufel, tust du da?«

Zaghaft hob Glenda den Kopf. Sie waren sich so nahe, dass er nur eine Hand hätte heben müssen, um sie zu berühren. Doch seine Arme blieben dicht an seinen Körper gepresst. Wenn sie glaubte, er werde sich voll Verlangen auf sie stürzen, dann täuschte sie sich gewaltig. Seine Augen blitzten, aber nicht vor Begehren.

Ihre Blicke trafen sich. »Ich bin meinem Gemahl lediglich zu Willen. Muss ich dich daran erinnern, dass dies unsere Hochzeitsnacht ist?«

»Das weiß ich sehr wohl, Glenda«, entgegnete er knapp und kühl.

Sein stechender Blick schien sie zu durchbohren. Ihre Brust hob und senkte sich mit jedem Atemzug rascher. »Ich auch, also nimm dir, was du brauchst. Ich werde dich nicht daran hindern.«

Egan rührte keinen Muskel. Die Luft in der Kammer schien plötzlich erdrückend schwer.

Giftig schnaubte sie das Erstbeste, was ihr einfiel. »Was ist? Ich stehe nackt vor dir … nackt und willig!«

Egan wusste sich keinen Rat. Lasziv maß er jeden Zoll ihres Körpers. Glaubte sie ernsthaft, er wäre edelmütig genug, um sich diesen erhebenden Genuss zu versagen? Nun, dann hatte sie ihn gewaltig überschätzt. Die Anmut ihrer weiblichen Reize ließ ihn beileibe nicht kalt. Gewiss, er hatte sie schon einmal splitterfasernackt gesehen, aber das war etwas völlig anderes gewesen. Seinerzeit hatte sie nicht direkt vor ihm gestanden … Allein ihr Anblick ließ sein Herz höher schlagen und peitschte sein Blut glutheiß durch seine verlangenden Lenden.

Ihr Haar ergoss sich wie eine Kaskade bis zu ihren Hüften. Ihre milchweiße Haut war makellos, perlmuttern schimmernd im diffusen Kerzenschein. Vorwitzige, korallenfarbene Spitzen zierten einen wohl gerundeten, aufreizenden Busen; ihn verlangte danach, diese Fülle in seinen Händen zu wiegen, die rosigen Knospen zu kosen und zu necken, bis sie vor Lust erbebte. Er sah die gertenschlanke Taille und die wohlgeformten Hüften. Nur zu gern hätte er mit seinen Fingern das goldene Vlies zwischen ihren Schenkeln gestreichelt und ihre rosige Scham weit gespreizt.

Es war eine Qual zu wissen, dass sie ihm so nah war ... und doch so fern! Er sah, wie sie schluckte; sie kämpfte den drängenden Wunsch nieder, mit den Händen schützend ihren Körper zu bedecken. Egan juckte es in den Fingern, dennoch rührte er sie nicht an. Es lockte ihn, in ihr Haar zu greifen, es um seine Hand zu schlingen und daran zu schnuppern und zu spüren, ob es so weich war wie ihre Lippen. Dennoch war er weder blind noch begriffsstutzig. Zweifellos hatte sie sich selbst entkleidet, damit sie seine Hände nicht auf ihrem Körper ertragen musste!

»Willig nennst du das?«, knirschte er zwischen zusammengebissenen Zähnen. Sardonisch grinsend riss er die Tagesdecke vom Bett und warf sie ihr zu. »Bedecke deine Blößen!«

Bestürzt über seine Grobheit, maß Glenda ihn für Augenblicke fassungslos. Wieder ergriff sie wogender Zorn. »Was hast du erwartet? Der Earl hat verlangt, dass ich heirate. Das habe ich getan, ob es mir gefällt oder nicht.«

»Dann sag mir eines, und sei bitte ehrlich: Wärst du lieber mit Simon zusammen? Ich habe gesehen, wie er dich geküsst hat, Glenda. Es hat dich geschaudert, und das ganz gewiss nicht vor Wollust. Und jetzt wagst du es, mich zu narren, mit Worten und mit dieser freimütigen

Zurschaustellung deines nackten Körpers? Meinst du, ich wüsste nicht, was du vorhast? Du willst mich aufbringen, damit ich dich im Zorn nehme und du mich nachher zutiefst verurteilen kannst.« Seine Lippen wurden schmal. »Eine solche Hinterhältigkeit passt einfach nicht zu dir, Glenda.«

»Ich bin nicht hinterhältig!«, fauchte sie. Dieser Volltrottel! Behandelte er so eigentlich alle Frauen, mit denen er ins Bett stieg? War sie nur ein weiteres Geplänkel wie … wie die Mägde, die er sich in Dunthorpe genommen hatte? Oh, das passte zu ihm! Erbost versetzte sie: »Ich darf hinzufügen, dass dir diese Prahlerei auch nicht gut zu Gesicht steht!«

»Ich prahle nicht«, erwiderte er tonlos.

»Ach nein? Ich habe dich beobachtet. Wahrhaftig, den ganzen Tag! Du brüstest dich wie ein alberner Gockel! Du hast heute vieles errungen, Egan. Eine Gemahlin. Ausgedehnte Ländereien. Diese Burg.«

»Fürwahr, ich habe Land bekommen, von dem die Pächter geflohen sind. Und diese Burg … eine Burg, die erst einmal sachverständig instand gesetzt und befestigt werden muss. Jawohl«, spöttelte Egan, »ich habe heute vieles errungen – dieses Anwesen und die schwere Bürde, die darauf lastet!« Sollte Glenda seine Erbitterung nur ruhig merken! Er trat zum Bett und deckte das Leinentuch auf.

»Rein mit dir«, befahl er schroff.

»Gute Güte, nein! Du hast ganz Recht – Simons Kuss hat mich schaudern lassen – und deiner auch! Ich habe das nicht gewollt. Ich habe dich nicht gewollt!«, schleuderte sie ihm trotzig entgegen. Ihre Verachtung schien grenzenlos.

»Du lügst, Glenda.«

»Nein, tue ich nicht!«

Egan handelte unversehens – und unbeherrscht. Tollkühn umfasste er ihre Brüste und rieb mit seinen Daumen deren Spitzen, bis sie begehrlich fest wurden. Bestürzt über die entlarvende Reaktion ihres Körpers, schaute sie verschreckt zu ihm auf. Er erwiderte ihren Blick mit Furcht erregender Intensität.

»Willst du es immer noch leugnen?«, drängte er. »Was du empfindest? Du bist nicht kalt wie ein Fisch. Bist keine Frau, die leidenschaftslos durchs Leben geht! Ich weiß es! Ich fühle es, so wahr mir Gott helfe!«

Die Überraschung – und freilich auch seine Besitz ergreifende Umklammerung ihrer Brüste – entlockte ihr ein gedämpftes, kehliges Seufzen. Sie riss sich von ihm los.

»Du glaubst um die Geheimnisse meiner Seele zu wissen«, begehrte sie auf, »aber du weißt gar nichts von mir!«

Seine blauen Augen blitzten. »Nichts, meinst du? Ich weiß, dass du dich nach Niall sehnst. Nach all der Zeit sehnst du dich immer noch nach ihm. Aber Niall ist tot, Glenda. Tot. Er wird nie mehr zurückkommen. Warum kannst du das nicht endlich einsehen?«

»Keiner weiß das besser als ich!« Sie machte ihrem Herzen Luft. »Zum Teufel mit dir, Egan! Warum tust du das? Warum musst du mich so verletzen? Du weißt nicht um den Schmerz, mit dem ich lebe, diese Seelenpein, die mich noch in Stücke reißt!«

Und du weißt nicht um die Qualen, die ich durchleide, wenn ich dich nur anschaue, hätte er ihr um ein Haar gestanden. Doch irgendetwas hielt ihn zurück.

Hochmütig straffte sie die Schultern. »Ich möchte nicht mit dir schlafen«, verkündete sie.

»Wir sind verheiratet, Glenda.«

»Wahrlich, das sind wir!«, schnaubte sie. »Aber ich will nicht von dir begattet werden! Verstehst du das? Ich will dich nicht!«

Egan erstarrte. Ihre Worte waren wie ein Peitschenhieb ins Gesicht. Er musste sich mäßigen, dass er sie nicht an sich riss, um ihren Mund mit dem seinen zu bezwingen, zum Beweis, welchen Unfug sie da redete!

Seine Züge verdunkelten sich wie der nächtliche Himmel. Glenda wagte es allen Ernstes, ihm vorzuwerfen, er verletze sie? Bei allen Heiligen, dabei war sie doch diejenige, die seiner Seele einen vernichtenden Schlag versetzt hatte. Aber das sollte sie niemals erfahren. Er verbarg seinen Schmerz unter der Maske des Zorns, der in ihm brodelte.

Unnachgiebig deutete er auf das Bett. »Los, hinein mit dir«, knirschte er.

Er blickte so finster drein, dass sie beinahe zurückschrak. Verzweifelt schüttelte sie den Kopf. »Nein«, stammelte sie. »Ich habe dir doch gesagt, Egan, ich werde ...«

»Ich habe gehört, was du gesagt hast, Glenda, aber du wirst mich nicht zum Narren machen. Man erwartet von uns, dass wir heute Nacht das Bett teilen, und bei Gott, das werden wir auch. Oh, keine Sorge, ich werde dich nicht anrühren. Selbst dann nicht, wenn man mir Blackstone und noch tausend andere Güter dazu gäbe.«

Spöttisch verzog er die Lippen. »Es ist dein Wunsch, dass unsere Ehe nicht vollzogen wird. So sei es. Und du wirst gewiss Stillschweigen darüber wahren. Überdies wird es niemand erfahren, da man von einer Frau, die nicht mehr Jungfrau ist, nach der Hochzeitsnacht ohnehin kein beflecktes Laken erwartet.« In seiner Stimme lag eine gewisse Häme. »Nein, ich brauche keinerlei Bedenken zu haben. Du wirst auch gegenüber dem Earl kein Sterbenswort verlieren. Solltest du nämlich diese Ehe annullieren wollen, wird er dafür sorgen, dass du erneut heiratest – und dein nächster Gemahl wird vielleicht nicht so rücksichtsvoll sein wie ich.«

Das war beileibe noch nicht alles. Mit versteinerter Miene beugte er sich über sie und umschloss ihr Kinn mit Daumen und Zeigefinger, sodass es für Glenda kein Entrinnen gab. Ihr Herz hämmerte voll Panik, als sie in seine zornesfunkelnden Augen sah.

»Eines noch, Eheweib. Ich verspreche dir, wenn ich dich will, wirst du es früh genug erfahren. Und wenn ich dich nehme« – ein kaltes Lächeln milderte seine verkniffenen Züge –, »wenn ich dich nehme, Glenda, wirst du es genauso wollen wie ich.«

Elftes Kapitel

Ich will dich nicht.

Noch jetzt, eine Woche später, zerrissen ihm die Worte fast das Herz. Wann immer Egan daran erinnert wurde, hätte er vor Zorn auf die Burgmauern einprügeln mögen. Eine solche Gehässigkeit passte gar nicht zu ihr, denn eigentlich war Glenda eine der liebenswürdigsten, großherzigsten Frau, die er je kennen gelernt hatte. Aber warum sperrte sie sich dann so dagegen, mit ihm das Ehebett zu teilen? Lag es an ihm?, überlegte er. Fand sie ihn so abstoßend? Irgendwie kränkte ihn die Vorstellung. War es seine Narbe? Insgeheim verfluchte er die Schicksalsschläge, die ihn fürs Leben gezeichnet hatten. War er denn so unansehnlich? Er hatte doch schon häufiger zu hören bekommen, wie attraktiv er sei.

Oder war es der Umstand, dass man ihr keine Wahl gelassen hatte? Das hätte er durchaus nachvollziehen können. Andererseits war ihre langjährige Verbindung mit Niall ebenfalls arrangiert worden, und damals hatte man sie auch nicht groß um ihre Zustimmung gebeten.

Aber Niall hat sie von Anfang an geliebt, stichelte eine innere Stimme. *In der Tat, als das junge Paar nur wenige Tage nach der Vermählung in Dunthorpe eintraf, waren Glenda und Niall über beide Ohren verliebt. Ihre hingebungsvollen Blicke sprachen Bände.*

Er verspürte ein unangenehmes Engegefühl in seiner Brust und schob die Erinnerung mit einem bitteren Schnauben weit von sich. Sie hatte die Wahl zwischen ihm und Simon gehabt. Trotzdem stand Niall weiterhin zwischen ihnen. Niall … Wieder musste er an seinen verstorbenen Freund denken. Schuldgefühle peinigten ihn wie ein schleichendes Gift. Er hatte Niall geliebt wie einen Bruder – und liebte ihn noch immer –, aber es gab Zeiten, da hatte er ihn nahezu gehasst …

Die ganze Ungerechtigkeit ließ ihn innerlich aufschreien. Glenda war jetzt seine Gemahlin. Bei allen Heiligen, *seine Ehefrau*. Sie war ihm so nah … und dennoch unendlich weit weg. Ja, sie blieb so unantastbar wie eh und je, die einzige Frau in der Welt, die er wahrhaft begehrte …

Und doch konnte er sie nicht haben.

* * *

Eine Woche verging, dann eine weitere.

Wenn ich dich will, wirst du es früh genug erfahren. Und wenn ich dich nehme, wirst du es genauso wollen wie ich.

Sein tückisches Versprechen erschien Glenda noch verwerflicher, hatte es aus seinem Munde doch so gefährlich sanftmütig geklungen. Es war wie ein spitzer Stachel, der sich zunehmend tiefer in ihr Fleisch bohrte. Die junge Frau wurde in ein einziges Gefühlschaos gestürzt. Sie verachtete sich dafür, dass sie sich zu Egan hingezogen fühlte – Egan, der beste Freund ihres verstorbenen Gemahls.

Ich will dich nicht.

Die Worte waren ihr spontan herausgerutscht, und Glenda wand sich innerlich, wenn sie daran dachte, was sie da im Eifer des Gefechts geäußert hatte … aber andererseits, würde sie es zurücknehmen, wenn sie könnte?

Sie wusste es wirklich nicht.

Im Grunde genommen hatte man ihr weder Gelegenheit zum Nachdenken gelassen noch Zeit, um sich an die neue Situation und all das zu gewöhnen, was eine Eheschließung nach sich zog. Dass man nicht nur ein Heim teilte … sondern auch ein gemeinsames Bett.

Glenda litt entsetzliche Ängste, die ihr bis dahin fremd gewesen waren. Egan wusste nicht um die Panik, die sie bei der Vorstellung befiel, was geschehen könnte, wenn sie mit ihm intim würde … wie sollte er auch! Wie sollte ein Mann dergleichen ahnen können? Ein Mann trug kein Kind unter dem Herzen, eine Frau dagegen nährte und schützte es viele Monate lang in ihrem Schoß. Ein Mann fühlte nicht, wie es wuchs und trat und strampelte, so klein und schon so lebhaft … nur um dann den winzigen reglosen Körper, aus dem bereits sämtliches Leben gewichen war, fest an ihre Brust zu drücken. Oh, ihre Arme waren unsäglich leer gewesen …

Der Gedanke an ein weiteres Kind flößte ihr Angst ein. Der Schmerz, ein Kind zu verlieren, saß einfach zu tief … nie wieder wollte sie Derartiges ertragen!

Sie konnte nicht geben … nicht so, wie eine Gemahlin geben sollte. Ach, sie hätten nie heiraten sollen. Aber da sie nun einmal verheiratet waren, blieb ihr keine andere Wahl, als sich tapfer zu halten.

Sie redete sich ein, dass es so am besten sei. Sollte er sie doch verschmähen. Es war besser, wenn sie Abstand wahrte … und *ihn* auf Abstand hielt.

Und doch hatte er in jener allerersten Nacht nicht in ihrem Bett geschlafen, sondern in seinem eigenen.

Sein Verhalten ihr gegenüber war auffallend kühl. Er machte ihr weder den Hof, noch schnitt er sie. Stattdessen behandelte er sie mit ausgesuchter Höflichkeit, und er hielt Wort und rührte sie nicht an. Im Gegenteil, er schien sichtlich bemüht, jeden Körperkontakt mit ihr zu vermeiden, und sei es auch nur ein zufälliges Streifen ihrer Finger. Die wenige Zeit, die sie miteinander verbrachten, war von Anspannung und Vorsicht gekennzeichnet.

Eigentlich hätte Glenda erleichtert sein müssen, doch in den nachfolgenden Tagen war sie völlig durcheinander. Ihre Gedanken stahlen sich immer wieder zu ihm. Konnte es sein, dass er sie nicht mehr begehrte? Vielleicht hatte ihm noch nie etwas an ihr gelegen? Sonderbar, war sie doch vollkommen überzeugt gewesen, dass er Gefühle für sie hegte …

Oder gab es einen anderen Grund? Vielleicht hatte sie jetzt, nachdem er der Lord of Blackstone war, ihre Pflicht und Schuldigkeit getan? Sie hätte froh sein können. Und ihr hätte ein Stein vom Herzen fallen müssen, dass er nicht auf seine ehelichen Rechte pochte. Stattdessen versetzte es ihr einen schmerzhaften Stich.

Wenn er durch den Innenhof schlenderte, nach links und nach rechts grüßte, wirkte er umgänglich und gelassen; er hatte immer ein freundliches Wort oder ein Lächeln für seine Untergebenen übrig. Schließlich gewann Glenda den Eindruck, dass er sein neues Dasein über die Maßen genoss.

In der Tat spielte Egan seine Rolle mit einer Hingabe, die sie nie für möglich erachtet hätte – und mit einem Mal mutmaßte Glenda, dass diese ihm auf den Leib geschneidert sein könnte. An jenem ersten Abend mit Simon hatte er zwar eingeräumt, vom Landbau keine Ahnung zu haben; trotzdem hatte sie ihn, als sie eines Morgens ausgeritten war, auf den Feldern von Godfrey Fyfe entdeckt. Egan stand hinter dem Pflug und führte ihn über die harte Ackerkrume; Godfrey zu seiner Linken trieb den Ochsen mit einer Peitsche an, und die Dorfjungen liefen hinterher und streuten das Saatgut in die frischen, noch feuchten Furchen.

Eines schönen Morgens trat Glenda aus dem Turm. Sie raffte die Röcke, um den Burghof zu überqueren, als sie das Klirren von Stahl auf Stahl vernahm.

Zwei Männer versuchten sich in der Kunst der Schwertführung, andere schauten zu. Egan stand neben dem kämpfenden Paar und feuerte die beiden an. Wider Erwarten fasziniert, blieb Glenda stehen.

Das Gefecht der beiden wurde unerbittlicher. Immer wieder rasselten ihre Schwerter aneinander. Dann, plötzlich, sprang einer vor und schlug dem anderen die Waffe aus der Hand. Eine Staubwolke aufwirbelnd, landete diese im Schmutz. Der Sieger schnellte herum und schwenkte triumphierend Schwert und Schild über seinem Kopf.

»Gut gemacht, Graham«, rief Egan. »Aber denk immer daran, es sind nicht nur Kraft, Mut und Waffengeschick, die einen ernstzunehmenden Gegner ausmachen. Der Kampf muss auch hier ausgefochten werden.« Egan tippte sich an die Schläfe. »Du musst immer auf der Hut sein, stets einen Schritt vorausplanen und den nächsten Vorstoß deines Rivalen einschätzen, um schleunigst reagieren zu können.« Er winkte einem jungen Knappen, der ihm gehorsam Schwert und Schild trug. Egan ließ sich beides aushändigen und wandte sich erneut an Graham. »Und nun wollen wir sehen, ob du noch eine kleine Herausforderung meistern kannst.«

Für Augenblicke wirkte der junge Page ziemlich verdutzt. Dann nickte er und nahm Haltung an.

Und schon surrte Egans Klinge durch die Luft. In den nun folgenden Sekunden hatte Graham genug damit zu tun, sich zu verteidigen, und an einen Gegenschlag war nicht einmal zu denken. Das Sonnenlicht flirrte auf Egans gezückter Waffe. Graham hob Schwert und Schild, um die Angriffe des Highlanders abzuwehren – doch Egan war eindeutig der bessere Kämpfer. Er führte das Schwert schnell und gezielt; seine Füße bewegten sich geschmeidig tänzelnd. Grahams Miene spiegelte Furcht. Glendas Herz setzte beinahe aus, als Egans Schwert voller Wucht gegen den Schild des jungen Kriegers prallte. Ein zerrissener Schrei entfuhr ihrer Kehle.

Unversehens bemerkte er sie. Sein Blick glitt über Grahams Schulter zum Rand der Wiese, wo sie stand. Diese kurze Unaufmerksamkeit genügte Graham, um seinen Gegenangriff vorzubereiten. Für Bruchteile von Sekunden abgelenkt, hob Egan den Schild zu spät. Grahams

Schwertstreich brachte ihn aus dem Gleichgewicht, worauf er rücklings zu Boden stürzte.

Glenda war gar nicht bewusst, dass sie loslief. Das Nächste, was sie gewahrte, war, dass sie über ihn gebeugt stand. Sie maß ihn mit schief gelegtem Kopf, ein schadenfrohes Lächeln auf den Lippen.

»Ich würde sagen, Sir«, murmelte sie in gespieltem Bedauern, »dass Graham die Herausforderung bestens gemeistert hat. Die Frage ist nur ... wie steht es mit dir?«

Egans Miene verdunkelte sich. Seine Stirn furchte sich bedrohlich, und er sprang auf. »Vielleicht möchtest du einen Versuch wagen, Madame.«

»Gewiss nicht«, erwiderte sie spröde. »Dafür fehlt mir die Kraft.«

Egan grinste verhalten, seine Augen blitzten auf.

»Aber dir scheinbar auch«, fügte sie hinzu.

Sein Grinsen war wie weggewischt.

»Könnte es sein, dass es dir an Mut und Geschick fehlt? Und vielleicht ein wenig hier?« Sie tippte sich an die Schläfe, wie er es zuvor getan hatte. »Es mag ja durchaus sein, dass du zum Pachtbauern berufen bist«, versetzte sie zuckersüß, schüttelte dann aber mitleidig den Kopf. »Ich fürchte allerdings, wenn mein derzeitiger Gemahl seine Burg nicht verteidigen kann, dann muss ich mir einen anderen suchen.«

»Du solltest dich vielleicht besser an die Rechnungsbücher und an deine Handarbeit halten«, knurrte er gereizt.

Flugs wirbelte Glenda herum und stolzierte übermütig davon.

Die Männer amüsierten sich köstlich über Egans Niederlage vor seiner Gemahlin. Der Highlander machte gute Miene, entschied jedoch, so etwas kein zweites Mal zu dulden. Glenda war zwar nicht übermäßig selbstgefällig, gleichwohl könnte ihr ein kleiner Dämpfer nicht schaden.

Außerdem war er sich nicht sicher, was sie damit gemeint hatte, dass sie sich einen anderen Gemahl suchen müsse. Sie foppte ihn doch nur, oder?

Die Gelegenheit zu einer Revanche bot sich gleich am nächsten Tag. Als er am Nachmittag vom Dorf zurückkehrte, traf er auf eine Bauernfamilie. Mutter und Kinder gingen vor einem beladenen Holzkarren, auf dem sich Tisch, Stühle und Getreidesäcke türmten und der vom Vater gelenkt wurde.

»Seid gegrüßt!«, rief Egan.

»Guten Tag«, erwiderte der Mann auf dem Karren. Er hielt den Ochsen an. »Seid Ihr zufällig der Highlander namens Egan?«

»Der bin ich.« Egan nickte. »Und wer seid Ihr?«

»Ich bin Randolph, und das ist meine Frau Mary ...«

Kurz darauf ritt Egan weiter. Die Kinder winkten ihm zum Abschied.

Bevor er das Burgtor passierte, erspähte er Glenda, die, auf die Wehrmauer gestützt, zu ihm hinunterschaute. »Guten Morgen, werte Gemahlin!« Er hob grüßend eine Hand. Sie erwiderte seine Begrüßung nicht; stattdessen verschwand ihr Kopf von der Brüstung.

Als er den Stall betrat, erwartete sie ihn bereits. Die Sonnenstrahlen zauberten goldene Reflexe auf ihren kastanienfarbenen Schopf, der völlig ungebändigt war, da der Wind ihr Haarband fortgeweht hatte.

Jähes Begehren traf ihn wie ein Lanzenhieb, kraftvoll und zerstörerisch. Glutheiß wie flüssige Lava pulsierte das Blut in seinen Adern. Zugleich grollte er ihr die Szene vom Vortag, im Hof, bei den Pagenkämpfen.

Ihre Züge verrieten tiefe Bestürzung, und er sollte bald erkennen, warum. »Sag mal, Egan. Die Leute mit dem Karren ... gehen sie ebenfalls fort? Gütiger Himmel, wir können es uns nicht leisten, dass noch mehr ...«

Sobald Egan die Familie erspäht hatte, war ihm derselbe Gedanke gekommen. »Ach, du meinst die Murrays, Randolph und Mary.«

»Die Murrays. Ja, genau die!« Sie konnte ihre Ungeduld kaum zügeln. »Nun sag schon, gehen sie weg von hier?«

Er tat so, als müsste er krampfhaft überlegen. »Nein«, sagte er schlicht.

»Nein?«, wiederholte sie, sichtlich nervös.

»Nein«, bekräftigte er.

»Aber … aber ihr Karren war doch voll beladen mit ihrer Habe, oder etwa nicht?«

»O doch.«

»Was haben sie denn dann vor, wenn es kein Aufbruch ist?« In einer Mischung aus Furcht und Verzweiflung sah sie ihn flehentlich an.

»Die Murrays?«

»Ja, genau die!« Nach ihrer Miene zu urteilen, hätte sie ihn am liebsten erwürgt.

Er beschloss, sie nicht länger auf die Folter zu spannen. »Sie kehren zurück«, sagte er schlicht.

»Zurück?«, stammelte sie. »Nach Blackstone?«

»Ganz recht. Randolph hat mir erzählt, dass ihre Hütte eine Meile nördlich vom Dorf entfernt liegt.« Unbeeindruckt fuhr er fort: »Ach, und da ist noch etwas, das dich interessieren könnte. Sie haben mir von drei weiteren Familien berichtet, die im Lauf der Woche ebenfalls zurückkehren werden.«

Er ließ sie völlig verblüfft stehen und wollte schon fortschlendern, drehte sich dann aber noch einmal um.

»Ach, und Glenda?«

»Ja?«, murmelte sie matt.

»Mir ist nicht entgangen, dass du mich heute Morgen mit den Soldaten beobachtet hast. Sechs wackere Männer, und keiner konnte es mit mir aufnehmen!«

Oh, dieser großtuerische Prahlhans!, dachte Glenda bei sich. Doch sie wollte sich darüber nicht weiter entrüsten, war sie doch froh, dass die früheren Pachtbauern von Blackstone zurückkehrten.

»Mich dünkt, du wirst dich mit deinem derzeitigen Gemahl zufrieden geben müssen, was?« Er grinste durchtrieben und verschwand.

Aber das war erst der Anfang ihrer Fehde. Sollte er ruhig die Herausforderung suchen! Sie gedachte es ihm mit gleicher Münze heimzuzahlen.

Eines Abends beim Nachtmahl war ihr Geplänkel besonders hitzig – anscheinend wollte keiner dem anderen das letzte Wort lassen. Irgendwann sprang Egan auf, verbeugte sich knapp und ging.

Nessas missfälliger Blick saß ihm im Nacken, während er zur Stiege strebte. Glenda konnte sich eine letzte Bemerkung nicht verkneifen: »Ist er nicht ein rechter Schatz, Nessa?« Nessa wirbelte zu ihr herum, ihr Blick sprach Bände. »Ich schäme mich für euch beide! Was habt ihr nur, dass ihr einander so schnippisch anfahren müsst?«

Die herbe Zurechtweisung ihrer Zofe verunsicherte Glenda. Beschämung erfasste sie, doch dann straffte sie selbstbewusst die Schultern. »Wir hätten nie heiraten dürfen«, räumte sie schlichtweg ein.

»Und, habt ihr es denn miteinander versucht, ihr zwei? Ich weiß nicht, was ich von Egan erwarten darf. Aber du, mein Mädchen … Als Kind konntest du ziemlich eigensinnig sein. Oh, es kam selten vor, aber wenn … nun, dann hat deine Mama immer gesagt, du hättest einen Dickschädel wie ein Rindvieh. Mir scheint, du hast dich nicht verändert!« Sie stampfte mit dem Stock auf dem Boden auf. »Sag mir, Kind – willst du weiterhin so leben wie bisher? Möchtest du ständig diese Querelen zwischen dir und deinem Gatten haben?«

Glenda schob trotzig ihr Kinn vor. »Es hätte nie geschehen dürfen, Nessa. Ich habe ihn weggeschickt.«

»Und ich war diejenige, die ihn zum Bleiben gedrängt hat!« Nessa faltiger Mund wurde noch dünnlippiger.

Glenda blinzelte verwirrt. »Was? Du behauptest, du habest ihn …«

»Ganz recht! Ich habe ihn gebeten zu bleiben und dich zu beschützen. Ich habe ihn gedrängt, dich nicht zu verlassen … Blackstone nicht zu verlassen! Ich habe gefleht, er solle bleiben und uns alle verteidigen.«

»Nessa, wie konntest du nur? Du … du hast mich meine Unabhängigkeit gekostet!«

»Deine Unabhängigkeit?«, äffte Nessa. »Du bist gewiss nicht die erste Frau, die gegen ihren Willen heiraten muss. Also, ich für meinen Teil finde, dass du dich glücklich schätzen kannst. Wenn ich das nicht getan hätte, wärst du jetzt mit Simon dem Ruchlosen verheiratet und nicht mit Egan.«

»Das kannst du nicht wissen, Nessa. Vielleicht hätte ich den Grafen überzeugen können, dass keinerlei Veranlassung für meine Wiederheirat besteht!«

Nessa schnaubte ungehalten. »Wenn du das glaubst, machst du dir nur selbst etwas vor, Glenda. Ich für meinen Teil habe jedenfalls nicht den Wunsch, den Rest meiner Tage mit einem streitsüchtigen, uneinsichtigen Paar zu verbringen! Es kann gut sein, dass *ich* diejenige sein werde, die geht!«, zischte sie und stolzierte davon, so rasch ihre betagten Knochen es ihr erlaubten.

Glenda ging ihr nicht nach. Sie grollte Nessa *und* Egan, weil sie ihr verschwiegen hatten, dass die greise Zofe ihn zum Bleiben überredet hatte. Wie dem auch sein mochte – keiner von beiden war ehrlich mit ihr gewesen.

Bis zum nächsten Tag hatte sich ihr Ärger gelegt. Glenda spazierte draußen durch den Obstgarten, als sie

Egans gewaltigen schwarzen Hengst entdeckte. Ah, und da war ja auch der Reiter! Egan stand an einem Abhang, einen bestiefelten Fuß lässig auf einen Felsvorsprung gestützt. Seine Mundwinkel waren zu einem wohlfeilen Grinsen verzogen. Er spähte über die fruchtbaren Felder, die nicht länger brach lagen. Hafer und Gerste sprossen aus dem Boden, reckten sich zur Sommersonne. Glenda wähnte ihn sichtlich zufrieden mit *ihrem* Besitz. Das bewiesen allein schon die großtuerische Haltung und sein selbstgefälliges Grinsen.

Schon lebte der alte Groll wieder auf. Ihr fiel ein, dass sie, kurz bevor sie Egan erspähte, einen frühen Apfel gepflückt hatte. Ihr Blick wanderte von Egans Silhouette zu der unreifen Frucht in ihrer Hand und dann wieder zu ihm …

Jäh wurde ihr bewusst, dass der Apfel durch die Luft sauste. Glenda hatte keine Ahnung, wieso sie ihn als Wurfgeschoss einsetzte. Sie hatte offen gestanden gar nicht nachgedacht … sondern ganz impulsiv gehandelt.

Der Apfel prallte von seiner Schulter ab. Abrupt drehte er sich um. Glenda hatte sich bereits geduckt und hielt sich hinter einem herabhängenden Ast versteckt. Plötzlich musste sie lachen, wie seit ihrer Kindheit nicht mehr, und sie presste die Hände vor den Mund. Augenblicke später robbte sie hervor und sah sich vorsichtig um. Egan hatte sich abermals umgedreht und seine frühere Pose eingenommen.

Verblüfft über ihre Kühnheit, biss sie sich auf die Lippe, pflückte einen weiteren Apfel … und zielte damit.

Dieses Geschoss traf ihn mitten in den Rücken.

Er schnellte herum, tat einen Schritt vor, sein Mund ein einziger schmaler Strich.

Glenda überlegte nicht lange. Sie hob ihre Röcke an und gab Fersengeld. Ihre Lungen brannten, als sie über das Obstfeld stürmte, die Weide erreichte und den Pfad, der zurück nach Blackstone führte.

Plötzlich tauchte er vor Glenda auf. In dieser Schrecksekunde kam es ihr vor, als wäre er so riesig wie die gewaltige Eiche, die am Flussufer stand, und genauso breit.

Keuchend blieb sie stehen.

Egan verschränkte lässig die Arme vor der Brust. Ein Grinsen umspielte seine Lippen. »Gut, gut«, meinte er leichthin. »Ich hatte ja keine Ahnung, dass ich eine solch kampferprobte Amazone geheiratet habe. Aber ich muss dir in Sachen Deckung auf die Sprünge helfen, werte Gemahlin. Sorg immer dafür, dass der Feind dich nicht sieht!«

Glenda war bereits zurückgewichen. »Was!«, japste sie empört. »Ich bin überhaupt nicht kampferprobt, Sir! Ich brauche mehr Übung.« Sie wog den letzten Apfel in ihrer Hand. Aus einem plötzlichen Impuls heraus zielte sie abermals.

Glenda traf ihn genau an der Schläfe. Egan verdrehte die Augen. Er taumelte … und sackte ohnmächtig zusammen.

Zwölftes Kapitel

Was hatte sie da angerichtet! Gütiger Himmel, sie hatte ihn nicht verletzen, sondern ihm nur ein bisschen heimzahlen wollen, dass er sie ständig herausforderte. Sie flog an seine Seite und sank neben ihn.

»Egan!«, kreischte sie. Sie fasste seine Schultern und schüttelte ihn. »Egan, bitte, wach auf!«

Er reagierte nicht. Dichte, dunkle Wimpern überschatteten seine Wangenknochen. Glenda entfuhr ein gequältes Stöhnen. »Egan ...« Ihr versagte die Stimme. »Egan, du darfst nicht sterben! Ich ... ich könnte nicht mit dem Wissen leben, wenn es so wäre!«

Sie neigte ihren Kopf auf seine Lippen, bemüht, seinen Atemhauch zu spüren. Ihr Herz setzte beinahe aus. Atmete er überhaupt noch? Bei allen Heiligen, sie wusste es nicht zu sagen! Sie hob den Kopf, trommelte mit den Fäusten auf seine Brust ein. »Egan!«

»Herrgott, du kennst ja gar keine Skrupel. Willst du mich jetzt auch noch verprügeln? Sag mal, holde Gattin ... hast du Niall auch so gepiesackt?«

Glenda erkannte die Stimme nicht auf Anhieb; sie wurde von laszivem Männerlachen untermalt. Zaghaft öffnete sie die Lider und senkte sie schleunigst wieder.

Blitzblaue Augen strahlten sie an. Er lachte, dieser Halunke ... und wie er lachte!

Aufgebracht fauchte sie: »Lass Niall gefälligst aus dem Spiel! Du kannst diesem Mann nicht das Wasser reichen!«

»Aber Niall ist nicht hier und ich schon«, stellte er schlagfertig fest. Dann schüttelte er bedauernd den Kopf. »Ach, wie viel besser würde ich mich fühlen, hättest du nur einmal gesagt, dass du nicht leben kannst ohne mich.«

Gereizt sprang Glenda auf, stemmte die Fäuste in die

Hüften. »Mistkerl! Gemeiner Lump! Wie kannst du es wagen, mich so zu erschrecken!«

Eine sehnige, gebräunte Hand schoss unter den Saum ihres Gewandes. Seine Finger glitten über ihre Wade, streichelten die weiche Haut ihrer Kniekehle. Er tat so, als spähte er unter ihre Röcke.

»Ich muss schon sagen, ein verlockender Anblick.«

Entrüstet rang Glenda nach Luft. Heiliger Strohsack, er war wahrlich der grässlichste Vertreter seiner Gattung! Sie würde ihm nicht die Genugtuung bieten und auf ihn eingehen ... nein, sie würde ihm nicht nachgeben ... sie würde einfach nicht mitspielen!

Trotzig reckte sie ihr Kinn und presste die Lippen zusammen. Dann versteifte sie sich und spannte sämtliche Muskeln bei dem Versuch an, ihm ihr Bein zu entziehen und zu flüchten.

Irgendwie ahnte Egan ihr Vorhaben. Als Glenda flink herumschnellen wollte, umfasste die verfluchte Hand doch tatsächlich ihren Knöchel und hinderte sie am Fortlaufen. Ihr Gleichgewicht geriet ins Wanken, und sie schwankte bedrohlich. Sie ruderte mit den Armen ... und dann spürte sie, wie sie fiel – zu ihrem größten Verdruss aber nicht zu Boden ... sondern geradewegs auf Egan!

Seine Arme nahmen sie in eine stählerne Umklammerung, schnürten ihr die Luft ab. Glenda gelang es, sich vorsichtig auf beide Ellbogen zu stützen. Dabei klaffte der halsferne Ausschnitt ihres Gewandes weit auf, was sie erst merkte, als sie tief und gepresst einatmete.

Egan verfolgte mit seinen Blicken, wie sich die Rundungen ihres Busens hoben und senkten. »Wahrhaftig«, wiederholte er, »ein überaus verlockender Anblick. War eigentlich allen, die dich begehrt haben, die Gunst deiner Reize vergönnt?«

Glenda stockte der Atem, als sie erkannte, worauf er

den Blick lenkte … und was der Auslöser dafür war. Also machte er sich wieder einmal lustig über sie, oder?

»Niemand begehrt mich!«, gab sie zurück. »Und du erst recht nicht!« Sie versuchte, sich von ihm zu wälzen, doch er umklammerte sie nur fester, so fest, dass sie sich kaum rühren konnte.

»Aber nein, da täuschst du dich, Kleine.« Sein Grinsen wurde breiter – ein räuberisches Grinsen!

»Du begehrst mich nicht! Du machst dich bloß lustig über mich!«

Ehe sie noch wusste, wie ihr geschah, hatte sich ihre ohnehin missliche Lage verändert. Egan lag breitbeinig über ihr. Er umschloss ihre Handgelenke mit einer seiner Riesenpranken und stemmte sie ihr über den Kopf. In seinen Augen blitzte der Triumph auf.

»O doch, liebste Gemahlin, ich begehre dich und deine süßen Lippen – wenn ich auch bislang nur einen kleinen Vorgeschmack kosten durfte. Du duftest nach Rosen und raubst mir damit den Verstand. Ich möchte deine weiche, porzellangleiche Haut berühren, obgleich ich schon jetzt weiß, dass sie zarter ist als fein gesponnene Seide.«

Aus seiner Stimme war jegliche Überheblichkeit gewichen, und er lachte auch nicht mehr. Nein, er war ernst geworden, sein Ton leise und beschwörend. Seine Worte hüllten sie ein wie ein samtener Umhang.

»Egan.« Mit zitternder Stimme brachte sie seinen Namen heraus. »Egan, sag so etwas nicht.« Ein Frösteln ließ ihren Körper erbeben.

»Und warum nicht? Wenn nicht dir, meiner Gemahlin, wem sollte ich es dann sagen? Ich halte es für eine gute Sache, dass ein Mann nur an seine Frau denken sollte. Was ist daran falsch?«

Glenda fiel keine gescheite Antwort ein. Sie konnte sich nicht einmal zur Wehr setzen, denn sie hatte Angst davor, sich zu rühren, Angst zu atmen und seinem Zauber noch mehr zu verfallen.

Stattdessen schüttelte sie kaum merklich den Kopf. Ratlos heftete sie den Blick auf sein Gesicht. Dass seine Augen gebannt an ihren Lippen hingen, half ihr auch nicht weiter.

Er kam näher. Sie fühlte das Gewicht seines Brustkorbs auf dem ihren; er war zwar schwer, aber keine solche Last, dass sie ihn nicht hätte ertragen können. Verzweiflung überfiel sie, da ihr schwante, was er im Schilde führte ... Dennoch verharrte sie wie gelähmt, als wäre sie eine Fremde in ihrem eigenen Körper, die dem entgegenfieberte, was da kommen sollte.

Wie ein sanfter Hauch, so begann sein Kuss. Ihre flatternden Lider senkten sich, als seine Lippen die ihren berührten. Heißer Atem strömte in ihren Mund. Wie es schien, hatte er keine Eile. Sein Kuss war eine sanfte Erkundung, unsäglich behutsam, ganz anders als der letzte – jene ungestüme, Besitz ergreifende Besiegelung ihres Ehegelübdes. Oh, er war tückisch, dieser Kuss. Verführerisch, verheißungsvoll, raubte er ihr das bisschen Willenskraft, das sie noch besaß.

Irgendwann gab er ihre Hände frei. Glenda merkte es erst, als sie versunken seinen Nacken umschlang und ihre Finger sich in das dunkle, halblange Haar gruben. Ihr war, als ließe sie sich von einem Strudel in unbekannte Tiefen hinabziehen. Sie spürte ein Flattern in ihrem Bauch, das erst schwand, als sein Mund hemmungsloser wurde, seine Liebkosung intimer und leidenschaftlicher. Sie erbebte, als seine Zunge über den Rand ihrer Lippen fuhr, diese vorwitzig öffnete; sogleich schnellte sie zu Glendas Zähnen vor. Glendas Finger krallten sich in Egans muskulöse Schultern. Wenn er sie doch bloß nicht küssen würde! Aber es war traumhaft ... *er* war traumhaft, so stark und geschmeidig und männlich … einfach unwiderstehlich …

Kosende Fingerkuppen umkreisten ihre Brustspitzen; sie wurden fest und schmiegten sich lustvoll pulsierend in seine Handflächen. Glutheiße Wellen durchfluteten ihren Körper. Als seine Daumen die knospenden Rispen massierten, stöhnte sie sehnsuchtsvoll. Schon einmal hatte sie jene schlanke, gebräunte Hand dort gespürt, allerdings unbekleidet, und es verlangte sie erneut danach. Danach und nach mehr … nach der Berührung seiner Lippen, heiß und feucht, knabbernd an ihren Spitzen …

Ihre Knie gaben nach, und sie spreizte unbewusst die Schenkel. Seiner Kehle entwich ein Stöhnen, als er sie an sich riss und seine Hüften zwischen ihre Beine zwängte. Selbst durch ihre Kleidung hindurch fühlte sie seine gewaltige Erektion, prall und fest an ihrer geheimen Grotte.

Sie schrak zusammen. Heilige Mutter Gottes, was tat sie da? Was war nur über sie gekommen? Sie lag hier mit Egan … und hatte keine Sekunde lang an Niall gedacht.

Unversehens war der Zauber verflogen und Glenda wieder bei Verstand. Tiefe Beschämung übermannte sie. Ihre Schuldgefühle waren grenzenlos.

Mit einem unterdrückten Stöhnen riss sie ihren Mund zur Seite. Ein peinvoller Schmerz zog ihr die Kehle zusammen. »Egan«, stieß sie leise und gepresst hervor, »Egan, ich bitte dich, hör auf!«

Sein stattlicher Körper über ihr erstarrte. Langsam hob er den Kopf. Seine Augen sprühten Blitze.

Sie sah ihn flehentlich an. Weiterhin an seine Brust gezwängt, japste sie nach Luft, bestrebt, sich zu befreien. »Egan«, sagte sie matt.

»Sei still!«, zischte er. »Du kennst mich wahrlich gut genug, um zu wissen, dass ich nichts tun werde, was du nicht willst! Aber du musst mir etwas Zeit lassen.«

Sein Ton war beschwörend wie sein Blick.

Er schloss die Augen, reckte sein Gesicht zum Himmel. Glenda konnte den Blick nicht von ihm wenden. Seine markanten Züge waren angespannt. Die Muskelstränge an seinem Hals zeichneten sich unter der Haut ab. Die Zeit zog sich hin, bis die Spannung schließlich von ihm wich.

Egan erhob sich und nahm Haltung an. Glenda ahnte, wie viel Selbstdisziplin ihn das kostete. Gewissensbisse nagten an ihr. Weitere Schuldgefühle.

Er wandte den Blick ab, als sie sich aufrappelte und ihre Röcke glättete. »Es tut mir Leid, Egan, es tut mir so Leid!« Hilflos fuchtelte sie mit den Armen. »Ich weiß nicht, wie ich es erklären soll, aber ich kann dir nicht geben … was du verdienst … was ein Gemahl verdient.«

Darauf sah er sie an und grinste bitter. »O doch, das kannst du, Glenda. Du willst es nur nicht.«

Unvermittelt drehte er sich um und pfiff nach seinem Ross. Als der Hengst auftauchte und den Kopf zurückwarf, packte Egan die Zügel und sprang in den Sattel.

Er sah sich kein einziges Mal mehr um.

* * *

Am Abend erschien Egan nicht zum Nachtessen. Glenda war trotz allem erleichtert, dass sie ihm so bald nicht unter die Augen treten musste. Dennoch ließ er ihr keine Ruhe. Er verfolgte sie. Im Geiste. In ihren Gedanken. Selbst im Dunkel der Nacht, als sie allein ins Bett stieg, gab es kein Entrinnen vor ihm, denn ihre Träume waren hemmungslos und entfesselt.

Sie träumte, sie wären wieder auf dem Apfelfeld und lägen unter den Bäumen im Gras. Der sanfte Wind trug den süßen, schweren Duft der Wildblumen von den Weiden zu ihnen. Die Nachmittagssonne brannte vom Himmel;

wie goldene Lanzen funkelten ihre Strahlen durch das Blattwerk.

Sie waren beide nackt, denn in diesem Traum gab es keine Hemmungen, keine Verbote, kein Tabu. Sein Mund war überall … selbst an dem Geheimverlies zwischen ihren Schenkeln. Und dann … es war nicht Egan, der rittlings auf ihr saß, nein, sie auf ihm! Glenda sah sich mit den Augen einer Fremden. Entseelt lachend saß sie auf ihm – *sie saß!* –, und ihre Lenden verschmolzen mit den seinen. Sie umschlang ihr wogendes Haar mit beiden Händen und bog den Kopf zurück. Ihre Brüste wippten auf und nieder, rosig und rund. Freimütig bot sie ihm … *ihm!* … ihre Nacktheit dar.

Seine Hände glitten über ihren Körper, waren überall. Wie reife Früchte umschloss er ihre Brüste, beugte sich vor und saugte an den pulsierenden Spitzen. Schließlich umfingen seine Arme ihre Hüften. Ihr Gesäß ruhte auf seiner Handfläche, während er sie anhob und auf seinen Lustspeer gleiten ließ …

Glenda erwachte mit einem erstickten Aufschrei. Sie schlug die Augen auf und starrte zu den Deckenbalken, völlig außer Atem, als hätte sie soeben eine gewaltige Laufstrecke zurückgelegt. Ihr Körper schien zu glühen. Sie hatte sich doch tatsächlich das Deckbett abgestrampelt. Als sie es hochziehen wollte, gewahrte sie mit Schrecken, wie feucht sie zwischen den Schenkeln war. Glenda war tief entsetzt. So etwas war ihr noch nie passiert, nicht einmal mit Niall.

Für den Rest der Nacht fand sie keinen Schlaf. Und am Morgen war ihre Stimmung wahrlich nicht die beste. Sie nahm eine der Mägde beiseite und stellte sie zur Rede, warum sie die Binsen im Rittersaal nicht schon frühmorgens erneuert habe. Hinterher bereute sie ihre Übellaunigkeit, aber da war das Mädchen bereits geflüchtet.

Seufzend drehte sie sich um. Nessa stand vor ihr. Die alte Frau hob tadelnd die eisengrauen Brauen. »Hat dein heutiges Befinden etwas mit deinem Gemahl zu tun?«

»Nein, hat es nicht.« Glenda stand der Sinn wahrlich nicht nach einer weiteren Gardinenpredigt ihrer Kinderfrau. »Ach übrigens, wo ist er denn?«

»Er ist noch nicht nach unten gekommen.«

Glendas Herz setzte einen Schlag aus. Panik überfiel sie. Am Vortag, als Egan den Obstgarten verlassen hatte, war er fürchterlich aufgebracht gewesen. Und dann hatte er sich zum Abendessen nicht blicken lassen. Großer Gott! War ihr letztlich doch noch geglückt, was sie in Wahrheit gar nicht bezweckt hatte? Hatte sie ihn aus Blackstone vertrieben?

Ihre Stirn war von Gram zerfurcht. Sie wirbelte herum und strebte aus dem Saal. Schnellen Schrittes nahm sie die Treppe, die zum Ostflügel führte. Auf der obersten Stufe angelangt, drang das gedämpfte Gemurmel einer Frau an ihre Ohren, gefolgt von einer tiefen Männerstimme. Glenda erstarrte. Sie verharrte auf der Empore und spähte in den Gang.

Ihr Herzschlag geriet aus dem Takt, ein stechender Schmerz setzte ein. Nein, ihr Gemahl war gewiss noch nicht nach unten gekommen, überlegte Glenda erzürnt. Warum sollte er auch? Schließlich war er hier oben doch ungemein beschäftigt.

Während sie noch schaute, schlang Egan einen Arm um Belindas Schultern und schob seinen Handrücken unter ihr Kinn. Er hob ihr Gesicht an, sah zu ihr hinunter und sagte irgendetwas. Statt einer Antwort nickte Belinda. Dann, plötzlich, stellte das Mädchen sich auf die Zehenspitzen und presste ihre Lippen auf die Egans.

Glenda reagierte spontan. Ihre Absätze klapperten energisch über die Bodendielen, als sie sich den beiden näherte.

Belinda löste sich abrupt von Egan. Mit schreckgeweiteten Augen machte sie einen Hofknicks. »Guten Morgen, Mylady.«

Glenda würdigte sie keines Blickes. »Belinda, du wirst in der Halle gebraucht.«

»Gewiss doch, Mylady.«

Belinda floh und ließ sie mit ihrem Gemahl allein. Er schien völlig gefasst; seine Miene verriet nicht die Spur von Schuld oder Bedauern. Glenda schäumte vor Zorn. Hatte er denn gar kein Gewissen? Keinen Funken Moral, dass er dieses Techtelmechtel mit seinem Liebchen der eigenen Gemahlin gegenüber zur Schau stellte?

»Hast du mich gesucht?«

Die höfliche Frage schürte ihren Zorn nur noch mehr. »Das habe ich in der Tat. Es ist schon spät, und Nessa meinte, du seiest noch nicht nach unten gekommen.«

»Leider Gottes habe ich gar nicht gut geschlafen.«

»Beschwer dich nicht bei mir, wenn du keinen Schlaf gefunden hast. Vielleicht liegt es an deiner Gesellschaft! Gestern Abend bist du nicht zum Nachtmahl erschienen. Nun ja, zweifellos bist du direkt zu ihr gegangen, nachdem du mich einfach stehen gelassen hattest.«

Seine Augen blitzten belustigt auf. »Soso, Mylady ist wütend. Komm schon, raus damit, Glenda. Diese Haarspalterei passt nicht zu dir.«

»Dann will ich ganz offen sein! Ich habe dich gesucht, und was finde ich? Die liebreizende Belinda küsst meinen Gatten!« Sie machte ihrem Herzen Luft. »Könnt ihr zwei nicht etwas diskreter sein? Musst du außerhalb deiner Gemächer mit deinen Errungenschaften prahlen?«

Er besaß auch noch die Dreistigkeit zu grinsen, dieser Lump! »Der Kuss, den du gesehen hast, war nicht so, wie man meinen mag …«

»War nicht so, wie man meinen mag? Schön für dich,

dass du das so erheiternd findest! Dann sag mir doch eins. Wenn jemand seine Lippen auf die eines anderen drückt ... ist das etwa kein Kuss?«

»Doch, aber sie wollte mir danken. Ich habe das Mädchen getröstet.«

»Getröstet! So nennt man das also?« Glenda schäumte vor Zorn. »Wie kannst du dir dergleichen herausnehmen? Wie kannst du es wagen, mit den Mägden herumzumachen!«

»Ich habe nicht mit den Mägden herumgemacht!«

»Dann will ich es anders umschreiben. Wenn dir der Begriff nicht behagt, man nennt es auch Seitensprung.«

»Seitensprung?« Sein Grinsen gefror. »Wir haben die Ehe nicht vollzogen«, bemerkte er frostig. »Von Rechts wegen hat unsere Ehe gar keinen Bestand. Wir könnten sie jederzeit für ungültig erklären lassen.«

»Dann sollten wir das vielleicht tun.«

»Das werden wir nicht«, widersprach er unumwunden. »Die Gründe sind dir hinlänglich bekannt. Soweit ich mich entsinne, haben wir diese Diskussion schon einmal geführt.«

Innerlich tobte Glenda. Ihr fiel keine passende Retourkutsche ein. »Du bist ein Weiberheld, Egan. Das ist mir leider erst jetzt klar geworden.«

Soso. Für einen Weiberhelden hielt sie ihn, was? Es bereitete ihm diebisches Vergnügen, dass sie so missgestimmt war. Wie war es ihm denn ergangen – er hatte sich elend und vernachlässigt gefühlt. War der Kuss der Auslöser für ihre Übellaunigkeit? Nein. Sicher nicht. Im Innern schnaubte er. Sie provozierte ihn, immer und überall. Und jedes Mal, wenn er glaubte, dass sie nachgeben – sich ihm hingeben – werde, umgab sie sich mit einem eisernen Panzer. Aussichtslos für Egan, diesen jemals zu durchdringen.

»Du hast nicht lange gebraucht, um eine Geliebte zu finden, Egan. Oder ist Belinda bereits eine von vielen, wie all die hübschen Dinger, die du in Dunthorpe zurückgelassen hast?« Glenda vermochte ihren Ärger nicht mehr im Zaum zu halten. »Was hast du gestern im Obstgarten gesagt? Ach ja, ich erinnere mich. Du hast gesagt, du hieltest es für gut, wenn ein Mann nur an seine Gemahlin denkt. Aber du verschwendest eindeutig keinen Gedanken an deine Ehefrau. Wahrhaftig, Egan, ich sage dir eins: Ich lasse mich nicht an der Nase herumführen!«

In Egans Blick trat ein bedrohliches Funkeln. Seine Hände schossen vor, packten ihre Handgelenke und rissen sie an sich. »Was?! Mir kommt es eher so vor, als wärest du diejenige von uns beiden, die sich zu viel herausnimmt! Du verweigerst dich mir rundheraus. Du behandelst mich, als wäre ich der übelste Missetäter. Wenn ich dir ein guter Gemahl sein soll, dann darfst du dich nicht sträuben, mir eine rechte Gemahlin zu sein! Nein, keine Widerrede, Glenda. Treib es nicht zu weit, denn du bist weiß Gott nicht diejenige, die hier im Recht ist!«

Seine Lippen waren bedrohlich schmal geworden, seine Miene verhieß nichts Gutes. Eine innere Stimme warnte Glenda eindringlich, dass mit Egan nicht zu spaßen sei, doch sie hatte jeder Vernunft entsagt. Sie kämpfte, um sich zu befreien, doch er packte sie nur fester.

»Oh, du bist ein mieser Schurke! Niall hätte dergleichen nie getan! Er hätte mich niemals so behandelt!«

Es war ein Fehler, sie hätte so etwas nicht sagen dürfen. Glenda wusste es in dem Augenblick, da ihr die Worte über die Lippen gingen, denn sie spürte seinen plötzlich aufwallenden Zorn. Seine Miene gefror. Er starrte sie an, das Gesicht zur Maske erstarrt.

»Niall! Niall!«, begehrte er heftig auf. »Ich habe es satt, ständig seinen Namen zu hören, verstehst du mich? Du hast *mich* geheiratet, Glenda, und ich bin nicht Niall. Ich bin Egan!«

Ihre Augen weiteten sich vor Schreck. Er war so aufgebracht, dass ihr vor Bestürzung die Worte im Hals stecken blieben. Zu spät begriff sie, dass sie zu weit gegangen war. Nein, es gab kein Entrinnen mehr für sie. Ihr blieb keine Zeit für eine Rechtfertigung, für klärende Worte. Sein Gesicht tauchte vor dem ihren auf, finster und entschlossen.

Und dann bezwang sein Mund den ihren.

Dreizehntes Kapitel

Inzwischen hatten Egans Züge etwas Bedrohliches angenommen, und er schien zu allem entschlossen. Hilflos in seiner Umklammerung gefangen, entschied Glenda mit dem Mut der Verzweiflung, dass sie wohl die besondere Gabe besaß, seinen Zorn heraufzubeschwören wie niemand sonst.

Schlanke Finger umschlangen ihren wallenden Schopf, hielten ihren Kopf fest, während seine Lippen unerbittlich mit den ihren verschmolzen. Seine muskulösen Schenkel drängten sich an die ihren … genau wie seine schier gigantische Mannhaftigkeit.

Wieder und wieder küsste er sie. Leidenschaftlich. Er küsste sie, wie sie noch niemals geküsst worden war. Sinnenfroh. Mit verzehrender Hingabe, als wäre er ein Verhungernder und sie das köstlichste Festmahl. Er küsste sie, bis die Welt aus den Fugen geriet und sie sich an ihn klammerte, als wäre er ihr einziger Halt in einem Schwindel erregend kreiselnden Universum.

Dann löste er sich von ihrem Mund … aber nicht von ihr.

»Sag mir, wer ich bin«, raunte er rau an ihrem Ohr. »Sag mir, dass ich dein Gemahl bin.«

»Du … du bist mein Gemahl«, hauchte sie mit bebenden Lippen.

»Sag mir, wie ich heiße!« Er schaute zu ihr hinunter, seine Miene undeutbar. Sie vermochte weder Zorn noch Triumph darin zu lesen, einzig sein heftiges, offenkundiges Begehren.

Sie schluckte. Ein peinigender Schmerz legte sich auf ihre Kehle, lähmte ihr die Stimme.

Egan biss die Kiefer zusammen. »Sag es mir«, befahl er schroff. »Sag meinen Namen.«

Glenda rang nach Atem. »Egan«, presste sie hervor, ihre Stimme kaum hörbar. »Du bist … Egan.«

Etwas in ihm lebte auf. Eine Woge glutheißen Begehrens strömte über ihn hinweg. Mit einer geschmeidigen Bewegung hob er sie in seine Arme. Vier Stufen, und sie waren in seiner Kammer. Mit seinem Absatz schlug er die Tür zu. Er trug sie zum Bett, sein gestählter Körper bog sich über den ihren.

Sein Herz hämmerte. Das Blut pulsierte heiß wie Lava durch seine Venen. Seine Mannhaftigkeit drohte zu bersten, prall und pochend, drängend. Mit den Augen verschlang er, was bald ihm gehören würde; sein verwegener Blick verharrte auf Brüsten, Bauch und Beinansatz. Bei allen Heiligen, sie würde ihm *gehören*. Er entbrannte vor Sehnsucht, mit ihr zu verschmelzen, seinen Lustspeer tief in ihrer geheimnisvollen Grotte zu versenken. Bald schon, schwor er sich, würde er sie nackt und stöhnend in seinen Armen halten.

Er richtete sich kaum merklich auf, riss sich Tunika und Beinkleider vom Leib und warf beides beiseite. Eine Hand an ihre Schläfe geschmiegt, seinen Daumen unter ihrem Kinn, presste er ihre Lippen auf die seinen. Sein Mund drohte sie zu verschlingen, ein Beweis für den Aufruhr der Gefühle, der ihn überrollt hatten.

Plötzlich schmeckte er salzige warme Tränen. Gefangen im Netz der Leidenschaft, die jeden Zoll seines Körpers erfasst hatte, war er versucht, diese zu ignorieren. Dann aber meldete sich sein Gewissen, und er hob widerstrebend den Kopf.

Ihre Wangen waren tränenüberströmt, ihre Lippen geschwollen und feucht. Ihre Brust hob und senkte sich unregelmäßig. Sie schluchzte leise.

Er unterdrückte einen heftigen Fluch. »Warum weinst du, Glenda?«

Sein Ton war grimmig, fordernd. Glenda suchte seinem Blick auszuweichen – *ihm* auszuweichen! –, indem sie den Kopf wegdrehte. Egan umschloss energisch ihr Kinn und hinderte sie so daran.

»Sag es mir, Glenda.«

Sie schüttelte schwach den Kopf. »Ich weiß nicht«, sagte sie matt, und dann brach es aus ihr hervor: »Ich weiß es wirklich nicht!« Und das entsprach der Wahrheit. Dass sie weinte, hatte sie allen Ernstes erst bemerkt, als eine Träne ihre Ohrmuschel gestreift hatte. Sie wischte diese mit ihrem Handrücken fort.

Egans Miene verriet Entschlossenheit. Sein Blick war durchdringend, seine Gemütsverfassung offensichtlich. »Du willst mich«, versetzte er heftig. »Du begehrst mich so sehr, wie ich dich begehre. Oh, du magst anderes beteuern, aber ich *weiß* es. Ich habe deine Lippen gespürt, die sich meinen geöffnet haben. Ich habe das aufgewühlte Pochen deines Herzens an meinem gefühlt! Wenn es nicht so ist, wenn du mich nicht willst, wenn du nichts für mich empfindest, dann sag es mir – aber sag es mir jetzt!«

Die Sekunden schleppten sich endlos dahin. Die Spannung wuchs ins Unermessliche, während sie einander fixierten.

»Das kann ich nicht«, stammelte Glenda schließlich, ihre Stimme halb erstickt, »denn ich … empfinde natürlich etwas für dich.« Ihr Kopf schien ihr hohl und leer. Sie suchte nach Worten, aber ihr fiel nichts ein. »Verstehst du nicht, ich … ich weiß nicht, was ich tun soll!«

Seltsamerweise verstand Egan sie. In diesem Augenblick begriff er, dass er es nicht tun durfte. Er durfte sie nicht so nehmen, nicht mit dem Groll und den Tränen und … dem Schatten von Niall, der zwischen ihnen stand. Dann würde sie ihn für immer hassen!

Schließlich dachte er wieder an sein Versprechen. Sicher, er war aufgebracht gewesen, trotzdem war und blieb es ein Versprechen. Er hatte ihr zugesichert, dass, wenn er sie nähme, sie es genauso wollen würde wie er.

Das wollte sie eindeutig nicht.

Er war müde. Er war des Verlierens müde. Er hatte es satt, einen Kampf zu führen, den er nicht gewinnen konnte. Sie begehrte ihn nicht. Seine Lippen verzogen sich grimmig. Sie würde ihn niemals wollen, dachte er finster. Selbst als er sich ins Gewissen redete, dass er ihre Entscheidung akzeptieren müsse, grollte er ihr bitter, dass sie ihn ständig zurückwies.

Trotzdem blieb sein Verlangen ungemildert … ungestillt. Das Donnern seines Herzens dröhnte in seinen Ohren. Sein Blut pulsierte heiß und schwer durch seine Lenden.

Bitterkeit hinterließ einen schalen Geschmack in seinem Mund. »Du weißt nicht, was du tun sollst … aber ich, Glenda. *Ich weiß es.* Nun, ich hätte wissen müssen, was mich erwartet. Eine Frau, die nur widerstrebend heiratet … wird sich auch im Ehebett sträuben. Weise mich ab. Meinetwegen für immer. Da du nicht geben willst, wie es eine Ehefrau gemeinhin mit Freuden tut, nehme ich mir wenigstens das hier.«

Egan rollte auf die Seite, riss Glenda mit sich und umschlang sie mit einem Arm. Kraftvolle Finger umschlossen die ihren. Unversehens spürte sie, wie er ihre Handfläche über seinen rauen Brustflaum führte. Etwas pulsierte unter ihrer Hand, und sie konnte diese nicht wegziehen, da Egan die ihre fest umschloss … und ihre lag auf seiner glutheißen Lanze.

Zischend entwich ihr der Atem. »Egan …«

Sein Blick klebte an dem ihren. »Was?! Tu doch nicht so, Glenda. Ganz sicher weißt du um solche Dinge! Die Nacht, in der du nach Dunthorpe gekommen bist …

schon damals wollte ich dich besitzen. Herrgott, ich habe nur noch an dich gedacht. Wollte nur dich. Aber du lagst in Nialls Armen, in Nialls Bett! Und deshalb habe ich getan, was ein Mann eben tut, wenn keine Frau ihn erhört … wenn sein Körper nach Erlösung schreit … wenn er die Erfüllung seiner Lust auf die einzige ihm mögliche Weise suchen muss …«

Seine Worte waren hemmungslos und unverblümt. Was er tat, war hemmungslos und unverblümt. Sie war völlig schockiert, tief erschüttert über seine Worte … über das, was er mit ihr vollführte … wie er ihre Hand über seine erigierte Männlichkeit schob, auf und ab, schnell und stoßweise. Seine Hüften bewegten sich in dem gleichen, haltlosen Rhythmus …

»Großer Gott«, flüsterte er. »Großer Gott!«

Egan schloss die Augen. Seine Nackenmuskulatur spannte sich unter der Haut. Seine Züge waren verzerrt, ob vor Leid oder Lust, hätte Glenda nicht zu sagen vermocht. Sein Atem ging kratzig und keuchend, als er jählings ihre Hüften umschlang und fest an die seinen presste. Er bäumte sich auf, ein unkontrolliertes Zucken ging durch seinen Körper. Glenda vergrub ihr Gesicht in seiner Halsbeuge, wohl wissend, dass seine Lust gestillt war.

Egan setzte sich auf, schwang seine Beine ruckartig aus dem Bett. Glenda richtete sich ebenfalls auf, schob sich das wirre, wellige Haar aus der Stirn. Sie gewahrte seine mit feinen Schweißperlen bedeckten Schultern. Unsicher streckte sie die Hand aus und berührte zaghaft seinen Arm.

Er riss sich von ihr los und sprang fluchend auf. Mit einer geschmeidigen Bewegung zog er seine Beinkleider über … und mit ihnen unerschütterliche Distanz.

Er schritt zur Tür und riss sie auf. »Geh«, sagte er eisig und ohne Glenda auch nur eines Blickes zu würdigen.

Glenda sah ihn hilflos an. Sein markantes Gesicht war von Erbitterung gezeichnet.

Er schnellte zu ihr herum. »Verflucht«, knirschte er, »bist du ebenso taub wie Bernard? Ich will, dass du gehst!«

Ihr Herz verkrampfte sich. Sie verspürte einen scharfen, stechenden Schmerz in der Brustgegend, aber diesmal gab es kein Vertun. Einen leisen Aufschrei unterdrückend, flüchtete sie aus seiner Kammer in die ihre.

* * *

Glenda wäre zwar am liebsten in ihren Gemächern geblieben, aber diesen Wunsch versagte sie sich. Es gab so vieles zu tun – der Speiseplan für den nächsten Tag musste erstellt, die Wandgobelins ausgeklopft, der Boden mit sauberen Binsen bestreut werden. Sie ertappte Nessa, die sie mit einem verstohlenen Seitenblick musterte, dennoch drang die Greisin nicht in sie. Das war gewiss auch besser so! Die junge Frau verbrachte den Tag in hektischer Betriebsamkeit, um nur ja nicht zu viel nachdenken zu müssen. Es gelang ihr, Egan aus dem Weg zu gehen, gleichwohl hörte sie am Spätnachmittag, wie er über den Hof brüllte. Seine Stimmung schien sich kaum gebessert zu haben. Mit einem unangenehmen Gefühl in der Magengrube strebte Glenda zum Nachtmahl.

Wieder glänzte er durch Abwesenheit.

Nach dem Nachtessen entschuldigte sie sich und suchte flugs ihre Kammer auf. Sie war sowohl seelisch als auch von der körperlichen Arbeit erschöpft und hoffte im Schlaf Trost zu finden.

Schlaf … daran war indes nicht zu denken!

Stunden später und immer noch hellwach, wühlte sie sich aus den Laken und huschte zum Fenster. Sie riss die Läden auf und betrachtete die Landschaft, eingetaucht in mattsilbernes Mondlicht.

Wieder fiel ihr das morgendliche Zusammentreffen ein. Sie stöhnte leise … und konnte an nichts anderes mehr denken.

Noch immer spürte sie das Unbehagen – wie die Krallen eines Raubvogels, die sich in ihre Eingeweide gruben. Hatte er sie angelogen? Plötzlich wollte sie ihm so gern glauben, dass Belinda ihm nichts bedeutete, dass er das Mädchen lediglich hatte trösten wollen. Überdies hatte er gesagt, er begehre sie … Glenda … Und seine leidenschaftlichen Küsse hatten gewiss nicht gelogen …

Es wurmte sie, wenn sie an Egan und Belinda und an all seine anderen Frauengeschichten dachte. Es schmerzte unerträglich! Deshalb war sie ja so entrüstet gewesen. Wenn sie nichts für ihn empfände, hätte sie das gewiss kalt gelassen.

Da. Jetzt war es heraus. Sie war eifersüchtig.

Auf Belinda. Auf Patsy, in der Hochzeitsnacht von Daniel auf Dunthorpe. Natürlich hegte sie Gefühle für Egan. Zweifellos war es genau so, wie sie es ihm bei ihrer Ankunft hier in Blackstone geschildert hatte. Sie bewunderte ihn. Sie respektierte ihn. Seinen Stolz. Seinen Ruhm. Sein Geschick als Krieger. All diese Dinge und vieles andere … es gab keinen Mann, der dem Clan der MacKays loyaler ergeben gewesen wäre als Egan. Keinen Mann, der zuverlässiger, der vertrauenswürdiger war … niemand, der *ihr* Vertrauen mehr verdient hätte als er.

Was hatte er noch gesagt? *Zwischen uns beiden … ist mehr als du denkst.* Er hatte Recht, gestand sie sich unter wildem Herzklopfen ein. Wann hatte es angefangen?, fragte sie sich verdutzt. Vielleicht an dem Abend von Daniels Vermählung … in jenem Augenblick, da sich ihre Gesichter beim Tanz so nah gekommen waren …

O ja, sie hegte Gefühle für ihn. Weit mehr, als gut für sie gewesen wäre …

Ihr Gewissen ließ ihr keine Ruhe. Noch immer fühlte sie die Verärgerung, die von ihm ausgegangen war. Während ihres intimen Getändels hatte sie geglaubt, er behandle sie schändlich. Sie war wütend gewesen, weil er es gewagt hatte, ihr seinen Willen aufzuzwingen. Und warum? Weil sie sich gefürchtet hatte. Oh, nicht vor ihm, nicht vor seiner Körperkraft und Überlegenheit. Nein, sie hatte sich vor ihren eigenen Regungen gefürchtet. Weil er Empfindungen in ihr wachrief, von denen sie nie geglaubt hätte, diese für einen anderen Mann zu hegen … für einen anderen als Niall.

Sie konnte nicht vergessen, was er noch am Morgen zu ihr gesagt hatte. Seine Worte schwirrten ihr wieder und wieder durch den Kopf.

Du verweigerst dich mir … Du behandelst mich, als wäre ich der übelste Missetäter … Wenn ich dir ein guter Gemahl sein soll, dann darfst du dich nicht sträuben, mir eine rechte Gemahlin zu sein.

Glenda wand sich innerlich. Jedes seiner Worte war wie schmerzhafter Schlag ins Gesicht gewesen. Beschämung brannte auf ihrer Seele wie siedend heißes Öl. Er war immer für sie da gewesen. Auf ihrer gemeinsamen Reise nach Blackstone hatte er sie vor Robins Zudringlichkeiten bewahrt. Schon damals hatte sie sich eingestehen müssen, dass sie sich zu ihm hingezogen fühlte.

Genau so war es.

Ob sie es nun wahrhaben wollte oder nicht, er hatte sie vor dem Ansinnen des Grafen bewahrt. Vor einer Heirat mit Simon, einem Mann, dem sie weder zugetan war noch vertraute. Was bedeutete es da schon, dass Nessa ihn zum Bleiben gedrängt hatte? Gewiss, er hatte vieles gewonnen. Aber jetzt hatte er weitaus mehr zu verlieren. Und doch war er bereit, alles zu riskieren … und wie hatte sie es ihm gedankt?

Er hatte Recht mit seinen Worten. Sie hatte sich ihm verweigert. Ihn schmählich abgewiesen.

Ein seltsam bohrender Schmerz legte sich um ihr Herz. Er trug keine Schuld. Er war im Recht, dämmerte ihr schlagartig. Sie begehrte ihn. Aber warum verweigerte sie sich ihm dann? Warum leugnete sie alles ab?

Glenda beschlich das Gefühl, sich mitten in einem heftigen Widerstreit zu befinden und nicht zu wissen, wie sie sich verhalten sollte. Sollte sie auf ihrem Standpunkt beharren? Oder nachgeben? Und was dann? Was, wenn sie es nachher bereute?

Was wäre, wenn sie ihm ihren Körper darbot und er letztlich auch noch ihr Herz und ihre Seele gewann?

Dennoch war da eine Sache, die es vorrangig zu klären galt: Die Distanz zwischen ihnen war von Glenda gewollt – eine Distanz, die sich zunehmend als unhaltbar erwies, einerlei, ob sie es sich anders gewünscht hätte. So konnte es einfach nicht weitergehen. In ihren Augen war Egan wie ein verdorrender Ast, der auf den leisesten Druck hin zerbrechen würde. Und auch sie selbst vermochte die quälende Anspannung nicht zu ertragen, die mit jedem Tag zunahm.

Entschlossen gab Glenda sich einen Ruck und verscheuchte die schleichenden Dämonen der Angst, die ihr den Mut rauben wollten.

* * *

Sie trat an seine Tür und klopfte. Das Trommeln ihres Herzens war so laut, dass sie schon fürchtete, es werde sie verraten.

Keine Antwort. Sie wusste, dass er in seinen Gemächern war, denn sie erspähte den zuckenden Schatten des Kaminfeuers unter der Tür. Sie klopfte erneut, und diesmal fester.

Die Tür wurde geöffnet. Er trug lediglich seine Beinkleider; seine entblößte Brust war mit dichtem dunklem Flaum bedeckt. Ihr wurde der Mund trocken, aber sie senkte den Blick nicht.

Unvermittelt spürte sie ein leichtes Prickeln in der Nackengegend. In seinem Blick lag kein Lächeln, nur Eiseskälte, und sie hätte am liebsten Reißaus genommen.

Aber nein. Sie hatte es bis hierher geschafft. »Darf ich eintreten?«

»Nein«, erwiderte er schroff.

Ihre Augen weiteten sich vor Schreck, als er sich anschickte, die Tür zu schließen. »Egan, bitte!« Ihr flehender Blick war auf ihn geheftet. »Wir beide müssen etwas besprechen.«

»Und das wäre?«

»Unsere Ehe.« Seine frostige Haltung ließ sie zaudern. »Das ... was heute Morgen geschehen ist.«

Er wollte ablehnen. Das sah sie an der Art, wie er die Lippen zusammenpresste. Letztlich jedoch gab er nach und hielt ihr wortlos die Tür auf.

Glenda trat ins Zimmer. Die schwere Eichentür krachte hinter ihr ins Schloss. Sie bemerkte einen strengen Geruch und entdeckte unmittelbar darauf mehrere Weinflaschen auf dem Tisch neben dem Kamin.

Als sie sich umdrehte, stand er direkt hinter ihr. »Du hast getrunken«, sagte sie gedankenlos.

»Ja, ich habe getrunken. Aber ich bin nicht betrunken.« Wenn dem doch nur so wäre, sinnierte er finster. Dann wäre ihm vermutlich leichter ums Herz.

Sein Blick glitt über ihre Erscheinung. Ihr gelöstes Haar umschmeichelte ihre Schultern. Ihr Umhang reichte fast bis zum Boden und verbarg ihre Kleidung. Er runzelte die Stirn. War sie etwa draußen gewesen?

Glenda schlang den Umhang fester um sich. Sie spürte

ein unangenehmes Flattern in der Magengegend. Noch nie hatte sie Egan so abweisend erlebt! Das war eindeutig ihr anzulasten, aber wie sollte sie ihm auch erklären, dass sie sich selbst nicht mehr verstand? So wie es aussah, würde er ihr nicht einmal zuhören! Und doch musste sie es versuchen. Sie musste es einfach tun!

Sie schluckte und konzentrierte sich auf seine energische Kinnpartie. Höher wagte sie nicht zu schauen. Ihre Stimme war nur mehr ein Flüstern, als sie anhob.

»Ich bin beschämt, Egan, tief beschämt. Du hast Recht. Ich habe dich behandelt wie … wie keine Frau ihren Mann behandeln sollte. Es war falsch von mir, dich … dich abzuweisen. Dich abzulehnen, wie ich es gemacht habe. Aber ich schwöre vor Gott, ich werde es nie wieder tun.« Ihre Finger nestelten an der Spitze ihres Halsausschnitts. Hektisch rote Flecken zierten ihre Wangen, aber das störte sie nicht. »Ich bin dein, Egan. Deine Gemahlin, die dir … zu Willen ist.«

Der Umhang glitt zu Boden, legte sich wie ein dunkler Pfuhl um ihre Knöchel.

Darunter war sie nackt.

Lähmende Stille trat ein. Er sagte nichts. Seine eisblauen Augen verschlangen Glenda mit einer Gier, die sie innerlich und äußerlich erbeben ließ. Gefiel sie ihm? Ach, wenn sie es doch nur wüsste! Seine Lippen waren zu einer schmalen Linie zusammengepresst. Er stand da, unerschütterlich wie ein Fels in der Brandung, seine Züge zur Maske erstarrt. Die Anspannung lastete schier unerträglich auf Glenda. Hunderte Zweifel schossen ihr durch den Kopf. Sie war längst nicht mehr so jung wie früher. Sie hatte ein Kind unter dem Herzen getragen, ihr Leib und ihre Hüften zeugten davon.

Das Schweigen hielt an.

»Egan«, sagte sie matt. »An dem Abend, als ich nach

Dunthorpe gekommen bin ...« Sie stockte betreten. »Du hast gesagt, dass du mich begehrt hast … schon damals …«

»Ich weiß, was ich gesagt habe.«

Sein scharfer Ton ließ sie zusammenfahren.

Er trat einen Schritt vor und verharrte abrupt. Seine herabhängenden Hände ballten sich zu Fäusten. »Zur Hölle mit dir«, erboste er sich. »Warum spielst du mit mir?«

Sie sah ihn wie durch einen feuchten Schleier. »Ich spiele nicht mit dir!«, entrüstete sie sich.

Schlagartig besann er sich, was er getan hatte – wie brutal er sie am Morgen missbraucht hatte. Himmel, er sollte sich schämen!

Sogleich fiel es ihm wie Schuppen von den Augen. Er ließ ihr keine Gelegenheit zur Antwort. »Du hast Mitleid mit mir, nicht wahr?«

»Nein!« Glenda fiel aus allen Wolken.

Seine Mundwinkel zuckten verdrießlich. »Was dann? Offen gestanden, ich weiß nicht, was du von mir willst!«

Sie öffnete die Lippen, schüttelte verständnislos den Kopf. »Wieso weißt du das nicht, wo ich doch nackt vor dir stehe … nackt und willig?«

»Das hast du schon einmal gesagt«, beschuldigte er sie.

Es war niederschmetternd, und sie hätte am liebsten geweint. Er wies sie zurück! Vielleicht war das seine Art, es ihr heimzuzahlen … sie spüren zu lassen, wie er sich gefühlt hatte.

»Ich schwöre dir, diesmal ist es anders.« In ihrem Blick lag ein stummes Flehen, jedoch vergebens. »Egan, ich dachte, du willst mich!« Es war ein erstickter Aufschrei. Beschämt und gedemütigt bückte sie sich, um ihren Umhang aufzuheben.

Egan kam ihr zuvor. Seine Finger umfassten ihr Handgelenk und zogen sie hoch.

»Ich will dich«, sagte er gepresst. »Beim Allmächtigen, du weißt genau, dass ich dich will!« Seine Augen bohrten sich in die ihren und sprühten vor Begehren. »Aber was ist mit dir, Glenda? Was willst *du*?«

»Ich will … es. Ich will … dich …« Sie schaute zu ihm auf, mit klopfendem Herzen und zitternden Gliedern.

Egans Blick verdunkelte sich. Sie so nah zu wissen, mit der ganzen Anmut ihrer Nacktheit, war eine ungeahnte Versuchung. Seine Befriedigung am Morgen hatte ihm gewiss keine Erleichterung verschafft! Im Gegenteil, sie hatte die verzweifelte Sehnsucht geschürt, die sein Blut in glühende Lava verwandelte. Das Verlangen, sie in seine Arme zu schließen, sich in ihrer engen Grotte zu verlieren, umschlossen von ihrer feuchten Wärme, überlagerte jede Vernunft. Sie waren sich schon einmal so nah gewesen … Und er war ein Mann und kein Mönch, und er mochte sich nicht noch einmal abweisen lassen. Er musste Gewissheit haben, dass sie es auch wirklich wollte.

»Und wenn ich dir nicht glaube?«

Einen Herzschlag lang herrschte Schweigen. Als Glenda schließlich antwortete, waren ihre Worte nur ein Hauch.

»Dann bleibt mir wohl keine andere Wahl … als es dir zu beweisen.«

Vierzehntes Kapitel

Glenda hatte gehofft, er würde es ihr leichter machen. Aber das tat er nicht. Wie sollte er auch? Nein, sie konnte ihm keinen Vorwurf machen! Er war vorsichtig geworden. Sie wusste, dass es eine Prüfung werden würde. Er erwartete, dass sie ihre Beteuerung auch bewies – nämlich dass sie ihn begehrte.

Glenda hätte nicht zu sagen vermocht, wann sie schon einmal im Leben solche Bedrängnis verspürt hatte. Ihr Puls raste, und sie konnte kaum atmen. Ihre Kehle war schmerzhaft eng.

Der Kerzenschein tauchte Egans Silhouette in goldenes Licht. Er stand vor ihr, strotzend vor Kraft und Energie. Entschlossen und überwältigend. Ein dunkles Vlies bedeckte seine trainierte Brust, seinen flachen Bauch. Seine Arme waren sehnig und schlank, mit ausgeprägten Muskelsträngen. Er trug seinen Mannesstolz wie einen Eisenschild, so umwerfend maskulin, dass es ihr den Atem nahm.

Sein Blick blieb ungerührt, als sie vor ihn trat. Seine Züge waren undeutbar. Glendas Blick wanderte über seine angespannte Kinnpartie zu dem kaum merklichen Zucken einer dichten Braue und endete bei seinen Lippen. Spontan schoss ihr durch den Kopf, dass sie seinen Mund schon immer für wohlgeformt gehalten hatte, wenn dieser augenblicklich auch ein bisschen streng und verkniffen wirkte. Sie nahm allen Mut zusammen, stellte sich auf Zehenspitzen, schloss die Augen und küsste ihn.

Seine Lippen blieben fest geschlossen. Er hätte ebenso gut eine in Marmor gehauene Statue sein können.

Glenda überlegte. Zaghaft legte sie die gespreizten Finger auf seine Brust. Es war beileibe nicht das erste Mal, dass sie eine Männerbrust berührte, aber Nialls war glatt und unbehaart gewesen. Seit jenem Tag, da sie Egan mit entblößtem Oberkörper neben dem Steinmetz hatte arbeiten sehen, übte sein Brustkorb eine ungeahnte Faszination auf sie aus. Unbewusst glitten ihre Finger durch das dichte Kräuselhaar; erstaunlich weich schmiegte es sich an ihre Handflächen. Die Haut darunter war glatt und warm, beinahe heiß.

»Um mich zu überzeugen, musst du dir schon etwas anderes einfallen lassen, Eheweib.«

»Mein Kuss schien dir nicht zu behagen.« Glenda konnte nicht anders. Seine eisige Zurückhaltung tat weh.

Eine verwegene Braue schoss nach oben. »Dann solltest du mich vielleicht noch einmal küssen.«

Nach kurzem Zögern tat Glenda, wie ihr geheißen. Diesmal gaben seine Lippen einen Hauch nach. Ermutigt schob sie ihre Zunge dazwischen. Sie fühlte, wie er die Luft anhielt. Er hob die Arme, stockte … und ließ sie wieder sinken.

Glenda wagte kaum zu atmen, als sie die Arme um seinen Nacken schlang. Sie küsste ihn, öffnete ihren Mund auf seinem, schmiegte ihren Körper an ihn.

Offen gestanden hatte Glenda keine Ahnung, was plötzlich über sie gekommen war. Bei Egan verlor sie jedes Mal den letzten Funken Verstand und die Kontrolle über sich selbst. Dem pulsierenden Begehren nachgebend, das ihre Adern durchflutete, und mit einer Freimütigkeit, die ihr bislang fremd gewesen war, presste sie ihren verlockenden Wall an jenen Körperteil von ihm, der so ganz anders war als ihre nachgiebige Weiblichkeit.

Auf einmal war er gar nicht mehr so abgeneigt. Alles in ihr begann zu frohlocken, denn sein Körper verriet ihn. Seine Manneszier schwoll an, ein gewaltiger Stab an ihrem Schoß.

Etwas in ihm kapitulierte. Er schloss sie fest in die Arme, und einen bedrohlichen Moment lang glaubte sie, er werde sie zerquetschen, umarmte er sie doch unerbittlich fest. Mit einem Stöhnen, das ihre Mundhöhle erbeben ließ, hob er sie schließlich hoch.

»Haben wir genug geredet?« Seine Stimme klang seltsam kehlig.

Ihre Finger gruben sich in sein Nackenhaar. »Ja«, erwiderte sie matt.

»Gut, denn ich war noch nie ein Mann der großen Worte.«

Unversehens war nicht mehr sie diejenige, die das Spiel bestimmte, sondern er. Er besiegelte ihren Mund mit einem langen, leidenschaftlichen Kuss, der sie schwindeln machte, und ließ sie sanft zu Boden. Für Augenblicke löste er seine Hände von ihrem Körper, um rasch seine Beinkleider abzustreifen.

Als Egan sich ihr erneut zuwandte, war er ebenso hemmungslos nackt wie sie. Glenda schwindelte, sobald sie einen Blick auf seinen Körper erhaschte – geschmeidige Gliedmaßen, bedeckt mit feinem, dunklem Flaum. Zwischen seinen Schenkeln prangte sein Lustspeer, steif und starr; seine Größe erstaunte sie und ließ keinen Zweifel daran, dass Egan ihr Lustempfinden teilte.

Wieder umschlang er sie. Seine Augen bohrten sich heiß und sehnsüchtig in die ihren. »Wenn du willst, dass ich aufhöre, dann sag es jetzt, ansonsten schwöre ich dir, dass mich nichts und niemand mehr aufhalten kann.«

Ihre Finger zuckten auf seiner Brust, ihr Herz klopfte zum Zerspringen. Zaghaft legte sie ihre Handflächen auf seine Wangen.

»Das kann … und werde ich nicht tun«, flüsterte sie.

Etwas flackerte in seinen Augen auf. Triumph? Überlegenheit? Glenda wusste es nicht. Und es kümmerte sie auch nicht.

»Schling deine Arme um meinen Nacken, so wie vorhin.«

Sein eindringliches Flüstern streifte ihr Ohr. Ihre Arme umschlossen seinen Hals, worauf er seine Beine spreizte. Schlanke Hände umfingen ihr Gesäß und hoben sie an.

Sie fühlte ihn, jeden Zoll seines Körpers. Ihr Blick wurde magisch nach unten gezogen. Sie sah ihn ... steif und prall erregt ... Und sie sah sich, über der Krone seines lustbereiten Zepters schwebend. Gebannt beobachtete sie, wie seine samtene Spitze ihren feuchten, goldgelockten Schoß streifte. Mit einem ungestümen Stoß machte er sie zu der seinen, drängte tief in ihr williges Fleisch, weit in die schlüpfrige Enge. Ein Lustschrei entwich ihrer Kehle, zerriss die lähmende Stille.

Ruckartig hob er den Kopf. »Geht es dir gut?«

»Ja«, hauchte sie und stöhnte infolge seiner gewaltigen Größe. Er füllte sie völlig aus, dort, wo ihre seidige Scheide seine pulsierende Lanze umschloss, die bis zum Heft in ihr versank. Trotzdem empfand Glenda keinen Schmerz. Ein feines Lächeln auf den Lippen, zeichnete ihr Finger die Konturen seines Mundes nach.

Stöhnend küsste er jede ihrer Fingerspitzen. »Schling deine Beine um meine Hüften.«

Das tat sie unumwunden.

In diesem Augenblick hätte er sich beinahe in ihr ergossen.

Seine Augen blieben unablässig auf ihr Gesicht gerichtet, als er sie hochhob – er glitt aus ihr hinaus, aber nicht ganz, und verschlang mit Blicken ihren ganzen Liebreiz. Und dann senkte er sie wieder hinab ... auf seine Manneszier, stieß sie gierig und lustvoll ...

Ihr Lächeln schwand.

Ihr Gehirn schien zu explodieren.

Er küsste sie enthemmt und Besitz ergreifend, sein

Mund heiß und fordernd. Ihr Kopf sank nach hinten, als seine Lippen die schlanke Silhouette ihrer Halsbeuge kosten. Küssten. Leckten. Seine Zunge loderte wie eine Flamme auf der glatten, zarten Haut. Er umklammerte sie beinahe wie ein Verzweifelter, das Opfer einer entfesselten Leidenschaft. Er umfing sie, als wäre dies das Ende der Welt und sie die beiden einzig Überlebenden, gefangen in ohnmächtiger Lust. Er hatte sie schon seit Ewigkeiten gewollt. Er hatte eine Ewigkeit gewartet. Und jetzt hielt er sie nach all der Zeit in den Armen … es war beinahe zu viel. Er schauderte vor Wollust, endlich mit ihr vereinigt zu sein, wohl wissend, dass einige rasche Stöße seinen Höhepunkt auslösen würden. Aber er wollte dies nicht beenden. Noch nicht. So bald nicht. Am liebsten hätte er ihr Liebesspiel bis zum jüngsten Tag ausgedehnt. Er stöhnte leise; ob es nun die Aussicht auf Befriedigung war oder schlicht Befangenheit, wusste er nicht. Gleichwohl erlag sein Körper einem Drängen, das stärker war als alle Beherrschung. Aufgepeitscht von glutheißem Verlangen, konnte er sich nicht mäßigen.

Und Glenda auch nicht.

Die Welt trudelte, drehte sich in einem wilden Wirbel. Atemlos schwindelnd keuchte sie, als er seinen dunklen Schopf senkte. Seine Lippen umschlossen ihre knospende Brustspitze; seine Zunge umkreiste diese, wieder und wieder, brachte sie zum Erblühen, saugte daran.

Glendas Hände glitten über seine breiten, samtenen Schultern, fasziniert von der unbändigen Muskelkraft unter ihren Fingerspitzen, als er sie wieder und wieder anhob. Heimlich hatte sie es schon immer gewusst, wie es mit Egan sein würde – ungestüm und explosiv und unglaublich emotional.

Ihre Lenden bewegten sich schneller und schneller. Wieder und wieder stieß er in ihre heiße Höhle, bis tief in ihre Mitte. Entrückt grub Glenda die Nägel in seine sehnigen Schultern. Sie fand sich aufreizend. Und über die Maßen erotisch, als sein Blick auf ihren üppigen Brüsten verweilte, die mit jedem seiner Stöße auf und nieder hüpften.

Egans Miene war angespannt vor Verlangen. Seine Hände verkrampften sich um ihren Steiß. Er vergrub seinen Kopf in ihrer duftenden Halsbeuge.

»Glenda« – ihr Name ein raues, aufgewühltes Keuchen, tief in seiner Brust – und dann wieder: *»Glenda!«*

Langsam hob er den Kopf, seine Augen funkelnd im Schein der Kerzen. »Du gehörst zu mir«, sagte er heftig. »Du gehörst jetzt zu mir.«

Der Sturm in ihrem Innern toste, trieb sie in einen strudelnden Sinnentaumel, wie der Fluss ins Meer.

Er drang in sie ein, eine alles versengende Energie, rasend und zerberstend. Einmal. Zweimal. Dreimal. Als hätte er jede Kontrolle über sich verloren ...

Er biss die Zähne zusammen, hielt für Sekundenbruchteile ein. »Sag es«, knirschte er ungnädig. »Sag meinen Namen.«

Sein Name brannte ihr auf den Lippen. Er schaute sie an, mit angespannten Zügen, der Blick durchdringend. Etwas hielt sie zurück ... irgendetwas ... sie wusste nicht, was ...

»Sag es«, wiederholte er heftig. *»Sag meinen Namen!«* Und in seinem glühenden Appell lag ein leises Flehen, das sie nicht länger überhören durfte ...

Es rührte sie an. »Egan«, wisperte sie, und auf einmal war es, als bräche ein Damm in ihr, als fiele alles von ihr ab. Sein Name kam ihr mühelos über die Lippen. »Egan«, rief sie leise, ihre Stimme sinnlich entrückt. »Egan ... Egan ...«

Glendas Schoß verkrampfte sich beinahe hektisch um seine Mitte. Als er die Zuckungen fühlte, die sie durchliefen, stöhnte Egan. Ein letzter heftiger Stoß, und er ergoss sich vor den wonnevollen Toren ihrer Weiblichkeit, eine Befreiung, intensiver und erlösender als alle, die er bis dahin genossen hatte.

»Ja«, hauchte er. »Ja.« Er warf seinen dunklen Schopf zurück und schrie seine Lust laut heraus: »Gute Güte, ja!«

* * *

Von dem Sonnenlicht, das durch die Läden einsickerte, sanft aus dem Reich der Träume befördert, erwachte Egan. Sein Mund war wie ausgedörrt. Er drehte den Kopf, gewahrte, dass die Kerze auf dem Nachttisch heruntergebrannt war. Sein erster Gedanke war, dass er doch mehr Wein getrunken hatte, als er wahrhaben wollte … sein zweiter, dass sein Körper ungewöhnlich erhitzt war. Er wollte sich erheben und erstarrte. Sein Herzschlag setzte aus. Denn Glenda war da.

Hier in seinem Bett.

Lange, kastanienfarbene Locken flossen goldschimmernd über seine Brust, eine dichte, duftige Wolke im Morgenlicht. Ihr Kopf lag an seine Schulter gebettet. Eine schmale Hand ruhte auf seinem Brustkorb. Ihren vollendeten Körper an den seinen geschmiegt, schlief sie tief und fest. Ihr Atem war ein warmer Hauch auf seiner Haut.

Allmählich geisterte die Erinnerung schemenhaft durch seinen Kopf. Sein Groll auf Glenda, weil sie ihn ständig zurückwies … ihr überraschendes Auftauchen in seiner Kammer. Nackt unter ihrem Umhang … so freimütig … so bezaubernd … Er entsann sich der bebenden Lippen, die ihn geküsst hatten, der zarten, biegsamen Gestalt in seinen Armen, der süßen Glut ihrer Mitte, die ihm einladend Einlass gewährt hatte …

Zum Henker, er hatte geglaubt, das alles nur geträumt

zu haben! Den herrlichsten erotischen Traum seines Lebens …

Ein unglaubliches Glücksgefühl durchflutete Egan. Niemand außer Glenda hätte den Mut aufgebracht, ihn aufzusuchen, wie sie es getan hatte. Doch sogleich überfiel ihn eine tiefe, nie gekannte Beschämung.

Er hatte sie genommen wie eine Hure. Im Stehen. Ihre Beine um seine Lenden geschlungen. Herrje, er hatte sie bestürmt … wie eine Eisenramme!

Waren seine Sinne zuvor noch benebelt von Schlaf und Wein gewesen, arbeitete sein Verstand nun auf Hochtouren. Sie sollte ihn verabscheuen. Aber sie lag noch da – in seinem Bett! Und … waren es falscher männlicher Stolz und Protzerei, die ihn narrten? Er hätte schwören mögen, dass sie genauso erregt gewesen war wie er – genauso besessen wie er. Oder war es nur sein beschwipster Zustand gewesen, der ihm dergleichen vorgegaukelt hatte?

Er schluckte. Herr im Himmel! Warum war sie geblieben? Warum hatte sie sich ihm hingegeben?

Ihre Nähe lähmte seine Sinne. Mit einer behutsamen Bewegung hob er das Laken von ihren nackten Schultern, um sie besser betrachten zu können. Entspannt schlummernd verströmte sie noch immer diese Sinnlichkeit, die ihm die Luft abschnürte. Die Rundungen ihrer Brüste, üppig und voll, hoben und senkten sich gleichmäßig. Ihre Spitzen waren von einem tiefen Rosaton – er erinnerte sich sehr wohl an den Geschmack dieser Rosenknospen und wie sie sich seinen Lippen entgegengestreckt hatten. Ihre Haut war hell wie feinstes Porzellan und makellos – dagegen fühlte er sich wie ein Barbar mit seinem tiefbraunen Körper.

Sie bewegte sich, und er erstarrte, denn jetzt lag ein schlankes Bein aufreizend kokett zwischen seinen beiden.

»Egan?«

Sein Name drang wie ein seidenzarter Hauch an seine Ohren.

»Ja.« Sein Herz hämmerte. Eine unbestimmte Furcht bemächtigte sich seiner. Er wartete, harrte der Standpauke, die nun gewiss kommen sollte.

»Es ist schon spät, oder?« murmelte sie schläfrig.

Sein Herzschlag beruhigte sich – so weit es eben ging, da sie sich an ihn schmiegte.

»Hmmm.« Seine Stimme klang beinahe so sanft wie ihre.

»Wir sollten aufstehen.«

»Das sollten wir«, bekräftigte er.

Keiner von beiden rührte sich. Ihr gleichmäßiger Atem erfüllte die Luft, untermalt von dem Summen und Brummen der Insekten vor den Fensterblenden, dem leisen Nachhall eines in der Ferne schlagenden Hammers.

Unvermittelt umschlangen kraftvolle Arme die zarte Beute. Seine Finger verwoben sich mit den ihren, dunkel und hell, zogen sie an sich. In diesem Augenblick übermannte ihn etwas, das sich nicht in Worte fassen ließ, unaufhaltsam und unbeschreiblich ... eine gewisse Erfüllung, die viel tiefer ging ... Es hatte nichts mit ihrem leidenschaftlichen Liebesspiel zu tun, mit der Befriedigung körperlicher Bedürfnisse. Das war Egan so gewiss wie die Tatsache, dass die Sonne am Morgen aufgegangen war.

Genau darauf, sinnierte er im Stillen, hatte er sein ganzes Leben lang gewartet. Er hatte es nur nicht gewusst.

Widerwillig lehnte er sich zurück, um ihr Gesicht betrachten zu können. »Wir müssen miteinander reden, mein Mädchen.«

Auch Glenda hatte die morgendliche Stille genossen, die Geborgenheit, die sie in seiner Umarmung verspürt hatte. Sie hob den Kopf und bemerkte seine wachsam-distanzierte Miene. Er klang so ernst – und sie war beileibe noch nicht bereit für ein tiefgründiges Gespräch.

Sie lächelte schwach. »Wenn ich mich recht entsinne, warst du heute Nacht nicht in Redelaune.«

»Das stimmt«, räumte er ein. Eine kurze Pause entstand. »Aber da ist etwas, das du wissen musst, etwas, das ich dir schon heute Nacht hätte erzählen sollen.«

Glenda war sich auf einmal gar nicht mehr sicher, ob sie es wissen wollte. Auf den Ellbogen gestützt, zog sie das Laken um ihren nackten Busen. »Was? Was ist es denn?«

Egan holte tief Luft. »Ich habe sie nicht verführt. Ich habe Belinda nicht angerührt.«

Glenda zog geräuschvoll den Atem ein, denn ein solches Geständnis hatte sie wahrlich nicht erwartet. Aber es gefiel ihr. Es gefiel ihr außerordentlich.

Sie musterte sein Gesicht – endlos lange, so schien es. Doch dann flackerten ihre Lider. »Egan« – sie hatte Mühe zu reden –, »ich würde dir nichts vorwerfen, selbst wenn du es getan hättest. Offen gestanden ...«

Zärtliche Finger umschlossen ihr Kinn. Sein Blick suchte den ihren. »Ich habe es nicht getan. Weder vor unserer Vermählung noch nachher. Und ich werde es auch nicht tun«, versprach er. »Ich möchte nicht, dass jemand zwischen uns steht, Glenda.«

»Ich auch nicht«, entfuhr es ihr gepresst.

Er hatte seinen Blick noch nicht von ihrem gelöst. »Wenn ich ehrlich bin« – seine Stimme klang ungewohnt leise und rau –, »würde ich dich gern verwöhnen, anders als letzte Nacht.«

Glenda errötete. »Aber … aber du hast mich doch verwöhnt.«

»Nein. Es war zu schnell. Zu überstürzt.«

Sicher, irgendwie hatte sie sich von seiner Leidenschaftlichkeit überrollt gefühlt. Aber nicht enttäuscht. Glutheiß kehrte die Nacht in Glendas Erinnerung zurück – seine überwältigende Größe, tief in ihr versunken. Nein, dachte sie matt. Ganz bestimmt nicht …

»Zu … ungestüm.«

Ein amüsiertes Funkeln trat in ihren Blick. »Tja«, sagte sie in gespieltem Ernst, »das warst du.«

Egan hielt den Atem an. Großer Gott! Ihr liebreizendes Lächeln ließ ihn dahinschmelzen wie Butter in der Sonne.

Seine Augen gewahrten das Feuer in ihrem Blick. »Ach, wenn ich doch all das sehen könnte, was mir letzte Nacht verwehrt geblieben ist.« Mit einer flinken Bewegung zog er die Laken weg.

Eine zarte Röte überhauchte Glendas Körper, gleichwohl verzog sie keine Miene, als sein verzehrender Blick auf ihrem üppigen Busen und dem goldbraunen Vlies zwischen ihren Schenkeln verweilte. Unversehens erfüllte es sie mit Stolz, dass ihre Figur trotz der Schwangerschaft in Form geblieben war.

Er hatte angedeutet, er wolle ihr gefallen; sie dagegen genoss das Wissen, dass ihr Körper ihm weitaus mehr gefiel …

Sie erschauerte, als eine harte Fingerspitze zärtlich den Schwung ihrer Hüfte nachzeichnete. Ihre Brustspitzen waren fest und prickelten vor Erregung, noch ehe er sich darüber beugte, um erst die eine und dann die andere zu kosten. Sie unterdrückte einen Aufschrei, als seine Lanze schließlich tief in sie eindrang.

Doch als sie aus dem siebenten Himmel der Glückseligkeit zurückschwebte, mochte sie ihn nicht anschauen.

Unglaublich sanfte Finger strichen ihr das feuchte Haar aus der Stirn.

»Glenda, Glenda, sag mir, was ist denn?« Er war hellauf bestürzt. »Habe ich dir weh getan?«

Sie schüttelte den Kopf, verbarg ihr Gesicht in seiner Halsbeuge. »Egan, bitte!«, flehte sie mit leiser, erstickter Stimme. »Zwing mich nicht, es dir zu sagen!«

»Ich fürchte, jetzt musst du es mir sagen!«, scherzte er. Er setzte sich auf, zog sie ebenfalls hoch und hob mit seinen Fingerknöcheln sanft ihr Kinn an. »Glenda, verrate es mir. Was ist?«

Verschämt senkte sie den Blick. »Ich dachte, ich hätte mich getäuscht«, meinte sie gedehnt. »Ich dachte, dass ich mir letzte Nacht eingebildet habe ...«

»Was hast du dir eingebildet?«

»Ich kann es dir einfach nicht sagen. Du würdest mir böse sein.«

»Bestimmt nicht.«

»Doch!«

Ihre Stimme zitterte verräterisch, stellte er mit Bestürzung fest. Und ihre wunderschönen, goldbraunen Augen hatten einen eigentümlichen Glanz angenommen.

»Sag's mir, Glenda. Auf der Stelle.«

»Also gut, hm ... also, es ist anders mit dir als früher mit ... mit Niall«, platzte sie heraus.

Wären da nicht ihre Tränen gewesen, hätte er seine Hand fortgezogen. »Anders ... wieso?« Seine Stimme klang merkwürdig verhalten.

»Mit ihm war es wie an einem ruhigen See, an einem windstillen Tag in Dunthorpe. Mit dir ist es, als wütete ein Sturm. Wie ... wie ein verzehrendes Feuer, das mich verbrennt.«

Die Erleichterung, die er darauf empfand, war so groß, dass er nicht wusste, ob er lachen oder weinen sollte. »Wo? Lass mich raten«, schmunzelte er, bevor sie antworten konnte. Er tippte ihr an die Stirn. »Hier?«

»Nein!«

Er nahm eine Locke, die sich vorwitzig über ihren Arm

kringelte, und meinte betont selbstverständlich: »Ah, aber hier.«

Sein Scherz zeigte den gewünschten Erfolg. Glenda funkelte ihn an, ihre Augen blitzten vor Ärger.

»Nein?« Er tat überaus verdrossen, die Stirn verständnislos gefurcht. »Aber wo sonst?«

»Du ... du weißt genau, wo!« Ihr Blick war strafend und flehend zugleich.

In seinen Augen glomm unterschwellige Belustigung auf. »Ertappt. Und weißt du was? Ich finde es schön, dass du genauso empfindest wie ich.« Sein Mund umschloss schmollende Lippen. Er öffnete sie sanft mit seiner Zungenspitze. Seufzend senkten sich Glendas Lider.

Unvermittelt klopfte es an der Tür. »Ist mein Mädchen da drin?«

Es war Nessa.

Glenda verschwand unter der Decke. Was Schicklichkeit anbelangte, schien Egan keine Skrupel zu kennen. Nackt schritt er zur Tür und riss diese weit auf.

»Kommt und seht selbst.«

Nessa ließ sich das nicht zweimal sagen und trat ein. Ihr Gehstock klapperte energisch über die Bodendielen. Falls Egan aber gedacht hatte, er könne die Greisin schockieren, so wurde er bitter enttäuscht. Ungerührt betrachtete Nessa die zerwühlte Bettwäsche.

»Wie wär's mit einem Bad heute Morgen, Herrin?«

Die Gestalt unter der Bettdecke regte sich, antwortete aber nicht.

Egan verschränkte die Arme vor der Brust. Seine Mundwinkel zuckten, als er sich an Nessa wandte. »Ihr müsst Nachsicht mit Eurer Herrin üben. Die morgendlichen Aktivitäten haben ihr wohl die Stimme verschlagen, aber trotzdem ... ein Bad würde ihr gewiss gefallen.«

Nessas Kopf schnellte zu ihm herum. Für Augenblicke

schien es, als wollte sie ihn mit ihren bloßen Händen züchtigen. Aber sie murmelte nur: »Nun, dann werde ich mich darum kümmern.«

Erst nachdem die Tür ins Schloss gefallen war, wagte Glenda sich unter der Decke hervor. Ihr Kopf schoss hoch. »Egan! Wie konntest du so etwas sagen?«

»Nessa lebt schon einige Jährchen auf dieser Welt und hat vermutlich schon ganz andere Dinge gehört.«

Glenda stöhnte und kroch erneut unter die Laken. Sie tauchte erst auf, als der Badezuber hervorgeholt und mit Wasser gefüllt war. Egan lehnte sich zurück in die Kissen, inzwischen wieder schicklich verhüllt. Mit hochroten Wangen schälte Glenda sich aus den Laken, wenngleich sie darauf verzichtete, ihre Blößen zu bedecken, als sie zu dem Zuber lief und ins Wasser stieg.

Mit jeder Faser ihres Körpers fühlte sie, dass er sie unablässig beobachtete. Glendas Herz sank ins Bodenlose. So unbefangen wie irgend möglich tauchte sie den Waschlappen ins Wasser.

Hinter ihr ertönte ein Rascheln. Sie spähte über ihre Schulter, und ihre Augen weiteten sich.

Egan hatte die Laken beiseite geworfen und sich erhoben. Hatte sie ihn zuvor anziehend gefunden, so war er bei hellem Tageslicht betrachtet mehr als das.

Sein Körper war geschmeidig, von animalischer Anmut. Glenda gewahrte das Muskelspiel unter der goldbraunen Haut, während er näher kam. Überwältigt von seiner maskulinen Aura, konnte sie den Blick einfach nicht abwenden.

Glenda glaubte, dass er sich neben den Zuber knien werde.

Dem war nicht so.

Ein langes, sehniges Bein schwang sich über den Wannenrand. Das Wasser schwappte bedenklich, als das zweite folgte. Glendas Herz machte einen Satz. Sie erblickte seine behaarte Brust … und noch einiges mehr.

Sein trainierter Körper gesellte sich zu ihr, feucht und warm.

Wortlos nahm Egan ihr das Leinentuch aus den Händen. Behutsam begann er, sie zu waschen. Das Tuch glitt über ihren Hals, über Schulterblätter, Brüste und Bauch. Seltsam, aber sie hätte schwören mögen, dass in seiner Dienstbeflissenheit nichts Anrüchiges lag. Als er fertig war, wusch er sich. Glendas Herz schlug höher. Der Anblick seiner nass glänzenden Haut jagte ihr ein heißes Prickeln über den Rücken. Sie wünschte sich nur, ihr wäre das Gleiche vergönnt – ihn zu waschen, wie er es mit ihr getan hatte.

Genau das wollte sie. Und zwar so sehr, dass sie über sich selbst erschrocken war. Sie stellte sich vor, dass ihre Hände überall auf seinem Körper waren, seine glatten, heißen Schultern erkundeten, hingerissen von seiner Muskelkraft.

Endlich war er fertig; er faltete das Tuch ordentlich zusammen und legte es über den Rand des Zubers.

Erst dann richtete er das Wort an sie.

»Wohin schaust du so?«

Ihr Magen verkrampfte sich, das Herz schlug ihr bis zum Hals. »Zu dir«, flüsterte sie versunken.

Damit es für beide bequem in dem Zuber war, hatte Egan die Beine angezogen; seine Knie lehnten an den Seiten des Wannenrandes.

Glendas Blick wurde geradewegs zwischen seine Schenkel gelenkt. Beim Anblick seiner Mannhaftigkeit weiteten sich ihre Augen, und sie hielt den Atem an. Er war prall erregt.

Egan unterdrückte ein Stöhnen. Zu wissen, dass sie ihn auf diese Weise betrachtete und nicht wegsah, erregte ihn nur noch mehr. Er bedachte sie mit einem durchtriebenen Grinsen. »Ich will dich, mein Schatz. Ich fürchte, es lässt sich nicht verleugnen.«

Glenda rang nach Atem. Ihr Blick schweifte zurück zu seinem Gesicht. So wie er sie ansah – mit einem Verlangen, das er keineswegs zu verbergen trachtete –, fühlte sie sich gedemütigt, und sie war den Tränen gefährlich nahe. Unvermittelt spukte ihr wieder im Kopf herum, was er tags zuvor gesagt hatte.

Die Nacht, in der du nach Dunthorpe gekommen bist … schon damals wollte ich dich besitzen. Herrgott, ich habe nur noch an dich gedacht. Wollte nur dich.

Was hatte er damit gemeint? Bestimmt hatte er sie nicht die ganze Zeit über begehrt. Irgendetwas in ihr sträubte sich dagegen. Gütiger Himmel, das wären ja *Jahre* gewesen! Nein, sie musste sich verhört haben. Ganz gewiss.

»Warum?« Es war ein leiser, halb erstickter Aufschrei. »Warum willst du mich? Egan, ich … ich bin alt!«

Das Grinsen schwand aus seinem Gesicht. Er beugte sich vor, umschloss zärtlich ihren Nacken unterhalb ihres Haaransatzes und zog sie an sich.

Er lehnte seine Stirn an die ihre. »Wenn du es immer noch nicht weißt, dann muss ich dir wohl auf die Sprünge helfen.«

Egan senkte seine Lippen auf die ihren. Er küsste sie, lange und sinnlich – und zunehmend leidenschaftlicher. Da befiel Glenda eine plötzliche Angst, dass dieser Augenblick enden könnte; ihre Hände schossen hoch und umfingen seine entblößten Schultern. Ihrer Kehle entwich ein Stöhnen, das sie nicht zurückhalten konnte.

Mit einem Satz war er auf den Beinen, seine Gemahlin in den Armen.

Das gemeinsame Bad war vergessen.

Fünfzehntes Kapitel

Der Sommer hielt in Blackstone Einzug, mit sonnig warmen Tagen, worauf das Getreide wuchs und gedieh. Die sattgrünen Felder wiegten sich im Wind, der durch das Tal wehte, und der Himmel war strahlend blau. Die Bewohner von Blackstone gingen ihrem Tagwerk nach, inständig hoffend, dass die Mühsal des Sommers den Erntesegen für die langen, vor ihnen liegenden Wintermonate bringen möge. Und sie beteten darum, weiterhin von nächtlichen Plünderungen verschont zu bleiben.

Es war ruhig, seitdem Egan allabendlich Spähtrupps aussandte, dennoch vergaß man nicht so leicht. Sicher, man lachte wieder befreiter und hatte nicht ständig Angst; gleichwohl war die Bedrohung, dass irgendwelche Banden erneut plündern und brandschatzen könnten, weiterhin gegenwärtig. Sobald das Gespräch auf derlei Gesindel kam, verging allen das Lachen. Jede Unterhaltung versiegte, und die Anwesenden tauschten betretene Blicke aus.

Gelegentlich begleitete Egan seine Männer auf ihren nächtlichen Streifzügen. Glenda verabscheute dies, hätte aber nie gewagt, ihn zum Bleiben anzuhalten; sie wusste genau, dass er seinen Gefolgsleuten nur das abverlangte, was er selbst auch auf sich nahm. In jenen Nächten wälzte sie sich unruhig in ihrem Bett und fand erst Schlaf, wenn er neben sie schlüpfte.

Demnach war es nicht verwunderlich, dass der Lord und die Lady of Blackstone Keep an so manchem Morgen eng umschlungen aufwachten. Damit begannen viele Tage … und viele Nächte.

Jenes erste Mal hatte Glenda noch geglaubt, es sei ihre Pflicht, ihm zu Willen zu sein, so wie sie sich als seine Frau um seine Kleidung und um ein gemütliches Heim zu kümmern hatte. Schließlich war er ihr Gemahl.

Sie warf Egan nichts vor. Dennoch vermochte sie ihm genauso wenig zu widerstehen wie ihrem eigenen tückischen Begehren. Sie hatte sich ihm hingegeben. Manchmal aber fragte sie sich, ob sie standhafter hätte versuchen müssen, ihn zurückzuweisen.

Sie wusste es nicht. Sie *vermochte* es nicht.

Glenda verwünschte ihre eigene Schwäche, war sie seinem männlichen Charme doch völlig verfallen. Sie konnte ihn weder abweisen noch sich selbst zügeln. Es war ein erhebendes Gefühl, im Dunkel der Nacht behütet in seinen starken Armen zu liegen. Sie fühlte sich nicht länger so … einsam wie in jenen letzten Monaten in Dunthorpe, so entsetzlich allein!

Vielleicht war es eheliche Pflichterfüllung *gewesen*, die sie in sein Bett getrieben hatte.

Aber das war lange vorbei.

Es war etwas anderes. Etwas gänzlich anderes.

Fleischeslust? Ihr Herz in Liebe entbrannt? Nein. Nicht Liebe. Ganz gewiss nicht. Geliebt hatte sie Niall. Mit Niall war die Liebe allmählich erblüht und gereift. Dabei hatte er ihr nie solche Gefühle beschert wie Egan, der einen Sturm in ihr entfachte, wenn er sie nur ansah. Ein Zucken seiner Brauen …

Begehren. Verlangen. Lust. Wie auch immer man es umschreiben mochte, Glenda hatte es bereits in jener ersten Nacht verspürt … wie flüssiger Stahl war es durch ihre Venen gesickert. Egan brauchte lediglich einen Raum zu betreten, und ihr Herz begann zu rasen. Er beherrschte ihre Sinne, den Rhythmus ihres Herzens! Ein unstillbarer Hunger wütete in ihr. Ihre Haut prickelte heiß. Sinnenhafte Bedürfnisse tobten in ihr, und sie wusste diese nicht zu bezähmen, nicht zu unterdrücken.

Sie konnte diese Schlacht weder schlagen … noch gewinnen.

Aber auch nicht verlieren.

Mehr gab es dazu nicht zu sagen.

Außerdem war Egan ohne jeden Makel. Er war ihnen ein starker, loyaler Beschützer. Er kannte sämtliche Pächter mit Namen – anders als Glenda! Sie sagte sich zwar ständig, dass es ihr Besitz war, um den er sich kümmerte, und doch war er genauso entschlossen wie sie, Blackstone zu neuer Blüte zu führen.

Und sie erfuhr vieles über ihn, was sie bislang nicht gewusst hatte. Er brachte sie zum Lachen, wenn sie am wenigsten damit rechnete! Es gab nichts, was er gescheut hätte; keine Aufgabe schien ihm unter seiner Würde. Eines Morgens, auf dem Weg zum Kerzenzieher, erspähte sie Egan im Gespräch mit Edgar, dem Schweinehirten.

Mehrere quiekende Ferkel waren aus ihrem Pferch ausgebrochen und bis auf eines wieder eingefangen worden. Doch ebendieses Schweinchen erwies sich als besonders flink! Glendas Mundwinkel zuckten. Egans Miene verriet grimmige Entschlossenheit, als er dem winzigen Geschöpf nachstellte, das schnüffelnd und schniefend durch den Innenhof rannte. Jedes Mal, wenn Egan sich vorsichtig anschlich, schoss das Ferkel davon, als röche es den Braten schon. Fluchend und puterrot im Gesicht entging dem Highlander völlig, dass sie ihn beobachtete.

Bei Tagesanbruch hatte es geregnet, und die Morgensonne mühte sich nach Kräften, die rings um den Gerberkarren entstandenen Pfützen zu trocknen. Plötzlich blieb das Ferkel stehen. Auf leisen Sohlen näherte Egan sich dem Tier, das seine Schnauze im feuchten Gras rieb.

Siegesgewiss blitzten Egans Augen auf. Ein energischer Atemzug blähte seinen Brustkorb.

Das Schweinchen machte einen Satz, doch Egan ließ sich nicht beirren. Er beugte sich vor und packte seine Beute.

Mit einem schrillen Quieken entwischte ihm das Ferkel und sprang durch eine Speiche des Karrens.

Egan landete kopfüber im Morast. Edgar war es schließlich, der das Ferkel einfing. Inbrünstig fluchend rappelte der Highlander sich auf.

Als er sich umdrehte, stand seine Gattin vor ihm. Nase rümpfend musterte sie ihn von oben bis und unten, derweil ihm das Schmutzwasser vom Gesicht auf die Brust tropfte.

»Sir, Ihr braucht dringend ein Bad.«

Das ließ Egan völlig kalt. Er packte sie und drückte sie an seine Brust.

»Egan!« Verdreckt wie er, tat sie ihren Unmut ebenso laut kund wie das Ferkel. »Egan, nein!«

Hochmut kommt vor dem Fall, dachte Egan selbstzufrieden. Er grinste frech. »Wie bedauerlich«, bemerkte er unterschwellig belustigt, »aber mich dünkt, dass ich nicht der Einzige bin, der hier ein Bad braucht, oder täusche ich mich?«

Die knochigen Schultern von Edgar dem Schweinehirten zuckten vor Lachen. Mehrere Soldaten neben Bernard und Milburn feuerten Egan johlend an. Unter heftigem Protestgeschrei hob Egan seine Gemahlin hoch und trug sie zur Turmstiege.

Darauf wurden sie eine ganze Weile nicht mehr gesehen.

Egan hielt Wort und mischte sich nicht in ihre Haushaltsführung ein. Folglich kümmerte Glenda sich um Haus und Hof, während er die Verteidigung von Blackstone übernahm. Anfangs hatte Glenda ihn nur widerwillig in andere Angelegenheiten mit einbezogen; nachdem sie sich allmählich daran gewöhnt hatte, musste sie einräumen, dass seine Ratschläge und Anregungen überaus hilfreich waren. Und alsbald entschieden sie alles gemeinsam.

Was Streitfragen und die Rechtsprechung auf Blackstone anbetraf, so hatte Glenda rasch erkannt, dass Egan nicht weiterhin der außenstehende Beobachter bleiben durfte, denn sonst wäre seine Autorität in Frage gestellt. Er wirkte überrascht, als sie ihn darum bat, rechtliche Fragen gemeinsam mit ihr zu klären. Bislang hatte er sich als gerecht, milde und unbestechlich in seinem Urteil erwiesen.

Eines schönen Tages stand nicht weit von ihnen ein junges Paar. Als Bernard sie heranwinkte, traten die jungen Leute näher.

Der junge Mann räusperte sich. »Guten Tag, Mylord, Mylady. Ich bin Alfred, und dies ist meine Gattin Annabelle.«

Egan nickte knapp. »Seid gegrüßt. Was führt Euch zu uns?«

Der junge Mann bedachte seine Angetraute, die Distanz zu ihm hielt und züchtig die Lider gesenkt hatte, mit einem verdrießlichen Blick. »Es geht nicht um mich, Mylord. Meine Gemahlin hat darauf gedrängt herzukommen.« Er presste die Lippen zusammen, als wäre er zu weiteren Ausführungen nicht bereit.

»Soso. Annabelle, würdet Ihr mir erklären, warum?«

Annabelle wischte sich das Gesicht mit ihrem Schürzenzipfel, dann hob sie zaghaft den Kopf. Ihre Augen waren rot und geschwollen vom Weinen. »Ich möchte … zu meinen Eltern zurückgehen, Mylord, Mylady. Aber Alfred will nichts davon hören.« Sie klang verletzt, aber auch ärgerlich. »Er hat gesagt, ich soll es nur versuchen. Dann will er mich anbinden wie die Ziegen!«

Glendas vollstes Mitgefühl galt der jungen Frau, die herzerweichend schluchzte. Gute Güte, was war dieser Alfred doch für ein ungehobelter Rohling, dass er seiner Frau mit so etwas drohte! Sie nahm Haltung an, entschlossen, ihm unverblümt den Kopf zu waschen, da spürte sie Egans Hand auf ihrem Arm. Der leichte Druck seiner Fingerspitzen ließ sie innehalten.

»Wie lange seid Ihr zwei schon verheiratet?«

Alfred antwortete. »Zwei Tage, Sir.«

»Verstehe. Ist diese Eheschließung von Euren Familien arrangiert worden?«

»Nein, Mylord. Wir … wir haben es so gewünscht, Annabelle und ich.«

Egans Augenmerk schweifte zu Annabelle. »Annabelle, stimmt das?«

Annabelle sah ihn unbehaglich an. Schließlich nickte sie.

»Dann war es also auch Euer Wunsch?«

Sie schwieg.

»Aber natürlich war es auch ihr Wunsch!«, ereiferte sich Alfred. »Sie wollte keinen Tag länger warten …« Abrupt stockte er, wohl wissend, dass er nicht nur vor seinem Gebieter und dessen Gemahlin stand, sondern auch vor etlichen anderen Zuhörern.

Egan hob forschend eine Braue. »Annabelle, ist das wahr? Ihr habt aus freien Stücken geheiratet?«

»Ganz recht, Mylord«, antwortete sie schließlich kaum hörbar.

»Und Ihr, Alfred? Ihr seid ebenfalls aus eigenem Willen diese Ehe eingegangen?«

»Gewiss, Mylord«, erwiderte Alfred mit fester Stimme.

»Verstehe.« Nachdenklich wog Egan den Kopf. »Dann wundert mich indes, warum Annabelle zu ihren Eltern zurückkehren möchte.«

»Oh, das wundert mich nicht, Mylord. Wir haben uns gestritten!«

»Soso. Annabelle, ist das wahr?«

Annabelles Lippen bebten. Ganz offensichtlich war sie zu keiner Antwort fähig, entschied Glenda. Annabelles Lider flatterten. Sie senkte den Kopf.

»Annabelle, habt Ihr Euch seit Eurer Vermählung oft mit Eurem Gemahl gestritten?«

Alfred beeilte sich zu antworten. »Aber, Mylord, es sind erst zwei Ta...« Egan hob eine Hand und bedeutete ihm zu schweigen.

»Nein, Mylord« – ihr versagte die Stimme –, »es ist das erste Mal.«

»Dann muss ich den Grund für diesen Streit erfahren.«

Annabelle hob den Kopf, ihre Augen vor Entsetzen geweitet. Ihre Pausbacken wurden tiefrot – genau wie die ihres Gatten. Sie beschwor ihren Gemahl mit einem flehenden Blick, doch dieser schien zum ersten Mal recht wortkarg.

»Mylord. Ich kann es nicht sagen, ehrlich ...«

»Ist der Anlass privater Natur?«

»O ja, gewiss doch!«, hauchte sie.

»Eine Sache zwischen Mann und Frau ... oder besser, eine Sache zwischen Gemahl und Gemahlin?«

Annabelle nickte heftig.

Egan gab vor, das Gesagte zu erwägen. »Annabelle, ich möchte Euch nicht zu nahe treten, dennoch muss ich Euch fragen ... begehrt Euer Gemahl eine andere Frau?«

»N-nein, Mylord.«

»Schlägt er Euch?«

»Nein!«

Egan blickte zu Alfred. »Alfred, würdet Ihr diese Eheschließung annullieren wollen, wenn Ihr könntet?«

Alfred schien irritiert über diese Frage, doch dann sagte er entschieden: »Nein, Mylord.«

»Dann tretet näher, Ihr beiden.«

Zögernd gehorchte das junge Paar.

»Ihr habt einen heiligen Eid vor Gott geleistet«, sagte Egan streng, »einen Schwur, den Ihr verinnerlichen müsst. Annabelle, Ihr könnt nicht bei den ersten Problemen einfach Hals über Kopf nach Hause zu Eurer Mutter und Eurem Vater laufen!«

Annabelle fing an zu schluchzen.

»Was immer zwischen Euch beiden vorfällt, müsst Ihr gemeinsam klären. Habt Ihr mich verstanden?«

Alfred nickte bekräftigend. »Gewiss, Mylord.«

»Ihr zwei sollt drei ganze Tage lang in Eurer Hütte bleiben. Ihr dürft keinen Fuß vor die Tür setzen!«

Ein leichtes Grinsen huschte über Alfreds Lippen. »Wir haben verstanden und werden uns Eurem milden Urteil unterwerfen.« Er fasste die Hand seiner Gemahlin. »Komm, Annabelle«, verkündete er.

Annabelle weinte, als sie den Saal verließen.

Auch Egan umschloss die Hand seiner Gemahlin. Sobald sie unbeobachtet waren, riss Glenda sich los. Egan zuckte verständnislos die Schultern und folgte ihr in Richtung Stiegenhaus. Glenda war so aufgebracht, dass sie nicht einmal merkte, als er einem vorbeihuschenden Küchenmädchen auftrug, dass sie ihr Mahl in seiner Kammer einnehmen würden. Sobald sie allein waren, wirbelte sie zu ihm herum.

»Wie konntest du so etwas tun?«, entrüstete sie sich. »Hast du denn nicht gesehen, wie das arme Mädchen geweint hat? Dieser Halunke hat sie misshandelt!«

Er ließ sie reden und beobachtete sie schweigend, während sie vor dem Kamin auf und ab rauschte.

»Warum hast du es nicht einmal für nötig befunden zu erfragen, wieso sie sich gestritten haben? Man musste Annabelle nur anschauen, um zu wissen, warum!«

Egan verteidigte sich gelassen. »Wie hätte ich denn etwas von ihnen erfahren sollen? Sie wollte es mir nicht sagen – und er auch nicht!«

»Natürlich wollten sie nichts preisgeben! Zweifellos

hat er sie zu irgendeiner schändlichen Perversion aufgefordert!«

Schändlich? Pervers? Egan schüttelte den Kopf. »Sehr wahrscheinlich war sie schlicht und einfach bestürzt.«

»Das war sie ganz sicher. Vermutlich ist sie als Jungfrau in die Ehe gegangen!«

Egan zuckte mit den Achseln. »Mag sein. Wenn es an dem liegt, dann ist ihre Bestürzung womöglich in Verärgerung umgeschlagen, und dann haben sie sich gestritten.« Seine Augen blitzten auf. »Nun, wenn sie sich einlenkender verhalten und akzeptiert hätte, dass ihr Gemahl mehr von diesen Dingen weiß …«

Glenda schnellte mit raschelnden Röcken zu ihm herum. »Was weiß ein Mann denn schon mehr?«, versetzte sie schnippisch.

Egan wehrte mit spielerisch erhobenen Händen ab. »Da du danach fragst ...«, hob er an.

»Da ich danach frage!«, brauste Glenda auf. »Grins mich nicht so an! Ich bin absolut nicht deiner Meinung, Egan. Du hast ihn gefragt, ob er die Ehe aufrechterhalten will. Aber Annabelle hast du nicht gefragt!«

»Dazu bestand kein Anlass. Mir war klar, wie ihre Antwort lautet … wenn der arme Alfred nur Gelegenheit bekommt, sich zu beweisen.«

Glendas Mundwinkel bogen sich verdrießlich nach unten. »Der arme Alfred?«

Egan war es noch nie so schwer gefallen, ernst zu bleiben. »Ich kann mir Schlimmeres vorstellen, als drei Tage lang mit dem eigenen Gemahl eingesperrt zu sein.«

Als die Dienstmagd klopfte und das Essenstablett hereintrug, hatte Glenda sich noch immer nicht beruhigt. »Drei Tage! Weiß der Himmel, was er mit ihr anstellen wird!«

Drei Tage. Vielleicht war er wirklich zu weit gegangen.

Kein Wunder, dass Alfred von einem Ohr zum anderen gegrinst hatte. Er unterdrückte einen Anflug von Missgunst. Hm, er konnte sich lebhaft vorstellen … Im Grunde beneidete er Alfred – nicht wegen der Wahl seiner Braut, sondern weil er drei ungestörte Tage mit ihr verbringen durfte.

»Wart's doch ab«, beschwichtigte er sie. »Das Band ihrer Ehe wird dadurch nur stärker.«

»Lass mich raten. Ein Mann weiß das am besten … ein *Ehemann* weiß das am besten?«

Wie zur Bestätigung grinste Egan. Er trat zum Tisch, wo ihr Mahl wartete, und rückte einen Stuhl zurecht. »Komm. Lass uns essen.«

Widerwillig stakste Glenda zum Tisch und setzte sich. Obschon sie fest entschlossen war, kein Wort mehr darüber zu verlieren, kochte sie innerlich. Soso, ein Mann wusste das am besten, nicht wahr? Sie kaute mit vollen Backen. Ihr Blick fiel auf eine kleine, mit Mandeln und Rosinen gefüllte Pastete. Ihr aufbrausendes Temperament riss sie erneut mit sich fort. Selbst die Köchin beugte sich ihm!

»Wie ich sehe, hat die Köchin deine Lieblingsspeise bereitet. Hast du denn noch Hunger?«

»Aber ja.«

In dem sich daran anschließenden Schweigen erhob sie sich. »Möchtest du, dass ich dich füttere?«

Egan hatte das eigenartige Leuchten in Glendas Augen bemerkt. Er liebte ihren verführerischen Hüftschwung und ihre melodische Stimme und … die Anmut, mit der sie sich auf seinen Schoß setzte.

»Nur zu.« Hingerissen musterte er ihren schwanengleichen Hals. Er hätte seinen Appetit gern anders gestillt, indes schwebte bereits die Löffelspitze vor seinem Mund.

»Aufmachen«, flüsterte sie.

Egan gehorchte.

Der Löffel wurde wieder in die Schüssel getaucht, kehrte zurück, es ging hin und her, schneller und schneller, bis er nur noch widerstrebend die Lippen öffnete und ihm ein weiterer Bissen in den Mund geschoben wurde.

Er hustete. »Ich ersticke …«

»Was, an deinen eigenen Worten? Dann kau, Mylord, und red nicht.«

»Glenda, bitte …«

»Bitte? Hast du es dir anders überlegt, werter Gemahl?«

Pfeilschnell schoss sie hoch. Völlig verblüfft konnte Egan nur noch mit ansehen, wie der Rest aus der Schüssel in seinem Schoß landete. Er verteilte sich über seinen Schenkeln, eine zähe, dickflüssige Masse.

»Glenda! Was, zum Teufel … Schätzchen, weswegen bist du denn so gereizt?«

»Davon verstehst du mehr als ich, Sir.« Ihr Lächeln war honigsüß, ihre Augen aber sprühten Blitze. »Ein Mann weiß es doch am besten, nicht wahr?« Mit wehenden Röcken wirbelte sie herum und aus seinen Gemächern.

Egan rappelte sich auf und streckte die Hände nach ihr aus. Die klebrige Masse tropfte zu Boden, verteilte sich unter seinen Stiefeln. Er glitt aus und wäre beinahe gestürzt. Flüche zischten aus seinem Mund, begleitet von Pastetenkrümeln.

»Glenda! Glenda, so warte doch!«

* * *

Einige Zeit später konnten beide darüber lachen. Genau wie bei Alfred und Annabelle war ihr Streit nicht von Dauer. Egan war zwar ein überheblicher Bursche, befand Glenda, trotzdem vermochte sie seiner Logik nichts entgegenzusetzen, als sie ihm schließlich gnädig erlaubte, seinen Standpunkt darzulegen.

»Es geht nicht nur darum, Alfred eine Chance zu geben, um Annabelle zu verführen!«, erklärte er. »Wenn sie mich grob und unnachsichtig fand, so tut es mir Leid. Annabelle muss begreifen, dass die Ehe ein Bund ist, eine dauerhafte Verbindung, die man nicht auf die leichte Schulter nehmen darf. Ein solches Bündnis sollte weder angetastet noch leichtfertig gebrochen werden, wie sie es getan hätte, wenn ich es gestattet hätte!«

Glenda lauschte aufmerksam. Die Worte eröffneten ihr tiefere Einblicke in die Gefühlswelt ihres Mannes, in dessen herausragende Urteilskraft. Nicht zum ersten Mal erkannte sie …

Er war kein Mann, der die Dinge auf die leichte Schulter nahm. Aber das wusste sie schon seit langem. Sie brauchte nur an seine Loyalität gegenüber Niall zu denken. Gegenüber Cameron und dem Clan der MacKays … Blackstone … und dessen Bewohnern. Sein Anspruch war, diese Menschen vor allem Ungemach zu bewahren …

Allerdings foppte er sie gnadenlos, als sie Alfred und Annabelle zwei Wochen später entdeckten – denn diesmal ging das Paar Hand in Hand.

Eines Nachts lag Egan im Bett, den Kopf auf einen Ellbogen gestützt, und betrachtete Glenda, wie sie ihr Haar bürstete. Um seine Hüften hatte er lässig das Laken geschlungen, welches seine Mannhaftigkeit kaum verbergen konnte. Selbst im unerregten Zustand erspähte sie die verräterischen Konturen unter dem Betttuch, die beeindruckende Größe. Unter dem dichten Brustflaum ließ sich seine ausgeprägte Muskulatur erahnen. Schultern und Arme waren hart wie Stahl, glänzend wie geöltes Walnussholz und gebräunt von der Sommersonne. Allein sein Anblick jagte ihr ein leichtes Prickeln durch den Körper.

Sich dessen bewusst, dass sein Blick unablässig auf sie geheftet war, erhob Glenda sich, schlenderte barfuß zum

Bett und schlüpfte neben ihn. Er schlief nackt – genau wie sie. Inzwischen verzichtete sie auf das lästige Nachtgewand.

Vor die Kissen gelehnt, bemerkte sie, dass er sie weiterhin beobachtete. »Was ist denn?«, hauchte sie. »Warum schaust du mich so an?«

»Ich überlege.«

»Was überlegst du?«

»Ob du Fantasien hast.«

»Fantasien!«

»Gewiss doch, erotische Fantasien. Du weißt genau, was ich meine … wie Frauen sie eben haben.«

Sie funkelte ihn an. »Du meinst, wie Männer sie haben«, entgegnete sie spitz.

Seine Lippen zuckten belustigt. »Was weißt du schon von Männerfantasien?«

»Einmal habe ich zwei von Vaters Männern im Stall belauscht. Es ist schon lange her, ich war damals noch ein junges Mädchen.«

»Was? Wer war denn da wohl unverfrorener? Die Männer, die sich so freizügig unterhalten haben … oder du, weil du heimlich gelauscht hast?«

Für seinen Scherz erntete Egan einen heftigen Stoß in die Rippen. »Ich war bei meiner Stute im Stall, weil sie kurz zuvor ein Fohlen geboren hatte! Sie hatten keine Ahnung, dass ich dort war, und ich konnte mich natürlich auch nicht bemerkbar machen! Das hätte uns allesamt in eine peinliche Lage gebracht.«

»Verständlich. Aber sag mir doch … worüber haben sie denn geredet?«

»Sie schienen recht angetan von den Brüsten der ältesten Müllerstochter.« Verächtlich verzog sie die Lippen. »Im Besonderen von … von ihrer beachtlichen Größe, und was sie tun würden, wenn sie mit ihr allein wären.«

»Eine Wunschvorstellung, die ich teilen kann.« Unter der Decke kreiste ein vorwitziger Finger um eine ebenso vorwitzige Brustspitze.

»Hör auf damit!« Glenda schlug nach seiner Hand.

In seine Augen trat ein gefährlicher Glanz. »Nun erzähl schon. Was war mit dem Busen des Mädchens?«

»Sie bezeichneten ihn nicht als Busen«, versetzte sie heftig. »Und sie tauschten sich darüber aus, dass sie diesen für etwas benutzen wollten … wofür unser Schöpfer ihn nicht vorgesehen hat … und die meisten anderen Menschen auch nicht!«

Egan konnte sich recht gut vorstellen, was sie meinte … Bei ihrer heftigen Reaktion musste er sich ein Lachen verbeißen. Für eine Frau, die ständig beteuerte, alt zu sein, war sie naiv wie eine Jungfrau! Es reizte ihn mächtig, sie noch ein bisschen mehr zu foppen.

»Bei allen Heiligen«, erwiderte er in gespieltem Ernst. »Wurden denn auch … männliche Körperteile erwähnt?«

»Ja.«

»Darf ich denn wissen, welche männlichen Körperteile?«

Ihre Augen blitzten auf. »Dasjenige, das die meisten Männer für ihr wichtigstes halten!«

Egan schmunzelte. Gute Güte, sie war einfach köstlich! Er neigte den Kopf und küsste sie, fuhr mit seinem Daumen über ihre rosigen Lippen.

»Nun, das war ihre Fantasie. Wie steht es mit deiner?«

»Ich habe keine.«

Sie war so flink mit ihrer Antwort, dass er ihr beinahe geglaubt hätte … beinahe, aber nicht ganz.

»Also gut. Hattest du jemals Träume … erotische Träume?«

Glendas Herz setzte beinahe aus. Sie hatte Träume … und immer nur von ihm! Der Traum von ihnen beiden im Obstgarten drängte sich ihr sogleich wieder auf.

»Was?«, murmelte sie matt. »Willst du etwa, dass ich dir auch davon erzähle?«

Seine Hand umschloss ihr entblößtes Schulterblatt, glitt zärtlich über ihre Haut. Starke, gebräunte Finger umfassten ihren Arm; seine Hand koste sie liebevoll, seine Fingerknöchel streiften ihren Busen, ließen Glenda wohlig erschauern und ihre Spitzen rosig erblühen.

»Möchtest du?«, ermutigte er sie sanft.

Glenda schluckte. »Ich kann nicht.«

»Und warum nicht?«

Sie schüttelte den Kopf. »Es war nicht hier …«

Er wölbte die Stirn, eine stumme Frage.

»Es war nicht hier … in diesem Bett.« Eine glutheiße Röte stieg in ihre Wangen. »Oder in irgendeinem anderen Bett.«

Er küsste ihren Mundwinkel. »Wo dann?«, flüsterte er.

»Im Obstgarten«, hauchte sie.

»War ein Mann in diesem Traum?«

»J-ja.«

»Wer?«

Die Welt schien plötzlich still zu stehen. »Du«, wisperte sie.

Seine blauen Augen verströmten ein eigenartiges Feuer. Zu spät erkannte Glenda, wie unbesonnen ihr Geständnis doch gewesen war. Das Laken glitt von seinen Hüften.

»Du hast Recht, mein Schatz. Sag jetzt nichts. *Zeig* es mir lieber.«

Gütiger Himmel, Egan meinte es Ernst.

Tags darauf, im Obstgarten, half er ihr vom Pferd. Für eine Weile spazierten sie Seite an Seite – es war ein schöner Tag, nicht zu heiß, ein lauer Wind spielte mit den Zweigen. Egan verweilte, um einen Bussard zu beobachten, der hoch oben in den Lüften kreiste und irgendwann in den Wolken verschwand; Glenda sank vor den knorrigen Stamm eines alten Apfelbaums und zog ihre Knie an.

»Ich bin erschöpft«, maulte sie. »Komm, setz dich zu mir.«

Egan legte den Kopf schief. »Wie kannst du nur erschöpft sein? Nessa hat mir erzählt, dass du den halben Morgen verschlafen hast.«

»Ich bräuchte gewiss weniger Schlaf, wenn mich nicht jemand die halbe Nacht wach hielte!«

»Und wer ist dieser Jemand?« Scheinbar aufgebracht schüttelte er den Kopf. »Ich muss den Halunken finden und dafür sorgen, dass es nicht wieder passiert.«

»Haha! Da brauchst du nicht lange zu suchen!« Lachend schlang sie die Arme um ihre Knie. Mit kokett geneigtem Kopf betrachtete sie ihn.

Er trat zu ihr. »Du«, versetzte er trocken, »bist eine Verführerin.«

Sie reckte den Kopf, um ihm in die Augen zu schauen, und enthüllte ihren schlanken, anmutigen Hals. Unter dichten, gebogenen Wimpern spähte sie zu ihm auf. »Und, verführe ich dich denn?«

Egan zog geräuschvoll den Atem ein. Er verzehrte sie mit seinen Augen. Nie hatte er sie bezaubernder gefunden als jetzt, in diesem Moment ... ihre verlockenden, erdbeerfarbenen Lippen, das gelöste Haar, das ihre Schultern wie ein seidenes Banner umwehte, das Strahlen in ihren golden schimmernden Augen.

»Mylady«, entschied Egan sanft, aber unbeirrbar, »fürwahr, das tut Ihr.« Flugs kniete er vor ihr.

»Du musst mir noch von deinem Traum berichten«, meinte er zärtlich. »Waren wir schon an dieser Stelle angelangt?«

»Wir waren hier« – hilflos maß sie seine wettergegerbten Züge –, »unter diesem Baum.«

»Ein guter Anfang, würde ich meinen. Was hattest du an?«

Glendas Zungenspitze kam zum Vorschein, befeuchtete ihre Lippen und verlieh ihnen ein tiefes Rosé. »Nichts. Es war ein erotischer Traum, weißt du nicht mehr?«

»Ach ja. Wie konnte ich das vergessen!« Seine Hände glitten in Glendas Ausschnitt, streiften die Ärmel über ihre Schultern. Üppige, porzellangleiche Rundungen drängten aus ihrer Verhüllung. Ihr Gewand sank bauschig um ihre Knie.

Versunken bog er den Kopf zurück, um Glenda zu betrachten. Sie kniete vor ihm, mit entblößten Brüsten, deren Spitzen samtig dunkel und bebend vor ihm aufragten – eine stumme Einladung. Dieser Anblick ließ das Blut heiß und heftig durch seine Lenden peitschen.

»Habe ich dich hier berührt?« Seine Handflächen streiften die wogenden Rundungen und schmiegten sich an deren perlgleiche Rispen.

»Ja. Aber … aber mit deinem Mund.«

Sein Mund glitt sinnlich-lasziv über ihren Nacken. Sein Vorhaben erahnend, hielt Glenda den Atem an. Seine Zunge umkreiste eine pralle Spitze.

Glendas Finger gruben sich in sein Haar. Sie presste ihn an sich. »Fester«, murmelte sie entseelt.

Er öffnete die Lippen. Glutvoll und gierig verschlang er jede ihrer beiden Knospen.

Widerwillig löste er sich schließlich von ihr und senkte den Mund auf ihren.

»Und hier, Liebste?« Seine Handinnenseiten streichelten über ihren Bauch. Schlanke Finger zausten das weiche Vlies ihrer Scham; behutsame Fingerspitzen bahnten sich einen verborgenen Pfad zu ihrer flaumbedeckten Grotte, kamen näher, berührten indes nie den Hügel ihrer Lust. »Habe ich dich hier berührt?«

Ihre Hände umschlossen Egans Armgelenke. »Ja«, wisperte sie, die Lider gesenkt.

Egan unterdrückte ein Stöhnen. Er fühlte ihren verlockenden Tau, warm und feucht. Ein schlanker, energischer Finger drang in ihre seidigen Tiefen vor, dann ein zweiter. Sein Daumen gesellte sich zu dem Spiel hinzu. Aufreizend und erregend umkreiste er die winzige Frucht, tief verborgen in ihren goldenen Locken.

Glenda wand sich unter den Bewegungen seiner Hand.

Dicht an ihren Lippen hauchte er: »Habe ich dich hier berührt, Liebste? Mit meinem Mund? Habe ich dich mit meinen Lippen berührt? Mit meiner Zunge?« Seine Worte klangen tief und rau und sinnlich.

»Ja«, stöhnte sie. »Ja!«

Ihr leises Stöhnen machte Egan rasend vor Erregung. Mit feurigem Blick drückte er sie sanft auf den Rücken. Sie seufzte laut, als er ihre Knie öffnete. Schon presste er seine Lippen auf ihren Bauch, auf das weiche, weiße Fleisch ihrer Schenkel …

Mit seiner Zunge berührte er die sprießende Knospe, ihren Blütenkelch.

Glendas Körper zuckte. Ihre Hüften bäumten sich auf, wieder und wieder …

Er stimulierte sie, bis ihm schwindelte und sein Blut den Siedepunkt erreichte; nie zuvor war seine Mannhaftigkeit praller gewesen; er forderte ein und gab sich ihr hin, aufgepeitscht von ihren flachen, zerrissenen Atemstößen. Er wusste um den Moment, da sie sich ihm auslieferte, untermalt von einem bebenden Aufschrei lustvoller Kapitulation.

Hastig schob er seine Kleider beiseite und warf sich auf sie, erschauernd vor Begehren. Er nestelte an seinem Luststab, führte ihn ein und keuchte, als ihre rosig feuchte Grotte sein drängendes Fleisch umschloss. Sie schlug die Augen auf, tief entrückt in ihrer ungestillten Sehnsucht. Seine Finger verwoben sich mit den ihren, hielten diese über ihrem Kopf umklammert, während er heftig und ungestüm in sie eindrang und sie mit seiner Leidenschaft erfüllte.

»Küss mich«, keuchte er. Sie drehte den Kopf. Weiche Lippen besiegelten die seinen mit einer Ekstase, die ihn in Schwindel erregende Höhen trug, wie den Bussard, den er zuvor beobachtet hatte. Er spürte, wie der Saft durch seine Lenden schoss, und doch wollte er die schwüle Verruchtheit des Augenblicks nicht so bald beenden. Noch nicht. Nicht jetzt.

Inzwischen saß sie rittlings auf ihm, auf seinem pulsierenden Zepter. »Davon habe ich geträumt«, stöhnte sie.

»Ich auch.«

Der Blick ihrer goldbraunen Augen schien weit entrückt. Sie stützte sich auf ihre Hände, die noch immer fest verwoben mit den seinen waren, und hob ihren Steiß an, bis sie über seiner Spitze schwebte. Dann ließ sie sich jählings niedersinken ... auf ihn. Katapultierte ihn in ihre samtene Glut. Egan spähte dorthin, wo sie sich miteinander vereinigten ... er mit ihr ... oder sie mit ihm ... das war unwesentlich. Es kümmerte ihn wahrlich nicht.

Umfangen von Enge, Glut und Tau, drang er ungestüm in sie ein, wie von Sinnen einem gemeinsamen Höhepunkt ihrer Lust entgegenfiebernd.

Unversehens bäumte Glenda sich auf. Sie warf den Kopf zurück. Ihr geheimes Verlies erbebte, lockte wieder und wieder seine drängende Mitte.

»Egan«, keuchte sie. »Egan!«

Beim Klang seines Namens war es um ihn geschehen. Seine Erlösung war wie ein alles verzehrendes Feuer. Er ergoss sich in ihr. Heiß und heftig erfüllte er sie mit dem Quell seiner Lust.

Nach diesem intensiven Liebesspiel breitete sich friedvolle Ruhe über ihnen aus, wie eine samtweiche Decke. Sie dösten, erwachten und liebten sich erneut, ihre Zärtlichkeiten diesmal sanfter und sinnlicher, aber nicht minder befriedigend.

Es war schon spät, als sie schließlich aufbrachen. Egan half Glenda auf und wischte Grashalme und Blätter von ihrem schlanken Körper.

Es geschah ganz plötzlich, ohne jede Vorankündigung. Ein Ziehen in ihrer Herzgegend, die Entfesselung ihrer Seele. Es war, als hätte sich ein trister grauer Vorhang geöffnet, als sähe sie die Welt mit anderen Augen … durch ihn.

Vor dem strahlenden Himmel hoben sich seine Zähne schneeweiß von seiner Haut ab. Auf dem energischen Kinn waren im Lauf des Tages raue, dunkle Bartstoppeln gesprossen. Das zerzauste, wellige Haar fiel ihm in die Stirn und verlieh ihm eine männlich-verwegene Ausstrahlung. Glenda kannte keinen Mann, der so anziehend oder faszinierend gewesen wäre, und ihr Herz setzte sekundenlang aus.

Sie legte ihm die Finger auf die Wangen und liebkoste sie sanft.

»Deine Augen sind so blau«, flüsterte sie. »So tiefblau. Gute Güte … warum ist mir das noch nie aufgefallen? Warum habe ich das nie wahrgenommen?«

Die Antwort kam aus ihrem tiefsten Innern. *Vielleicht wolltest du es nicht wahrhaben. Vielleicht hast du nie hingesehen.*

Sie musterte ihn abermals, doch es hatte sich nichts geändert. Seine Augen, umrahmt von dichten schwarzen Wimpern, waren von einem schönen, kräftigen Blau und mit winzigen Silbertupfern gesprenkelt, ein Blau, das intensiver leuchtete als der Himmel an einem wolkenlosen Sommertag.

Glendas Herz verkrampfte sich. Ein eigenartiger Schmerz zerriss sie wie eine bohrende Klinge von der Kehle bis zu den Lenden.

Sie fing an zu weinen.

»Glenda. Glenda, was ist denn?«, erkundigte sich Egan erschrocken.

Seine Arme umfingen sie. Behutsame Finger wischten ihr die Tränen von den Wangen. Sie klammerte sich an ihn, und er hielt sie fest, denn ihr plötzlicher Gefühlsumschwung war ihm durchaus bewusst, wenn auch gänzlich unverständlich.

Genau wie ihr. Glenda wusste nur, dass etwas in ihr vorging … ein plötzlicher Aufruhr, der die Grundfesten ihres Seins erschütterte.

Schlagartig war sie hin und her gerissen, beklommen wie nie zuvor in ihrem Leben.

Sechzehntes Kapitel

Liebte sie ihn?

Nein. Vermutlich nicht. Ganz gewiss *nicht*.

Trotzdem war er wie ein Stein im Schuh. Wie ein Splitter in ihrem Fuß. Allgegenwärtig. In ihren Gedanken. In ihrem Herzen …

Ach was, Glenda hatte ihr Herz bereits bis ans Ende aller Tage einem anderen geschenkt. Oder doch nicht?, begehrte ihr Verstand auf. *Oder etwa doch nicht?*

Was sie fühlte, war gänzlich anders als das, was sie für Niall empfunden hatte. Ihre Liebe war wie ein sanfter, schmeichelnder Wind gewesen, der die Sinne streichelte. Was sie für Egan empfand, war dagegen … ungestüm. Verzehrend. Ein Sturm toste in ihrem Innern, sobald er in ihrer Nähe weilte.

Sie musste ihn nur ansehen, um zu entbrennen. Um dieses sehnsüchtige Verlangen zu spüren, das ihre Sinne beflügelte und jeden Zoll ihres Körpers mit Lust erfüllte … und um jene schreckliche Angst zu durchleben, die alles andere ausblendete.

Sie versuchte, nicht daran zu denken. Sie versuchte hartnäckig, sich nicht an den Gemahl und den Sohn zu erinnern, die sie zurückgelassen hatte, begraben auf den felsigen Anhöhen, die Dunthorpe überragten. Oh, der bohrende Schmerz war von ihrem Herzen gewichen, und doch war die schmerzliche Erinnerung eine Folter, die ihr Innerstes für alle Zeit martern sollte.

Sie hatte Niall geliebt … aber er war tot. Sie hatte ihren gemeinsamen Sohn geliebt, gehofft und gebetet, dass er weiterleben möge … doch auch er war gestorben. Sie hatte beide geliebt – und beide verloren. Und jetzt war es Egan, der in jeden Winkel ihres Herzens und ihrer Seele drängte …

Glenda wollte nicht noch einmal diese Qualen durchleben. Nie wieder durfte sie derart tief *empfinden*.

Sie hatte Angst, ihn zu lieben. Angst, ihn zu verlieren. Angst vor dem Schmerz, der nach dem Tod von Niall und ihrem Sohn ihr ständiger Begleiter geworden war.

Wieder und wieder suchte sie sich selbst zu überzeugen, dass sie ihn nicht liebte, dass sie Abstand wahren sollte. So lange sie ihn nicht liebte, würde es nicht so sehr schmerzen, wenn sie ihn verlöre.

Und war Glenda auch innerlich zerrissen, so forderte die Natur doch ihren Tribut wie der Gemahl sein Recht, und sie trug bereits ein neues Leben unter dem Herzen.

Doch es fühlte sich anders an. O ja, ihre Brüste wurden rund, voll und prall und die Spitzen groß und dunkel und empfindsam – nun, sagte sie sich, wen wunderte das, hatte sie doch in letzter Zeit einen gesegneten Appetit. Sie verspürte keinerlei Unwohlsein, nicht einmal eine morgendliche Übelkeit. Und sie nahm kaum zu an Taille und Hüften. Sie litt nicht unter Müdigkeit, dass ihr schon am frühen Nachmittag die Augen zufielen. Sie war weiterhin schlank, bis auf die kleine Rundung, die sich unterhalb ihres Nabels abzeichnete. In ihrer ersten Schwangerschaft hatte sie von Beginn an zugenommen.

Der Herbst nahte mit reicher Ernte, um die alle gebetet hatten. Der Earl erhielt seinen Pachtzins – Hammel, Rinder und Honig sowie eine prall gefüllte Börse. Die Vorratskammern waren zum Bersten gefüllt.

Kurz nach ihrer Vermählung, im späten Frühling, hatte Glenda noch einmal ihren Monatsfluss gehabt. Drei Monate verstrichen. Vier. Bald würden es fünf sein. Dennoch verlor Glenda kein Wort darüber. Sie wagte nicht einmal daran zu denken – und wenn, dann so verstohlen, als könnte sie den Gedanken kaum fassen, wie einen Ausreißer auf der Flucht.

Anzunehmen, dass sie schwanger war, hieß glauben. Und glauben bedeutete hoffen.

Wenn Nessa etwas ahnte, so sprach sie jedenfalls nicht darüber.

Mit Beginn der Herbstmonate stand Glenda früh auf, häufig früher als Egan. An diesem Morgen aber war er schon fort, als sie aufwachte. Rasch badete sie und trocknete sich ab. Sie trat zu der Truhe, griff hinein, durchwühlte diese nach einem Unterkleid und zog eines heraus. Sie hob die Arme, und das zarte Etwas glitt bauschig über ihren Körper.

So fand Egan sie an jenem Morgen. Beschäftigt mit dem Inhalt der Truhe, hörte Glenda gar nicht, wie er die Tür öffnete und hinter sich schloss. Innerhalb von Sekundenbruchteilen nahm er ihre Silhouette in sich auf – volle, üppig gerundete Brüste. Er grinste, sein Blick setzte die Reise über ihren Körper fort …

Er erstarrte.

Ein schwacher, gepresster Laut entwich seiner Brust. Er zog den Atem ein. Sein Herz schlug höher.

Er dachte … herrje, unzählige Dinge schwirrten ihm durch den Kopf! Es war unverkennbar … Er wunderte sich, warum er nicht eher darauf gekommen war. Gute Güte, war er beschränkt! Seit sie zum ersten Mal in seine Kammer gekommen war, hatten sie sich fast jede Nacht geliebt …

Sein Grinsen verschwand. Seine Schläfen begannen zu pochen. Sein Verstand rotierte.

Kein einziges Mal war sie unpässlich gewesen. *Nicht einmal.*

Sie hatte ihm nichts gesagt. War es denn möglich, dass sie nicht darum gewusst hatte? Schließlich war sie nicht zum ersten Mal guter Hoffnung.

Ein bohrender Schmerz durchzuckte sein Gehirn.

Als Glenda sich umdrehte, stand Egan direkt vor ihr, den Blick auf ihre Mitte geheftet.

Sie wurde blass. Nein, dachte sie beklommen. *O nein.* Seine Miene war angespannt und ernst, sein Mund eine dünne, harte Linie. Ein Gesichtsmuskel zuckte nahe seiner Narbe. Noch nie hatte sie ihn so entschlossen erlebt.

»Hast du mir etwas zu sagen, mein Schatz?«

Schatz. Aus seinem Mund klang es vernichtend. Glenda wand sich unter seinem gnadenlosen Blick. Sie wollte die Arme um ihren Körper schlingen, wie um sich selbst zu schützen. Er ließ es nicht zu.

Seine Finger umklammerten ihre Handgelenke wie Eisenschellen. Unnachgiebig hielt er sie zu beiden Seiten ihres Körpers fest.

»Du wusstest es.«

Eine Woge der Verunsicherung schlug über ihr zusammen. Sie nickte stumm.

»Seit wann? Wie lange weißt du es schon? Wochen? Monate?«

Wieder das schuldbewusste Nicken.

»Warum hast du mir nichts gesagt?«, forschte er.

Glenda rang gequält nach Atem. Seufzend drehte sie den Kopf weg, um seinem vorwurfsvollen Blick zu entgehen.

»Ich hätte es dir sagen sollen.«

»Ganz recht, das hättest du!«, wetterte Egan. »Hat ein Mann etwa kein Recht darauf, es zu erfahren? Habe *ich* nicht das Recht darauf, darum zu wissen?«

Glenda überlegte fieberhaft. Was sollte sie ihm nur antworten? »Es war nicht an dem«, murmelte sie hilflos.

»Was war es dann? Hast du gedacht, es würde mich nicht kümmern?«

Sein vernichtender Blick nahm ihr jeden Mut zu einer Antwort … und womit sollte sie sich auch rechtfertigen?

Unwissenheit konnte sie nicht anführen, denn das wäre gelogen.

»Dein Schweigen über all diese Wochen. Nun, aber auch das sagt viel aus!«

Glenda blieb stumm, war sie doch den Tränen nahe.

»Und sie schweigt weiterhin. Sag es mir ruhig, wenn ich dich fälschlich beschuldige, Glenda. Tue ich dir Unrecht?«

Ihre Kehle war wie zugeschnürt. Glenda kämpfte mit den Tränen. »Du tust mir nicht Unrecht.« Ihre Stimme schwankte verräterisch. »Aber du verletzt mich.«

»Ich verletze dich ... ausgerechnet du willst wissen, wie es ist, wenn man verletzt wird! Im wievielten Monat bist du überhaupt?«

Er ließ ihr wenig Gelegenheit zur Antwort. Eine sehnige Hand schob ihr Unterkleid hoch. Mit einem erschrockenen Seufzer versuchte sie, seine Hände abzuwehren, doch er blieb unbeirrbar. Forschende Finger glitten über ihren gerundeten Leib, ertasteten die leichte Wölbung.

Er ließ seine Hand sinken und musterte sie frostig. »Wie weit bist du, Glenda? Im vierten Monat?«

Sie schluckte gequält. Als sie endlich zu ihrer Stimme zurückfand, erwiderte sie kaum hörbar: »Eher im fünften, denke ich.«

»Im fünften Monat!«, zischte er ungehalten. »Ah, jetzt verstehe ich, warum ... warum du morgens vor mir aufstehst! Warum du die Kerze löschst, bevor du ins Bett kommst! Gleichwohl warst du diejenige, die jenes erste Mal zu mir gekommen ist«, erinnerte er sie, »du bist zu mir gekommen!«

»Es ist die Pflicht einer Gemahlin, mit ... mit ihrem Gemahl das Bett zu teilen.«

»Pflicht! Bist du aus Pflichtgefühl in mein Bett geschlüpft? Ich habe genau gemerkt, wie du an meinem

Mund gekommen bist. An meinen Lippen. Ich habe deinen Höhepunkt gespürt, während ich tief in dir versunken lag! Pflicht! Hat dich reine Pflichterfüllung an mein Bett *gefesselt?*«

Nein, sinnierte sie. *Nein!* Doch ihr wollte kein Laut über die Lippen schlüpfen.

Er war weiß um den Mund geworden. »Wahrhaftig, ich wollte dich!«, begehrte er auf. »Und ich hätte dich nicht mehr gehen lassen, nicht nach jener ersten Nacht! Aber ich habe dich zu nichts genötigt, Glenda, zu nichts!«

Glendas Augen weiteten sich. »Das weiß ich.« Heftig schüttelte sie den Kopf. »Du verstehst das nicht. Anfangs habe ich es nicht bemerkt ... ich dachte, ich wäre unfruchtbar. Du weißt, dass Niall und ich Jahre warten mussten, bis ich endlich schwanger war!«

»Trotzdem bist du schwanger geworden, Glenda. Oder war das Kind nicht von ihm?«

Glenda entfuhr ein leiser Protestschrei. »Wie kannst du nur so etwas sagen! Du weißt, dass ich Niall geliebt habe!«

Seine Mundwinkel zuckten verdrießlich. »O ja, das weiß ich! Ich erinnere mich noch sehr gut an jenen Abend, als wir bei Tisch saßen und du Niall erzähltest, dass du sehr wahrscheinlich guter Hoffnung seiest. Damals war es dir einerlei, wer zuhörte und davon erfuhr! Binnen einer Stunde wusste ganz Dunthorpe um deinen Zustand.«

O ja, ihre Augen hatten geleuchtet vor Freude! Die Erinnerung schmerzte ihn tief, denn jetzt war ihr Blick trübsinnig und verhangen – und das doch eigentlich freudige Ereignis etwas, das geheim gehalten werden musste, selbst vor ihm! Nun, entschied Egan düster, mit ihm war es wohl etwas völlig anderes. So als schämte sie sich, sein Kind unter dem Herzen zu tragen. Er hätte schreien mögen vor Wut und Verzweiflung. Der Schmerz war grausam … unendlich grausam.

Unnachgiebig umschloss er ihr Kinn mit Daumen und Zeigefinger und hob ihr Gesicht. »Freust du dich denn über dieses Kind?«, wollte er wissen.

Sein Blick haftete an ihr. Sie suchte nach einer Antwort … einer Antwort, die ihr einfach nicht einfallen wollte.

Er ließ die Hand sinken, als ekelte er sich vor ihr.

Glendas Lungen brannten von der Anstrengung, nicht zusammenzubrechen. »Egan, Egan, bitte versuch doch …«

Er hörte ihr gar nicht zu, sondern sagte in erbittertem Zorn: »Verzeih mir meine törichte Frage! Wie konnte ich nur so rasch vergessen! Du wolltest mich ja gar nicht. Du wolltest Nialls Kind. Aber kein Kind von mir. Um nichts in der Welt wolltest du das!«

Tief getroffen sah sie mit tränenfeuchten Augen zu ihm auf. »Musst du dich auch noch lustig machen über mich?«

»Ich mache mich nicht lustig über dich! Ich sage schlicht und einfach die Wahrheit!«

»Die Wahrheit! *Die Wahrheit!* Du weißt ja gar nicht, was ich empfinde, die Verwirrung in meinem Herzen!«, meinte sie gepresst. »Ich hatte Angst, auch nur ein Sterbenswort darüber zu verlieren … Angst, mich zu freuen, denn was wäre, wenn ich eine Fehlgeburt hätte? Meinst du, du könntest dich freuen, wenn du wüsstest, wie rasch so ein kleines Leben verwirkt ist? Ich könnte es nicht verschmerzen. Ich … ich dachte, es sei besser, nichts zu empfinden – überhaupt nicht an dieses Kind zu denken. All die Jahre des sehnsüchtigen Wartens … Ich habe die anderen Frauen beobachtet, die ihre Kinder in den Armen wiegten … und meine Arme waren leer. Mein Schoß blieb leer! Und dann, als es endlich geschah, war ich überglücklich … und jetzt kritisierst du mich. Du machst mir deswegen auch noch Vorhaltungen!«

Obschon sie am liebsten getobt und gewettert hätte, war ihre Stimme nur mehr ein herzzerreißendes Flüstern.

»Tag und Nacht habe ich an nichts anderes mehr denken können! Ich trug ein Kind unter dem Herzen, das Kind, das ich mir schon so lange gewünscht hatte! Dieses Kind verlieh mir neue Kraft. Ich wollte es so sehr, und dann habe ich es verloren! Ich hielt den winzigen, erschlafften Körper an meine Brust gepresst. Er starb in meinen Armen, Egan. In meinen Armen! Du kannst nicht wissen, wie es ist, wenn man ein Kind verliert, ein Stück vom Herzen, von meiner Seele!« Glenda entwich ein zerrissenes Schluchzen. »Ich hatte Angst, es noch einmal zu versuchen … ich habe immer noch Angst! Warum kannst du das nicht begreifen? Warum kannst du mich nicht verstehen?«

Sie sah ihn an; ihr Gesicht war erschreckend blass, der hübsche Mund bebte, und in ihren riesigen Augen schimmerten Tränen. Doch Egan war blind gegen ihren Kummer, taub gegen ihr Flehen, betäubt von seinem eigenen Zorn, mit blutendem, gemartertem Herzen.

Warum kannst du das nicht begreifen?, hatte sie geschluchzt.

Warum konnte sie nicht begreifen, dass sie ihm das Herz gestohlen hatte?

Warum kannst du mich nicht verstehen?

Warum konnte *sie* nicht verstehen, dass er sie liebte? Dass er sie schon seit langem liebte …

Doch es war eine Liebe, die von einem … einem Geist überschattet wurde.

Dem Geist ihres verstorbenen Gemahls.

Er fürchtete, dass es immer so bleiben würde. Sein ganzes Leben lang.

Aber nein. Niall war tot. Egan hatte so gehofft, dass sie das endlich begreifen möge. Niall war tot. Und *er* war jetzt ihr Gemahl. Er … Egan.

Und bei Gott, sie würde es begreifen müssen.

Seine Hände umschlossen ihre Arme, zogen Glenda so dicht an seinen Körper, dass sein Atem sie wie ein Peitschenhieb streifte.

»Ich verstehe dich sehr gut. Aus deinem eigenen Munde höre ich es immer wieder! Es war Nialls Kind. Nicht meins. *Nicht meins*. Wahrlich, ich wundere mich, dass du nicht versucht hast, es loszuwerden, dieses Kind – mein Kind!« Er ragte bedrohlich vor ihr auf. »Wag es ja nicht«, warnte er, »denn wenn diesem Kind etwas zustößt, wirst du es bitter bereuen, mein Wort darauf.«

Einen grässlichen Moment lang trafen sich ihre Blicke – in seinem war ein Furcht erregendes Leuchten, und er biss die Kiefer so fest aufeinander, dass Glenda meinte, sie müssten bersten.

Unvermittelt gab Egan sie frei, schnellte herum und schlug das Portal so heftig zu, dass es Glenda noch lange danach in den Ohren hallte.

Tief erschüttert und verstört schwankte Glenda zum Bett. Ihr zitterten die Knie, sie konnte sich kaum noch auf den Beinen halten. Zum ersten Mal empfand sie eine leise Furcht vor diesem Mann, dessen zur Maske erstarrte Miene sie kaum wieder erkannt hatte.

Der Herr steh mir bei, dachte sie benommen, sollte diesem Kind irgendetwas zustoßen.

* * *

Während des Nachtmahls klärte er alle Anwesenden über ihren Zustand auf. Unversehens ging ein Raunen durch den Saal, sämtliche Augen waren auf sie geheftet – auch Egans.

Seine blitzten herausfordernd. Glaubte er etwa, sie wolle die Schwangerschaft leugnen? Glenda hätte nicht zu sagen vermocht, ob sie verärgert oder verletzt war.

»Wann, hast du gesagt, wird das Kind geboren, mein Schatz?«

Am liebsten hätte sie ihn angegiftet, dass sie nichts dergleichen gesagt habe! Hochmütig reckte sie ihr Kinn. »Irgendwann Anfang des Jahres.«

Schlagartig stand Glenda im Mittelpunkt der Aufmerksamkeit. Irgendwie gelang es ihr, ein Lächeln auf ihre Lippen zu zaubern und das Richtige zu sagen, während sie sich dessen bewusst war, dass Egan sie unablässig beobachtete – und ihren Worten lauschte. Schließlich flüchtete sie sich in ihre Kammer, indem sie Müdigkeit vorschützte.

Nessa – und nicht etwa Egan – folgte ihr.

»Das war auch höchste Zeit, möchte ich meinen.« Nessas Stimme verriet Erleichterung, als sie sich bückte, um das Gewand ihrer Herrin über einen Schemel zu legen. Die Greisin hatte sich schon einmal in die Geschicke des jungen Paares eingemischt, und obwohl sie sich des Öfteren auf die Zunge beißen musste, war sie fest entschlossen, den Dingen diesmal ihren Lauf zu lassen.

Aber ach, die beiden hatten sich für einen steinigen und gefahrvollen Pfad entschieden! Wenn sie sich zusammentäten, würde die Reise gewiss weniger beschwerlich – und glimpflicher – verlaufen.

»Er ist aufgebracht, weil ich es ihm nicht schon eher erzählt habe.«

Nessa schnaubte abfällig. »Er hätte längst selbst darauf kommen müssen!«

»Wie sollte er denn? Er ist doch noch nie Vater geworden.« Eifersucht keimte in Glenda auf bei dem Gedanken an die Frauen, die er in Dunthorpe gehabt hatte: Patsy,

Anna, Mary, Louise. »Wenigstens so weit mir bekannt ist«, setzte sie verdrießlich hinzu. In diesem Augenblick dämmerte Glenda, dass sie ihn verteidigte. Diesen Grobian! Nach allem, was er ihr dreist an den Kopf geworfen hatte, verteidigte sie ihn auch noch! Was, zum Teufel, war nur los mit ihr?

Nessa humpelte zum Bett und warf ihr einen verstohlenen Blick zu. »Trotzdem«, beeilte sie sich hinzuzufügen, »schien er sehr erfreut.«

»Aber gewiss doch. Warum auch nicht? Er besitzt Ländereien und eine Burg, und ein Erbe ist unterwegs.«

»Er ist nicht der Einzige, der davon profitiert, mein Mädchen.«

»Ich weiß«, meinte Glenda matt. Die Tränen, die sie mühsam niedergekämpft hatte, drohten erneut zu fließen. »Ich ... ich bete einzig darum, dass dieses Baby gesund und lebensfähig ist ...«

Im Gegensatz zu dem anderen. Aber das durfte sie nicht laut sagen.

Nessa nahm sie in die Arme. »Wir werden dafür sorgen, dass es so ist. Ich habe zwar noch nie ein eigenes Kind geboren, aber ich habe viele auf diese Welt geholt und so mancher Wöchnerin geholfen.«

Glenda drückte sie, dann wich sie mit einem fragenden Lächeln zurück.

»Nessa?«

»Ja, mein Kind?« Emsig das Feuer schürend, spähte die Alte über die Schulter.

»Warum hast du eigentlich keine Kinder?«

»Vielleicht zufällig deshalb, weil ich nie verheiratet war!«

Glenda musterte sie schweigend. Sie wusste, dass Nessa auf Blackstone geboren worden und nie von dort fortgegangen war. Doch obwohl Nessas Haar inzwischen schütter und schiefergrau war, die Glieder altersschwach und die Haut von zahllosen Runzeln gezeichnet, konnte Glenda sich durchaus vorstellen, wie sie in ihrer Jugend ausgesehen haben mochte. Überdies war Nessas Gestalt nicht immer so gebeugt und gebrechlich gewesen. Glenda erinnerte sich noch sehr gut an ihre Kindheit; damals war Nessa groß und kräftig gewesen, ihre Beine lang und gerade wie die Buchen unten am Flussufer. Ihre frühere Kinderfrau hatte gewiss recht anziehend gewirkt.

Sie wartete, bis die Greisin sich umdrehte und den Schürhaken beiseite legte. »Du hast mir erzählt, dass du einmal verliebt gewesen bist«, erinnerte sie Nessa unumwunden, »noch vor meiner Geburt.«

Für Augenblicke schwieg Nessa. Sie fühlte sich jäh zurückversetzt in die Zeit, da sie so jung und biegsam gewesen war wie ihre bildhübsche Herrin. Wahrlich, sie hatte einst geliebt ... einen Mann, der für sie unerreichbar gewesen war, und doch stets so nah. Verhalten lächelnd schaute sie ihrer Schutzbefohlenen in die Augen – Augen, die jenen anderen so ähnlich waren ...

»Hmmm«, meinte Nessa gedehnt, »aber wir konnten nicht zusammenkommen.«

»Warum nicht?«

Etwas Schmerzliches ... vielleicht Bedauern ... glitt über die Züge der Alten. Einen Herzschlag später sagte sie schlicht: »Er hat eine andere geheiratet.«

Da ahnte Glenda ... es war nicht so einfach, wie sie gedacht hatte.

»Und jetzt« – vom Alter und der Gicht gekrümmte Finger zogen das Laken über Glendas Schultern – »schlaf und gräm dich nicht, mein Kind. Was immer dich bekümmert, es geht rasch vorbei.«

Glenda lächelte tapfer. Der Schmerz saß tief. So sehr sie Nessa auch liebte, insgeheim wünschte sie sich, jemand anders würde ihr tröstliche Worte zuflüstern ...

Aber Egan kam in jener Nacht nicht zu ihr. Und auch nicht in den darauf folgenden Nächten.

Oh, er erkundigte sich täglich nach ihrem Befinden, unternahm aber nicht den Versuch, ihre intime Zweisamkeit fortzusetzen. Und Glenda redete sich fortwährend ein, dass Egan im Grunde genommen nicht sie begehrte, sondern ihre Burg, ihren Besitz. In der Tat hatte er nicht einmal ein Geheimnis daraus gemacht.

Dann wiederum mochte sie es einfach nicht glauben.

Sein Körper hatte nicht gelogen. Genauso wenig wie die überwältigende Leidenschaft, die ihre Nächte in einen lodernden Flächenbrand verwandelt hatte. Aber wenn seine atemberaubend blauen Augen sie jetzt zufällig anschauten, waren sie so kalt wie die Nebel, welche die höchsten Gipfel der Highlands verhüllten.

Nachts lag sie allein in ihrem Bett und dachte nur an ihn und an jenen wundervollen Tag im Obstgarten inmitten der herrlichsten Farbenpracht – als glückselige Wonnen sie in sanftgelben Wogen umspült hatten und sich die Leidenschaft wie eine flammend rote Blüte geöffnet hatte.

Aber jetzt breitete sich eine Leere in ihr aus, die an das triste Grau eines bleiernen Winterhimmels gemahnte. Und die Verzweiflung war ein gähnendes Schwarz, trostlos wie die Geschicke ihres Herzens.

Die Nähe – die Zärtlichkeit – fehlte völlig. Konnte sie es ihm denn verdenken, wenn er distanziert und abweisend war?, stichelte eine hämische kleine Stimme. Einzig durch ihre eigene Torheit war es so weit gekommen. Sie hatte einfach nicht über ihren Schatten springen können.

Glenda hatte geglaubt, sie stünde über den Dingen – was war sie doch für eine Närrin! Sie machte sich bittere Selbstvorwürfe.

Egan wollte sein Kind ... doch es schien, dass er sie nicht länger wollte! Wahrhaftig, wie sollte er sie in diesem

Zustand auch begehren? Nachdem ihre Schwangerschaft jetzt bekannt war, schien das Baby fest entschlossen, den Beweis für seine Existenz anzutreten. Ihr Bauch begann sich zu wölben, wurde dick und rund.

Sie war davon überzeugt gewesen, dass ein Teil von ihr mit jenem ersten Kind, mit Nialls Sohn, gestorben war …

Und dann fühlte sie das neue Leben, das sich in ihr regte. Ein kaum merkliches Flattern …

Glenda war allein, als es das erste Mal passierte. Mit einem erschreckten Seufzen presste sie eine Hand auf ihren Leib, wollte sie doch, dass es sich wiederholte … sie wünschte es sich so sehr! Und sie spürte es erneut, sanft wie die Flügel eines Schmetterlings. Sogleich dachte sie an Egan. Sie sehnte sich danach, seine Hände auf ihren Bauch zu legen, damit er es ebenfalls fühlte. Sie wollte ihr Glück mit ihm teilen und eilte, auf der Suche nach ihm, schnurstracks in den Rittersaal.

Es war Jeannine, die ihr berichtete, dass er ausgeritten sei und nicht vor Einbruch der Dunkelheit zurückkehren wolle.

Glenda verlangsamte ihre Schritte. Der Augenblick ihres Hochgefühls war vorbei. Sie schloss sich in ihrer Kammer ein und weinte aus Furcht und Verzweiflung; der Kummer, der bleischwer auf ihrer Brust lastete, nahm ihr fast den Atem.

Am nächsten Morgen aber war sie wieder guter Dinge. Sie durfte nicht aufgeben. Ihr Kind brauchte sie. Dieses Baby lebte … und sie würde darum kämpfen, dass es so blieb.

* * *

Der Herbst tauchte das Grenzland in ein Meer aus Rot- und Goldtönen. Die Blumen im Park büßten ihre strahlende Farbenpracht ein; der wilde Wein welkte und wand sich gelblich-schlaff über dem Erdreich. Die zunehmend kühler werdende Luft barg die Aussicht auf einen langen, harten Winter.

Trotz ihrer fortgeschrittenen Schwangerschaft ging Glenda regelmäßig spazieren, im Innern der Burgmauern und auch außerhalb. Heute stand sie jedoch auf der Burgwehr, ein wenig bibbernd unter ihrem Umhang. Weit unten gewahrte sie Egan, als dieser über den Hof ritt. Er hielt unvermittelt an, legte eine Hand über die Augen und sah zu ihr hinauf. Sie hätte schwören mögen, dass er sie bitterböse anfunkelte, aber das war ihr einerlei. Alsbald würde es Abend werden, und sie hatte nahezu den ganzen Tag in der Burg verbracht; schließlich hatten sie und Jeannine am Nachmittag Fensterkissen genäht, die sie vor der Kälte der kommenden Monate schützen sollten. Und sie hatte noch keine Lust, ins Innere zu gehen – trotz Egans missfälliger Miene!

Die Wolken hingen tief, wie riesige Vogelschwingen, beinahe so schwarz wie Rabengefieder. Vereinzelte Schneeflocken schwebten vom Himmel, und Glenda seufzte, wohl wissend, dass sie flugs die warme Stube aufsuchen müsste.

Schon vor einer Weile hatte sie den winzigen schwarzen Punkt in der Ferne bemerkt. Wieder fiel ihr forschender Blick darauf, und sie erkannte, dass es sich um Ross und Reiter handelte – und sie kamen rasch näher. Neugierig geworden, blieb sie, wo sie war, obwohl von unten Egans Stimme zu ihr schallte.

»Glenda! Glenda, komm runter! Dort oben ist es viel zu kalt für dich!«

»Warte!«, rief sie hinunter, dann deutete sie auf den Reiter in der Ferne.

In diesem Augenblick gewahrte auch der Späher auf dem Turm den Ankömmling. »Jemand nähert sich der Burg!«, brüllte er.

Als Glenda die Stiege zum Hof bewältigt hatte, trabte das Pferd, ein prächtiger Rappe, durch das Torhaus.

Glenda kniff die Augen zusammen. In diesem Augenblick wandte der Reiter den Kopf. Die Falten seines Umhangs teilten sich, und ein winziger schwarzer Schopf lugte hervor.

Ihre Augen weiteten sich. »Heilige Mutter Maria«, hauchte sie. »Es sind Cameron und Brodie!«

Siebzehntes Kapitel

So schnell sie ihre Füße trugen, hastete Glenda über das unebene Gelände. Cameron schloss sie stürmisch in die Arme. »Glenda! So wahr mir Gott helfe, es ist schön, dich wieder zu sehen!«

Glenda blinzelte die Tränen fort, ein bebendes Lächeln auf den Lippen. »Und dich erst, Cameron, und dich erst!« Sie umklammerte seine Hände, glücklich und fassungslos zugleich.

Egan beobachtete, wie freudig seine Gemahlin den Mann mit den pechschwarzen Haaren und den rauchgrauen Augen anstrahlte, und es versetzte ihm einen schmerzhaften Stich. Wenn er von weit her zurückgekehrt wäre, hätte seine Gemahlin ihn dann auch so warmherzig begrüßt?

Gott bewahre, zweifellos wäre sie froh gewesen, wenn er nie zurückgekommen wäre!

Brodie entschied, dass man ihn lange genug vernachlässigt habe. Egan hatte ihn von Fortune, Camerons Hengst, gehoben. Jetzt hing er an Glendas Rockzipfel und schaute bittend zu ihr auf.

Glenda bückte sich und wollte ihn hoch heben, doch Egan kam ihr zuvor, wirbelte den Kleinen durch die Luft und drückte ihn dann in ihre Arme. Vorwitzige blaue Augen strahlten sie beseelt an. Der Junge nahm ihr Gesicht in seine pummligen Händchen und gab ihr einen feuchten Kuss.

»Ich habe dich vermisst!«

Glendas Herz schmolz dahin. »Und ich dich erst, Brodie!« Sie umarmte ihn, dann bog sie den Kopf zurück. »Ich hätte gar nicht gedacht, dass du dich noch an mich erinnern kannst!«

»Aber natürlich kann er das. Schließlich hat er die Intelligenz seines Vaters!«

Selbstredend kamen diese Worte aus dem Munde seines Vaters. Glenda zog eine Grimasse. »Da bin ich anderer Ansicht. Ich meine, er hat die Intelligenz von seiner Mutter!«

»Also habe ich bereits verspielt in deiner Gunst, was?«

Glenda lachte und setzte Brodie zu Boden. Als sie sich wieder aufrichtete, maß Cameron sie unverhohlen von Kopf bis Fuß.

»Gute Güte, was ist denn mit dir geschehen?«

Egan sah sie scharf an. Bildete er sich das nur ein, oder gefror Glendas Lächeln plötzlich?

Cameron klopfte Egan auf die Schulter. »Du verschwendest keine Zeit, was, Mann?«

Egan spürte, wie die Anspannung allmählich von ihm wich. Er zwinkerte Cameron zu. »Das Gleiche könnte ich von dir behaupten«, versetzte er schlagfertig, daran erinnert, wie rasch Meredith schwanger geworden war. Nur dass bei Cameron und Meredith das Baby schon vor der Vermählung unterwegs gewesen war. »Da fällt mir ein … wo ist denn deine bessere Hälfte?«

»Nun, sie lässt euch ihr Bedauern ausrichten, dass sie nicht mitkommen konnte. Überdies fürchte ich, dass Aileen auf einer so weiten Reise nicht lange genug still sitzen könnte, weder zu Pferd noch in einem Karren.«

»Aileen!«, wiederholte Glenda entzückt. »Wie geht es dem Baby?«

»Von einem Baby kann kaum mehr die Rede sein. Ich wette, ihr würdet sie nicht wieder erkennen.« Scherzhaft verdrehte er die Augen. »Wir haben die Kleine zu sehr verwöhnt. Sie hat eben erst zu krabbeln angefangen und scheint den Ehrgeiz zu haben, jeden Winkel von Dunthorpe kennen zu lernen – und zwar in Windeseile!«

In Glendas Lächeln lag ein Hauch von Wehmut. »Ach, ich wünschte mir so, sie wären mitgekommen!«

Cameron nickte. »Ich kann dich gut verstehen, Glenda.« Er hielt inne, dann versetzte er sanft: »Aber, wie du gewiss weißt, ist es für Frauen in deinem Zustand nicht ratsam zu reisen.«

Als sich Glendas Augen erstaunt weiteten, verzog sich sein anziehender Mund zu einem Grinsen. Camerons Blick glitt über ihren gerundeten Leib. Der Highlander schmunzelte, da Egans Brauen überrascht hochschossen. Glenda hingegen nahm kein Blatt vor den Mund.

»Du willst doch nicht etwa andeuten, dass Meredith schon wieder schwanger ist?«

»Genau so ist es.«

»Ein weiteres Kind – so rasch nach Aileen?« Meredith war von Sinnen! »Aber ... aber die arme Frau findet ja gar keine Ruhe mehr!«

Sein Grinsen war durchtrieben ... typisch Cameron. »Was soll ich dazu sagen?«, murmelte er. »Die Nächte sind lang in den Highlands.«

»Die Nächte sind überall lang!«

Cameron grinste. »Das sehe ich, Mädchen. Das sehe ich.«

Glenda errötete tief. Ihre Augen schweiften Hilfe suchend zu Egan, nur um dann festzustellen, dass auch er ziemlich verlegen dreinblickte.

Camerons Grinsen wurde breiter. »Doch ich bin überzeugt, dass es meine Gemahlin überaus glücklich stimmen wird, wenn sie von *deiner* Neuigkeit erfährt!«

Glenda gab sich geschlagen. Sie konnte dem Mann doch wohl kaum ankreiden, dass er seine Frau liebte, oder? Ihre Lippen verzogen sich zu einem befreiten Lächeln. Auch Egans verkniffener Mund entspannte sich.

Während des Nachtmahls wurde viel gescherzt und gelacht. Cameron erhob sich, als Nessa in den Saal schlurfte – es kümmerte ihn nicht, dass sie eine Dienerin war.

Für den Highlander verkörperte sie den Segen des Alters und die Weisheit, die viele erstrebten, die aber nur wenigen vergönnt war. Als die alte Frau stehen blieb und den Ankömmling fixierte, machte Glenda die beiden miteinander bekannt.

Nessa unterbrach sie. Unverhohlen musterte sie den Besucher, obwohl sie dafür den Kopf in den Nacken legen musste, genau wie bei Egan.

»Ich erinnere mich an Euch«, bemerkte sie sachlich. »Ihr seid Cameron, der Mann mit den stählernen Augen. Nun setzt Euch doch, mein Junge. Ich bekomme noch Kreuzschmerzen, wenn ich immerfort zu einem solchen Hünen aufblicken muss.«

Glenda verkniff sich ein Schmunzeln. Cameron zwinkerte spitzbübisch und murmelte: »Aber gewiss doch.« Im Gegensatz zu Egan schien er völlig verblüfft über Nessas freimütige Offenheit.

Brodie aß mit gesundem Appetit, glitt vom Schoß seines Vaters auf Egans und dann auf Glendas. Gesättigt und angespornt von der Aufmerksamkeit, die ihm alle Anwesenden zuteil werden ließ, verlor der Kleine jegliche Scheu vor den Fremden und erwies sich als wahrer Spaßmacher.

Es währte nicht lange, und er sprang von Glendas Schoß, lief zum Kamin und stapfte vor dem prasselnden Feuer auf und ab.

Auf einmal merkte Cameron, dass fast jeder im Saal zu seinem Sohn blickte. Er stockte mitten im Satz und spähte stirnrunzelnd zum Kamin.

»Brodie, was machst du da?«

»Schau mal, Papa! Ich kann genauso marschieren wie du!«

So zackig, wie es seine kleinen Beine eben erlaubten, stakste der Knabe auf und ab, mit stolz geschwellter Brust und hoch gerecktem Kinn. Die schmalen Schultern wiegten sich im Rhythmus seiner Schritte.

Alle grölten vor Lachen.

»Warum lacht ihr? Ich gehe ganz gewiss nicht so!«, entrüstete sich Cameron.

»O doch, das tust du.« Egan vermochte seine Belustigung nicht zu verbergen.

Camerons Miene verfinsterte sich. »Brodie, komm her, mein Junge!«

Blaue Augen funkelten spitzbübisch, ein Grübchenlächeln blitzte auf. »Ich werde mich jetzt verstecken. Komm und such mich doch, Papa!« Der Kleine verschwand unter dem Tisch.

Cameron stöhnte entnervt auf. »Brodie, nein! Komm sofort her!«

»Allmählich begreife ich, warum Meredith nicht mitkommen wollte«, sagte Egan trocken. »So hat sie wenigstens ein bisschen Ruhe vor euch.«

Kurz darauf kletterte Brodie auf Egans Schoß. Er musterte den Highlander, neigte den Kopf erst nach links, dann nach rechts, bis alle drei Erwachsenen ihn fragend ansahen.

»Egan?« Die Stimme des Jungen klang ernst, worauf Egan ihm seine ungeteilte Aufmerksamkeit schenkte.

»Ja, mein Junge?«

»Wenn ich groß bin, werde ich dann auch Dornen im Gesicht haben, so wie du?« Er beugte sich vor und rieb mit seinen Handflächen über die dunklen Stoppeln auf Egans Wangen und Kinn.

Egan machte eine Miene, dass es diesmal an Cameron war, lauthals loszuprusten.

Es war spät, als Glenda sich behäbig erhob. Brodie war neben seinem Vater auf der Bank eingeschlafen. Die meisten anderen hatten sich ebenfalls zurückgezogen.

Egan machte Anstalten aufzustehen, doch sie hielt ihn zurück.

»Nein«, sagte Glenda. »Bleib noch hier und vergnüg dich.«

Nun ja, überlegte Egan verdrießlich, warum sollte er nicht bleiben? Schließlich war es ja nicht so, als teilten sie ein gemeinsames Bett!

Glenda lächelte Cameron zu und sah dann zärtlich den kleinen Brodie an. »Ich nehme Brodie mit und bette ihn in meiner Kammer zur Ruhe. Du kannst ihn später holen.«

Cameron nickte zustimmend und wünschte ihr eine gute Nacht. Eine rasch hinzugerufene Dienstmagd trug das schlummernde Kind die Turmstiege hinauf.

Egans Blick wich keine Sekunde lang von Glenda, als sie sich vorbeugte, um Camerons Wange zu küssen. Unmerklich umfassten seine feingliedrigen Finger den Becher fester. Eigenartige Empfindungen wühlten ihn auf. Dem Himmel sei Dank, sie hatte sich nie unwohl gefühlt. Ihr Haar, ihre Lippen, ihre Haut, alles zeugte von strahlender Schönheit. Ob sie es nun wollte oder nicht, es stand ihr gut, sein Kind unter dem Herzen zu tragen. Während er sie mit Cameron beobachtete, konnte er die sanfte Liebkosung beinahe auf seiner eigenen erhitzten Haut spüren …

Ein quälender Schmerz durchzuckte ihn. Herrgott, es lag schon so lange zurück! Das Blut pulsierte plötzlich heiß durch seine Venen, ob vor Begehren oder Eifersucht, hätte er nicht zu sagen gewusst! Ein Teil von ihm beneidete Cameron, den Glenda den ganzen Abend unermüdlich angelächelt hatte. Er fühlte sich … genarrt. Es tat weh, das ausgelassene Lachen, das scherzhafte Geplänkel und die Unbefangenheit der beiden zu beobachten.

Wenn er allein mit Glenda speiste, war es nie so. Auf ihnen lastete eine Anspannung, schwer wie tief hängende Gewitterwolken.

Seine innere Unruhe verstärkte sich – und damit auch seine Unsicherheit. Das Wiedersehen mit Cameron … dachte sie dabei an Niall? Offen gestanden hatte Cameron eine gewisse Ähnlichkeit mit Niall ... die schmale Nase, die aristokratischen Brauen, die tiefe, wohlklingende Stimme.

Sah Glenda das? Hörte sie es? Wurde sie an ihren geliebten Niall erinnert, den sie auf tragische Weise verloren hatte? Trauerte sie von neuem? Wünschte sie sich inständig, dass die Frucht ihres Leibes Nialls und nicht seine wäre?

Tiefe Schuldgefühle marterten Egan. Er hatte die Gemahlin seines Freundes begehrt. Als Glendas Ehemann gehörten ihm jetzt ihre Ländereien und ihre Burg. Bei allen Heiligen, er war keinen Deut besser als Simon!

Er war fast verrückt geworden an dem Tag, als er von ihrer Schwangerschaft erfahren hatte. Er war so wütend gewesen, dass sie ihm nichts gesagt hatte – so eifersüchtig auf Niall … auf den Mann, der einst ihr Gemahl gewesen war.

Verdrossen fragte er sich, wie es wohl für sie war. Mit einem Mann vermählt … und weiterhin in einen anderen verliebt.

In den einen, der für immer von ihr gegangen war.

Plötzlich war er wütend auf sich selbst. Beschämt. Tief beschämt. Einerseits war es schön, Cameron wieder zu sehen, andererseits legte sich das Unbehagen zentnerschwer auf seine Brust. Der Umstand, dass es ausgerechnet Cameron war, machte alles noch schwieriger. Egan fühlte sich verletzbar und schutzlos wie nie zuvor.

Dieses Gefühl behagte ihm gar nicht. Er konnte sich nicht erinnern, wann er jemals derart gespalten gewesen war. Sie waren so eng befreundet, dass sie ein fast untrügliches Gespür für die Empfindungen des anderen hatten.

Er spähte über die Tafel zu Cameron, führte den Becher an seine Lippen. »Ich hoffe, du hast keine Probleme bekommen, als ich nicht zurückgekehrt bin.«

»Nein, natürlich nicht. Bei deinem Aufbruch von Dunthorpe habe ich doch darum gebeten, dass du dich um Glenda kümmerst.« Eine Pause schloss sich an. »Womit ich allerdings nie gerechnet hätte, war, dass du sie heiraten würdest!«

Egan verschluckte sich fast an dem Bier. So viel zu seinem Versuch, seine Gefühle zu verschleiern.

»Aber du musst mir Verschiedenes berichten. Die Briefe, die du uns übermittelt hast, ließen vieles im Unklaren.«

Daran zweifelte Egan nicht. Er hatte es gescheut, zu viel zu enthüllen. Deshalb hatte er Cameron auch nicht geschrieben, dass er und Glenda ein Kind erwarteten.

Eher zögerlich erwiderte er Camerons Blick. Dessen Augen waren forschend auf Egans Gesicht geheftet. Schließlich gab der Highlander sich einen Ruck und klärte Cameron über alles auf, was geschehen war.

Als er geendet hatte, lehnte Cameron sich zurück. »Was ist mit den Plünderungen?«

»In letzter Zeit hat es keine mehr gegeben«, meinte Egan gedehnt, »trotzdem sind wir auf der Hut. Die Plünderer lassen sich häufig über Wochen nicht blicken – um dann, wenn sich alles wieder in Sicherheit wiegt, erneut zuzuschlagen. Das vergisst man nicht so leicht, und ich weiß, dass etliche Dorfbewohner weiterhin vorsichtig sind.«

»Und dieser Mann, Simon Ruthven?«

Simon der Ruchlose. »Er war ziemlich aufgebracht, als ich meine Vermählung mit Glenda bekannt gab. Gleichwohl war er bei der Hochzeit anwesend und schien keinen Groll auf mich zu hegen. Ehrlich gesagt habe ich ihn seither kaum mehr gesehen«, gestand er. »Gerüchteweise habe ich von seinem aufbrausenden Temperament erfahren und wie er mit anderen umspringt, aber ich für meinen Teil kann das nicht bestätigen.«

»Vielleicht ist es ruhiger um ihn geworden.«

»Mag sein«, räumte Egan ein. »Er hat mir keinerlei Anlass gegeben, ihm zu misstrauen, aber ich vertraue ihm auch nicht.« Für Augenblicke schwieg er. »Vielleicht sind die Marodeure einfach weiter gezogen.«

»Wir wollen es hoffen.« Cameron prostete Egan zu. »Gleichwohl denke ich, du tust gut daran, wenn du weiterhin Vorsicht walten lässt.«

Nachdenklich nahm Egan einen Schluck vom Bier. »Es ist eine heikle Aufgabe«, sagte er schließlich, »deren Tragweite ich bislang nicht einmal richtig einzuschätzen wusste.«

»Welche Aufgabe meinst du?«

»Das Bewusstsein, dass man von mir erwartet, ich solle hier die Führung übernehmen. Zu wissen, dass ich nicht nur verantwortlich bin für den Schutz und die Sicherheit von Glenda und mir, sondern auch für meine Mitmenschen.«

»Und in Kürze auch für ein Kind.«

»Ja. Auch für das Kind.«

»Deine Schultern sind breit genug, um die Bürde zu tragen.«

Für Augenblicke schwieg Egan. »Was, wenn ich versage?«

»Das wirst du nicht.«

Wenn er sich doch nur so sicher wäre wie Cameron. »Du verstehst das nicht«, sagte er knapp. »Ich hatte keinen guten Auftakt.«

»O doch! Du hast angedeutet, dass hier alles im Argen lag. Bei deiner Ankunft gab es nicht einmal Wachsoldaten. Als *ich* eintraf, habe ich auf jedem Turm Wachposten gesehen, und ich müsste mich schon sehr irren, wenn diese Männer nicht hervorragend ausgebildet sind! Die Mauern sind stark und trutzig. Die Felder sind gut bestellt, die Haushaltsführung ist untadelig, dein Tisch reich gedeckt.«

»Das meine ich nicht, Cameron.« Egan schluckte und senkte die Stimme. »Ich meine die Heirat. Glenda … gelegentlich kann ich mich des Eindrucks nicht erwehren, dass sie mich am liebsten in den Feuern der Hölle schmoren sähe.«

»Nun, das wage ich zu bezweifeln.« Cameron grinste. Er musterte Egan über den Rand seines Bierkrugs. »Mein alter Freund Egan als Ehemann und Vater! Ich kann mich noch an eine Zeit erinnern, als ich sicher war, dass keine Maid je dein Herz erobern würde!« Er lachte leise. »Wenn Meredith dich so sehen könnte!«

Egan grinste schwach. »Unsere Vermählung muss sie doch überrascht haben«, murmelte er.

»Überrascht ist gar kein Ausdruck! Sie war außer sich vor Freude. Du weißt doch, wie sie über diese Angelegenheit dachte. Sie wollte wahrlich nicht, dass Glenda ihr weiteres Leben allein verbringt.«

»Aber was ist mit dir, Cameron?« Egan konnte sich die Frage nicht verkneifen, obschon er sich vor der Antwort fürchtete. »Warst du genauso erfreut wie Meredith? Oder warst du« – zum Henker, fluchte er im Stillen, was fiel ihm das schwer! – »warst du verärgert?«

»Verärgert? Warum sollte ich verärgert gewesen sein?«

Egan holte tief Luft. »Immerhin habe ich die Witwe deines Bruders geheiratet.«

Ein unbestimmbarer Ausdruck huschte über Camerons Gesichtszüge. Egan verfolgte nervös, wie sein Freund den Bierkrug absetzte.

Sein Grinsen schwand. Er wirkte sehr ernst, beinahe bedenklich ernst.

»Ich weiß, Egan«, antwortete er kaum hörbar. *»Ich weiß.«*

Egan musterte ihn. Was er sah, versetzte ihm einen Stich ins Herz. »Was willst du damit sagen?«

»Ich weiß, dass du Glenda nicht wegen ihrer Besitztümer geheiratet hast. Mir ist auch bewusst, dass du es nicht getan hast, um sie vor Simon zu schützen. Ich weiß genau … sie ist es schon immer gewesen. Du hast sie schon seit langem geliebt.«

Schon vor Nialls Tod.

Diese Worte standen unausgesprochen zwischen ihnen, und Egan meinte im Erdboden versinken zu müssen.

Er merkte, wie ihm sämtliche Farbe aus dem Gesicht wich. »Woher weißt du das?«, flüsterte er rau. »Woher?«

Cameron schüttelte kaum merklich den Kopf. »Als du uns über deine Hochzeit mit Glenda in Kenntnis gesetzt hast, bin ich hellhörig geworden. Ich weiß nicht, wie ich es erklären soll! Und es war mir auch nicht eindeutig klar«, räumte er ein, »bis ich dich heute wieder gesehen habe. Auf einmal ergab alles einen Sinn. Ich erinnere mich noch, manchmal, wenn Niall und Glenda zusammen waren, dann hast du einfach weggesehen …«

Ein schrecklicher Verdacht legte sich auf Egans Brust. Er umklammerte die Tischkante. »Großer Gott. Hat Niall etwas bemerkt?«

»Nein. Im Leben nicht.«

»Und Meredith?«

»Auch nicht.«

»Sprich nicht darüber, Cameron.«

»Keine Sorge«, beschwichtigte Cameron. »Ich werde schweigen wie ein Grab.«

Egans Blick glitt unstet durch den Raum. »Du musst mich doch verabscheuen.« Seine Stimme klang so jammervoll, wie er sich fühlte. »Ich habe die Frau deines

Bruders begehrt. Ich habe die Frau deines Bruders *genommen.*«

»Nein.« Cameron schüttelte den Kopf. »Sie war seine Witwe. Und jetzt ist sie *deine Frau.*«

Egans Blick schweifte zurück zu seinem Freund. »Du *solltest* mich hassen!«, stieß er aufgebracht hervor.

»Nie im Leben. Niemals.« Cameron streckte eine Hand aus und legte sie Egan auf die Schulter. »Egan«, sagte er leise, »ich wünsche dir nur Glück, denn du bist mein Bruder, genau wie Niall es war. Nein, nicht durch Blutsbande ... aber seelenverwandt.«

Egan starrte ihn nur an. Er verspürte einen schmerzhaften Kloß in der Kehle. Nach allem, was er gehört und in Camerons Miene gelesen hatte, fehlten ihm vor lauter Rührung die Worte. Schweigend drückte er den Oberarm seines Freundes.

Eine Weile sahen sich die beiden an.

Schließlich war es Cameron, der spröde auflachte. »Hier sitzen wir, zwei harte Männer, mit Tränen in den Augen wie die Weibsleute! Gott behüte, dass man uns so sieht!«

Egans Mundwinkel zuckten belustigt, und doch wich die Beklommenheit nicht von seiner Seele. »Ich könnte glücklich sein, wenn ich wüsste, dass Glenda etwas an mir liegt.«

»Etwas an dir liegt?« Cameron rollte die Augen zum Himmel. »Gute Güte, Mann, sie trägt dein Kind unter dem Herzen. Natürlich liegt ihr etwas an dir!«

»Nein. Sie hat mich geheiratet, weil ihr nichts anderes übrig blieb. Der Graf beharrte darauf, dass sie hier in Blackstone einen starken Mann braucht.«

»Manchmal sehen andere mehr als wir selbst. Wahrhaftig, wenn Glenda nicht gewesen wäre, hätte ich Meredith vermutlich nie geheiratet – zumal sie mir hinterher Vorhaltungen gemacht hat, warum ich nicht schon viel eher auf die Idee gekommen sei.«

»Bin ich ein Narr, Cameron?«

»Nein, kein Narr. Du bist verliebt. Wenn du ein Narr bist, dann bin ich auch einer!« Cameron hob seinen Krug. »Auf die Narren dieser Welt und die Frauen, die sie dazu machen!«

Beide Männer nahmen einen tiefen Schluck. Und alsbald zeigte das Bier Wirkung.

»Weißt du«, sagte Egan mit glänzenden Augen, »du solltest nicht Glenda danken, sondern mir, dass du Meredith und die Kinder hast.«

»Warum ausgerechnet dir? *Du* warst doch total dagegen, als ich sie aus dem Kloster geholt habe. Und nachher … nun, du hättest sie am liebsten umgebracht!«

»Sie war eine Munro!«, gab Egan zu bedenken. »Immerhin habe ich deine Ehre nach dem Massaker an deiner Familie verteidigt, und ich war nicht der Ansicht, dass eine Munro Schonung verdient hätte! Aber du hast ohnehin deinen Kopf durchgesetzt und mit ihr gemacht, was du wolltest. Von daher verdiene ich deine Dankbarkeit.«

»Ach, du warst nicht zufällig davon überzeugt, dass sie mich vergiften wollte? Wieso sollte ich dir dankbar sein?«

»Weil ich meinem Verdacht nicht nachgegangen bin! Außerdem kannte ich sie nicht so gut wie du!«

»Das war auch gut so, denn ich hätte dich vermutlich erwürgt, hättest du ihr auch nur ein Haar gekrümmt!«

Es verging noch eine ganze Weile, ehe sie die Turmstiege hinaufstolperten. Als sie den Lärm im Saal vernahm, öffnete Glenda behutsam ihre Kammertür.

Beide fielen praktisch ins Zimmer – um dann in raues, grölendes Gelächter auszubrechen.

Glenda stemmte die Hände in die Hüften und funkelte

die beiden Nachtschwärmer an. »Pssst!«, mahnte sie gestreng. »Brodie schläft, er ist erschöpft von der Reise.«

Cameron spähte durch das dämmrige Gemach. »Wo ist er?«

Glenda zeigte mit dem Finger. »Dort, auf dem Bett.«

Er schwankte dorthin. Man hörte ein Krachen, gefolgt von einem inbrünstigen Fluch.

»Du hast den Schemel umgetreten. Warte, ich mach dir Licht.« Egan steckte einen angezündeten Talgstumpen in den Wandleuchter. Fahlgelbes Licht erstrahlte von der Wand.

Glendas Augen weiteten sich. Cameron bückte sich und rieb sich sein Schienbein. Es fehlte nicht viel, und Egan hätte seine Tunika in Brand gesetzt.

Der untrügliche Gestank von Bier erfüllte den Raum. »Oha!«, kreischte sie. »Ihr seid ja beide betrunken!«

Cameron hob Brodie auf und wandte sich um. »Nicht der Rede wert!«

Sie funkelte ihn bitterböse an, legte einen Finger an ihre Lippen und deutete auf das schlafende Kind.

»'tschuldigung. Hatte ich glatt vergessen.« Camerons Flüstern war weiterhin übermäßig laut. Verschlagen grinsend drückte er einen unappetitlich feuchten Schmatzer auf Brodies Wange.

Egan zog eine Grimasse. »Du sabberst ja auf den armen Kerl!«

»Ich sabber nich«, maulte Cameron. »Babys sabbern. Aileen sabbert. Das Neugeborene wird sabbern. Zweifellos wird euer …«

»Himmel noch! Ich hätte mir denken müssen, dass es so enden würde bei eurem Wiedersehen!« Obwohl sie sich bemühte, konnte Glenda den beiden einfach nicht böse sein.

»Cameron, steck deinen Sohn ins Bett« – sie marschierte zur Tür und schwang diese weit auf –«und dich gleich dazu.«

»Jawohl, Mylady.«

Mit dem Kleinen auf dem Arm schlüpfte Cameron durch die Tür. Glenda blieb, wo sie war, überzeugt, dass Egan seinem Freund folgen würde.

Da hatte sie sich indes gewaltig verschätzt. Mit einer Gelassenheit, die von seinem beschwipsten Zustand zeugte, ersetzte er die Kerze in dem Halter. Ein einziger Schritt, und er stand neben ihr.

Mit seinem Handballen schloss er die Tür.

»Es war schon gut, dass du nicht unbekleidet schlafen gegangen bist. Ich für meinen Teil wäre außer mir gewesen, hätte Cameron dich im Evaskostüm gesehen. Und Meredith vermutlich auch.«

Glenda blinzelte verwirrt. Das hatte sie aus seinem Munde wahrlich nicht erwartet! Schlagartig errötete sie, ohne recht zu wissen warum. »Ich kann mir nicht denken, weswegen du eifersüchtig sein solltest. Ich bin rund wie eine Kugel.«

»Nein, das bist du nicht. Du bist wunderschön.« Sein Blick wanderte versunken über ihre Gestalt. »Aber du solltest nur mit mir nackt sein, Glenda.«

»Ich bin doch gar nicht nackt!«

»Nein, mein Schatz. Noch nicht.«

Ein heißes Prickeln durchflutete sie. Seine laszive Stimme nahm ihr fast den Atem. Trotz seines angeheiterten Zustands brachte er Glenda wohlig zum Erschauern. Und wenn er sie so ansah wie jetzt, konnte sie nicht einmal mehr denken.

»Egan«, versetzte sie tadelnd. »Es ist schon spät. Wir sollten längst im Bett …«

»Das sollten wir in der Tat.«

Starke Arme packten sie und hoben sie hoch in die

Luft, als wäre sie leicht wie eine Feder. Verblüffend flink blies er die Kerze aus und schritt zum Bett. Sie schlang die Arme um seinen Hals.

»Egan, sei vorsichtig!«

Da lag sie bereits auf den Laken. Noch ehe sie Atem schöpfen konnte, hatte er sie und sich selbst entkleidet. Ein schlanker, behaarter Körper glitt neben ihre weiche Fülle.

Ihr Herz setzte beinahe aus. »Egan, was machst du da?«

»Ein Ehepaar sollte nie getrennt schlafen.«

Sämtliche Luft entwich ihren Lungen. Wieder umarmte er sie stürmisch. Oh, dieser arrogante Lump war so selbstgefällig wie eh und je!

In ihrem Unterleib breitete sich eine verhängnisvolle Wärme aus. Ihre Finger gruben sich in seine Schulterblätter – Ablehnung oder Einladung? »Du warst derjenige, der sich für getrennte Schlafkammern entschieden hat«, meinte sie stockend.

»Cameron und Meredith schlafen nie getrennt. Sie schlafen zusammen. Das sollten wir auch tun.«

»Hoppla!«, entfuhr es ihr. »Weil sie es tun, müssen wir es auch tun? Bist du deshalb hergekommen?«

Seine Arme verkrampften sich. »Nein«, murrte er. »Das hat nichts mit uns zu tun. Mit dir ...«

Seine Augen leuchteten über ihr wie blitzblaues Feuer in der Nacht ... glutrote Flammen in ihrem Herzen. Sein Mund besiegelte den ihren mit einem langen, stürmischen Kuss. Ein Hochgefühl durchzuckte ihren Körper. Er begehrte sie noch immer! Ihr Herz frohlockte. Fand er sie wirklich wunderschön? Sie fühlte sich schön, wenn er sie mit solch glutvoller Leidenschaft küsste.

Heiße Lippen zeichneten die geschwungene Linie ihres Halses nach. Ihre Hände massierten ungestüm seinen Rücken, ertasteten angespannte Muskelstränge unter seidenglatter Haut. Er liebkoste die süße Mulde zwischen ihren Brüsten. Ein kräftiger Schenkel zwängte sich zwischen ihre Beine.

Entrückt hauchte sie seinen Namen.

Er reagierte nicht, weder mit Worten noch mit Taten. Seine stählerne Umarmung ließ zunehmend nach.

»Egan?«, wisperte sie abermals.

Als Antwort erhielt sie ein sanftes Schnarchen. Glenda wusste nicht, ob sie lachen oder weinen sollte. Welche amourösen Absichten ihr Gemahl auch gehegt und welche Erwartungen sie gehabt haben mochte – sie hatten sich in Luft aufgelöst.

Ihr Gemahl schlief tief und fest.

Achzehntes Kapitel

Als Glenda am nächsten Morgen aufwachte, war er fort. Sie wusste nicht warum, aber irgendwie fühlte sie sich ihres Liebsten beraubt. Unwillkürlich tastete ihre Hand zu der Stelle, wo er gelegen hatte. Das Laken war noch warm von seinem Körper. Es bekümmerte sie nicht sonderlich, dass sie sittsam Seite an Seite geschlafen hatten. Als er in der Nacht in ihre Kammer gekommen war, hatte er nicht mehr diese kühle, unnahbare Aura verströmt, die ihn in der letzten Zeit umgeben hatte. Sie vermisste ihn entsetzlich; sie vermisste die Glut seines Körpers in der Kälte der Nacht, seine zärtliche Umarmung.

Eine starke Sehnsucht übermannte Glenda. Ihre Kehle war wie zugeschnürt, als sie sich erinnerte. Letzte Nacht hatte sie sich für eine Weile nicht mehr so einsam und allein gefühlt.

Kurz vor dem Mittagsmahl trafen sie sich zufällig im großen Saal. Glenda sah ihn fest und forschend an, doch Egan wich ihrem Blick aus und lenkte seine Schritte in eine andere Richtung.

Glenda schrie innerlich auf. Sie war am Boden zerstört. Bereute er die Stunden, die er gemeinsam mit ihr im Bett verbracht hatte?

Er sprach nicht davon, auch später nicht, als sie abends als Einzige im Saal saßen und auf Cameron und Brodie warteten.

Und sie auch nicht, denn sie hatte alles gesagt. Glenda schwankte zwischen tiefer Verzweiflung und heller Wut. Er hatte ihr gemeinsames Nachtlager verlassen … also war es an ihm zurückzukehren. Sie würde weder betteln noch flehen, denn sie hatte schließlich auch ihren Stolz!

Der nächste Abend verlief ähnlich. Alle blieben lange bei Tisch. Brodie schlief auf den Schenkeln seines Vaters ein. Glenda entschuldigte sich, weil sie müde war, und nahm den Jungen mit nach oben. Doch trotz Erschöpfung und guter Vorsätze hielt sie sich wach.

Egan und Cameron saßen noch lange in der Halle. Als Glenda Schritte im Gang vernahm, hielt sie den Atem an.

Diesmal waren die beiden nicht betrunken.

Und Egan verharrte auch nicht vor ihrer Tür.

Am nächsten Morgen, in ihrer Kammer, drückte Glenda die Blenden auf und spähte in den Hof. Egan war soeben von seinem Hengst gesprungen. Eine winzige Gestalt stürmte auf ihn zu – Brodie. Egan fing ihn auf und hob ihn hoch. Selbst von ihrem Fenster aus gewahrte Glenda seine aufgeräumte Miene. Eine schlanke Hand zauste Brodies dunklen Schopf. So viel Zuneigung. So viel Zärtlichkeit, sinnierte sie widerstrebend ... Ihr Herz verkrampfte sich. Auch sie hatte die zärtliche Berührung jener Hand verspürt und die starke Zuneigung. Aber jetzt war so viel Distanz zwischen ihnen.

Egan setzte den Kleinen auf seinen Hengst. Dann nahm er dem Stallburschen die Zügel aus der Hand und führte das Pferd über das Gras.

Ihre Hand glitt zu ihrem gerundeten Leib. Wie würde ihr Kind wohl aussehen?, kam es ihr auf einmal in den Sinn. Dunkel gelockt wie Egan, mit himmelblauen, von dichten Wimpern umrahmten Augen? Oder mit Augen von einem sanften Goldton wie die ihren? Ihr war es einerlei, ob das Kind ein Junge oder ein Mädchen werden würde.

»Werde groß und stark, Kleines«, murmelte sie, »so groß wie die stattlichste Eiche.« Sie schloss die Augen, sandte ein Stoßgebet zum Himmel, dass sie gesund bleiben möge und dass ihr Kind gesund und kräftig sein möge, anders als ihr erstes. Als könnte das Baby sie hören, strampelte es heftig in ihrem Leib.

Glenda lächelte.

Als sie sich an diesem Abend auf das Zubettgehen vorbereitete, drang unvermittelt Lärm aus dem Innenhof herauf. Glenda, die vor dem Kaminfeuer saß und ihr Haar ausbürstete, sah fragend auf.

»Was ist das?«, erkundigte sie sich. Jeannine war ans Fenster getreten und schaute hinaus.

Die Bedienstete schüttelte den Kopf, die Stirn leicht gekraust. »Ich weiß nicht. Aber der Stallknecht führt Egans Pferd in den Hof.«

Glenda eilte zum Fenster, um sich selbst ein Bild zu machen. Mehrere Männer strebten mit brennenden Fackeln zum Torhaus. Egan stand neben dem Eingang zum Turm; mit grimmiger Miene diskutierte er mit einem Wachposten. Glenda verspürte eine unangenehme Gänsehaut.

Die Bürste entglitt ihren Fingern. Sie hastete aus der Kammer und die Stufen hinunter. Draußen schlug ihr eine eisige Böe entgegen, doch sie merkte es nicht einmal. Ein heftiger Windstoß blies ihr ins Gesicht, zerrte an ihren Haaren. Glenda schob sie sich aus der Stirn und fing an zu rennen, blindlings, nur vorwärts. In ihrer Eile stolperte sie über ihr Gewand. Ein Entsetzensschrei entwich ihrer Kehle, als sie taumelte. Ihre Hände schnellten vor, um den Sturz zu mildern, damit sie nur ja nicht auf ihrem Leib fiele.

Dazu bestand kein Anlass. Starke Hände packten sie und richteten sie wieder auf.

Ihre schreckgeweiteten Augen erkannten Egan. Irgendwie, dachte sie völlig aufgelöst, ist er immer da, wenn ich ihn brauche. Immer …

»Glenda? Was machst du denn hier? Wo ist dein Umhang?« Sein Unmut war offensichtlich. Seine schroffe Miene passte genau zu seinem Ton.

Sie spähte an ihm vorbei, wo ein Stallbursche die Zügel von seinem gesattelten Hengst hielt.

»Wohin willst du, Egan? Was liegt an?«

Er biss die Kiefer aufeinander. Für Augenblicke glaubte sie, er werde ihr die Antwort schuldig bleiben. »Der Sohn des Müllers ist eben eingetroffen. Er hat beobachtet, wie Männer in den Wald geritten sind. Sie hatten Tücher um die Gesichter gebunden.«

Eine plötzliche Panik ergriff Glenda. Die Marodeure! »Du darfst nicht allein reiten!«

»Cameron begleitet mich«, erwiderte er knapp. »Ich habe Männer ausschwärmen lassen, aber wer weiß, wo sie sich derzeit aufhalten. Ich werde weitere mitnehmen. Wir reiten jeweils zu zweit, das ist sicherer. Und jetzt geh wieder hinein.«

Ihr Puls raste. Was, wenn die anderen in der Überzahl wären? Was, wenn er verletzt würde? Glenda verharrte wie festgewurzelt – gefangen in den Fallstricken ihres Herzens.

Sie wünschte sich, er möge sie küssen. Wünschte es sich so verzweifelt, dass sie Egan am liebsten an sich gerissen und den Mund auf seinen gepresst hätte, einerlei, wie kurz der Kuss auch wäre. Sie vergrub die Hände in den Rocktaschen, um genau das zu vereiteln.

»Egan …«

Er wirbelte herum, und seine Miene war finster und abweisend. »Denkst du denn überhaupt nicht an das Baby? Geh sofort ins Haus!«

Egans Schroffheit kränkte sie. Mit keinem Wort erwähnte er sie. Er sorgte sich ausschließlich um das Baby, aber nicht um sie. Das versetzte ihr einen schmerzhaften Stich. Tränen brannten in ihrer Kehle, in ihren Augen. Aber sie würde nicht vor ihm weinen, schwor sie sich, ganz bestimmt nicht!

Glenda spürte eine Hand auf ihrem Arm. Cameron war zu ihr getreten.

»Bleibst du bei Brodie?«

»Ja. Ja, natürlich.«

»Gut. Ich habe eine Dienerin gebeten, ihn in deine Kammer zu bringen.«

Sie nickte. Egan saß bereits hoch zu Ross, die Zügel in der Hand.

»Cameron!«

Cameron zögerte. Sein Blick glitt von ihr zu Egan und wieder zu ihr. »Er wird wohlbehalten zurückkehren, Glenda. Gräm dich nicht.« Mit diesen Worten schritt er davon.

Sie nahm einen tiefen Atemzug. »Gott sei mit euch«, rief sie ihnen nach.

Cameron winkte. Egan tat so, als hätte er nichts gehört. Er ritt davon, ohne ein Wort, einen Kuss, eine Umarmung ... nicht einmal ein Lebewohl.

Später sagte sie sich, dass es töricht von ihr wäre zu schmollen, nur weil sie sich allein gelassen fühlte. Ganz ohne Zweifel musste er sein Augenmerk und seine ganze Energie auf die Plünderer richten. Und doch war Glenda betrübt.

In ihrer Kammer angelangt, schlüpfte sie ins Bett und drückte Brodies kleinen Körper an sich. Nach einer Weile wälzte er sich unruhig hin und her und stöhnte leise. Er setzte sich auf, rieb sich benommen die Augen. Glenda hatte eine Kerze brennen lassen, damit er sich nicht fürchtete, wenn er aufwachte.

Tränen schimmerten in seinen Wimpern. »Wo ist Papa?«

Mitfühlend betrachtete Glenda sein bestürztes kleines Gesicht. Brodie war ein so braves Kind; es war ungewöhnlich für ihn, dass er weinte und jammerte.

»Er und Egan mussten leider noch einmal fortreiten.« Sie strich ihm das zerzauste schwarze Haar aus der Stirn.

Lächelnd versuchte sie ihn zu beruhigen. »Er kommt wieder zurück.«

Seine Unterlippe bebte. »Wann?«

»Bald, Brodie. Schon sehr bald. Wenn du morgen früh aufwachst, ist er wieder hier.« Das hoffte sie. Gütiger Gott, sie betete darum …!

»Du bist so ein tapferer kleiner Kerl, mein Schatz«, sagte Glenda fröhlich, dann tat sie so, als fröstelte sie. »Magst du mir nicht helfen, das Bett anzuwärmen?« Sie streckte die Arme aus.

Brodie schmiegte sich an sie. Glenda umarmte den Kleinen und wiegte ihn in den Schlaf. Innerhalb von Minuten schlief er wieder ein, die Wange an ihre Schulter gebettet, eine kleine Faust auf seiner Brust.

Glenda dagegen fand keine Ruhe. Sie starrte auf die tanzenden Schatten, welche die zuckenden Kaminflammen an die Wände warfen, und horchte auf irgendein Geräusch, das die Rückkehr der Männer ankündigte.

Die Stunden vergingen, eine Ewigkeit.

Die Holzscheite im Kamin waren zu Asche geworden. Der schwache Lichtschein des heruntergebrannten Talgstumpens flackerte auf und verlosch. Plötzlich wurde es unangenehm kalt im Raum; es war eine Kälte, die sich um ihr Herz legte und jede Faser ihres Körpers durchdrang. Sie zitterte, doch nicht vor Kälte. Nein, gewiss nicht vor Kälte.

Glenda zog die Laken fester um Brodie und glitt aus dem Bett. Leise trat sie ans Fenster und schob geräuschlos die Läden beiseite.

Der Hof lag dunkel und verlassen da, weit und breit keine Spur von Egan. Außerhalb der Burgmauern blieb alles ruhig. Wolken schoben sich über das bleiche Rund des silbrig schimmernden Mondes und blendeten das wenige Licht aus.

Erinnerungen wurden wach. Unerwartet. Ungewollt.

Unversehens entsann sie sich jenes Tages in Dunthorpe, da sie Ausschau gehalten hatte. Sie hatte geharrt und angstvoll gehofft, dass ihr Gemahl zurückkehrte …

Gott behüte, wenn es dieses Mal wieder so käme!

Ein leises Schluchzen entwich ihrer Kehle. Schnell presste sie den Handrücken auf die Lippen.

Brodie wimmerte im Schlaf. Sie kroch zurück in ihr weiches Bett, obschon sie wusste, dass sie keine Ruhe finden würde, keinen Schlaf, bis Egan und Cameron unversehrt zurückgekehrt wären.

Sobald sie den Ruf des Wachpostens und lautes Hufgetrappel hörte, schrak sie zusammen und stürmte zum Fenster. Im Verlauf der nächsten Stunden kehrten die Männer zurück, immer zu zweit.

Alle, bis auf Egan und Cameron.

Das Gesinde in der Burg nahm bereits wieder die Arbeit auf. Ein Hahn krähte. Stimmen drangen aus der Ferne. Glenda war der Verzweiflung nahe, als die beiden schließlich über die Zugbrücke ritten. Beide waren zurück, wohlbehalten und unversehrt, Gott sei Dank!

Kurz darauf polterten Schritte über die Stufen. Es war Cameron, der Brodie holen wollte. Glenda überspielte ihre Enttäuschung, denn Egan war nicht bei ihm.

Mit ernster Miene gestand Cameron, dass sie nicht einen Reiter aufgespürt hätten, weder vermummt noch unmaskiert. Sicher, sie hatten Spuren im Erdreich entdeckt, aber diese hätten auch von ihren eigenen Leuten stammen können. Überdies waren keinerlei Anzeichen auf Plünderungen bemerkt worden. Allerdings wusste Glenda, dass man dies vielleicht erst im Lauf des Tages mit Gewissheit sagen konnte.

»Simon ist hier«, berichtete Nessa ihr einige Zeit später.

Glenda hob nachdenklich eine Braue. »Tatsächlich«,

murmelte sie. »Seit der Hochzeit haben wir ihn kaum mehr gesehen. Ich frage mich, warum er hergekommen ist.« Sie stockte. »Ist Egan hier?«

»Ich weiß nicht. Cameron ist mit Brodie und einigen anderen Männern zur Jagd geritten, aber ich vermag nicht zu sagen, ob Egan bei ihnen war.«

»Nun, dann bleibt mir nichts anderes, als ihn zu empfangen.« In Wahrheit war Glenda ziemlich unwohl bei der Vorstellung, Simon in Abwesenheit von Egan zu sehen. Jedoch konnte sie ihn schwerlich warten lassen. Sie legte ihre Handarbeit beiseite und begab sich in den Saal.

Simon stand vor den wärmenden Kaminflammen.

Er drehte sich um, und als er die junge Frau gewahrte, begrüßte er sie überschwänglich. »Glenda! Ihr seht blendend aus!« Sein Blick schweifte über ihre Gestalt und verharrte unmerklich auf ihrem Leib.

»Habt Dank.« Glenda senkte den Kopf. »Und wie geht es Euch, Simon?«

»Gut, gut, einmal abgesehen von dieser bestialischen Kälte!«

»Dann mögt Ihr gewiss einen Becher heißen gewürzten Wein zum Aufwärmen.« Sie wies eine Dienerin an, das Getränk zu holen.

Sobald das Mädchen fort war, wandte Simon sich mit einem schiefen Grinsen an die junge Adlige. »Ach, Glenda«, seufzte er. »Es ist nichts Gutes, was mich zu Euch führt, fürchte ich.«

»Wenn es nichts Gutes ist, was dann?«

Es war Egan. Er stand dicht hinter Glenda. Sie hatte seine Gegenwart gespürt, noch ehe er einen Ton gesagt hatte. Für Sekundenbruchteile trat ein kaltes Funkeln in Simons Blick – oder täuschte sie sich? Es ging so rasch, dass sie fast meinte, sich das nur einzubilden. Sie hätte es ihm auch schwerlich verübeln können, gestand sie sich.

Egan klang überaus schroff. Sie hingegen hatte sich vorgenommen, höflich zu Simon zu sein, denn alles andere wäre fehl am Platz gewesen.

»Egan! Wie geht es Euch, Mann?«

»Gut.« Egan war ausgesprochen bärbeißig. »Was führt Euch zu uns, Simon?«

»Wie mir berichtet wurde, hat es heute Nacht Unruhen gegeben.«

»Unruhen nicht. Aber es wurden einige Verdächtige gesichtet, ja!«

»Vermummte Reiter?«

»Ganz recht.«

Egan antwortete eher zögerlich. Und Glenda spürte, wie er sich neben ihr versteifte.

»Ich wusste es! Dann sind es zweifellos dieselben!«

»Dieselben?«

»In der Tat. Seht Ihr, ich bin hergekommen, um Euch zu warnen. Diese Männer wurden auch auf meinem Land gesichtet.«

Vielleicht, weil sie von Eurem Land gekommen sind. Egan konnte sich des Gedankens nicht erwehren, der ihm spontan durch den Kopf schoss.

»Haben sie Schaden angerichtet?«

»Nein, nein! Gott sei Dank nicht!« Simon legte den Kopf schief. »Wie ich gehört habe, seid Ihr mit Eurem Freund aus den Highlands ausgeschwärmt, um Nachforschungen anzustellen.«

Egans Augen blitzten auf. »Cameron. Ja, so verhält es sich.«

»Und Ihr habt nichts gefunden? Keine Spur von den fraglichen Männern?«

»Nein.«

Glenda wagte es nicht, Egan anzuschauen. Sie fühlte die Anspannung, die von ihm ausging.

Simon überlegte. »Ich weiß nicht, wie ich es sagen soll … aber wenn Ihr noch mehr Männer braucht …«

Insgeheim fluchte Egan. Verdammt, dieser Halunke legte es förmlich darauf an, ihn niederzumachen und bloßzustellen – und das jedes Mal vor seiner Gemahlin!

Er zwang sich zu einem dünnen Lächeln. »Ich hoffe, Ihr wollt damit nicht sagen, dass meine Männer weniger tatkräftig sind als Eure.«

Simon hob abwehrend die Hände. »Seid nicht gleich eingeschnappt …«

»Das bin ich nicht.«

»Es ist nur so ... Nun, alle wissen, dass die Streitkräfte von Blackstone arg gebeutelt wurden …«

Egan hätte am liebsten mit den Zähnen geknirscht vor Wut. Heiliger Strohsack, dieser Mann schien nicht zu wissen, wie weit er gehen durfte!

Sein Lächeln gefror. »Ein Problem, das inzwischen gelöst ist, so versichere ich Euch.«

Simon presste die Lippen zusammen und schwieg. Hoch zufrieden packte Egan ihn am Arm und zog ihn zur Tür. »Hätte ich gewusst, dass Ihr hier seid, wäre ich schon viel eher gekommen. Bitte, lasst mich das nächste Mal wissen, wann Ihr uns zu besuchen gedenkt, dann werde ich mir mehr Zeit nehmen. Bedauerlicherweise habe ich heute zu viel zu tun – und meine Gemahlin ebenfalls.«

Mit diesen Worten wurde Simon durch die Tür geschoben.

»Wenn er bislang noch nicht dein Feind gewesen ist, dann ist er es zweifellos jetzt geworden.«

Ihr gereizter Unterton ließ Egan herumschnellen. »Hättest du es lieber, wenn ich so wäre wie du? Wenn ich ihm Wein, Gastfreundschaft und eine geheizte Stube anböte?«

Seine bissige Bemerkung kränkte sie. »Ich möchte nur, dass du höflich bist. Ist das zu viel verlangt?«

»Du magst es zwar weit von dir weisen, aber dies ist auch mein Heim. Und Simon kann hier nicht nach Belieben ein und aus gehen!« O Schreck, er zahlte ihr die Kritik mit gleicher Münze heim.

Um Himmels willen … »Er geht hier nicht ein und aus, wie es ihm beliebt!«

»Ich bin nicht in der Stimmung, Nachsicht zu üben«, versetzte Egan schroff. »Ich habe eben erfahren, dass Annabelles Eltern – wie auch ihre Brüder und Schwestern – heute Nacht in ihrer Hütte überfallen worden sind.«

Ihr stockte das Herz. »Wurden sie verletzt?«

»Nein. Man hat sie gefesselt und geknebelt im Schweinestall gefunden. Sie waren halb erfroren in der Kälte, aber ansonsten unversehrt.«

»Du hast Simon im Brustton der Überzeugung versichert, dass nichts vorgefallen sei. Wieso hast du ihn nicht darüber aufgeklärt?«

»Warum sollte ich, wenn er es ohnehin schon weiß?«

Sie zögerte. »Das können wir nicht mit Gewissheit sagen.«

»Nein?« Er sah sie lange und durchdringend an. »Du verteidigst ihn schon wieder, Glenda. Warum?«

»Ich verteidige ihn nicht, das habe ich nie getan!«

»Also gut. Selbst wenn er nichts damit zu schaffen hat, wird er es noch früh genug erfahren. Ich bin nicht geneigt, ihm all das auf die Nase zu binden, was hier vor sich geht. Ich brauche weder seinen Rat noch seine Männer. Oder hältst du mich für unfähig, deinen Besitz zu verteidigen?«

Ganz ohne Frage war er übelster Laune. Glenda hatte wahrlich nicht das Bedürfnis zu streiten, obwohl sie an einem heiklen Punkt angelangt waren.

»Es ist auch dein Besitz!« Ihr Protest klang halb wütend, halb verzweifelt.

»Ganz recht«, bekräftigte er frostig. »Annabelles Familie

hat Glück gehabt. Ich schätze, diese Marodeure haben von weiteren Gräueltaten abgesehen, weil sie nicht entdeckt werden wollten. Aber wenn es von neuem beginnen sollte, dann werde ich alles in meiner Macht Stehende tun, die Bewohner von Blackstone zu schützen.« Seine Züge waren angespannt, seine Worte unmissverständlich. Er schnellte herum und ließ Glenda allein in der Halle zurück.

Das Nachtmahl verlief in gedrückter Stimmung. Selbst der kleine Brodie war stiller als sonst. Egan würdigte Glenda kaum eines Blickes, und er richtete auch nicht das Wort an sie. Die junge Frau mühte sich nach Kräften, sich ihre Bestürzung nicht anmerken zu lassen, doch sie war den Tränen gefährlich nahe. Bevor sie sich vor allen Anwesenden blamierte, entschuldigte sie sich und verschwand. Vermutlich wusste Cameron um den wahren Zustand ihrer Ehe, aber er hatte nichts gesagt. Glenda fühlte förmlich, wie sein Blick auf ihr lastete, als sie aus dem Saal rauschte.

Am kommenden Morgen erklärte Cameron, dass er am nächsten Tag abzureisen gedenke. »Brodie vermisst seine Mutter – und ich auch«, räumte er mit einem entschuldigenden Lächeln ein.

Glenda nickte. »Wir werden euch vermissen, aber Meredith harrt vermutlich schon sehnsüchtig eurer Rückkehr.«

Egan nickte bekräftigend. »Zweifellos.«

Wenigstens sind sie sich einmal einig, dachte Cameron. Kopfschüttelnd nahm er die Stufen zu seiner Kammer. Es fehlte nicht viel, und er wäre in den Saal zurückgestürmt, um den beiden gehörig den Kopf zu waschen! Sie liebten einander, daran hatte Cameron keine Zweifel. Es war an jenem ersten Abend aus Egans Worten ersichtlich geworden, und es lag in Glendas Augen und in jedem Blick, den sie Egan schenkte. Sie brauchten es sich nur einzugestehen – sich und dem Liebsten. Wenn Cameron ehrlich mit sich selbst war, dann musste er einräumen, dass der Pfad der Liebe für ihn und Meredith nicht weniger steinig gewesen war.

Nein, er würde sich nicht einmischen.

Als der Abschied nahte, umarmte Glenda Brodie, dann wandte sie sich zu Cameron. Ihre tränenfeuchten Augen rührten ihn an, und er war erleichtert, als sie sich ein kleines Lächeln abringen konnte.

»Gute Reise, und sag Meredith, dass mein Herz bei ihr weilt.«

Sein Blick wurde sanft. »Und ihres ist bei dir.« Seine Lippen zuckten. »Sorg dafür, dass dein Gemahl den Weg nach Dunthorpe nicht vergisst. Meredith wird euer Baby sehen wollen, und mit unseren drei Kleinen können wir wohl nicht herkommen, fürchte ich.«

Sanft küsste er Glenda auf beide Wangen. Dann, einem plötzlichen Impuls nachgebend, schloss er sie in die Arme und drückte sie. Sie senkte den Kopf, und Cameron hätte schwören können, dass ihre Schultern von leisen Schluchzern geschüttelt wurden.

Verflucht, dachte er mit Bestürzung. *Verflucht!*

»Alles wird gut«, flüsterte er an ihrer Schläfe. »Glaube mir.«

In diesem Augenblick trat das Baby in ihrem Schoß heftig aus. Cameron wich schmunzelnd zurück, froh um die Gelegenheit zum Aufbruch. »Siehst du, es schickt mich meiner Wege. Jetzt weiß ich, dass es Zeit wird für uns!«

Egan, der neben ihnen stand, gewahrte, wie seine Gemahlin sich an Cameron klammerte und mit ihren bezaubernden, golden schimmernden Augen zu ihm aufsah. Sie schien so unglücklich ... am liebsten hätte er sie in die Arme genommen und getröstet.

Aber sie hatte ja Cameron. Nialls Bruder. *Niall*, dachte er. *Niall!* Sein Magen verkrampfte sich. Er stand starr und schweigend da, innerlich vor Verzweiflung tobend.

Würde sie Niall immer lieben? Würde sie ihn, Egan, denn nie lieben können? Ach, welch ein Dummkopf war er gewesen!, sinnierte er verdrossen. Sie war zu ihm gekommen. *Zu ihm.* Und er hatte sich der Hoffnung hingegeben … hatte fest geglaubt, dass, wenn er ihren Körper besäße, er alsbald auch ihr Herz erobern könnte.

Es war alles umsonst gewesen.

»Hast du gehört, was ich zu Glenda gesagt habe? Vergiss den Weg nach Dunthorpe nicht, sonst wird Meredith uns auf ewig böse sein.«

Egan grinste, obschon ihm weiß Gott nicht danach zu Mute war.

Cameron war schlagartig ebenso ernst wie sein Freund. »Egan, wenn du irgendetwas brauchst, lass es mich umgehend wissen.«

Ihre Blicke trafen sich. Tauschten eine stumme Botschaft aus.

»Ich weiß«, erwiderte Egan leise, »und ich werde dich beim Wort nehmen.«

Unter stürmischem Winken und einem Jauchzen von Brodie brach Cameron auf.

Einen Herzschlag lang rührten Egan und Glenda sich nicht vom Fleck. Eine unangenehme Anspannung lastete auf ihnen – wie eine unüberwindbare Wand, die bedrohlich steil zwischen ihnen aufragte. Sie blieben stumm, sahen einander nicht an. Egan lenkte seine Schritte nach rechts … Glenda nach links.

Nie zuvor schien die Kluft zwischen ihnen tiefer. Beide fühlten es mit schmerzlicher Deutlichkeit … und doch wusste keiner, wie diese Kluft zu überbrücken war.

Neunzehntes Kapitel

Mit Camerons und Brodies Aufbruch schien sämtliche Fröhlichkeit wie ausgelöscht. Glenda dünkte es, als hätte sich ein Leichentuch über sie gebreitet – und über Blackstone Tower.

An eben jenem Abend fand ein weiterer Raubzug statt, und dieses Mal wurden unsägliche Grausamkeiten verübt. Ein Mann wurde so brutal zusammengeschlagen, dass es fraglich schien, ob er überleben würde. Wie Nessa meinte, hing sein Leben an einem seidenen Faden.

Es war in der Tat so, wie Nessa es am Tag ihrer Ankunft geschildert hatte, überlegte Glenda. Sobald man sich wieder sicher fühlte, begannen die Unruhen aufs Neue. Vielleicht lag es an ihrer zeitweiligen Melancholie, jedenfalls wurde Glenda das Gefühl nicht los, dass es so bald kein Ende nehmen würde.

Eines Morgens weckte sie lautes Gebrüll im Torhof. Sobald sie aufgestanden war, bemerkte sie, dass einer der Pachtbauern und der Müller in eine überaus heftige Auseinandersetzung verstrickt waren. Fäuste sausten durch die Luft. Einer ging auf den anderen los, beide taumelten zu Boden. Vier Wachleute waren vonnöten, um die Streithähne zu trennen. Eine unangenehme Stimmung machte sich breit. Die Anspannung war groß, und die Nerven lagen blank … auch die Glendas.

Eines Tages saß sie auf einem Schemel in ihrer Kammer und wickelte frisch gefärbte Wolle um die Spindel. Draußen wütete ein verheerender Sturm, und der Regen peitschte an das Mauerwerk; die Flammen zischten und zuckten infolge der Feuchtigkeit, die in den Kamin drang. Obschon noch nicht einmal Nachmittag war, war es aufgrund des Unwetters bereits dämmrig.

Glendas Finger waren ungeschickt, ihre Gedanken

ganz woanders, und plötzlich lag das Garngewirr zu ihren Füßen. Jeannine saß in einer Ecke der Kammer. Glenda bat sie um Hilfe.

»Einen Augenblick, Mylady. Thomas ist heute übellaunig.« Mit sorgenvoll gekrauster Stirn betrachtete Jeannine das Bündel in ihrem Arm.

Glenda verlor die Geduld. »Jeannine, hör endlich auf damit! Thomas ist tot! Er ist im letzten Winter gestorben!«

Jeannines Kopf schoss hoch. Sie rappelte sich auf. »Ihr seid grausam«, presste sie hervor. »Euer Baby ist gestorben, und deshalb wünscht Ihr meinem auch den Tod?«

Glenda erstarrte, ebenso bestürzt über die Worte des Mädchens wie über ihre eigenen. Gewiss, ihr Baby war gestorben, aber sie erwartete ein weiteres. Eines, das so heftig in ihr strampelte, dass sie gelegentlich davon aufwachte. Aber Jeannine hatte nichts. Nichts, worauf sie sich freuen konnte in ihrem Leben …

»O Gott«, stöhnte sie. Aber da hatte Jeannine bereits fluchtartig die Kammer verlassen. Das laute Schluchzen des Mädchens ging Glenda durch Mark und Bein. Sie war tief beschämt.

Rasch verdrängte sie ihre Schuldgefühle und begab sich auf die Suche nach Jeannine. Sie fand das Mädchen zusammengekauert in einer Ecke der winzigen Abstellkammer neben dem Rittersaal. Glenda kniete sich neben sie und tätschelte ihr die Schulter.

»Jeannine«, flüsterte sie. »Es tut mir Leid. Es tut mir so … so fürchterlich Leid … ich hätte das nicht sagen dürfen.«

Jeannine hob den Kopf. Ihre Augen waren rot geschwollen vom Weinen und ihr Blick so leer, dass Glenda beinahe selbst die Tränen kamen. Bei ihren Worten schluchzte Jeannine umso mehr. Glenda schlang die Arme um sie und wiegte sie sanft hin und her, derweil Jeannine sich bei ihr ausweinte.

Doch als sie sich schließlich erhoben, umklammerte Jeannine ihr Bündel fester als zuvor. Was soll ich nur tun?, sinnierte Glenda ratlos. Allmählich fand sie, dass es mehr schadete als nutzte, wenn man Jeannine in dem Glauben ließ, dass ihr Baby noch lebte. Aber wie konnte sie auf das Mädchen Einfluss nehmen? Oder wer sonst vermochte das überhaupt zu tun?

Tief erschöpft suchte sie an jenem Abend ihr Bett auf; es war weniger eine körperliche Erschöpfung als eine geistige Mattigkeit, denn es war ein harter Tag gewesen. Sie schloss die Augen und sehnte die erlösende Wirkung des Schlafs herbei.

Dieser stellte sich auch ein, doch er war nicht erlösend, nein, nicht in dieser Nacht. Ihre Träume waren wirr und beängstigend. Sie träumte von den Schrecken der Vergangenheit ... von den Ängsten um die Zukunft. Sie war wieder auf Dunthorpe, im inneren Torhof. Der Gestank des Todes überlagerte alles, denn sieben Leichen lagen in einer Reihe im Schmutz, die Leiber zerfetzt und aufgeschlitzt, die Kleider zerrissen und blutbefleckt. Der Erste war Niall. Seine Brüder Burke und Oswald, dann der junge Thomas. Die stämmige Gestalt seines Vaters.

Glenda schrak zurück, von Entsetzen übermannt. Während sie noch schaute, regte sich Nialls Leichnam. Er stand auf, und sie fing an zu schreien und schrie und schrie.

Sein Kopf fehlte.

Blut strömte aus seinem Hals, der gähnenden Öffnung, wo sein Kopf hätte sein müssen. Er hob eine Hand. Deutete anklagend auf sie.

»Du hast meinen Sohn getötet. *Du hast meinen Sohn getötet.*«

Glenda blickte an sich hinunter und sah sich selbst wie

durch einen dichten Nebelschleier. Sie kniete im Hof. In den Armen hielt sie den winzigen, erschlafften Körper ihres Neugeborenen.

Der Nebel lichtete sich. Auf einmal war sie wieder in Blackstone. Eine Menschentraube scharte sich um Glenda. Nessa, Jeannine. Bernard und Milburn.

Egan trat vor, ähnlich wie Niall zuvor, und seine blauen Augen wirkten eisig. »Du wolltest mich nicht«, warf er ihr vor. »Du wolltest mein Kind nicht. Wirst du dieses Baby töten, wie du auch das andere getötet hast?«

Die Umstehenden maßen Glenda vernichtend, verurteilten sie mit ihren Blicken. Und dann, plötzlich, kamen alle näher, bis sie eingekreist war. Sie wirbelte herum, wollte fliehen, aber es gab keinen Ausweg. Sie ruderte mit den Armen, um sie abzuwehren ... und in diesem Moment bemerkte sie es.

Ihre Hände waren mit Blut befleckt.

In der Ferne schrie jemand, ein schriller, grausiger Laut.

Hände umschlossen ihre Schultern. Jemand schüttelte sie. Ihre Kehle war rau. Es dauerte einen Augenblick, bis ihre aufgewühlten Sinne begriffen, dass diese entsetzlichen Laute von ihr selbst stammten.

Sie schlug die Augen auf, gewahrte den fahlgelb flackernden Lichtschein einer Kerze ... und Egan. Er beugte sich über sie, und seine Miene war grimmig ernst, ja beinahe verschlossen. Abermals öffnete sie die Lippen, um zu schreien. Indes rebellierte ihr Magen, wogte wie die stürmische See.

Sie schob ihn beiseite, versuchte aufzustehen, doch dabei strauchelte sie und traf unsanft mit den Knien auf dem Bodenreisig auf.

»Glenda!«

Sie presste eine Hand vor den Mund. »Ich glaube, ich muss mich übergeben«, stöhnte sie.

Fluchend riss Egan den Nachttopf vom Regal. Gerade noch rechtzeitig, so schien es. Sie erbrach sich heftig, so heftig wie an jenem grauenvollen Tag, als man die abgeschlagenen Köpfe von Niall und seinem Vater nach Dunthorpe gebracht hatte. Schließlich sank sie völlig geschwächt in Egans Arme.

Er trug sie das kurze Stück zum Bett zurück. Ihr schwindelte noch immer, als er einen Becher an ihre Lippen führte und sie aufforderte, sich den Mund auszuspülen. Glenda tat, wie ihr geheißen, dann lehnte sie sich zurück in die Kissen. Benommen gewahrte sie, dass er sich erhob und die Kammer durchquerte. Das Plätschern von Wasser, das in eine Schüssel gegossen wurde, drang an ihre Ohren. Unsäglich erschöpft schloss sie die Augen.

Glenda öffnete sie wieder, als sie ein nasses Tuch auf ihren Wangen spürte. Egan saß neben ihr und kühlte ihr behutsam Gesicht und Dekolleté. Schließlich schob er die Schüssel beiseite.

»Gute Güte, ich dachte schon, es wäre jemand bei dir.« Er stockte. »Hast du geträumt?«

Glenda nickte. Bei der Erinnerung krampfte sich ihr Magen erneut zusammen, und sie nahm einen langen, aufgewühlten Atemzug. Zum Glück ließ das Unwohlsein nach. Schlagartig durchzuckte sie ein Gedanke. Sein Verhalten war kein bisschen distanziert. Ihr Blick streifte seine kräftige, entblößte Männerbrust.

Offen gestanden wunderte Egan sich, dass er sie überhaupt gehört hatte, denn seine Kammer befand sich ein Stück entfernt. »Wovon hast du geträumt?«, fragte er leise.

Sie drehte den Kopf weg. »Ich kann es nicht sagen.«

Irgendwie ahnte er es. Er wusste es. Obschon er sie nicht mehr berührte, fühlte sie, wie er sich versteifte. Dennoch wich er nicht zurück, wie sie geglaubt … und befürchtet hatte.

»Du hast von Niall geträumt.«

»Ja«, erwiderte sie tonlos. »Er war tot. Er und das Baby.«

Ein schier endloses Schweigen schloss sich an.

»Du denkst, dass ich ihn hasse.«

Glenda zögerte. Nie würde sie den Tag vergessen, an dem sie ihn gnadenlos – und leider auch törichterweise – mit Niall verglichen hatte. Darauf war Egan außer sich vor Zorn gewesen. Deshalb hatte sie seither ihre Zunge besser im Zaum gehalten. Nein, seit dem fraglichen Tag war der Name Niall nicht mehr gefallen zwischen ihnen …

Bis jetzt.

»Ich hasse ihn nicht«, sagte er unvermittelt. »Herrgott, wie könnte ich? Trotzdem vermag ich meine Eifersucht nicht zu leugnen. Jedes Mal, wenn wir uns liebten, habe ich mich gefragt, ob du dabei an Niall denkst … ob du dir wünschst, du wärest bei ihm … Ich weiß, wie sehr du ihn geliebt hast …« Ihm versagte die Stimme. Er räusperte sich. »In der Nacht, als Niall und die anderen gemeuchelt wurden – da habe ich mich selbst gehasst. Ich habe mich dafür gehasst, dass ich nicht bei ihnen war!«

Glenda zog geräuschvoll den Atem ein. Ihr Blick war auf sein Gesicht geheftet. Bestürzt gewahrte sie seine gramerfüllte Miene.

»Nein, Egan, nein. Du hättest nichts ändern können. Cameron hatte Glück und ist mit dem Leben davongekommen – aber es stand auf Messers Schneide!«

»Wäre ich dort gewesen, hätte ich dem Ganzen vielleicht eine Wendung geben können.«

Glenda schüttelte entschieden den Kopf. »Keiner hätte etwas ändern können, Egan. Keiner.«

Sein Blick umwölkte sich. »Niemals werde ich dein Gesicht an jenem Tag vergessen, Glenda. Ich habe dich angesehen, und es war, als bohrte sich mir ein Messer in die Rippen …« Zögernd hob er eine Hand. Sie fühlte seine

Fingerspitzen, die ihre Wangen nachzeichneten, ihre Kinnpartie. Seine Berührung war quälend sanft, seine Miene jedoch wild entschlossen.

»Ich hätte meine Seele an den Teufel verschachert«, versetzte er heftig, »wenn ich statt Niall hätte sterben können. Das werde ich mir niemals verzeihen. Niemals.«

Die Trauer in seinen Worten berührte Glenda tief.

»Was gibt es da zu verzeihen?« Ihre Stimme klang leise und unsicher. »Ich danke Gott dafür, dass du an jenem Tag nicht bei ihnen warst, Egan, denn sonst wärst du jetzt nicht hier bei mir.«

Egan wurde sehr still. »Ich würde dir nicht böse sein«, sagte er leise. »Ich würde es dir nicht verübeln. Aber kannst du mich anschauen ... und reinen Gewissens beteuern, dass du dir nicht wünschst, dass *ich* statt Niall gestorben wäre?«

»Das kann ich, und das tue ich.« Sie schüttelte den Kopf, ein leiser Seufzer ging über ihre Lippen. »Ich würde dir niemals den Tod wünschen, Egan, niemals!«

Ihre Blicke trafen sich. Seine Augen hefteten sich auf ihr Gesicht, forschend und eindringlich, als wollte er durch sie hindurchsehen. »Ist das wahr?«

»Ja«, hauchte sie, leise lächelnd. »Egan, du bist zu hart zu dir, damals und auch jetzt. Nur durch dich ist Blackstone zu neuer Blüte gelangt. Die Menschen lieben dich. Sie respektieren dich. Wir haben Vorräte für den Winter eingelagert. Der Graf hat seinen Pachtzins bekommen. Das alles ist dir zu verdanken, Egan. Weißt du nicht, wie sehr dich jeder hier braucht?«

Es rührte sein Herz. Ihre Worte erfüllten ihn mit Stolz, und dennoch fragte er sich weiterhin: Was war mit ihr? Die Ungewissheit nagte an ihm, eine gewaltige, gähnende Leere. Brauchte *sie* ihn?

Egan schreckte vor der Frage zurück ... aus Furcht vor

der Antwort, die sie ihm geben würde. Vielleicht war es besser, wenn er es nicht erfuhr, entschied er mit einer gewissen Häme. Jedenfalls wäre es am besten – aber vermutlich nicht einfacher –, wenn er in sein eigenes Bett zurückkehrte …

Dann aber plagte ihn sein Gewissen. Wie konnte er sie in einer solchen Situation allein lassen, in der sie von den Dämonen der Nacht und der Vergangenheit heimgesucht wurde?

Egan erhob sich flink, entledigte sich seiner restlichen Kleidung, löschte die Kerze und schlüpfte neben sie unter die Laken.

Glenda verblüffte ihn, indem sie sich in seine Arme kuschelte. Ihre Lippen streiften seine starke Schulter. »Verlass mich nicht«, murmelte sie kaum hörbar.

Der Highlander schloss sie fest in die Arme, schmiegte seine Wange an ihren Haarschopf und atmete ihren reinen, frischen Duft ein. Er spürte ihre weiche Körperfülle, die vollen Brüste, die sich sanft hoben und senkten, und bettete sie in seine schützende Umarmung. Es waren Höllenqualen gewesen, sie in seiner Nähe zu wissen und dennoch glauben zu müssen, dass sie seine Zärtlichkeiten ablehnte. Dass sie sich letztlich doch für ihn entschieden hatte, ließ ihm das Herz überquellen vor Glückseligkeit.

Keine andere Frau hätte Egan derart faszinieren können, dass er Glenda aus seinen Gedanken verdrängte. Diese Entdeckung hatte er schon vor langer Zeit in Dunthorpe gemacht.

Keiner anderen würde es je gelingen.

Allerdings gewahrte er, dass seine Motive nicht ganz uneigennützig waren. Sein Körper reagierte auf eine Weise, die er weder bestimmen noch beherrschen konnte … Es lag nun viele Wochen zurück, dass sie ein gemeinsames Bett geteilt hatten; er würde sie – oder sich – nicht beflecken, indem er zu einer anderen Frau ginge. Beschämung ergriff von ihm Besitz, als prickelndes Verlangen ihn wie ein Blitzstrahl durchzuckte. Sein Blut geriet in Wallung. Begehren flammte auf, ließ seine Lenden zu praller, pulsierender Härte anschwellen.

Sie suchte seine Stärken, schalt er sich barsch, und nicht seine Schwächen. Sie brauchte seinen Trost und nicht seine Lust. Wie konnte er sie nehmen, ohne dass sie ihn gleich zum liebestollen Schwerenöter abstempelte?

Diese Entscheidung wurde ihm abgenommen.

Glenda kuschelte sich in seine tröstliche Wärme, spürte seine starken Arme fest in ihrem Rücken. Sie hatte sich so verloren und einsam gefühlt, so betrübt … Waren es ihre Träume vom Tod gewesen? Einerlei. Er war warm. Voller Energie. Tatkraft und Elan. Er lebte. Sie verzehrte sich danach, seinen schlanken, trainierten Körper zu streicheln, mit ihren Fingern in das dichte, dunkel gelockte Brusthaar einzutauchen.

Es war vergebens, diese spontane Eingebung ausblenden zu wollen, und so setzten sich ihre Hände in Bewegung. Ihr wurde der Mund trocken, glühte seine Haut doch wie Feuer. Ihre Fingerspitzen ertasteten seinen flachen Bauch, wanderten zu den behaarten Schenkeln, hart, wie aus Eisen gegossen … Und auf ebendieser lustvollen Entdeckungsreise streiften ihre Fingerspitzen zufällig seine gezückte Liebeslanze.

Glenda stockte der Atem. Sie wagte nicht, den Blick dorthin zu lenken, wo er steif und fest und fordernd war.

»Sieh mich an, mein Schatz.«

Sein samtenes Flüstern verlangte ihren Gehorsam. Mit klopfendem Herzen spähte Glenda in angespannte, liebeshungrige Züge.

Egan senkte den Kopf. Ihre Lippen streiften sich. »Ich will dich«, hauchte er.

Sie würde nicht protestieren. Er brauchte keine weitere Aufforderung. Glenda schlang die Arme um seinen Nacken und bot ihm wortlos ihre Lippen dar.

Ergeben erbebte sie unter der Macht seines Kusses, der feurig, entfesselt und doch so samten wie sein Flüstern war. Dieser eine Kuss barg eine Fülle an Gefühlen ... Tiefe und Sehnsucht, Lust und Zärtlichkeit. Sie hätte weinen mögen vor Erleichterung, aufschreien infolge der prickelnden Leidenschaft, die sie durchflutete, als seine Hände über ihren Körper glitten und ihr das Nachtgewand abstreiften. Nun war sie nackt wie er.

Sie fühlte seine gespreizten Finger auf der Wölbung ihres Bauches und ergötzte sich an der Besitzgier, die in seinen Augen aufflammte. Mit Händen, Lippen und Zunge erforschte er ihre gerundeten Reize, saugte an ihren erblühenden Knospen, bis sie stöhnte und keuchend ihre Finger in sein Haar krallte.

Dabei hatte er noch einiges vor. Schlanke Finger kosten ihr gelocktes Nest, spreizten ihre Grotte. Glendas Herz klopfte zum Zerspringen. Ein vorwitziger Finger tauchte ein, umkreiste und neckte sie – eine aufreizende, quälende Liebkosung, die sie heiß und feucht und beinahe willenlos machte. Halb von Sinnen vor Lust schmiegte sie sich an ihn, begehrlich wie nie zuvor.

»Egan«, keuchte sie leise. »Egan!«

Verzehrende Glut erfüllte sie, als er sie schließlich ausfüllte, heiß und hart, sein Stab tief in ihr versunken. Seine Augen sprühten vor Lust. Er richtete sich über ihr auf und murmelte ihren Namen, ein raues, stockendes Flüstern, das ein Verlangen bezeugte, ungestillt wie das ihre. Als sie nach ihm tastete, fasste er ihre Hände und verschränkte beider Finger.

Glenda bäumte sich unter der ungehemmten Macht seiner Stöße auf, und während sie ihrem Höhepunkt entgegenfieberte, schwebte sie auf den Wolken der Glückseligkeit.

Er küsste ihren Mund, ihre Halsbeuge. Er pries ihre Schönheit, flüsterte von dem Verlangen, das wie ein Fieber in seinen Adern wütete, von dem haltlosen Begehren, das nur sie zu stillen vermochte. Und als sie das pulsierende Zucken spürte, wie er sich stürmisch in ihr ergoss, war ihr Hochgefühl noch intensiver, weil sie es mit ihm gemeinsam erlebte. Mit aufgepeitschten Sinnen raste sie dem Zenit ihrer Lust entgegen; dann warf sie den Kopf zurück und schrie ihre Wonne laut heraus.

Als es vorüber war, schlug Glenda die Augen auf und gewahrte, dass ihr Geliebter lang ausgestreckt neben ihr lag. Mit zärtlicher Hand strich er ihr die feuchten Locken aus der Schläfe und sah sie forschend an.

»Was ist denn? Habe ich dir wehgetan?«

Sie presste ihr glühendes Gesicht an seine Schulter, beschämt über ihre Verworfenheit. »Nein«, sagte sie mit erstickter Stimme, »nein!« Sie fasste seine Hand und drückte sie auf ihren gerundeten Leib, denn es schien, dass das Baby aus tiefem Schlaf erwacht war. Ihre Haut dehnte sich, da es strampelte und trat.

Egans Augen weiteten sich, denn er spürte ganz deutlich einen Tritt. »Gute Güte! Tut das nicht weh?«

»Nein. Es ist häufig so.«

Er schaute dermaßen verblüfft drein, dass Glenda unwillkürlich kichern musste. Er senkte den Kopf, legte sein Ohr an ihren Bauch.

»Sein Herz!«, murmelte er verwundert. »Ich kann es schlagen hören.«

Sie lachte. »Was du hörst, ist meines und nicht das von dem Baby.«

»Ist es nicht!«

Er klang so überzeugend, dass sie sich selbst nicht mehr

sicher war. Plötzlich begriff Glenda … sie fühlte sich, als wäre ihr eine gewaltige Last von den Schultern genommen worden. Oh, es war so erhebend, wieder lachen zu können! Und es war schön, Egans Lachen zu hören.

Für den Rest der Nacht schlief sie ruhig und traumlos. Egan war fort, als sie aufstand, doch er hatte sie geküsst und ihr ins Ohr gehaucht, dass sie sich ausruhen solle.

Der Tag entsprach ganz ihrer Stimmung: er war so strahlend wie schon lange nicht mehr. Die Anhöhen wurden von weißen Schäfchenwolken gekrönt; die Luft war frisch, der Himmel von einem klaren Azurblau. Fröhlich summend entschied Glenda, mit der Köchin den Speiseplan für die nächsten Tage durchzugehen – aber zuerst würde sie einen Blick auf die Kräuter und Gewürze werfen. Egan hatte sich beschwert, dass einige alt und fad schmeckten, und sie hielt es für besser, dies selbst zu überprüfen.

Unversehens fühlte sie es – eine klebrige Feuchtigkeit zwischen ihren Schenkeln, als sie beim Gehen aneinander rieben … es war unangenehm. Auf ihrem Weg in die Vorratskammer blieb die junge Frau mitten auf der Treppe stehen. Ganz bestimmt hatte sie sich nicht nass gemacht! Gewiss, sie musste dem Ruf der Natur mittlerweile viele Male am Tag wie auch in der Nacht folgen, aber diese dringenden Bedürfnisse hatte sie stets zeitig genug bemerkt. Überdies erschien es ihr irgendwie anders.

Stirnrunzelnd schaute sie die Stiege hinauf und hinunter. Weit und breit war niemand zu sehen, also hob sie einen Rockzipfel und berührte mit den Fingerspitzen die Innenseite ihres Schenkels.

Als sie diese zurückzog, klebte Blut daran.

Entsetzt rang sie nach Atem. »Egan«, flüsterte sie, und dann entfuhr ihr ein lang gezogener Schrei: *»Egan!«*

Zwanzigstes Kapitel

Als Egan die Hütte des Schmieds verließ, dröhnte ihm der Schmiedehammer weiterhin in den Ohren. Folglich meinte er zunächst, sich verhört zu haben …

Dann vernahm er es erneut.

Es war ein Angstschrei, ein flehentlicher Hilferuf, atemlos, gepeinigt. Die Erde schien unter seinen Füßen zu erbeben. Alles um ihn herum war ausgeblendet. Suchend sah er sich um. Innerhalb von Augenblicken hatte er seine Gemahlin erspäht.

Sie stand auf dem Treppenabsatz neben dem Eingang zum großen Saal. Ihr Antlitz war weiß wie ein Leintuch, ihr hektischer Blick schweifte über die Gesichter im Hof.

Er rannte, als ginge es um sein Leben.

»Was ist denn? Was ist geschehen?« Er fasste ihren Ellbogen, schob sie in die Halle und aus der Kälte, denn sie zitterte am ganzen Körper.

»Ich blute«, stammelte Glenda fassungslos. »Ich blute.« Mit schreckgeweiteten Augen zeigte sie ihm ihre zitternde Hand. Die andere umklammerte schützend ihren Leib. Sie presste die Schenkel zusammen, als müsste sie das Baby in ihrem Schoß mit aller Gewalt zurückhalten.

Egan starrte wortlos auf ihre blutroten Fingerkuppen. Für Augenblicke arbeitete sein Verstand zu langsam … eine Gänsehaut lief ihm über den Rücken.

»Großer Gott«, hauchte er nur. Behutsam hob er sie in seine Arme. »Halt dich an mir fest, Liebste!« Er trug sie durch den Saal und die Turmstiege hinauf und brüllte über seine Schulter hinweg nach Nessa.

In ihrer Kammer legte er sie vorsichtig auf das Bett.

Sie streckte ihre Hände nach ihm aus. »Geh nicht!«

Ihre flehende Bitte rührte sein Herz. Ihre Hände waren eiskalt. Er wärmte sie zwischen den seinen.

»Es ist genau wie damals«, sagte sie tonlos. »Das Blut … Bald beginnen die Schmerzen … Es ist zu früh. Viel zu früh!«

Inzwischen war Nessa zu ihnen gestoßen. »Wir brauchen eine Hebamme!«, knurrte Egan, sobald er sie sah.

Faltige Lippen legten sich aufeinander, bis nichts mehr von ihnen zu sehen war. Nessas eingesunkene Augen glühten wie Kohlen. Ja, wenn Blicke töten könnten, wäre er nur noch ein Häufchen Asche.

»Es gibt im gesamten Grenzgebiet keine bessere Hebamme als mich!«, zischte sie ihm entgegen. »Und jetzt trollt Euch, damit ich sie untersuchen kann!«

Egans Kiefer klappten auf. Er wollte ihr widersprechen, überlegte es sich aber schnell anders. Sie hatte Recht. Er durfte ihr die Arbeit nicht unnötig erschweren.

In den Gang verbannt, konnte er nichts weiter tun, als sich vor die Wand zu kauern. Er fuhr sich mit der Hand übers Gesicht, wähnte sich innerlich ausgezehrt. Er war ein ganzer Krieger, hart und zupackend. Indes hatte er sich noch nie so schwach und hilflos gefühlt wie jetzt.

Egan hatte wenig Erfahrung mit Geburten. Sicher, er hatte anderen Männern aufmunternd auf die Schultern geklopft; er hatte einen mit ihnen gehoben, während ihre Blicke sorgenvoll an der Tür gehangen hatten, hinter der ihre Frau in den Wehen gelegen hatte. Es war reine Frauensache, und wie die meisten seiner Geschlechtsgenossen zog der Highlander es vor, sich nicht einzumischen. Überdies hatte Glendas Reaktion ihm alles vermittelt, was er wissen musste.

Sie hatte Recht. Es war zu früh. Es waren noch einige Wochen bis zur Geburt des Babys, fast zwei Monate.

Und ein Kind, das vorzeitig das Licht der Welt erblickte, hatte keine Überlebenschance.

Jede Minute des Wartens wurde ihm zur Qual. Dutzende Male war er versucht, die Tür aufzureißen und hineinzustürmen. Dutzende Male hielt er sich zurück. Schließlich begann er, im Kreis umherzugehen – die einzige Möglichkeit, wie er seine Ungeduld bezähmen konnte.

Als Nessa hinaustrat, stürzte er sich förmlich auf sie.

»Wie geht es ihr? Kommt das Baby?«

»Das kann ich noch nicht sagen.«

»Aber sie blutet doch!«

»Nicht so arg, wie ich befürchtet hatte«, räumte Nessa ein.

»Könnt Ihr den Blutfluss aufhalten?«

Nessas blassblaue Augen wichen seinem Blick aus. Sie schüttelte den Kopf. »Es ist nicht gut, wenn eine Schwangere vorzeitig blutet«, erklärte sie.

Egan wurde blass. Kalter Schweiß trat ihm auf die Stirn. »Ist sie in Gefahr?«

»Ich denke nicht«, meinte die Greisin gedehnt. »Aber was das Baby angeht … wir können nur beten, dass das Kind sich entschließt, noch zu warten.«

Egans Blick bohrte sich in den ihren. »Das Baby kümmert mich nicht. Rettet sie, Nessa. *Rettet Glenda*.«

Keiner hatte darauf geachtet, dass die Tür nur angelehnt war. Beide schnellten herum, als Glenda einen spitzen Schrei ausstieß.

Egan eilte an ihre Seite. Sie sah ihn an, ihre Lippen bebten. »Nein. Nein! Mein Baby darf nicht sterben, Egan!« Sie fing an zu weinen, und ihr haltloses Schluchzen zerriss ihm fast das Herz. »Mein Kind darf nicht sterben!«

Egan war ergriffen und erschüttert. Sie war immer so stark gewesen; ihren Zusammenbruch miterleben zu müssen, tat ihm in der Seele weh. Schlagartig begriff er: es durfte nicht geschehen. Zumal es ihr tiefste Ängste bereitete, ein weiteres Kind zu verlieren, obschon er davon überzeugt gewesen war, dass sie seines gar nicht gewollt hatte! Er hatte geglaubt, dass *sein Kind* sie gar nicht kümmerte …

Schuldgefühle packten ihn mit der Macht einer Eisenzwinge. Er hätte sie letzte Nacht nicht anrühren dürfen, einerlei, wie verführerisch, wie betörend sinnlich sie gewesen war! Aber das Begehren war stärker gewesen, und er hatte sie genommen. Aus Lust. Aus Liebe. Gütiger Himmel. Was hätte er dagegen tun sollen?

»Beruhige dich, mein Schatz«, sagte er mit zerrissener Stimme. »Sonst schadest du dir und dem Kind. Nessa meint, dass die Blutung nicht so stark ist, wie sie befürchtet hat.«

»Seinerzeit hat es auch so angefangen«, schluchzte Glenda. Mehr vermochte sie nicht zu sagen, denn es war zu unerträglich.

Seine Arme umfingen sie. Er drückte sie fest und beschützerisch an sich. Sein Mund streifte ihren zarten Schläfenflaum, die Konturen ihrer Wangen, die weiche Haut hinter ihrem Ohr. Tröstend flüsterte er auf sie ein.

Sie vergrub ihr Gesicht in seiner Nackenbeuge. Heiße Tränen brannten auf seiner Haut – in seinem Herzen.

Das Leben in ihrem Leib regte sich.

Sie fühlten es beide. Voller Beklommenheit verschmolzen ihre Blicke miteinander.

Egan reagierte als Erster. Eine starke Hand umschloss die ihre, führte diese zu ihrem Bauch. »Fühl es«, raunte er eindringlich. Seine Augen weiterhin auf die ihren geheftet, ruhte ihre Hand in der seinen. »Dieses Baby lebt, Glenda. Unser Kind lebt.«

Obwohl Nessa in der Nähe war, nahm er Glendas Gesicht in die Hände und küsste sie mitten auf den Mund. »Du musst dich schonen«, sagte er leise. Mit seinen Fingerspitzen streichelte er ihre Wangen, verwundert über deren Zartheit. »Ich möchte, dass ihr wieder wohlauf seid, du und das Kind.«

»Wirst du bei mir sein?«

»Ich bin bei dir, Liebste.«

»Ja, aber …« – Glenda stockte –, »ich meine, wenn …«

Verständnislos runzelte Egan die Stirn. »Wenn das Baby geboren wird?«

Sie nickte. »Ich … ich mag nicht wieder allein sein.« Verschämt senkte sie den Blick. Sie sprach so leise, dass er sich anstrengen musste, ihre Worte zu verstehen.

In diesem Augenblick stockte Egan das Herz. Die Erkenntnis traf ihn wie ein Blitz aus heiterem Himmel. Schlagartig begriff er, was ihm bislang nie richtig klar geworden war: die Seelenqualen, die sie durchlitten hatte, als sie Nialls Sohn unter dem Herzen getragen hatte – allein gelassen mit ihrer Schwangerschaft, während ihr Gemahl bereits kalt und stumm auf dem Schlachtfeld gelegen hatte.

Mit den Daumen wischte er ihr die winzigen Schweißperlen von den Schläfen. Sein Ton war überaus ernst. »Sieh mich an, Glenda.«

Ihre Augen waren riesig und von Tränen verschleiert. Egan verschlug es fast die Sprache.

»Ich werde bei dir sein«, versicherte er ihr heftig.

»Versprichst du mir das?«, bat sie nach einem tiefen, aufgewühlten Atemzug.

»Bei meinem Wort. Ich verspreche dir, dass ich bei dir sein werde, wenn unser Kind geboren wird.«

Sie antwortete ihm mit einem schwachen Lächeln … aber immerhin lächelte sie.

Nessa nickte schweigend. Eigentlich hatte sie Egan erbost anfahren wollen, dass dies nicht der richtige Ort für einen Mann sei. Sie hatte ihren Stock schon halb erhoben, um ihn aus der Kammer zu scheuchen! Doch sobald sie sah, dass dieser schlanke, reckenhafte Highlander ihrem Schützling Mut machte, besann sie sich eines Besseren. Sie humpelte zur Tür und schloss diese. Die Greisin nahm an, dass Egan so bald nicht gehen würde.

Einen ganzen Tag und eine Nacht warteten die drei, angespannt und schweigend. Das Kind bewegte sich nicht mehr, doch der Wehenschmerz, mit dem Glenda gerechnet hatte, blieb aus.

Die Tage verstrichen. Eine Woche. Dann eine weitere. Es trat keinerlei Veränderung ein. Die Blutungen hörten nicht auf.

Gleichwohl versuchte Glendas Körper nicht, das winzige Leben aus ihrem Schoß zu verbannen. Die junge Frau blieb unter ständiger Aufsicht.

Sie hatten festgestellt, dass die Blutungen schlimmer wurden, sobald Glenda aufstand. Dann fuhr Nessa ihre Schutzbefohlene scharf an, sie solle sich auf der Stelle wieder hinlegen, und Glenda beeilte sich zu gehorchen. Allerdings machte ihr das Nichtstun mit jedem Tag mehr zu schaffen. Sie hasste diesen Zustand hilfloser Abhängigkeit, und dennoch tat sie alles, was man ihr abverlangte. Sie zwang sich zu essen, obwohl ihr die zermürbende Ungewissheit den Appetit nahm. Es war nicht die Haushaltsführung, die Glenda Kopfzerbrechen bereitete; sie wusste, dass man sich darum kümmerte, wenn auch vielleicht nicht so sorgsam, wie sie es gewohnt war. Nein, es war das Baby, dem ihre ganze Sorge galt … und Egans.

Er kam jeden Tag und setzte sich zu ihr, doch wirkte er … vielleicht nicht abweisend … nein, aber irgendwie zurückhaltend. Oh, er hielt ihre Hand; er küsste sie behutsam auf die Wangen. Aber Glenda wollte mehr. Sie wünschte sich verzweifelt, dass er sich zu ihr legen möge, denn sie sehnte sich Nacht für Nacht nach seiner liebevollen, tröstlichen Umarmung. Sie verzehrte sich danach, in der Morgendämmerung das Pochen seines Herzens an ihrem Ohr zu hören. Dabei war ihr durchaus gewärtig, dass sie der Leidenschaft des Fleisches würden entsagen müssen. Und obwohl sie sich dafür verabscheute, fragte sie sich im Stillen, ob er sie wegen ihrer Leibesfülle nicht mehr begehrte.

Egan sah völlig erschöpft aus. Tiefe Falten hatten sich in seine Wangen eingegraben. Als sie ihn auf die Raubzüge ansprach, wollte er darüber hinweggehen, aber sie blieb hartnäckig. Er gestand, dass es weitere gegeben habe. Er hatte die Anzahl der Männer auf den Nachtpatrouillen verdoppelt und verbrachte selbst Stunden auf dem Wachturm.

Glenda ahnte ja gar nicht, dass Egan trotz seiner äußerlichen Gefasstheit entsetzliche Ängste litt, dass das Baby immer noch sterben könnte ... dass sie sterben könnte! Unvermittelt erinnerte er sich der vielen Geschichten von Frauen, die bei der Niederkunft gestorben waren. Auch wenn er es nur widerstrebend zugab, lag alles in Gottes Hand, und er musste sich in sein Schicksal fügen. Sie war blass und geschwächt, indes wuchs das Baby in ihrem Schoß zusehends. Tiefe violette Schatten lagen unter ihren Augen – manchmal fiel es ihm schwer, ihren Blick zu erwidern. Sie weinte und klagte nicht, dennoch wusste er, dass ihre Ängste nie ganz versiegten.

Schuldgefühle peinigten ihn wie ein rot glühendes Schwert, das ihm die Eingeweide zerfetzte. Wenn dieses Baby starb, würde sie ihn dafür verantwortlich machen. Sie hatte ihn nie richtig gewollt, niemals. Gegen ihren Wunsch hatte er sie genommen und geschwängert. Sie hatte allen Grund, ihm zu grollen, denn er hatte sein Begehren nicht zu zügeln gewusst. Wenn Glenda irgendetwas zustieße – oder ihrem gemeinsamen Kind! –, würde sie ihm das niemals verzeihen.

Er würde sich selbst niemals vergeben können.

Er liebte sie. Das wusste er seit vielen Jahren.

Bislang hatte er nur nicht gewusst, wie sehr er sie liebte.

In jenen Tagen schwor Egan sich eines: Nie wieder wollte er Glenda solchen Belastungen aussetzen wie in dieser schrecklichen Zeit der Ungewissheit. Nie wieder würde er sie in so große Gefahr bringen. Selbst wenn dies bedeutete, dass er nie mehr ihr Bett teilen durfte – um ihr mit Lippen und Händen und seinem ganzen Körper zu beweisen, dass sie die seine war –, dann sollte es eben so sein.

Er würde alles für sie tun, schwor er sich. Denn er liebte sie … zu sehr, um sie zu verlieren.

* * *

Gegen Ende Februar wurde Glenda eines Morgens von einem Aufruhr im Burghof geweckt. Obschon sie nur zu gern aufgestanden und zum Fenster gehuscht wäre, um den Grund für das lautstarke Gezeter zu erfahren, blieb sie, wo sie war. Als Jeannine ihr das Frühstückstablett hereinbrachte, erkundigte sie sich bei ihr.

»Ich habe Lärm im Burghof gehört, Jeannine. Ist irgendetwas vorgefallen?«

Jeannine wurde blass. »Ich weiß nicht, Herrin.« Hastig senkte sie den Blick und verschwand.

Eine unangenehme Gänsehaut überlief Glendas Wirbelsäule.

Nessa tauchte als Nächste auf. Glenda sah ihr zu, wie sie einen Bottich mit heißem Wasser auf den Nachttisch stellte.

»Nessa«, sagte die junge Frau eindringlich. »Irgendetwas war heute Morgen im Hof los. Was ist geschehen?«

Eine grässliche Furcht legte sich um ihr Herz. »Großer Gott, sag jetzt nicht, dass Egan etwas zugestoßen ist!«

»Er ist wohlauf, mein Kind. Gräm dich nicht.«

»Ich kann mir nicht helfen. Irgendwas liegt da im Argen. Ich fühle es.«

Nessa schwieg. Ihre gichtgekrümmten Finger drückten den Schwamm aus.

Glendas hübscher Mund wurde schmal. »Nein«, versetzte sie.

»Aber das Wasser wird kalt. Komm, ich wasche dich.«

»Erst wenn ich weiß, was vorgefallen ist.«

Die Alte schwieg beharrlich.

»Nessa, ich habe ein Recht darauf, es zu erfahren. Wenn du es mir nicht erzählen willst« – ihr verdächtig ruhiger Ton verriet zähe, ja eiserne Entschlossenheit –, »dann werde ich aufstehen, um es selbst herauszufinden.«

Nessa musterte sie missbilligend. »Es ist zu deinem eigenen Besten. Du musst dich schonen, du darfst dich nicht aufregen.«

»Nessa ...«

Glenda setzte sich auf und warf die Laken beiseite.

»Halt ein!« Nessa drückte sie zurück auf die Kissen. »Also gut, ich werde es dir erzählen. Murphy und Holmes, zwei von den Männern, die nachts Patrouille reiten, sind noch nicht zurückgekehrt.«

Glenda schloss die Augen und öffnete sie gleich wieder. »O Gott, nein.« Eine böse Vorahnung bemächtigte sich ihrer.

»Wo ist Egan?«

»Hier.«

Schneidig betrat ihr Gemahl die Kammer, reckenhaft und vital und so umwerfend männlich, dass es Glenda mit einem beinahe quälenden Stolz erfüllte. Gleichwohl stockte ihr das Herz, denn er trug Kampfesrüstung, hatte Schwert und Dolch gegürtet.

Als er die fassungslose Miene seiner Gemahlin gewahrte, wanderten seine Augen Rat suchend zu Nessa. Die Greisin nickte kaum merklich und zog sich zurück. Die Tür fiel hinter ihr ins Schloss, und die beiden waren allein.

Die Matratze bog sich unter Egans Gewicht. Er nahm Glendas Hände in die seinen. Schweigend musterte er sie.

Sie sah ihn voller Furcht an. »Musst du wirklich gehen?«

»Ja.«

»Kannst du nicht einen anderen schicken?« Aus Glendas Worten sprach tiefe Besorgnis. Sie wurde das Gefühl nicht los, dass, wenn Egan ausrückte, etwas Schreckliches geschehen würde.

Sein Blick wurde sanft.« Es ist nur recht und billig, dass ich gehe«, sagte er leise und nickte wie zur Bekräftigung seiner Worte. »Wir müssen Murphy und Holmes finden.« Er erwähnte erst gar nicht, dass sie verletzt sein könnten. Oder gar tot.

Zumal es beide wussten. Im Grunde genommen war Glenda klar, dass er keine Wahl hatte. Und tief im Innern zürnte sie den Mächten des Schicksals, die ihr Egan immer wieder wegnahmen.

Tief bekümmert senkte sie den Kopf. Ihre Lippen bebten. Tränen stiegen in ihr auf. Irgendwie glückte es ihr, diese zurückzuhalten. »Wie lange wirst du fortbleiben?«, hörte sie sich selbst murmeln.

»Bis wir Murphy und Holmes aufgespürt haben.« Wie stets war seine Antwort schonungslos unverblümt.

Eine Weile blieb Glenda stumm.

»Warum hast du eigentlich nie geheiratet?« Die Frage ging ihr über die Lippen, noch ehe sie sich bremsen konnte. Offen gestanden wusste sie nicht einmal, was sie dazu bewogen hatte. Nur dass sie es wissen musste …

Die Frage traf ihn völlig unvorbereitet. Sie erkannte es an der Art, wie er zusammenzuckte.

Sie spähte auf die sehnigen, gebräunten Finger, die ihre umschlossen. »Weißt du, du hättest sie alle haben können. Anna, Louise, Mary.« Sie benetzte die Lippen, und ihre Stimme war nur mehr ein leises Flüstern … »All die Jahre in Dunthorpe, und du hast nie geheiratet …«

Zögernd hob Glenda den Kopf. Egan verzog keine Miene, machte keinerlei Anstalten, ihr zu antworten. Ein leises Lächeln milderte seine angespannten Züge, und sie gewahrte einen Hauch von Wehmut in seinen blauen Augen.

»Sag es mir, Egan. *Warum hast du nie geheiratet?*«

»Weißt du das denn nicht?«

Unfähig zu sprechen, unfähig, den Blick von ihm zu reißen, schüttelte sie den Kopf.

»Weil«, hob er leise an, »du die Einzige warst, die ich je gewollt habe.«

Einundzwanzigstes Kapitel

Du warst die Einzige, die ich je gewollt habe.

Glenda war völlig verdutzt. Sie hatte Angst zu hoffen. Angst zu glauben ... Sie hob eine Hand und legte die Finger auf seine kantige Wange.

»Egan ...« Sie unterdrückte ein Schluchzen.

Ein dröhnendes Klopfen ließ die Tür erzittern. »Mylord!«

Er fluchte leise. »Ich muss gehen.«

»Egan ... komm wohlbehalten zurück!«

Sein Blick verfinsterte sich. »Das werde ich.« Ein Kuss in ihre Handfläche, und er war fort.

Als die Tür ins Schloss fiel, vermochte sie den Aufruhr in ihrem Herzen nicht länger zu ertragen.

Denn Glenda hatte auch ein Geheimnis.

Sie hatte es weder Egan noch Nessa anvertraut, aber sie hatte das Baby seit dem vorangegangenen Nachmittag nicht mehr gespürt.

Jetzt durchfuhr sie ein bohrender Schmerz, wie ein Dolchstoß mitten ins Herz. Sie wollte schreien und schimpfen, weinen und wüten. War sie eine Verdammte, vom Schicksal gebrandmarkt, immer wieder Gemahl und Kind zu verlieren?

Schlagartig schwante ihr, dass sie es verschmerzen könnte, wenn das Kind sterben sollte. Bei dem ersten Baby hatte sie keiner getröstet, niemand hatte mit ihr getrauert. Oh, es wäre hart für sie, ein seelischer Schlag, von dem sie sich nur langsam erholen würde. Trotzdem, sie könnte es durchstehen, wenn nur Egan da wäre, Egan, der sie tröstete und den Verlust mit ihr beweinte, wie nur ein Gemahl es zu tun vermochte.

Aber was, wenn sie ihn verlieren würde?

Sie vergrub ihr Gesicht in den Kissen. Heiße, bittere

Tränen quollen aus ihren Augen, aber sie gab keinen Laut von sich.

❊ ❊ ❊

Den ganzen Tag lang harrten die Bewohner von Blackstone beklommen aus, genau wie ihre Herrin. Die Nacht hüllte die Welt in Dunkelheit, und Egan war noch immer nicht zurückgekehrt.

Am nächsten Morgen in der Frühe spürte Glenda ein leichtes, krampfartiges Ziehen in ihrem Unterleib. Stöhnend presste sie die Hände auf ihren Bauch. Für eine Schrecksekunde schoss es ihr durch den Kopf, dass ihre Zeit nun gekommen sei. Doch der Schmerz war sogleich verflogen.

Er kehrte zurück, kaum eine Stunde später.

Am Nachmittag bestand kein Zweifel mehr ... denn auch das hatte Glenda schon einmal erfahren müssen. Tot oder lebendig, ihr Kind stand kurz vor der Geburt.

Und wieder ohne ihren Gemahl.

❊ ❊ ❊

Bei Tagesbeginn spürten sie Murphy und Holmes irgendwo tief in den Wäldern auf.

Man hatte ihnen die Kehlen aufgeschlitzt.

Es war ein grimmig dreinblickender Tross, der nach Blackstone Tower zurückkehrte. Auf dem Rücken zweier Pferde transportierten sie die Leichen von Murphy und Holmes.

»Mylord.« Zwei Bedienstete liefen hinzu, als Egan in den Stallungen verschwand, und zupften ihn am Ärmel.

Egan scheuchte sie davon. Sein Zorn war grenzenlos. Murphy ließ eine Ehefrau und zwei kleine Kinder zurück. Holmes war noch nicht verheiratet gewesen, aber das Wehklagen seiner Mutter hallte unaufhörlich in seinen Ohren.

Bei Gott, wenn Simon das getan hatte, dann würde er dafür büßen! Das bislang Vorgefallene war schon schlimm genug gewesen, aber Mord ... Der Ärger wütete in Egan, zumal er mit einem überaus heiklen Problem zu kämpfen hatte: Ohne stichhaltige Beweise würde er den Grafen nicht aufsuchen können! Wenn es doch nur einen Weg gäbe, den Schuldigen zu stellen!

Er musste nachdenken, abwägen und überlegen, denn er wollte nicht aufgrund erzürnter Rachsucht handeln, die in seinem Innern brodelte; sonst würde er womöglich scheitern und seinen Entschluss bereuen. Wer immer dies getan hatte, war schlau. Er musste umsichtig vorgehen.

»Mylord«, flehte der zweite Diener.

»Jetzt nicht, verdammt!«

Die beiden Männer gaben sich geschlagen. Egan bedachte sie mit einem so vernichtenden Blick, dass sie instinktiv zurückwichen.

Einem jungen Stallburschen gelang es schließlich, Egans Augenmerk auf sich zu ziehen. Der Junge trat vor und räusperte sich. »Mylord.«

Egan schnellte zu ihm herum, die Fäuste in die Hüften gestemmt. »Was ist los?«, polterte er.

»Es geht um Mylady«, meinte der Bursche stockend. »Das Baby kommt.«

Egan wandte den Blick zum Wohnturm. »Was?«, murmelte er verständnislos. »Jetzt?«

»Ja, Mylord.«

Die beiden Bediensteten sahen sich verdutzt an. Nie zuvor hatten sie einen Mann gesehen, der so weiß war wie ein Lammfell – noch dazu einen so tapferen Recken wie ihren Herrn!

Egan war bereits auf halbem Weg zum Turm. Er stürmte in Glendas Gemächer, und sein Magen verkrampfte sich.

Nessa saß auf dem Bettrand und kühlte Glendas Schläfen mit einem feuchten Tuch. Als die Tür ins Schloss krachte, schnellte der Kopf der Alten herum, und sie funkelte den Ritter empört an. Die Geburt eines Kindes war Frauensache, doch das hier war anscheinend die Ausnahme, ob es ihr behagte oder nicht.

»Es wird höchste Zeit, dass Ihr kommt!«, beschied sie.

»Aber Nessa«, murmelte er tief bestürzt. »Ich dachte, es wäre noch viel zu früh …«

Sie nickte unwirsch – eine Warnung, begriff er schlagartig.

»Papperlapapp, das Baby müsste längst da sein«, fuhr die Greisin ungerührt fort, »aber Glenda ist ja so eigensinnig! Sie verbeißt sich den Schmerz. Sie beharrt darauf, dass Ihr dabei sein müsst, wenn ich das Kind hole. Aber dieses Baby will nicht länger warten!«

Egan schluckte. Er sah Glenda missbilligend an. Sie lag mitten auf dem Bett. Ihr Gesicht war aschfahl, ihre Lippen geschwollen, zerbissen und blutig. Ihre Augen schimmerten glasig; er vermutete, dass sie nicht um seine Anwesenheit wusste. Noch nie hatte er sie so schwach und zerbrechlich gesehen! Einen entsetzlichen Augenblick lang befürchtete er sie zu verlieren.

Dann sank eine geschwächte Hand auf ihren gerundeten Leib. »Nein«, murmelte sie abwesend. »Noch nicht, mein Kleines. Noch nicht.«

Drei Schritte, und er war an ihrer Seite. Er sank auf die Knie. »Glenda!«, raunte er eindringlich.

Trotz ihrer Entrücktheit schwante Glenda, dass etwas anders war. Sie vernahm Egans Stimme, nebelhaft sah sie seine markanten Züge.

Starke Hände umfingen die ihren, flochten beider Finger ineinander. Er neigte den Kopf und rieb seine raue Wange an ihrem Handrücken. Diese zärtliche, wortlose

Geste rührte Glenda. Er war unrasiert und ausgezehrt, dennoch war er ihr noch nie so liebenswert erschienen! Er war hier, wie er es versprochen hatte. Sie brauchte ihn, und er war gekommen. Er kümmerte sich um sie, wie stets.

»Ich habe Nessa gesagt, dass du kommen würdest«, hauchte sie. »Sie hat dir nicht getraut.«

Egan warf einen verstohlenen Blick zu Nessa, die zum Fußende des Bettes gehumpelt war. »Das erstaunt mich nicht«, sagte er trocken. »Ich muss mir die Anerkennung deiner Kinderfrau wohl hart erarbeiten.« Er schüttelte den Kopf. »Nur leider habe ich keine Ahnung, wie ich das machen soll.«

Glenda lächelte matt. Egans Herz machte einen freudigen Satz. Sie war so stark, so tapfer. Gleichwohl erschauerte er. Seine riesigen Hände zitterten, während er die ihren umschloss. Er hoffte, sie werde es nicht bemerken, denn sie klammerte sich so an ihn, dass sich ihre Nägel in seine Handballen bohrten.

»Nessa«, stöhnte sie. »Ich denke, jetzt dauert es nicht mehr lange.« Im Laufe des Nachmittags waren die Wehen zunehmend stärker und heftiger geworden. Und mit jeder Schmerzwelle, die Glenda überrollte, hatte sie gebannt zur Tür geblickt. Aber jetzt musste sie nicht mehr kämpfen …

Vom Bettende her nickte Nessa. »Ich glaube, du hast Recht, mein Kind.«

Glenda bäumte sich auf. Ihrer Kehle entwich ein röchelndes Stöhnen, so unsäglich groß war der Druckschmerz zwischen ihren Schenkeln. Jetzt, da ihr Gemahl bei ihr weilte, schienen sich Körper und Geist endlich einig geworden, und sie mochte nicht länger warten.

Nessa sprach ihr Mut zu. »Ja, mein Mädchen, so ist es recht. Ich kann das Köpfchen sehen. Du musst atmen, mein Kind!«

Emsig bemüht und doch maßlos erschöpft, gehorchte Glenda. Ihre Lungen füllten sich mit Luft. Mit einem tiefen, keuchenden Atemstoß blähte sich ihr Leib, entschlossen, sich der Last zu entledigen, die er so lange geborgen hatte.

Mühelos glitt das Baby aus ihrem Schoß. Sie sank zurück in die Kissen, völlig ermattet.

»Ein Mädchen« – wie aus weiter Ferne hörte sie Nessas Stimme –, »ein kleines Mädchen!«

Aber Glenda vernahm das kaum merkliche Zögern in ihrer Stimme. Angstvoll hob sie den Kopf. »Lebt es denn? Sag mir, ob es lebt!« Sie erhaschte einen Blick auf ein schlüpfrig-feuchtes Köpfchen in Nessas Händen … und sah den Tränenschleier in den Augen ihrer früheren Kinderfrau.

»Nein!«, kreischte sie. »Nein!«

Eine winzige Faust reckte sich. Ein schwacher, unsicherer Schrei erfüllte die Luft.

Glenda brach in haltloses Schluchzen aus. »Gib sie mir! Ich will sie halten!«

»Einen Augenblick, Mädchen. Sie muss gewaschen und gewickelt werden.« Glenda schluchzte immer noch, als Nessa ihr schließlich das winzige Bündel in die Arme legte.

Egan erhob sich. Einen Moment lang stand er seltsam ratlos da, dann stolperte er zur Tür. Unten im Saal waren sämtliche Blicke auf ihn geheftet. Etliche Leute umringten ihn.

»Mylord!«

»Ist alles gut verlaufen?«

Er nickte.

»Und das Kind?«

»Ein Mädchen«, hörte er sich sagen.

Eine Hand auf seiner Schulter drückte ihn auf einen Schemel. Jemand brachte ihm einen Krug Bier. Egan leerte diesen in einem Zug, dann noch einen und noch einen. Die Zeit verging wie in einem nebelhaften Rausch. Das Nächste, was ihm bewusst wurde, war, dass sich der Saal leerte und dass Nessa vor ihm stand.

»Ihr habt Euer Kind noch nicht begutachtet«, verkündete sie. Knotige Finger schoben die Decke beiseite, sodass er etwas sehen konnte.

Egan erhob sich bedächtig. Er starrte auf das Bündel. Großer Gott, dachte er fasziniert, noch nie hatte er ein so winziges Geschöpf gesehen.

»Nehmt sie«, befahl Nessa.

Egan streckte die Hände aus und hielt unvermittelt inne. Eine Hand von ihm war fast so groß wie das ganze Kind!

Er schluckte, plötzlich voller Ehrfurcht vor diesem winzigen Wesen. »Ich kann nicht. Was, wenn ich ihr wehtue?«

Nessas Mundwinkel zuckten. »Das werdet Ihr schon nicht.«

Bevor er wusste, wie ihm geschah, blickte er auf den Winzling in seiner Armbeuge.

Nase rümpfend trat Nessa zurück. »Wir können nur hoffen, dass sie an Bier nicht so viel Gefallen findet wie ihr Vater!«

Der Anflug eines Grinsens trat auf seine Lippen. »Ganz recht«, schmunzelte er. Sie wog nicht mehr als eine Gänsefeder!, stellte er erstaunt fest.

»Ist sie wohlauf?«

»Gesund und munter, mit allen Gliedmaßen und kräftigen Lungen versehen, das versichere ich Euch.«

»Glenda wird sich freuen«, murmelte er. Verzückt betrachtete er seine Tochter. Sie schlief, eine winzige Faust auf die Wange gepresst. Ihr Haarflaum war seidig und dunkel. Das Baby war unverkennbar seines.

Überwältigt von seinen Empfindungen, schwankte er kaum merklich. Doch dann gefror sein Lächeln.

»O Gott«, seufzte er rau.

»Was ist denn?«, forschte Nessa. »Seid Ihr etwa enttäuscht über eine Tochter? Dann behaltet es besser für Euch!«

»Das ist es nicht.« Unsicher hob er den Blick zu Nessas Gesicht.

»Was dann?« Die Schärfe wich aus Nessas Stimme. Seine Miene schien ihr höchst verschlossen. Die Greisin wusste nicht, was sie davon halten sollte.

Egans Mund war wie ausgedörrt. Sanft, beinahe widerstrebend, berührte er die Faust der Kleinen. »Nessa, ich weiß nicht, wie ich es erklären soll. Ich hätte nie gedacht, dass ich sie einmal bekomme ... Glenda. All das hier. Eine Festung wie Blackstone. Ländereien. Ein Kind. Und jetzt ist es einfach ... überwältigend. Manchmal sogar erschreckend, denn von mir hängt so vieles ab ...«

Nessa legte den Kopf schief. Die meisten Männer hätten dergleichen nie zugegeben, aus lauter Sorge, dies als Schwäche ausgelegt zu bekommen.

Nessa dagegen wertete es als Stärke. Eine Stärke, die nicht auf Durchsetzungsvermögen, Prahlerei oder Kampfgeschick beruhte.

Eine Stärke, die von innen kam.

»Ich würde meine Hand für Euch ins Feuer legen«, versetzte sie offen heraus.

Egan sah sie erstaunt an. Konnte es sein, dass aus diesen Worten letztlich die Anerkennung sprach, mit der er gar nicht mehr gerechnet hatte? Er grinste stillvergnügt.

Ungerührt erwiderte Nessa seinen Blick. »Ich weiß, dass Ihr sie liebt, mein Junge. Aber Ihr könntet ihr das ruhig einmal sagen.«

Sein Grinsen wurde breiter.

»Wollt Ihr es etwa leugnen?«

»Nein.« Er stockte und fuhr zögernd fort: »Ihr könnt nicht wissen, wie es ist. Wie ich mich fühle …«

»O doch, das kann ich. Das kann ich sehr wohl.«

»Wie meint Ihr das, Nessa?«

»Auch ich habe einmal geliebt. Aber ich dachte … er war weit über meinem Stand, müsst Ihr wissen. Und so habe ich tatenlos zugesehen, wie er einer anderen den Hof machte, wie er eine andere heiratete.«

Egan zog geräuschvoll den Atem ein. Nessa und verliebt! Aber war das wirklich so abwegig? Nessa war eine Frau, die tief und bedingungslos lieben konnte. In diesem Augenblick schoss dem jungen Highlander ein verrückter Gedanke durch den Kopf … aber nein, dachte er. Es konnte nicht sein …

»Ich habe seine Kleinen in den Armen gehalten, als wären es meine eigenen. Ich habe sie aufwachsen sehen, als wäre es mein eigen Fleisch und Blut! Ich war ihnen eine Mutter, als ihre eigene verstarb. Und ich war diejenige, die seine Hand hielt, als er den letzten Atemzug tat.«

Darauf meinte Egan sehr sanft: »Es war Royce, Glendas Vater, nicht wahr?«

Nessa schwieg. Doch Egan las die Antwort aus den Tränen, die in ihren alterstrüben Augen glitzerten.

»Ihr habt es ihm nie gesagt, oder?«

»Das hätte nichts geändert. Ich wusste, er war unerreichbar für mich. Da mir das immer gegenwärtig war, habe ich nichts gesagt.« Es war eine schmerzvolle Wahrheit, die Nessa beherzigt hatte. »Für Euch ist es anders, mein Junge.«

Schweigen breitete sich zwischen ihnen aus. Egan war beklommen zumute, wenn er an ihre Worte dachte. Sie sagte es so leichthin – aber das war es gewiss nicht!

Schließlich nahm Nessa das Kind wieder an sich. »Ihr

solltet es ihr sagen«, raunte sie noch, bevor sie ihn allein ließ.

Kurze Zeit später machte Egan sich auf den Weg zu Glendas Gemächern. Sie saß gegen die Kissen gelehnt und hielt ihren Kopf über den Säugling gesenkt. Sie trug ein sauberes Nachtgewand, und ihr frisch frisiertes Haar umschmeichelte ihre Schultern. Sein Blick glitt andächtig über ihre Gestalt und nahm den Anblick der Frau in sich auf, die ihm mehr bedeutete als sein Leben. Das Mieder des Gewandes war aufgeschnürt und enthüllte die üppige Rundung einer entblößten Brust. Ihre Tochter saugte an der rosig knospenden Fülle. Egan blieb nicht verborgen, dass die Haut von Glendas Busen beinahe durchschimmernd war, blass und seidig und unwiderstehlich drall.

Für einen langen Augenblick verharrte er unschlüssig – er kam sich wie ein Eindringling vor. Er hatte Angst, sich zu bewegen. Angst, den Augenblick zu zerstören, auf den sie so lange sehnsüchtig gewartet hatte, auf das Glück, ihr Kind in den Armen zu halten. Jahre. Er wollte ihr nicht eine Sekunde davon nehmen …

Dann sah Glenda auf und gewahrte ihn auf der Schwelle. Ihre Blicke verschmolzen miteinander. Glühender Besitzerstolz brandete in ihm auf. Dies war seine Gemahlin. Sein Kind. *Seins*. Eine zarte Röte flog über ihre Wangen, das hübsche Dekolleté und die unverhüllten Brüste, dennoch hielt sie seinem Blick stand. Sie versuchte auch nicht, ihre Blößen zu bedecken, selbst dann nicht, als er sich direkt neben sie setzte und sich sein muskulöser Schenkel an ihre einladend weichen Formen presste.

»Ich habe dich gesucht, aber du warst fort«, gestand Glenda atemlos. »Hast du deine Tochter schon begutachtet?«

Forschend maß Egan ihr Gesicht. Die Ringe unter ihren Augen verliehen ihr etwas Kränkliches. Sie wirkte blass und maßlos erschöpft, doch zugleich ging ein Strahlen von ihr aus, das neu an ihr war.

»Nessa hat sie mir nach unten gebracht«, murmelte er. »Ich muss sagen, sie hat mich erschreckt.«

»Dich … erschreckt? Wieso?«

»Sie ist so winzig«, gestand er kleinlaut. »Im Gegensatz zu mir.«

Mit einem Finger streichelte er die Wange der Kleinen, und seine Haut wirkte tiefdunkel gegen ihre.

Der Mund des Säuglings hielt in seiner Saugbewegung inne. Winzige schwarze Brauen zogen sich voller Unmut zusammen. Dann saugte die Kleine plötzlich weiter, so heftig, dass Glenda zusammenzuckte.

Die jungen Eltern lachten ausgelassen.

Mit einem glückseligen Lächeln zeichnete Glenda den Schwung der schmalen schwarzen Brauen nach. »Sie sieht aus wie du«, sinnierte sie und seufzte. »Sie ist wunderschön, nicht wahr?«

»Ja«, bekräftigte Egan, dabei hatte er nur Augen für seine Frau. Seine Mundwinkel zuckten. »Obwohl mich wundert, dass du sagst, sie sei mir ähnlich, und du sie dann auch noch als Schönheit bezeichnest!«

»Ach, hör auf! Du bist recht anziehend, und das weißt du genau.«

Wenn Egan an sein geschundenes Äußeres dachte, war er sich gar nicht so sicher, ob er ihr zustimmen konnte. Dennoch war er recht angetan von ihrem Kompliment … sogar sehr angetan.

»Wir brauchen einen Namen, Egan. Und ich sage dir rundheraus, Patsy kommt nicht in Frage. Oder Anna oder Mary …«

»Aha. Dann vielleicht Louise.«

Sein übler Scherz handelte ihm einen erstaunlich kräftigen Rippenstoß ein.

»Ich dachte eher an … Elizabeth.« Sie maß ihn mit gespieltem Argwohn. »Oder gibt es bereits eine Frau mit diesem Namen in deiner Vergangenheit?«

O Gott, nein, dachte er. *Es gibt nur dich, Glenda. Für mich hat es immer nur dich gegeben …*

»Mir gefällt der Name Elizabeth.«

»Sehr schön. Dann nennen wir sie Elizabeth.« Ihr Lächeln war strahlender als tausend Sonnen. Das Baby hatte aufgehört zu trinken und war an ihrer Brust eingeschlafen. Sehr zu Egans Bedauern schloss Glenda züchtig ihr Gewand. Verzückt betrachtete sie das schlummernde Kind, doch schon bald blinzelte auch sie schläfrig.

Egan sah, wie sie gegen ihre Müdigkeit ankämpfte. Eine zärtliche Hand schob ihr eine zerzauste Haarsträhne aus der Schläfe. »Glenda«, murmelte er, »du brauchst Ruhe.«

»Ich weiß.« Ihr Arm umschloss das kostbare Bündel fester. »Es ist töricht von mir, aber ich mag mich einfach nicht von ihr trennen. Egan, bitte, noch nicht …«

»Sie kann einstweilen neben dir schlafen.« Er umschlang sie – sie und das Kind – und bettete beide behutsam auf die Kissen, sodass ihre Tochter an ihrer Seite schlummerte.

Glendas Hand glitt zum Köpfchen des Babys. Unvermittelt blickte sie zu Egan. »Sie ist so winzig klein.«

Egan verstand ihre Ängste. »Aber kerngesund, wie Nessa mir versichert.«

Glenda fröstelte. »Egan, als die Wehen anfingen, hatte ich solche Angst vor einer Totgeburt …«

Sein Herz verkrampfte sich schmerzhaft. »Ich auch«, gestand er rau. »Aber du bist hier, und sie ist hier, und ich bin dankbar, dass es euch für mich gibt.«

»Egan …« Sie fixierte ihn, suchte sein Gesicht, die Lippen leicht geöffnet. Er beugte sich zu ihr hinunter, weil er glaubte, sie wolle ihm etwas sagen, doch ihre Erschöpfung war stärker. Ihre Lider schlossen sich ermattet, und sie sank in einen tiefen, traumlosen Schlaf.

Ein leichtes Schaudern durchflutete ihn. Er straffte sich, ging aber nicht fort. Stattdessen betrachtete er das schlafende Paar. Mutter und Tochter. Frau und Kind.

Sein Verstand raste, genauso wie sein Herz. Hatte Nessa Recht? Sollte er Glenda seine Liebe gestehen, eine Liebe, die seine Seele verzehrte?

Ich habe keine Worte dafür, sinnierte er. *Ich habe nicht das Herz. Ich habe nicht den Mut,* gestand er sich schließlich ein. Denn was wäre, wenn sie seine Liebe nicht erwiderte?

Was, wenn sie Niall immer noch liebte?

Egan seufzte. Sein Blick schweifte zurück zu Frau und Kind. Beide schlummerten friedlich, ahnten nichts von seinen Seelenqualen, dem Aufruhr in seinem Herzen.

Er kniete neben ihnen, vermochte sich nicht zu rühren. Mit seinen Fingerspitzen zeichnete er Glendas Wangenrundung nach, ihre anmutige Kinnpartie. Eine starke Hand koste den Kopf seiner kleinen Tochter.

Unvermittelt regten sich Egans Beschützerinstinkte aufs Heftigste. Er würde nicht zulassen, dass ihnen auch nur irgendetwas zustieße, schwor er sich, keiner von beiden! Er würde bedenkenlos sein eigenes Leben hergeben, um das ihre zu retten …

Allerdings hoffte er inständig, dass es dazu niemals kommen würde.

Zweiundzwanzigstes Kapitel

Glenda erholte sich bei weitem nicht so rasch von der Niederkunft, wie sie gehofft hatte. Das lange Liegen hatte sie geschwächt und ausgezehrt. In den ersten Tagen duldete sie es nur widerstrebend, wenn man ihr Elizabeth aus den Armen nahm, ganz zu schweigen davon, dass man das Kind ihrem Blick entzog! Überdies sträubte sie sich gegen eine Amme für den Säugling.

Wann immer sie ihr Kind in den Armen hielt, erfüllte sie so viel Liebe und Glück, dass sie hätte platzen mögen vor Stolz. Es war wie strahlender Sonnenschein in ihrem Herzen. Doch obschon Elizabeth gesund und munter war – und mit jedem Tag zu wachsen schien –, lag ein dunkler Schatten über Glendas Freude, denn sie hatte immer noch entsetzliche Angst, ihr Kind zu verlieren.

Egan besuchte sie täglich, wenn auch nur für einige wenige Minuten. War er enttäuscht, dass sie ihm eine Tochter und keinen Sohn geboren hatte? Diese Befürchtung legte sich rasch. Ihr Herz quoll über, als Egan ihr seine Unsicherheit im Umgang mit dem Kind eingestand. Es war in der Tat ein rührender Anblick: der reckenhafte Krieger mit einem winzigen Säugling, dessen Körper kleiner schien als Egans Hände! Manchmal, am Abend, schlummerte das Baby auf seinen lang ausgestreckten Beinen. Wenn die Kleine aufwachte, gab Egan sie nur ungern wieder her.

Glenda war entsetzt, als sie von dem Mord an Murphy und Holmes erfuhr. Egan wirkte unsäglich erschöpft, seine Züge waren gezeichnet von Anspannung und Müdigkeit; Glenda wusste um die schwere Bürde, die auf seinen Schultern lastete. Er war ausgeritten und hatte sämtliche Pachtbauern befragt, um nach Hinweisen zu suchen, die ihn zu den Tätern führen könnten. Er war fest entschlossen, diese Halunken dingfest zu machen, die Land und Leute terrorisierten.

Dennoch war er erfolglos geblieben. Obwohl es keine unliebsamen Zwischenfälle mehr gegeben hatte, hing weiterhin eine dunkle Wolke über Blackstone, die Glendas Freude trübte. Sie machte sich Sorgen um ihre Untergebenen. Wie mussten sie sich fühlen, wenn sie allabendlich mit dem grässlichen Gedanken einschliefen, dass dies die letzte Nacht in ihrem Heim sein könnte?

Zu dieser Besorgnis gesellten sich andere. In jenen ersten Tagen nach Elizabeths Geburt focht Glenda einen inneren Kampf mit sich aus. Sie fürchtete, dass es bereits zu spät sei … dass sie Egan liebte. Ihn tief und heftig liebte. Beinahe erbittert fragte sie sich, ob ein Bann auf ihr lastete. Niall war tot. Ihr gemeinsames Kind war tot. Selbst ihr Vater war von ihr gegangen … Hatte eine göttliche Fügung für sie vorbestimmt, dass sie immer wieder die Menschen verlieren sollte, die sie aufs Innigste liebte?

Sie wollte ihn nicht lieben … wenn das nur so einfach gewesen wäre! Denn sie konnte die schreckliche Angst nicht ausblenden, dass, wenn sie ihn liebte, auch er sterben würde.

Nie wieder wollte sie so viel Leid erdulden. Nicht noch einmal einen solchen Verlust verschmerzen. Es durfte nicht sein!

Gleichwohl konnte sie nicht vergessen, was er in der Nacht von Elizabeths Geburt gesagt hatte. *Du warst die Einzige, die ich je gewollt habe.* Ihr Puls raste, wann immer sie daran dachte. Lange Zeit war sie überzeugt gewesen, dass er sie nur wegen ihrer Besitztümer geheiratet habe. Zumal, was sagten seine Worte letztlich aus? Sprach er nur von Begehren? Sie hatte Bedenken zu fragen – Angst vor der Antwort. Angst, auf ihr Herz zu lauschen und zu erfahren, was es ihr enthüllen würde …

Nein, sie durfte Egan nicht lieben. Das Wagnis war einfach zu groß.

Zwei Wochen nach Elizabeths Geburt war Glenda überrascht, als sie sah, dass der Earl of Whitley in Blackstone einritt. Geschwind legte sie das Kleidchen beiseite, das sie für die Kleine nähte, und folgte Egan in den großen Saal.

Wie sie feststellen musste, begleitete Simon den Grafen gemeinsam mit einem bärtigen, beleibten Mann, der die schlichte, wollene Tracht der Bauern trug. Ihr Puls flatterte, doch Glenda beschwichtigte sich damit, dass kein Grund zur Aufregung bestünde. Trotzdem wurde sie das Gefühl nicht los, dass etwas im Argen lag.

Ihre Ahnung bestätigte sich, sobald sie vor den Earl trat. Seine Miene war würdig ernst. Glenda zwang sich zu einem Lächeln, straffte sich neben Egan und begrüßte Simon und den Grafen.

»Mylord, hat mein Gemahl Euch eine Erfrischung angeboten?«

»Das hat er, aber ich muss leider ablehnen. Ich bin nicht zum Zeitvertreib hergekommen.«

Egan rieb sich nachdenklich das Kinn. Genau wie Glenda schwante ihm, dass dieser Besuch nichts Gutes verhieß. »Nun, was führt Euch dann zu uns, Mylord?«

»Ich will keine großen Worte machen«, erwiderte der Graf rundheraus. »Simon of Ruthven hat mich aufgesucht und mir eine überaus bedenkliche Sache berichtet.«

Simon! Ein rascher Seitenblick offenbarte Simons selbstgefälliges Grinsen. Wahrlich, der führt nichts Gutes im Schilde, überlegte Egan finster, auch wenn dieser Halunke eine ebenso feierlich ernste Haltung angenommen hatte wie der Earl.

Der Graf bedeutete dem bärtigen Fremden vorzutreten. »Das hier ist William, ein Pächter von der anderen Seite des Flusses.«

Aha, von der anderen Uferseite – also von Simons Land!

»Simon hat ihn zu mir gebracht, damit ich mir seine Geschichte anhöre. Er hat mir erzählt, Ihr und Eure Leute hättet vor zwei Nächten seine Familie überfallen und seine Hütte abgefackelt. Was habt Ihr dazu zu sagen?«

»Ich habe seine Hütte nicht niedergebrannt«, versetzte Egan unbeirrt. »Ich kenne diesen Mann nicht einmal.«

»Warum sollte William dann mit einer solchen Geschichte aufwarten? Weshalb sollte er mir Märchen erzählen?«

Ein Märchen, in der Tat! Vielleicht deshalb, weil der Mann von Simon gut dafür bezahlt worden war, dass er diese Behauptung aufstellte! Simon und seine Männer mochten einen falschen Verdacht schüren, jedoch nicht mit ihm, nicht mit Egan!

Er spähte zu Simon und bemerkte jäh das triumphierende Aufblitzen in dessen Augen. Da wusste er, dass Simon der Drahtzieher war; ganz ohne Zweifel versuchte der Engländer, ihn vor dem Earl in Misskredit zu bringen. Der Highlander öffnete den Mund, um es abermals abzustreiten, doch noch ehe er einen Ton sagen konnte, trat Glenda vor.

»Mylord«, erklärte sie in ruhigem Ton, »ich weiß nicht, wieso dieser Mann namens William derartige Vorwürfe erhebt, aber eines weiß ich genau: Egan hat damit nichts zu schaffen. Mein Gemahl war in jener Nacht bei mir … und zwar die ganze Nacht.«

»In der fraglichen Nacht hätte er gar nicht mit Euch schlafen können! Ihr habt soeben erst ein Kind entbunden!«, platzte Simon heraus.

»Denkt Ihr, dass dies die einzige Verwendung ist, die ein Mann für eine Frau hat – ein Gemahl für seine Gemahlin?« Aus Glendas Worten sprach würdevolle Erhabenheit. »Ein Mann kann Trost spenden und seiner Gattin Kraft geben, wenn sie dies braucht.«

Simon biss die Kiefer aufeinander. »Dann wollt Ihr meinen Pächter also der Lüge bezichtigen?«

»Das will ich nicht. Aber der Angriff hat doch in der Nacht stattgefunden, oder?«

»Ja.«

Glenda faltete demütig die Hände vor ihrem Körper. »Dann hat William sich aufgrund der Dunkelheit vielleicht geirrt. Womöglich waren die Angreifer sogar vermummt, und er konnte sie gar nicht genau erkennen. Mag sein, dass er Egan im Eifer des Gefechts mit jemand anderem verwechselt hat.«

Bei allen Heiligen! Egan war sich nicht sicher, ob er sie umarmen oder erwürgen sollte. Wusste sie denn nicht, was sie da riskierte? Simons selbstgefälliges Grinsen war zur Grimasse erstarrt. Der scharfe Zug um seine Mundwinkel blieb Egan nicht verborgen.

»Vielleicht handelt es sich bei den Plünderern, die Williams Hütte in Brand gesetzt haben, um dieselben, die in den vergangenen Monaten die Gegend von Blackstone unsicher gemacht haben.«

»Nicht zu vergessen, inzwischen auch mein Land!«

Frostig maß Glenda ihr Gegenüber. »Ist es nicht merkwürdig, Simon, dass Euer Besitz erst seit kurzem heimgesucht wird? In der Tat ist es lächerlich, meinem Gemahl etwas in die Schuhe schieben zu wollen, wo doch zwei seiner eigenen Leute gemeuchelt aufgefunden wurden. Und wir wollen nicht vergessen, dass diese Übergriffe bereits zu Lebzeiten meines Onkels ihren Anfang nahmen, also lange vor Egans Eintreffen.«

Egan ergriff das Wort. »Ich möchte wetten, dass dieser Bursche sich für ausgesprochen schlau und gewieft hält. Trotzdem ist er für mich ein Schwächling, der Angst hat, sein Gesicht zu zeigen. Welcher rechte Mann würde sich an anderen vergreifen – an unschuldigen, wehrlosen Menschen? Wer das tut, ist ein feiger Hund.«

»Ganz meine Meinung«, bekräftigte der Earl grimmig. »Wenn das nicht bald aufhört, werde ich mich genötigt sehen, meine eigenen Männer damit zu beauftragen, den Übeltäter zu stellen – und dann wird derjenige den Tag bereuen, an dem er mich näher kennen lernt!«

»Hier werdet Ihr ihn nicht finden.« Glenda hakte sich bei Egan unter. »Ich versichere Euch noch einmal, mein Gatte war in jener Nacht bei mir.«

Der Graf nickte. Er hob eine Hand zum Zeichen, dass man ihm seinen Umhang bringen solle.

Simons Gesicht hatte einen ungesunden Rotton angenommen. »Was ist mit William? Ich sage Euch, er hat ebendiesen Mann gesehen!«

William war kreidebleich geworden. »Es ist so, wie Mylady vermutet«, winselte er. »Es war dunkel, und ich fürchte, meine Augen haben mich getäuscht.«

Simon fluchte. Der Earl schnellte zu ihm herum. »Nun habe ich aber genug, Simon! Ich will nichts mehr hören.«

Innerhalb von Sekunden strömten Simon, der Graf und seine Gefolgsleute ins Freie, und ein kalter Windhauch blies in den Rittersaal.

Nach dem allgemeinen Aufbruch wandte Egan sich zu Glenda, und seine Brauen zuckten verräterisch. »Du«, beschuldigte er sie schelmisch, »bist mir eine ausgemachte Lügnerin.«

»Eigentlich war es gar keine Lüge. Ein Mann kann seiner Gemahlin Trost und Kraft spenden«, ihre Augen bohrten sich in die seinen, »und genau das hast du getan.«

Im Grunde genommen war Egan über die Maßen gerührt, dass seine Ehefrau für ihn eingestanden war.

»Aber nicht in jener Nacht. Du weißt überhaupt nicht, wo ich gewesen bin.«

Glenda schüttelte heftig den Kopf. »O doch. Du warst in deinem Bett«, sie nahm allen Mut zusammen, »obwohl es mir lieber gewesen wäre, wenn du in meinem gelegen hättest.«

Egan kniff die Augen zusammen. Ein starker Arm umfing ihre Kniekehlen. Glenda gewahrte, dass er sie hoch hob und zur Treppe trug. In ihrer Kammer angelangt, setzte er sie wieder ab. Seine Hände auf ihrer Taille waren wohlig warm.

»Mylady, Ihr könntet es bereuen, dass Ihr mich erneut zu Euch eingeladen habt.«

»Ich bereue nichts«, sagte Glenda, und das entsprach der Wahrheit. Zaghaft berührten ihre Fingerspitzen seine breiten Schultern.

Egan schnappte geräuschvoll nach Luft. Wenn sie ihn so ansah ... seine Finger vergruben sich in ihrem Haar, zogen ihren Mund auf den seinen.

Für Glenda war es der Himmel auf Erden. Dies war das erste Mal seit Wochen, dass er sie küsste, und der zärtlich fordernde Druck seiner Lippen auf den ihren ließ sie dahinschmelzen. Ein schwaches Wimmern von der Wiege in der Ecke beendete schließlich die lang ersehnte Liebkosung.

Glenda stillte Elizabeth in dem Sessel vor dem Kamin, sich dessen wohl bewusst, dass Egan sie vom Bett aus beobachtete. Nachdem sie das Baby wieder in den Schlaf gewiegt hatte, schlüpfte sie zu ihrem Gemahl unter die Decke.

Starke Arme umfingen sie. Leise seufzend schmiegte Glenda sich an ihn. Egan bettete sein Kinn auf ihre schimmernde Haarpracht. Er wusste, dass es in dieser Nacht kein intimes Liebesspiel zwischen ihnen geben durfte – es war noch zu früh nach Elizabeths Geburt –, gleichwohl genügte es ihm, sie in seinen Armen zu halten, ihre weichen, anschmiegsamen Rundungen an seinem trainierten Körper zu spüren.

Für Glenda war es nicht anders. Sie genoss seine innige Umarmung, seine stählerne Muskulatur an ihrer Wange. Trotzdem durchzuckte sie unvermittelt ein eisiger Schauer.

Egan blieb dies nicht verborgen. »Was ist denn?«, murmelte er, ihr Gesicht zu ihm drehend.

»Simon hat Murphy und Holmes getötet, nicht wahr?«

Für eine lange Weile schwieg Egan. »Ich weiß nicht, ob er selbst Hand an sie gelegt hat«, meinte er gedehnt, »trotzdem glaube ich, dass er die beiden auf dem Gewissen hat. Das habe ich im Gefühl.«

Glenda sinnierte tief versunken. »Es war töricht von mir, ihn zu provozieren. Aber ich war so wütend darüber, dass er es gewagt hat, seinen Gefolgsmann vorzuschicken, um dich dieser grauenvollen Tat zu beschuldigen – noch dazu im Beisein des Grafen.«

»Er hat nicht damit gerechnet, dass du mich auf diese Weise verteidigen würdest«, räumte Egan ein.

»Er war fuchsteufelswild. Das ist mir nicht verborgen geblieben.«

Simon war gefährlicher, als Egan je geglaubt hätte. Der Mord an Murphy und Holmes war der beste Beweis dafür. »Mag sein, dass wir ihn herausgefordert haben«, sinnierte er laut. »Nun, auch gut. Ich denke, der Earl sieht inzwischen auch, was für eine falsche Schlange Simon ist.«

Glenda fröstelte, ihr war plötzlich sterbenskalt. Die bösen Vorahnungen wollten nicht von ihr ablassen; unvermittelt schwante ihr, dass etwas Schreckliches geschehen würde …

»Egan …« Sie kuschelte sich an ihn.

»Pst, mein Schatz. Alles wird gut, du wirst sehen. Ich lasse nicht zu, dass dir Böses widerfährt.«

Seine Fürsorglichkeit rührte Glenda zu Tränen. »Es geht nicht um mich«, meinte sie völlig aufgelöst. »Ich habe Angst um dich, Egan. Murphy und Holmes sind tot. Was, wenn Simon beschließt, dass du der Nächste bist?«

So hatte Simon vermutlich längst entschieden, befürchtete Egan. Aber das behielt er besser für sich. Stattdessen ging er schulterzuckend und mit einem aufgesetzten Grinsen darüber hinweg. »Es ist immer besser, wenn man seine Widersacher kennt, mein Schatz, denn das macht es einfacher, sich gegen sie zu wappnen.«

»Ich hasse es!«, begehrte sie plötzlich auf. »Ich hasse dieses Warten. Nicht zu wissen, was passieren wird ... oder wann ...«

»Beruhige dich, Liebes. Das geht vorbei. Und jetzt schlaf, denn es wird bald hell.« Mit Lippen und Händen liebkoste er sie, bis sie schließlich beide einschliefen.

* * *

Das Warten währte letztlich gar nicht so lange.

Sie hatten soeben das Nachtmahl beendet, als Alfred zwei Abende später durch die Tore ritt.

Er sprang von seinem alten Klepper und brüllte: »Wo ist Egan?«

Ein Wachposten deutete über die Schulter zum Wohnturm. »In seinem Arbeitszimmer, vermute ich.«

Immer zwei Stufen auf einmal nehmend, polterte Alfred die geschwungene Steintreppe hinauf. Egan betrat soeben den Rittersaal, als Alfred hineinplatzte.

»Habt Ihr schon das Neueste gehört?«, gellte er. »Die Sutherland-Farm wurde überfallen. Aber den Brüdern ist es gelungen, den Anführer zu stellen. Sie halten ihn auf ihrem Gehöft fest!«

Egan packte ihn bei den Schultern. »Wo hast du das erfahren, Alfred?«

»Im Dorf. Ein Mann kam gerade eingeritten.«

Egan frohlockte. Sie hatten ihn endlich gestellt! Er brüllte nach seinem Pferd, nach Männern und Waffen. Innerhalb von Sekunden stob ein Dutzend Gestalten durch die Halle in den Hof. Er wirbelte herum und gewahrte Glenda, die in der Nähe stand, das Kind in den Armen.

»Was ist denn? Was ist geschehen?«

Er trat zu ihr, fasste ihre Hände. »Gut möglich, dass wir ihn haben. Hoffentlich haben wir ihn endlich dingfest gemacht!« Er erzählte ihr Alfreds Neuigkeit.

Glenda fuhr sich mit der Zunge über die Lippen. In ihrer Kehle steckte ein Riesenkloß, sodass sie kaum sprechen konnte. »Du reitest zur Sutherland-Farm?«

»Ganz recht.«

Sie senkte schnell den Kopf, und dennoch sah er die Tränen, die in ihren goldbraunen Augen schimmerten.

Ihre Kümmernis ließ ihn innerlich aufstöhnen. Seine Arme umfingen sie, nahmen sie in eine tröstliche Umarmung. »Glenda, nicht! Es ist so gut wie vorbei.«

»Ich weiß.« Glenda grub die Finger in den Stoff seiner Tunika, bemühte sich um Fassung, wollte tapfer sein wie Egan. Am liebsten hätte sie sich auf ihn geworfen, ihn mit allen Mitteln zurückgehalten, doch sie spürte seine Ungeduld, endlich aufzubrechen.

Ihre Hand stahl sich zu seinem Mund. »Egan«, flüsterte sie. »Sei vorsichtig.«

»Das werde ich, mein Schatz. Aber ich denke, die Gefahr ist gebannt.« Er küsste ihre Fingerspitzen, ihre Lippen, den dunklen Schopf des Babys, dann galoppierte er davon.

Sie beobachtete, wie Egan durch die Tore und über den aufgeweichten Pfad ritt, gefolgt von seinen Männern. Als sie sich abwandte, rollte eine Woge der Verzweiflung über sie hinweg. Er war fort ... er war ihr Gemahl, und sie liebte ihn, liebte ihn mit jeder Faser ihres Herzens ...

Und sie hatte es ihm nicht einmal gesagt.

* * *

So sehr sie sich auch bemühte, Glenda vermochte den Gedanken nicht abzuschütteln, dass etwas im Argen lag. Elizabeth musste die Besorgnis ihrer Mutter gespürt haben, denn sie wimmerte leise, obwohl sie noch kurz zuvor gestillt worden war. Glenda gelang es, sie wieder in den Schlaf zu wiegen und hinzulegen; dann machte sie sich abermals auf den Weg in den Saal. Ihr war klar, dass sie keinen Schlaf finden würde. Sie würde kein Auge zutun, bis Egan heil und unversehrt zurückkehrte.

Der Rittersaal war menschenleer. Sie strebte zum Kamin, um sich aufzuwärmen, als das Portal aufschwang.

Simon trat ein, schneidig wie stets. Glenda straffte die Schultern und maß ihn vernichtend.

»Ihr seid hier nicht länger willkommen, Simon.«

»Ach? Und warum das?«

Oh, es juckte sie in den Fingern, ihm in sein arrogantes Gesicht zu schlagen! »Das wisst Ihr genau. Ich schlage vor, Ihr verschwindet auf der Stelle.«

Ihre Aufforderung wurde mit einem spöttischen Lachen quittiert. »Nun, das denke ich nicht. Jedenfalls noch nicht.«

In seinem Grinsen lag etwas, das Glenda ein unangenehmes Prickeln über den Rücken jagte. Sie sah sich um, doch es war kein Diener in der Nähe.

Er trat näher. »Euer Umhang«, sagte er höflich. »Ihr werdet ihn für die Reise benötigen.«

»Welche Reise? Mit Euch gehe ich nirgends hin!«

Gnadenlos bohrten sich Simons Finger in ihren Oberarm. Er riss sie an sich. »O doch, das werdet Ihr. Ihr geht nach England, eine Reise, die Eurer eigenen Sicherheit dient. Ich stelle Euch unter meinen Schutz. Euer Gemahl ist nicht mehr Herr seiner Sinne, müsst Ihr wissen. Er terrorisiert die Gegend hier. Meuchelt seine eigenen Gefolgsleute.«

Entrüstet starrte Glenda ihn an. In seinen Augen glomm etwas auf, das sie nicht zu deuten wusste. Er war hier derjenige, der verrückt geworden war, sann sie ängstlich.

Sie versuchte, die Fäuste zu heben, um ihm ins Gesicht zu schlagen. Darauf verstärkte sich seine Umklammerung, dass sie meinte, er werde ihr sämtliche Knochen brechen. Sie konnte kaum noch atmen. Irgendwie gelang es ihr schließlich, den Kopf zurückzuwerfen. »Ihr glaubt doch nicht etwa, dass Ihr damit durchkommt? Egan wird nicht zulassen …«

»Euer Gemahl ist bereits tot.«

»Nein! Er ist auf dem Weg zur Sutherland...«

»Nein«, sagte Simon gefährlich ruhig.

Glenda erstarrte. »Großer Gott. Es ist eine Falle …«

»Zweifellos haben meine Männer ihn inzwischen getötet – wie durch Zufall haben sie uns von dieser Ratte aus dem Norden befreit, was?« Sein verzerrtes Grinsen verriet Genugtuung. »Und nun zu Eurer Tochter, Glenda. Wo ist sie? In Eurer Kammer?«

»Was habt Ihr mit Elizabeth vor?« Ihre Augen sprühten Blitze. Sie öffnete die Lippen um zu schreien.

Brutale Finger hielten ihr den Mund zu. »Wagt es ja nicht«, warnte er bedrohlich sanft. »Ich weiß, dass sie in Eurer Kammer ist. Wenn Ihr schreit, habe ich ihr längst die Kehle aufgeschlitzt, bis Euch jemand zu Hilfe kommt.«

Aus seiner Drohung sprach eiskalte Berechnung. Glenda erkannte es an seinem verzerrten Grinsen, das ihr das Blut in den Adern gefrieren ließ. Vage begriff sie, dass er blindwütig und wahnsinnig war – dass ihre schreckliche Vorahnung diesem Augenblick galt. Simon lockerte seinen Griff und riss Glenda unbarmherzig an seine Seite. Der Schein der Kaminflammen glitzerte auf dem Dolch in seiner freien Hand.

Glendas Herz sank ins Bodenlose. Ihr blieb keine Wahl, als seine Befehle zu befolgen.

Schweigend ging sie voraus zu ihren Gemächern. Nach einem tiefen, stockenden Atemzug streckte sie die Hände nach Elizabeth aus.

Die Wiege war leer.

Entsetzen zeichnete Glendas Züge. »Mein Baby«, hauchte sie. »Elizabeth!«

Sofort war Simon an ihrer Seite. Er warf die Decken zu Boden, schnellte zu ihr herum.

»Wo ist sie?«

Glendas Augen schwammen in Tränen. Sie zitterte hilflos. »Ich weiß es nicht!«

Simon fluchte laut und inbrünstig. »Wir haben nicht die Zeit, dieses Balg zu suchen! Kommt!« Er zerrte sie unbarmherzig zur Treppe und riss ihr dabei fast den Arm aus dem Gelenk.

Indessen war der Gang nicht verlassen. Nessa wollte soeben die steile Stiege nehmen.

Glendas Augen weiteten sich vor Schreck. »Nessa, lauf!« Als sie die Sinnlosigkeit ihrer Aufforderung begriff, hatte Simon der Alten bereits den Stock weggenommen und ihrem Kopf damit einen empfindlichen Hieb versetzt.

Die Greisin brach auf dem Bodenreisig zusammen.

»Nessa!«, entwich es Glenda gepresst. Sie wollte zu der alten Frau eilen, doch Simon hielt sie fest.

»Lasst die Finger von der alten Hexe!«, schnaubte er.

Seine Dolchspitze auf den Nacken geheftet, stolperte Glenda benommen in die eisige Nachtluft hinaus.

Dreiundzwanzigtes Kapitel

»Anhalten!«, stieß Egan zwischen zusammengebissenen Zähnen hervor. Er brachte seinen Hengst abrupt zum Stehen, und die Männer folgten seinem Beispiel.

Wolken stoben über den nächtlichen Himmel und enthüllten einen bleichen Vollmond. Silbriges Licht ergoss sich von oben, sodass es nahezu taghell war.

Milburns Ross schnaubte. Mit wachsamer Miene beugte er sich vor. »Was ist los?«, raunte er leise.

Ihre Blicke trafen sich. Unvermittelt ging Egan durch den Kopf, wie viel sich doch verändert hatte seit jenem Tag, da er und Glenda das erste Mal die Tore von Blackstone Tower passiert hatten. Milburn war längst nicht mehr der unzuverlässige Wachsoldat, der ständig zu tief in den Bierkrug schaute. Die vielen Stunden auf dem Turnierplatz hatten ihn gestählt für den Kampf, sein Schwertarm war flink und muskelbepackt. Inzwischen zählte Egan ihn zu seinen erprobtesten Gefolgsleuten.

Sie waren noch nicht weit geritten. Offen gestanden hatte Egan keine Ahnung, was in diesem Augenblick über ihn gekommen war. Die Nackenhaare sträubten sich ihm wie zu einer stummen Warnung, und seine sämtlichen Sinne waren geschärft.

Die Gefahr lauerte direkt vor ihnen.

Egans Finger umklammerten den Knauf seines Schwertes. Geräuschlos glitt es aus der Scheide. Mit einem stummen Nicken deutete er auf die vor ihnen liegende Straße. An dieser Stelle machte sie eine Kurve, die in einer Senke zum Ufer des rauschenden Stroms auslief.

Inzwischen hatten auch Milburn und die anderen ihre Schwerter gezückt.

Heiseres Gebrüll durchbrach die nächtliche Stille. Eine Horde Männer stürmte aus dem sumpfigen Gelände, die

Waffen hoch über ihren Köpfen schwingend. Stahl rasselte auf Stahl. Stöhnen und Keuchen wurden laut, doch die im Hinterhalt lauernden Männer waren beileibe keine Gegner für Egans Gefolgsleute. Sie fanden ein schnelles, gnadenloses Ende.

Milburn sprang vom Pferd und strebte zu einem massigen Krieger, der rücklings am Boden lag. »Das ist einer von Simons Leuten. Ich erkenne ihn wieder.« Mit seiner Schwertspitze deutete er von einem zum anderen. Stahl surrte durch die Luft. »Sie alle hier.«

Egan rutschte unbehaglich im Sattel hin und her. »Sie wussten, dass wir kommen würden.«

»Ihr meint, es war eine Falle?«

Egan schob energisch das Kinn vor. »Das meine ich in der Tat.«

Unvermittelt verspürte er einen schmerzhaften Druck in der Brustgegend. Sein Unwohlsein verstärkte sich mit jeder Minute. Sein Verstand raste. Plötzlich beschlich ihn das unangenehme Gefühl, dass Glenda ebenfalls in Gefahr sein könnte.

»Ich will kein Risiko eingehen, Milburn. Könnt Ihr mit den Männern zur Sutherland-Farm reiten, um nach dem Rechten zu sehen?«

Milburn fühlte sich geehrt, dass Egan ihn damit betraute. Mit stolz geschwellter Brust entgegnete er: »Gewiss doch. Aber was ist mit Euch?«

»Ich reite zurück nach Blackstone«, meinte Egan zähneknirschend.

Die Nachtwache salutierte, als er das Torhaus passierte.

»Habt Ihr seit meinem Aufbruch irgendjemanden eingelassen?«

»Nur Simon Ruthven, Mylord. Und dann hat Mylady gemeinsam mit ihm die Burg verlassen.«

Simon – mit Glenda! Ein eisiger Schauer durchzuckte

ihn. Es fehlte nicht viel, und Egan hätte seinem Ärger Luft gemacht, doch traf den Wachposten keine Schuld. Er selbst war unvorsichtig gewesen. Er hatte nicht genügend Männer hier in Blackstone zurückgelassen. Er war sich so sicher gewesen, dass es sich bei dem Halunken, den man angeblich auf der Sutherland-Farm geschnappt hatte, um Simon handelte.

Der Wachposten blickte betreten drein. »Mylord? Mylord!« Doch sein Rufen verlor sich im donnernden Hufschlag.

Egan hatte bereits gewendet und preschte davon, seine Züge grimmig verzerrt.

* * *

Glenda hatte entsetzliche Angst. Nicht um sich selbst, aber um Nessa und Egan – und um ihre kleine Tochter. Sie mochte gar nicht daran denken, dass Simons Männer Egan gemeuchelt haben könnten; dass sein blutüberströmter, regloser Körper irgendwo dort draußen lag … nein! Sie durfte es einfach nicht glauben!

Aber wo in aller Welt war Elizabeth? Nahezu alle Burgbewohner hatten sich zur Nachtruhe begeben. Sie glaubte nicht an Zauberwesen und Hexerei, gleichwohl waren ihr Verstand und ihr Herz in hellem Aufruhr. Hatte irgendein Dämon ihr Baby geraubt? Nein. Das war unmöglich. Aber wer hätte das Kind aus der Wiege nehmen können … und warum? Glenda war der Verzweiflung nahe, dennoch zwang sie sich, die Hoffnung nicht aufzugeben.

Simon hatte sie vor sich auf sein Pferd gesetzt. Glenda hielt sich kerzengerade im Sattel, vor lauter Abscheu, ihn zu berühren. Da hörte sie es …

Das Donnern von Pferdehufen … sie horchte auf. War sie so tief verzweifelt, dass sie es sich nur einbildete?

Nein. Hatte Simon es auch gehört?, rätselte sie. Nein. Er behielt seinen gemächlichen Trab bei. Sie ritten zu seiner Burg; er schien nicht in Eile. Der Wind frischte auf, fegte abgefallenes Laub raschelnd über den Boden.

Ihre Gedanken überstürzten sich. Wenn tatsächlich ein Reiter in der Nähe weilte, könnte sie um Hilfe rufen, allerdings müsste sie Simon erst einmal dazu bewegen anzuhalten. Wahrlich, sie würde sich etwas ausdenken müssen. Irgendwie musste sie ihm entwischen. Sie musste … irgendetwas tun!

»Simon, Ihr müsst anhalten!«

»Noch nicht.«

»Simon, ich … ich flehe Euch an! Wir müssen für eine Weile rasten.« Die Bitte kostete Glenda eine gehörige Portion Selbstüberwindung, doch er verlangsamte und führte sein Ross zu einer Baumgruppe etwas abseits der Straße.

Simon saß ab und hob sie hinunter. Er maß sie von Kopf bis Fuß. Unter seinem forschenden Blick schleppte sich Glenda wohlweislich hinkend zu einer gewaltigen Eiche.

Er folgte ihr. »Was ist denn mit Euch?«, fragte er stirnrunzelnd.

»Strengt Euer Hirn an«, brauste sie auf. »Vor kaum zwei Wochen habe ich ein Kind geboren, ich kann noch nicht wieder reiten.«

Sein unverschämter Blick blieb auf sie geheftet. Schlüpfrig grinsend fuhr er mit einer Hand über ihren Busen. »Über kurz oder lang werdet Ihr mich reiten.«

Seine Unverfrorenheit ließ Glenda erröten. Sie schob seine Hand fort. Allein die Vorstellung, dass er sie intim berühren könnte, ekelte sie an.

»Meine Leute werden niemals glauben, dass ich aus freiem Willen gegangen bin.«

Er lachte schroff. »Mylady, der Wachposten am Tor hat

gesehen, dass Ihr freiwillig mitgegangen seid«, prahlte er. »Euer Besitz wird mir so oder so gehören, und Ihr nicht minder.«

»Habt Ihr es deshalb getan? Die mir Untergebenen heimgesucht? Ihre Hütten gebrandschatzt und sie davongejagt?«

Er feixte. »Als Euer Onkel erkrankte, kam mir die Idee … dass ich Blackstone mit Leichtigkeit an mich bringen könnte.«

»Über Monate hinweg habt Ihr nichts dergleichen unternommen! Erst als Egan und ich geheiratet haben …«

»Mir war bewusst, dass ich mit Bedacht vorgehen musste. Der Graf hätte niemals geduldet, dass ich mir Euren Besitz gewaltsam aneigne. Ich musste auf Zeit spielen … und eine andere Lösung finden.«

»Eine andere Lösung?« Glendas Stimme überschlug sich. »*Heimtücke,* das war Eure Lösung. Ihr und Eure Männer habt Euch sogar vermummt. Ihr hattet Angst, Egan offen gegenüberzutreten, Angst vor einer Niederlage!«

Sein Grinsen gefror. Schweigend funkelte er die junge Adlige an. Da wusste Glenda, dass sie ihm die Wahrheit auf den Kopf zugesagt hatte. »Was ist mit Murphy und Holmes? Warum habt Ihr sie getötet?«

Wieder feixte er unverhohlen. »Sie mussten sterben. Eines Nachts haben sie mich und einen meiner Männer erkannt.«

Schlagartig wurde Glenda entsetzlich übel. »Jemand wird Euch auf die Schliche kommen, Simon. Der Graf …«

»Wird glauben, was ich ihm erzähle, dessen dürft Ihr sicher sein. Und Ihr werdet genau das tun, was ich Euch sage, sobald ich Eure Tochter in meiner Gewalt habe.«

Sämtliche Farbe wich aus Glendas Gesicht.

»Aha, wie ich sehe, haben wir uns verstanden«, spöttelte er. »Ihr werdet tun, was ich will und wann immer es mir beliebt.«

»Ich weiß nicht, wo sie ist«, versetzte Glenda rasch.

»Das glaube ich nicht, Mylady. Selbst wenn Ihr es nicht wisst – irgendeiner weiß es bestimmt.«

Was das anging, konnte sie nur hoffen, dass er Recht behielte.

»Ich kenne keine Skrupel, ich nehme mir das, was ich begehre – in jeder Hinsicht.«

Glenda schluckte. Sie zweifelte nicht mehr daran, dass die Gerüchte von seiner Grausamkeit der Wahrheit entsprachen.

»Es ist genau so, wie Egan es gesagt hat. Ihr vergreift Euch an denen, die schwächer sind als Ihr, weil *Ihr* feige seid! Ihr seid ein elender Feigling, Simon. Ihr setzt Eure Leute auf ihn an, weil Ihr Angst habt, es selbst mit ihm aufzunehmen!«

»Hütet Eure Zunge, sonst schneide ich sie Euch heraus.« Für Augenblicke erstarrten seine Züge zur wutverzerrten Maske. Dann grinste er unvermittelt, ein Grinsen, das Glenda einen eisigen Schauer über den Rücken jagte. »Nein«, sinnierte er laut, »ich glaube, dass ich das bereuen würde. Ich kann mir vieles vorstellen, wofür sich Eure Zunge einsetzen ließe ... und alles zu meinem Vergnügen.« Er entblößte die Zähne.

»Ich werde Euch keinerlei Vergnügen bereiten. Ihr widert mich an!« Sie holte mit der Hand aus, um ihn zu schlagen.

Simon packte sie am Arm und drehte ihr diesen auf den Rücken. Gnadenlos riss er Glenda an sich. Seine geöffneten Lippen senkten sich auf die ihren, heiß und feucht. Er stemmte sie gegen den Baum, dass sie aufschrie. Als sie das tat, schnellte seine Zunge vor, stieß tief in ihren

Mund; sie würgte. Unerbittliche Hände umschlossen ihre Hüften und schoben ihr die Röcke hoch.

»Nein!«, kreischte sie. »Das werdet Ihr nicht tun!« Sie hob ihre Fäuste, um auf ihn einzudreschen.

Wieder vergebens. Simon packte ihre Handgelenke, bog ihr die Arme seitlich hinunter. Darauf drängte er zwischen ihre Schenkel und rieb sich an ihr. Glenda wurde sich jählings bewusst, dass er keine Rücksicht darauf nehmen würde, dass sie unpässlich und schonungsbedürftig war, hatte sie doch erst vor kurzem ein Kind geboren!

Er keuchte an ihrer Kehle. »Jetzt gehörst du mir …«

»Nein, Simon, sie gehört zu mir, und ich habe diese Scharmützel satt! Was haltet Ihr davon, wenn wir diese Angelegenheit ein für alle Mal klären?«

Diese Stimme, kühl und befehlsgewaltig … Es war Egan! Trotz ihrer unsäglichen Erleichterung überlegte Glenda fieberhaft, wie es ihm gelungen war, sich so geräuschlos anzuschleichen, dass weder sie noch Simon ihn bemerkt hatten. Schließlich dämmerte ihr, dass Simon gleichermaßen intensiv mit seinem Verlangen beschäftigt gewesen war wie sie mit ihrer Verteidigung – und dass sie es wohl nicht einmal bemerkt hätten, wenn ein ganzer Trupp vorbeigezogen wäre.

Simon ließ von ihr ab. Verblüfft schnellte er herum, fing sich aber rasch.

»Halunke«, schnaubte er. »Ihr hättet in den Highlands bleiben sollen!«

Egans Blick war gnadenlos auf den Widersacher geheftet, während er Glenda sanft aufforderte: »Komm zu mir, mein Schatz.«

Aber Glenda vermochte sich nicht zu rühren. In Simons Händen blitzte ein Dolch auf. Ein Schrei drängte aus ihrer Kehle, als er sich mit gebleckten Zähnen auf Egan stürzte.

Der Dolch verfehlte sein Ziel. In seiner Erzürnung entging Simon das Glitzern des Stahls an Egans Seite. Egan musste lediglich den Arm heben …

Von dessen Schwert durchbohrt, sackte Simon lautlos auf dem Erdboden zusammen.

Das Ganze währte nur einen Herzschlag lang … doch Glenda schien es eine Ewigkeit.

Sie schwankte benommen, da umschlangen sie unvermittelt zwei starke Arme.

»Egan«, stammelte sie und sank, von ihren Gefühlen überwältigt, an seine Brust. »Gütiger Gott, Simon hat behauptet, du wärst tot …«

»Ich weiß. Ich habe es gehört. Allerdings wäre ein besserer Kämpfer als Simon vonnöten, um mich ins Grab zu bringen.«

»Ich wusste, du würdest kommen. Du bist da … wann immer ich dich brauche, du bist stets in meiner Nähe.« Sie klammerte sich an ihn, während sie sich verzweifelt bemühte, ihrem Gefühlschaos beizukommen. Wie gern hätte sie laut herausposaunt, dass sie ihn liebte … und gefordert, dass er ihre Liebe erwiderte! Stattdessen entwich ihr lediglich ein tiefes, zerrissenes Schluchzen. Heiße Tränen rollten über ihre Wangen.

»Beruhige dich, mein Schatz. Es ist vorbei. Wir sind heil und unversehrt.«

Sie schüttelte den Kopf. »Kommst du von Blackstone?«

»Ja.«

»Elizabeth … hast du sie gesehen?«

Er musterte sie verständnislos.

Darauf weinte sie umso heftiger. »Nein«, schluchzte sie. »Großer Gott, nein!«

»Glenda, was ist denn?«

Nervös sah sie zu ihm auf. »Sie war fort, Egan. Sie war einfach weg!«

Egan starrte sie nur an. Ein unangenehmes Prickeln bemächtigte sich seiner Magengegend. »Was meinst du damit?«

»Sie war nicht in ihrer Wiege, Egan. Simon hatte den Plan gefasst, sie ebenfalls mitzunehmen, aber sie war fort!«

Angestrengt überlegte er. Es musste eine Erklärung geben … schließlich konnte das Baby ja nicht fortlaufen!

»Liebling, beruhige dich. Vielleicht hast du dich in der Dunkelheit getäuscht …«

»Nein, ganz bestimmt nicht. Ich schwöre dir, sie war fort!«

»Dann hat Nessa sie ganz gewiss …«

»Das hätte sie gar nicht gekonnt. Simon hat sie niedergeschlagen, als wir gingen. Am Ende ist sie tot!«

Unversehens spürte er ein unangenehmes Engegefühl in der Brustgegend. Elizabeth ist … fort, dachte er benommen. Es konnte nicht sein. Für Augenblicke vermochte er sich nicht zu rühren. Das Entsetzen in Glendas Blick wühlte ihn innerlich auf, wusste er doch, dass dies ihre schlimmsten Ängste waren. Ihr Kind zu verlieren … ihr gemeinsames Kind.

Vielleicht lag es an Glendas Tränen, jedenfalls wusste Egan die in ihm aufkeimende Beklommenheit nicht zu zerstreuen. Er drehte sich unvermittelt um und pfiff nach seinem Hengst. Wortlos schwang er Glenda vor sich in den Sattel.

Sie rasten zurück nach Blackstone, als wäre ihnen der Leibhaftige auf den Fersen.

Glendas Wangen waren noch feucht von Tränen, als sie die Mauern von Blackstone Tower erblickte. Lautes Stimmengewirr erhob sich, sobald die Wache die Torbrücke herabließ und sie in den Hof galoppierten. Ein kleiner Tross berittener Soldaten hatte sich nahe den Stallungen eingefunden; ganz offensichtlich waren sie darauf vorbereitet, Egan zu folgen.

Jemand hatte Egan erspäht und rief: »Mylord!«

Egan hob eine Hand. »Simon ist tot«, brüllte er zurück.

Ohrenbetäubender Jubel wurde laut; Simon dem Ruchlosen weinte man hier auf Blackstone gewiss keine Träne nach.

Als er Glenda vom Pferd half, gewahrte er Nessa, die zu ihnen gehumpelt kam. Eine riesige Beule prangte an ihrer Schläfe, aber immerhin lebte sie! Glenda erspähte sie ebenfalls. Mit einem freudigen Aufschrei eilte die junge Frau zu ihr. Egan gesellte sich zu ihnen und war völlig verblüfft, als die Alte ihn so heftig umarmte, wie es ihre morschen Knochen erlaubten. Glenda lächelte, doch ihre Züge waren von Furcht überschattet.

Sie fasste Nessas Hände. »Wo ist Elizabeth? Hast du sie gesehen?«

Eisengraue Brauen wölbten sich verständnislos. »Aber ... aber das kleine Schätzchen schläft doch gewiss noch friedlich in seiner Kammer ...«

»Nein, das ist es ja! Simon wollte auch die Kleine mitnehmen, aber sie war fort!« Glenda sah aus tränenschimmernden Augen zu Egan auf. »Ich will mein Baby! Wo ist mein Kind?«

Sein Arm glitt um ihre Schultern. Er war beinahe ebenso bleich wie seine Gemahlin.

»Wir werden sie finden«, war alles, was er sagte. »Wir werden sie finden.«

Egan fasste Glendas Hand und zog sie an sich. Auf seinen energischen Befehl hin begannen die anderen, das verschwundene Kind zu suchen.

Elizabeth war tatsächlich nicht in ihrer Wiege. Beim Anblick des leeren Bettchens entwich Glenda ein kummervoller Seufzer, aber sie hielt sich tapfer, als Egan sie aus der Kammer zog, um zunächst im Nord- und dann im Südturm zu suchen. Die Luft war abgestanden und schal, da die Räumlichkeiten viele Jahre lang nicht benutzt worden waren. Und so sehr Glenda sich auch bemühte, Trost aus Egans Nähe zu schöpfen und nicht wieder in Tränen auszubrechen, als Elizabeth unauffindbar blieb, verlor sie allmählich sämtliche Hoffnung.

Sie wollten soeben die obersten Turmgemächer verlassen, als Egan plötzlich stehen blieb. Glendas Blick schweifte forschend zu seinem Gesicht. Sie gewahrte, dass er intensiv auf die gewaltige Schranktruhe starrte, die an der hinteren Wand stand.

Wäre nicht das erste Tageslicht durch die Läden eingefallen, das sich mit dem Licht ihrer Kerze vermischte, hätte Glenda das Stück Stoff, das unter dem Rand der Truhe hervorlugte, vielleicht gar nicht bemerkt. Im Eilschritt durchquerte sie abermals die Kammer und riss den Deckel auf.

Im Innern kauerte eine schmächtige Gestalt. Japsend rang diese nach Luft und blickte aus dunklen, schreckgeweiteten Augen zu ihr auf.

Es war Jeannine. In dem ganzen Tumult hatte Glenda überhaupt nicht bemerkt, dass das Mädchen verschwunden war.

Egan legte den Kopf schief. »Jeannine?«, forschte er sanft. »Versteckst du dich etwa?«

Jeannine nickte heftig. Dann wisperte sie: »Ist er noch hier?«

Egan runzelte die Stirn. »Wer? Simon?«

»Ja!«

Der Highlander schüttelte den Kopf. »Nein. Simon ist tot. Er wird uns nie mehr behelligen.« Seine Miene entspannte sich. »Du kannst jetzt herauskommen, Mädchen. Du bist in Sicherheit.«

Glenda beobachtete, wie Egan eine Hand ausstreckte und das Mädchen hochzog. Wie stets hielt Jeannine ihr Bündel behutsam im Arm. Glendas Blick glitt zurück zu Egan.

»Egan«, murmelte sie, »wir sollten wirklich …«

Das Bündel regte sich.

Glenda gewahrte es aus dem Augenwinkel heraus. Erschrocken brach sie mitten im Satz ab. Bei allen Heiligen, *diesmal* war tatsächlich ein Baby in dem Deckengewirr!

In diesem Augenblick ertönte ein herzzerreißendes Wimmern. Glenda kannte diese Klagelaute nur zu gut, denn …

Es waren die ihrer Tochter.

»Jeannine«, stammelte sie fassungslos. »Oh, Jeannine …«

»Simon wollte das Baby rauben«, ereiferte sich Jeannine. »Ich habe alles mit angehört. Deshalb habe ich das Baby aus der Wiege genommen und versteckt.« Stolz reckte sie ihr Kinn. Ein leises Lächeln huschte über ihr Gesicht. »Ich habe das Baby gerettet.«

»Gewiss, meine Liebe, das hast du«, sagte Glenda völlig verdutzt. »Das hast du in der Tat.« Sie biss sich auf die Lippe, dann griff sie nach Elizabeth.

Jeannines Umklammerung verstärkte sich. Zwei Augenpaare trafen sich, eines flehend, das andere plötzlich unsicher. Glaubte Jeannine etwa, dass sie ihr eigenes Baby gerettet habe? Obgleich Glenda tiefes Mitgefühl mit dem Mädchen hatte, verzehrte sie sich nach ihrem Kind.

»Jeannine«, hob sie sanft an. »Du weißt, dass dieses Baby Elizabeth ist.«

»Ich weiß«, erwiderte Jeannine ruhig. »Ich bin nicht verrückt, wie sie alle immer behaupten, müsst Ihr wissen.« Behutsam legte sie das Bündel in Glendas ausgestreckte Arme, und als diese ihr von Herzen dankte, kehrte ihr Lächeln zurück.

Unvermittelt umwölkte sich ihre Miene wieder. »Mein Baby«, jammerte Jeannine. »Thomas … er ist tot, nicht wahr?«

Sie fing an zu schluchzen. Mitfühlend schlang Glenda ihren freien Arm um das Mädchen. »Ja, meine Liebe. Aber so Gott will, sind dir weitere Kinder beschieden … Sieh *mich* an.«

Gemeinsam mit Nessa tröstete sie die weinende junge Frau. Es waren kummervolle Tränen – aber auch Tränen der Erleichterung … und Zuversicht.

Das Licht der Morgendämmerung schimmerte bereits in den Baumkronen, als Glenda Elizabeth endlich in ihre Wiege bettete. Endlos lange betrachtete sie ihre Tochter, die friedlich schlummerte, eine winzige Faust unter ihr Kinn gepresst. Sie sandte ein glühendes Dankgebet zum Himmel, dass Jeannine Simons Drohung aufgeschnappt und sogleich gehandelt hatte.

Als Egan sie in seine Arme nahm, durchflutete Glenda eine ungestillte Sehnsucht. Er musste es gemerkt haben, denn er hob forschend eine Braue.

»Woran denkst du?«, murmelte er.

Glenda seufzte tief. »Die arme Jeannine. Egan, bislang war ich mir unsicher, ob es ein Segen oder ein Fluch ist, dass sie Thomas' Tod nicht wahrhaben will. Und jetzt, nachdem sie es endlich einsieht, wünsche ich … ich mir fast, es wäre nicht so! Sie tut mir entsetzlich Leid, weil sie niemanden hat, der sie tröstet!«

Seine Lippen zuckten verräterisch. »Ich denke, das wird nicht lange so bleiben.«

»Was meinst du damit? Warum grinst du so?«

»Hast du noch nicht bemerkt, dass Culbert, der Zimmermann, Stielaugen macht, wenn er sie sieht? Als wir den Saal verließen, ist mir aufgefallen, wie er mit ihr Händchen hielt.«

Das verblüffte Glenda. »Tatsächlich?«

»Ja, tatsächlich.« Er lächelte, und Glenda empfand eine so tiefe Zuneigung für ihn, dass ihr beinahe schwindelte.

Ihr liebreizendes Lächeln schwand. Ihre riesigen Augen schimmerten feucht. Egan spürte, wie sie kaum merklich erbebte.

Zärtlich beschwor er sie: »Glenda! Liebling, weine nicht! Die Gefahr liegt hinter uns. Unsere Tochter ist unversehrt, und die Zukunft verheißt uns nur Gutes!«

»Das weiß ich. Aber ... Egan ... es gibt noch so vieles zu sagen.«

»Was denn, Liebste, was?« Ihre Tränen brachen ihm schier das Herz.

Glenda hob den Kopf. »Ich liebe dich ... ich liebe dich! Ich wollte dich nicht ... weil ich Angst hatte, dich zu lieben und dich wieder verlieren zu können ... aber ich liebe dich schon so lange. Egan, o Egan, ich liebe dich so sehr ...«

Glendas Brustkorb war eng von all den Gefühlen, doch sie redete sie sich freimütig von der Seele. Tränen kullerten aus ihren Augen, Worte sprudelten über ihre Lippen, und sie sagte immer wieder seinen Namen.

Einen Herzschlag lang stand Egan wie vom Donner gerührt. Seine Augen fixierten die ihren, doch es lag kein Schatten über diesen betörend goldbraunen Tiefen; sie waren von einer so reinen, strahlenden Liebe erfüllt, dass er beinahe platzte vor Glück.

Seine Umarmung wurde noch inniger. Er schmiegte seine Stirn an die ihre, sodass beider Lippen nur der Hauch ihres Atems trennte. »Und ich liebe dich, mein Schatz. Ich habe dich immer geliebt.«

Sie schlang die Arme um seinen Nacken. Und ihre Lippen fanden sich zu einem langen, unglaublich zärtlichen Kuss.

Glenda lächelte unter Tränen, als er schließlich seinen Mund von dem ihren löste.

»O Egan«, hauchte sie völlig außer Atem. »Ich denke, ich wusste es schon, als ich dich seinerzeit fragte, warum du nie geheiratet hast – aber ich wollte es einfach nicht wahrhaben!«

Er lachte rau. »Glaub mir, mein Schatz, du warst die Einzige, die ich je gewollt habe.«

Epilog

Mit Beginn des Sommers wurden die Tage länger, und die trocken-warme Luft verhieß ein weiteres gutes Erntejahr. Die hohen Steinmauern von Blackstone Keep schimmerten im Sonnenlicht, das sich von einem azurblauen Himmel ergoss. Stimmen drangen durch die laue Frühsommerluft – untermalt von fröhlichem Gelächter und ausgelassenem Kinderjauchzen.

Es war ein friedlicher Nachmittag, und die vier Erwachsenen – Cameron und Meredith, Egan und Glenda – saßen auf der sattgrünen Wiese, von wo aus sie ihre Kleinen beobachteten, die unter dem verzweigten Blätterdach einer knorrigen Eiche am Flussufer spielten.

Brodie war groß für einen Jungen seines Alters, sehnig und breitschultrig. Seine Schwester Aileen, noch ein Säugling bei Glendas und Egans Abreise aus Dunthorpe, war mit ihrem feuerroten Lockenschopf und den riesigen, blitzenden Augen das Abbild ihrer Mutter; sehr zum Verdruss des gutmütigen Cameron hatte sie die Eigenheit ihres Bruders übernommen, sich an den unmöglichsten Orten zu verstecken, wo ihr Vater sie dann aufspüren musste. Elizabeth, mittlerweile ein einviertel Jahr alt, hatte das dichte, dunkle Haar ihres Vaters geerbt und die großen, goldschimmernden Augen der Mutter. Mit ihren sommersprossigen Wangen und dem stets schelmischen Lächeln war sie ein bezauberndes Kind.

Indessen war Elizabeth nicht die Einzige geblieben, deren ausgelassenes Lachen die trutzigen Mauern der Burg erfüllte. Nicht lange nach Simons Tod hatte Jeannine

Culbert geheiratet; für eine Weile mutete es nahezu befremdlich an, sie ohne das Bündel im Arm zu sehen. Doch bereits im Jahr darauf trug sie ein neues Windelpaket, und diesmal mit einem strampelnden kleinen Jungen. Nessa hatte das Baby entbunden … und noch vor Ende des Sommers würde die Greisin zweifellos ein weiteres Kind ins Leben holen …

Das zweite Kind des Lords und der Lady von Blackstone Keep.

Zufrieden lächelnd presste Glenda die Finger auf ihren gerundeten Leib. Auf einen Ellbogen aufgestützt, machte Egan es sich neben seiner Gemahlin bequem. Meredith saß neben Glenda, Cameron hatte sich neben ihr ausgestreckt. Aileen versuchte einen Kopfstand; ihre kurzen, stämmigen Beinchen strampelten in der Luft. Brodie sank neben seinen Vater, worauf Elizabeth vor Freude jauchzte, weil er nun auf einer Höhe mit ihr war. Sie warf ihm die Arme um den Hals und drückte ihm einen feuchten Kuss auf die Wange.

Brodie jaulte auf und wischte mit seiner kleinen Faust heftig über diese Stelle.

»Mama. Papa … Elizabeth soll damit aufhören!«

Egan schmunzelte. »Sie mag dich eben sehr, Brodie.«

»Aber muss sie mir denn immerfort nachstellen? Und mich ständig *küssen?*«

»Du solltest froh sein, dass sie dich so anziehend findet«, scherzte Cameron. »Nun, irgendwann kommt vielleicht sogar die Zeit, wo du derjenige sein wirst, der Elizabeth nachstellt.«

Brodie wirkte wenig überzeugt. Als Elizabeth jedoch ins Gras plumpste, half er ihr trotz seines Unmuts seufzend auf und klopfte ihr den Schmutz von dem Kleidchen. Sie schwankte kaum merklich, dann trippelte sie ihm hinterher. Seit der Ankunft der MacKays vor einer Woche kümmerte Brodie sich nämlich um das kleine Mädchen, das ihm ständig nachtrottete, auch wenn es noch ein wenig unsicher auf den Beinen war.

In der Zwischenzeit hatten die beiden Männer Bände sprechende Blicke ausgetauscht, erriet doch einer die Gedanken des anderen. Schließlich sagte Egan mit einem Ausdruck leichter Verwunderung: »Herr im Himmel, wäre es nicht schön, wenn Brodie und Elizabeth eines Tages heiraten würden?«

»Das wäre es gewiss.« Cameron setzte sich auf.

»Ich hätte nichts dagegen einzuwenden, wenn Elizabeth Brodie heiraten möchte. Er ist ein guter Junge. Schon jetzt nimmt er Rücksicht auf andere.«

Cameron nickte. »Ihre Kinder würden vermutlich dunkle Haare haben«, sinnierte er, das fragliche Paar nachdenklich beäugend, »meinst du nicht auch?«

»Nun, ich denke schon.« Egan nickte bekräftigend.

»Wir könnten das Hochzeitsfest auf Dunthorpe ausrichten.« Aus Camerons Stimme klang unterschwellige Begeisterung.

»Aber Elizabeth ist die Braut. Die Hochzeit sollte hier auf Blackstone stattfinden!«

Jetzt waren es Glenda und Meredith, die verwunderte Blicke austauschten. »Blackstone, Dunthorpe«, wiederholte Glenda verblüfft und schüttelte den Kopf. »Wisst ihr zwei denn nichts Besseres zu bereden? Ihr sprecht bereits von euren Enkeln, aber ich möchte euch daran erinnern, dass Elizabeth noch lange keine Braut und Brodie wohl kaum im heiratsfähigen Alter ist!«

Wieder blickten sich die beiden Männer verschwörerisch an. Ihre Augen blitzten vor Übermut. »Wir könnten sie miteinander verloben«, schlug einer vor.

»Nein!«, erwiderten zwei Frauenstimmen im Chor.

»Wenn sie zueinander finden, dann muss es aus freiem

Willen geschehen«, befand Glenda. »Ihr zwei könnt die Liebe nicht erzwingen.«

»Ganz recht«, bekräftigte Meredith in gespieltem Ernst. »Wenn es so kommen soll, wird es so kommen, und nicht, weil ihr zwei es so wollt. Warten wir es doch einfach ab. Damit müsst ihr Männer euch abfinden!«

Nicht lange danach machten sie sich auf den Rückweg zur Burg. Egan trug eine müde Elizabeth in den Armen, während Aileen bereits an Camerons Schulter eingeschlafen war. In der Halle ging Cameron die Stufen voraus, um das kleine Mädchen ins Bett zu bringen. Brodie folgte ihm. Meredith spähte zu Egan und Glenda, die sich soeben über den Schopf ihrer Tochter hinweg einen zärtlichen Blick zuwarfen.

Lächelnd nahm Meredith Glendas Hand und drückte diese. »Ich kann dir gar nicht sagen, wie froh ich bin, euch beide so glücklich zu sehen«, sagte sie sanft, dann wandte sie sich zu Egan. »Es ist genau so, wie Cameron es mir seinerzeit angedeutet hat. Ihr gehört zusammen.« Sie stellte sich auf die Zehenspitzen und hauchte Egan einen Kuss auf die Wange; dann folgte sie ihrem Gatten.

Später an jenem Abend kuschelte Glenda sich an ihren Gemahl. Ein anheimelndes Feuer brannte im Kamin, und das Bett war wohlig warm.

Die Stirn gefurcht, blinzelte Glenda zu ihm auf. Mit ihrer Fingerspitze umkreiste sie die Stelle auf seiner Wange, wo Meredith ihn geküsst hatte. »Die Frauen von Dunthorpe scheinen Gefallen an dir zu finden, Sir«, meinte sie verschmitzt. »Da frage ich mich freilich … soll ich eifersüchtig sein?«

Egan fasste ihre Hand und küsste jede einzelne Fingerspitze. Er verschränkte seine Finger mit den ihren und legte sie auf ihren gerundeten Bauch. Dann lachte er rau.

»Nur eine Frau wird jemals mein Herz in ihren Händen halten«, gestand er im Brustton der Überzeugung.

»Aha. Und wer könnte das sein?« Glendas Stimme klang ernst, doch aus ihren Augen blitzte der Schalk.

Egan lachte sein kehliges Lachen. »Die Frau, die ich soeben in den Armen halte.«

Sie lächelte schelmisch. »Vielleicht kannst du mir das auch beweisen, Sir.«

»Gut möglich, dass ich das kann.«

Und in der Tat … so war es.